[韩天航文集] ③

养父

——韩天航中短篇小说选集(三)

韩天航 著

新疆生产建设兵团出版社

图书在版编目（ＣＩＰ）数据

养父 / 韩天航著. -- 五家渠 : 新疆生产建设兵团
出版社, 2020.12
　　（韩天航中短篇小说集 ；三）
　　ISBN 978-7-5574-1594-5

　　Ⅰ．①养… Ⅱ．①韩… Ⅲ．①中篇小说－小说集－中
国－当代②短篇小说－小说集－中国－当代 Ⅳ.
①I247.7

中国版本图书馆 CIP 数据核字(2021)第 014060 号

责任编辑:昝卫江

养父：韩天航中短篇小说集 （三）

出版发行　新疆生产建设兵团出版社
地　　址　新疆五家渠市迎宾路 619 号
邮　　编　831300
电　　话　0994—5677185
发　　行　0994—5677048
传　　真　0994—5677519
印　　刷　北京一鑫印务有限责任公司
开　　本　710mm*1000mm　　1/16
印　　张　18.5
字　　数　300 千字
版　　次　2020 年 12 月第 1 版
印　　次　2021 年 8 月第 1 次印刷
书　　号　ISBN 978-7-5574-1594-5
定　　价　56.00 元

1965年,韩天航(后排右五)兵团财经干部学校毕业照

韩天航夫妇与电视连续剧《大牧歌》主角许静芝饰演者徐百卉、郑君饰演者张潇恒合影

韩天航创作中篇小说《鹿缘》时，在新疆巴州第二师三十三团鹿场体验生活

韩天航在新疆克拉玛依市黑油山采风

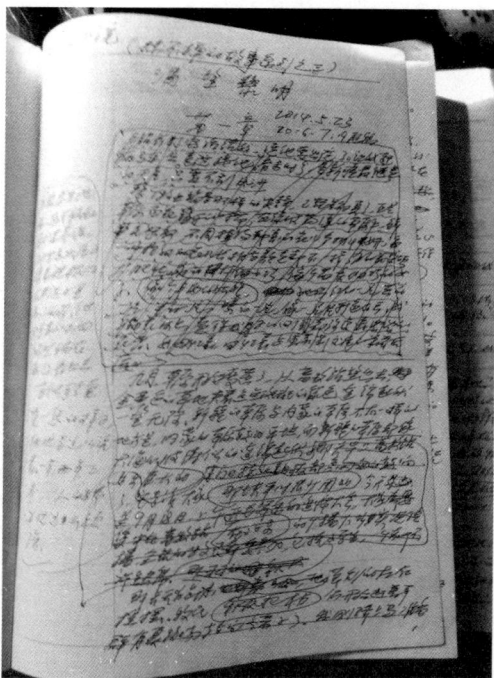

韩天航小说手稿

韩天航小说手稿

韩天航画作

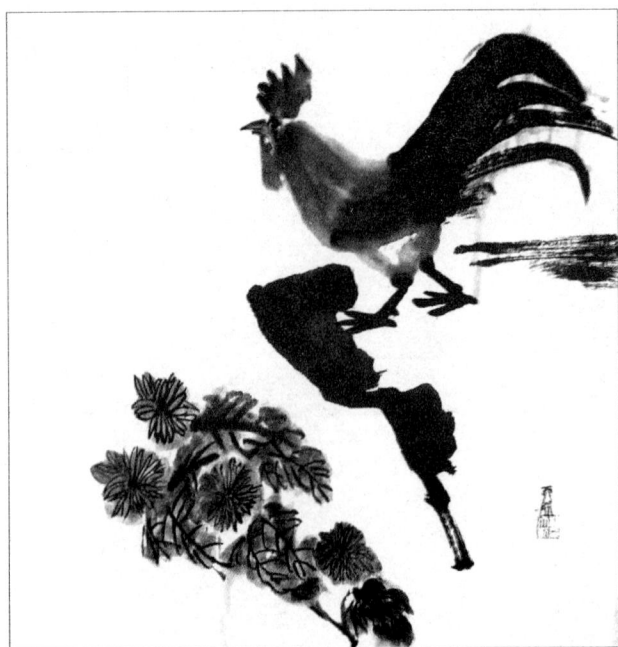

韩天航画作

目　录

短篇小说

触及灵魂 …………………………… 003

罪与罚 ……………………………… 010

依依戈壁情 ………………………… 031

芦苇丛中飘着红布带 ……………… 039

中篇小说

鹿缘 ………………………………… 053

养父 ………………………………… 090

牧歌 ………………………………… 142

电影剧本

鹰笛声声 …………………………… 221

附录

《回忆随录》节选 ………………… 279

短篇小说

触及灵魂

草原上严寒的冬天眼看就要过去了,地上的小草已经露了头,牧民们整理着毡房,准备赶着羊群进山,但却来了个倒春寒,天色阴沉,西北风呜呜地越叫越响。王亚涛缩着脖子,胸前抱着根赶羊鞭,摇摇晃晃地吆喝着羊群朝前走。战争年代留下的伤,现在复发了,他感到全身酸痛,眼冒火花,好不容易看到他住的那间破烂小屋了,他想咬咬牙,赶快把羊群赶进羊圈,然后钻进被窝里,好好休息一下。但是,一阵风吹来,仿佛有人狠狠地推了他一把,地上的雪翻到他的头上,脸部感到一阵刺骨的冷,接着是一片杂乱的羊叫声和羊蹄的踏雪声,他昏了过去。

王亚涛睁开眼睛的时候,天已经黑尽了,那盏沾满油污的用墨水瓶做的小煤油灯的灯芯在微微地跳动着。他眨眨眼睛,看见灯旁有张小孩的脸,一双蓝色的大眼睛关切地凝视着他。

原载《伊犁河》1980年第3期

"老伯伯，妈妈叫我给你送来馕和奶茶。你吃吧。"小孩轻声地说着。王亚涛点点头，又闭上眼。当他再睁开眼时，小孩不在了。他侧过脸，看见油灯边有一碗还在冒着热气的奶茶和一块馕，那奶茶的香味飘进了他的心里……

夜深了，那用破塑料纸糊起来的小窗户上，发出呼啦啦的响声。他把手伸进枕头底下，抽出几张报纸，这是"文化大革命"前的省报，他保存下来，是因为这些报纸上有他的名字，有他的照片，有他值得骄傲的东西。

他抖开其中一张，在第一版上，就有他的一张照片。照片上的他，挺着胸板，不太高的额头油光光的，浓眉下的小眼睛闪闪有神。他咧着嘴笑着，那笑容显得自信而满意。他同一位哈萨克族大嫂握着手，在亲切地交谈。那时正是他的黄金时期。一九六五年深秋，他坐着吉普车去高潮公社了解"农业学大寨"的情况。当天下午，公社的黄宏书记向他汇报工作。

"目前，我们公社正掀起割私有制尾巴的高潮……"黄宏汇报说。他说话时，容易激动，唾沫星子到处飞溅。

"好!"王亚涛满意地点点头，说，"你们在这方面又比别的公社早走了一步。"他动了动手指，表示十分赞赏。

"我们的做法是……"黄宏说。

"我要见……我要见黄书记。"办公室外面响起了吵闹声，不一会儿，门被推开了，一位三十多岁的哈萨克族妇女冲了进来。她抱着一个不满三岁的小女孩，后面跟着个十一二岁的小男孩。

"你们好。"她向他们欠欠身问候。

黄宏看了那妇女一眼，便恼怒地站起来，说："哈尼帕，你这是第三次了，你还有没有个够?"

"可我想不通啊。"哈尼帕用很懂道理的语气说，"你们毁了我的葡萄园……"

"哈尼帕，这是割资本主义的尾巴，坚决走社会主义道路。"黄宏激动地挥着手道，"大寨就是这样做的!"

"话是这么说，学大寨我也拥护，但毁了葡萄园，我从哪儿弄钱给孩子们做衣服？你是县委王书记吧?"哈尼帕转身向着王亚涛说,"您说说吧,他们这样做对不对?"

"啊,你叫?……"

"我叫哈尼帕。"

"哈尼帕同志,你是贫下中农吗?"

"是的。"

"这好。哈尼帕同志,我看出你是个懂道理的人,贫下中农嘛,是我们党的依靠力量,我们党引导你们奔社会主义道路,同一切私有制决裂,你应该坚决拥护,积极带头啊!"

"可我的生活?……"哈尼帕流出悲哀的泪,紧紧地搂着怀里的小女孩。

"你应该相信,社会主义的大集体搞好了,你的生活也会好起来的,大河涨水小河满嘛。……"

"啊,大河涨水小河满……"王亚涛把报纸放在胸前,闭上了眼。冤屈啊,我王亚涛早就搞两个"决裂"了嘛,一心一意走社会主义道路,怎么会是"走资派""老右倾"? 叫我作"触及灵魂的检查",我的灵魂跟你们造反派一样红。

一九六六年初春,王亚涛主持召开了全县"农业学大寨"会议,为了开好这次会,给其他县做出个榜样,他狠抓了典型材料这项工作。他知道,只要材料"过硬",一上报纸他这个县就有了光彩。他尤其对高潮公社的材料感兴趣,因为高潮公社割私有制尾巴割得最早,现在是看成果的时候了。高潮公社送来了哈尼帕的材料,十分"典型"。哈尼帕的丈夫两年前不幸去世,留下三个孩子,最大的不到十二岁,最小的只有一岁半,家里只有哈尼帕一个劳动力。在没割私有制尾巴以前,哈尼帕门前种着一个葡萄园,养着一头奶牛,几只羊,哈尼帕又要忙集体的活,又要忙私人的活,结果两样都没干好,生活很穷苦;自从割了私有制尾巴后,她一心扑在集体上,结果集体经济得到发展,工分值提高了,生活得到了改善,孩子们穿上了新衣服,还买了缝纫机。哈尼帕兴奋地说:"这真是大河涨水小河满,社会主义的集体经济使我们农牧民得到了幸福。"

"老黄啊。"王亚涛把黄宏叫来问,"你材料上的那个哈尼帕,是不是去年找你的那个哈尼帕?"

"就是她! 就是她!"黄宏兴奋地挥着手,喷出的唾沫星子溅到了王亚涛的脸上。

"好。那她后来怎么想通的?"王亚涛用手帕抹去脸上的唾沫星子,满意地问。"怎么想通的? 事实教育了她呗。社会主义大集体的优越性使她想通了嘛。"

"这太好了,太有说服力了。"王亚涛决定要请全县的公社、农牧场书记们去拜访一下哈尼帕,使他们有个"感性认识"。当有人提出高潮公社离县城太远时,王亚涛回答了一句至理名言,很带哲理性,他说:"只要是社会主义金光道,路再远,我们也要坚决去走。"这句话引起了许多人的喝彩。他问黄宏:"老黄啊,你看怎样?"

黄宏先愣了一下,然后激动地举起双手,说:"欢迎首长和同志们去检查、指导工作。"由于喊得响,唾沫星子喷有一尺多远,"不过,王书记,我得先回去准备一下。"

果然,哈尼帕的家出现了"大河涨水小河满"的新气象,屋里布置得又整齐又美观,花纹鲜艳的毡毯,崭新的手摇缝纫机,三个孩子都穿着新的黑条绒大衣,站在一边。

"哈尼帕同志,你认识我吗?"王亚涛热情地握着她的手,满面笑容地说。这时,镁光灯一闪,这珍贵的镜头不久就印在了报纸上。

"啊,认识,您是县委王书记。"哈尼帕欠欠身说。

"生活怎么样啊?"

"好。"

"怎么变好的呀?"

"是党的政策英明,割私有制尾巴的胜利。"哈尼帕像背书一样地说。

"回答得好啊,哈尼帕同志……"

唉,这一切都过去了,都过去了啊。本来,王亚涛在受到上级表扬后,就要升一级了,不料,平地卷来一股狂风,他突然被打倒了……

门轻轻地开了,昨晚那个小孩又走了进来,手中端了碗羊奶。

"老伯伯,喝点羊奶吧。"孩子把羊奶放在床头的土台上。王亚涛看那小孩,有十四五岁的样子,穿着件破烂的小皮袄,腰间用一根绳子扎着,里面没有穿衬衣,胸部的肉露在外面,已经冻得发紫,头发又长又乱,人很瘦小,看上去明显的营养不良。

"你叫什么?"王亚涛问他。

"木拉提。"那孩子回答,汉语讲得挺流利,"昨天我背柴火,看见你躺在地上,我去叫妈妈,是妈妈把你背回来的。"

"啊,你妈妈叫什么?"

"莎依拉,人家叫她莎依拉大婶。"

"你爸爸呢?"

孩子摇了摇头。

"你们家在哪儿?"

"那儿——"小孩朝西边指了指。

"妈妈昨天晚上到大队给你拿药,大队卫生员说不能给你。今天一早,妈妈又到公社去给你拿药了。"木拉提说。

"到公社? 那要跑二十多里路呀。"王亚涛感到十分过意不去。

"妈妈说,叫你好好养病,你的羊,我来放。"

"你会放羊?"

"会,我们家的羊都是我和弟弟放的。"

王亚涛的眼睛湿润了,自从他被押到这荒僻的草原上来后,一颗孤寂痛苦的心,还没有得到这样的温暖。

晚上,木拉提给他拿来几包药,说:"老伯伯,妈妈说,药名写在纸上,你看着吃。妈妈说,以后有机会来看你。"

"谢谢你妈妈。"

木拉提在他床对面的一个树墩上坐着,双手托着腮帮,睁着微蓝色的大眼睛看着他,好像在想什么。

"木拉提,你们家还有谁?"

"还有哥哥,妹妹。"

"生活很苦吧?"

"嗯!"木拉提点点头,说,"可过去,咱们生活不苦。那时咱们家有头奶牛,还有葡萄园,十几只羊。妈妈带着妹妹上草原去放羊,我和弟弟在家看葡萄园,等葡萄熟啦,就拿到镇上,卖好多好多的钱,妈妈就拿钱给我们做新衣服。冬天,咱们杀两只肥羊,也有肉吃。"

"现在生活就苦啦?"王亚涛问,他的心突然紧缩了一下。

"是呀。妈妈说,'文化大革命'前葡萄园就叫人家没收啦,现在,奶牛也叫人家牵走,羊也上交了,咱们家越来越苦,没有新衣服穿,肉也很少吃……妈妈说,我们现在年年欠生产队上的钱……妈妈常常哭……"

啊,这一切是怎么造成的呢? 从木拉提讲的情况来看,不是割私有制尾巴割的结果吗? 王亚涛突然想起了哈尼帕,哈尼帕的情况不是同莎依拉大婶一样吗? 王亚涛从枕头底下抽出报纸,拿出那张他同哈尼帕一起照的照片。

这时,坐在他对面的木拉提一直盯着他看,他那微蓝色的眼睛似乎在回忆,在思索,突然说:"老伯伯,我好像见过你。"

"你见过我? 在哪儿?"

"在沙德克队长家呀。"

"沙德克队长? 哪个沙德克队长?"

"咱们牧业大队的队长呀,你忘啦? 那天,人家借给我妈妈最好看的衣服穿,借给我们小皮袄穿,还吃了顿羊肉抓饭。后来,你就领着许多叔叔伯伯来了,你跟我妈妈讲好长时间话。"

"啊?!"王亚涛猛吃一惊,慌忙摊开报纸,叫木拉提看那上面的照片。

"这是妈妈。"木拉提指着照片说,"这是你。"

"你妈妈叫莎依拉?"

"以前叫哈尼帕,现在叫莎依拉。"

"为什么?"

"妈妈说公社黄书记逼着我们搬了家,改了名,怕别人再来参观。"

王亚涛一头倒在床上,啊,清楚了,哈尼帕的事情,原来是个骗局!是黄宏为了迎合他的需要,给他演出的一场戏。怪不得他要匆匆提前赶回去……

木拉提走了,煤油灯淡黄的灯芯一抖一抖地跳动着。王亚涛感到不安、心烦、痛苦、怨恨。他仿佛感到这间破烂不堪的小屋,那挂满尘土的屋顶,那不成形状的用破塑料纸糊的窗户,都在他的眼前晃动、旋转,似乎会突然塌下来,把他埋葬在这里似的。

啊,哈尼帕、莎依拉、木拉提……他又拿起报纸,看着上面那幅他同哈尼帕握手的照片,怪不得哈尼帕的笑容不自然,还隐隐带着苦楚。可他呢?那么自信,那么得意。他曾把哈尼帕的事,在全县宣扬,在省报刊登,他自己也沾了光。他被人骗,他也骗了人。他突然明白了把他打成"走资派"的原因,原来是自己骗人骗得还不够,干的事情还不"左",所以被骂为老右倾啊,天!我王亚涛以前糊里糊涂走的"社会主义道路",给哈尼帕一家带来了多么大的痛苦!可那些"造反有理"的人还嫌我右,那么这场史无前例的大革命,带给人民的又将是些什么呢?他们干的事比我过去干的还要左十倍、百倍啊!天哪!这样下去……

王亚涛慢慢地拿起报纸,看着照片,这曾经给他带来甜蜜回忆的照片,现在却像一把尖刀刺向他的心。他狠狠地把报纸撕成一半,又一半,又一半……雪片一样碎的报纸从他手中飘散在地上,他的心也碎了!

他陷入了深深的、痛苦的思索中,他感到,这是第一次真正地触及灵魂……

罪与罚

　　我和公安局的方副处长坐车一起到一个牧区去。那牧区在一个很偏僻的峡峪地带。小吉普在高低不平的小路上颠簸着。路途很长,两旁只是荒凉的戈壁滩,坐在车里实在无聊,我便想同方副处长扯扯"山海经"。方副处长是个四十开外的人,长脸,方下巴,眼睛虽小,但神采奕奕。他很健谈,说话时脸部充满表情,语气抑扬顿挫,很富有感染力。我觉得他这个人与其搞政法工作,不如去当个演员。但今天不知为什么,他只是默默地抽着烟,仿佛在想着什么心事。

　　"方副处长,你好像有什么心事吧?"我说。

　　我的话打断了他的沉思,他醒悟过来似的啊了一下,说:"我在想一些同我们公安工作有关的问题。"

　　"什么问题?"

　　"关于犯罪的问题。"

原载《潮州文艺》1981年第2—3期

"犯罪问题?"

"这是一个很复杂的问题,需要做深入细致的研究。犯罪有个人的因素,也有社会的因素。目前我在考虑的问题是,人为的'阶级斗争'是怎样把无罪的人推向犯罪的深渊的。"

"这个问题确实值得研究。"

"我现在要重新处理和落实的这个案件,就是其中的一个。"方副处长说。他眯起他那神采奕奕的小眼睛,沉思了一会,非常感叹地说,"这十多年来,那种人为的所谓的'阶级斗争'把多少人坑苦了啊。有许多犯罪是可以避免发生的,但却在人为的阶级斗争中发生了,这是十分可悲的。"

中午,小车在一个小客栈前停了下来。小客栈孤零零的在这荒凉的地方,前面有着几棵白杨树,枯黄的树叶在秋风中抖动着。吃过中午饭,我便和方副处长抽着烟,在小客栈四周溜达着,作饭后的散步。当我们转到客栈的背面,方副处长突然发现了什么,匆匆走到墙跟前,墙上贴着一张布告,布告已经很旧,布告的一角沾着墙上的石灰,卷了起来。方副处长用手指将卷角拉平,便可以看到上面有一张照片,照片上打着个红"×",那人显然是被判处死刑并已被枪决了的。

"你看,赵凡。"方副处长说。

"赵凡?"

由于有照片的那个角长期卷着,所以那照片还清晰。那人看上去很秀气,虽然头发剃光了,又是在临刑前照的相,但眼中的愤怒多于悲哀。他冷漠地看着这个世界,他对于很快将要离别这个世界并不感到惋惜。他只是在沉思。照片下的一行黑体字是:"现行反革命杀人犯赵凡。"

"他杀的人叫顾维己,是看守所的副所长。"方副处长说,"顾维己这个人我认识,是靠整人起家,也是因整人而灭亡的。这是个流氓。赵凡你认识吗?"

"不,不认识,我刚调到这里不久。"

"我们这个地区都知道这个人。'文化大革命'前,有一个戏你大概看过吧。"

"什么戏?"

"《哈森与阿依姆》。"

"噢,看过,曾经轰动一时。"

"这个戏就是赵凡编的。可惜啊,也是这个戏,将他毁了。我现在要进一步落实的,就是这个案子。咱们走吧。"

"把这张布告撕了吧。"我说。不知什么缘故,我对在"四害"横行时,被处死了的人,总有一种同情感,虽然这个人是一个杀人犯。也许我这种感情太过于偏激,但这实在也是"四人帮"所造成的冤假错案太多的缘故。

"不要撕吧。"方副处长说,"我很佩服'四人帮'们的宣传手段,他们开动他们的宣传机器,真正是做到'时时处处'了。像这么荒僻的小客栈,他们也作为一个阵地去占领了。但这种'大喊大叫',并不能把邪恶变成真理。咱们上路吧,还有大半天的路程。"

小吉普又在高低不平的小路上颠簸起来,不久,便走出了戈壁滩,继而进入了草原。秋天的草原是美丽的,一束束的野花开得很鲜艳。整个草原看上去,虽还是浓绿的一片,但里面也已夹着一丛丛枯黄了的草。车一开过,草丛中有时会惊起几只云雀,在你眼前飞一阵子。刚才看够了茫茫的戈壁滩,现在一进入草原,顿时感到心旷意畅。

"老方,赵凡从前也在那个牧区待过吗?"

"没有。"方副处长回答。

"那你到那儿去干吗?"

"赵凡的案件中,还夹着一个叫努尔汗的维吾尔族姑娘。那姑娘过去就在那个牧区。所以我要去一下。"

"看来这个案件还挺复杂?"

"是的。赵凡这个人我比较熟悉,那时他们剧团住的地方离我家很近,我又是个业余的戏剧爱好者,所以我们之间的来往比较密切。'文化大革命'一开始,在一片'砸烂公检法'的口号声中,我被下放劳动,赵凡则被关进了看守所。'四人帮'被粉碎后,有一位老同志来找我。他叫康立清,原先是看守所所长。他给我带来了赵凡在看守所里偷偷写下的日记,同时,他告诉了我一些赵凡杀死顾维己的有关的事情。"

"你是不是把赵凡的事给我讲讲?"

方副处长沉吟了一会,习惯地摆摆手说:"好吧。"

赵凡进看守所的原因,在那个时候是极为普遍的。他原是这个地区一个地方剧团的编剧。他那时还很年轻,三十岁不到,长得很清秀,样子文质彬彬,美丽的滚圆的眼睛总爱盯着人看,他似乎在研究每一个人的一举一动。他的观察力很强,对别人流露出来的细微的感情变化,能十分准确地捕捉住。他有很强的事业心,想在戏剧的创作上有所建树。那个时候,他除了埋头研究戏剧,创作剧本以外,对其他事情不怎么感兴趣,其中也包括对爱情的追求。真是功夫不负苦心人。一九六五年,他根据少数民族的一个民间传说,编了一个歌颂坚贞爱情的戏剧,演出获得了很大的成功,甚至于在一些大城市都引起了轰动,有个电影制片厂还准备把这个戏拍成电影。赵凡当时陶醉在这种成功之中。"文化大革命"一开始,赵凡是第一个被关进"牛棚"的,后来又在他宿舍的床头上发现一架用钢丝竖着的玩具小飞机,那飞机的头恰巧朝东南,于是有人说,这是他妄想逃往台湾的证据。另外,又从他的日记中发现了几首"借古喻今"的古体诗,说这是他在发泄他对党对社会主义的不满。赵凡感到冤枉透了。那时,他认为自己有错,错就错在不该写那个爱情的剧本,至于飞机和诗,根本不是那么回事。他在批判他的会上作了争辩,但争辩就是不老实,就是顽抗到底,就应罪加一等。赵凡被宣布为"现行反革命",送进了看守所。

看守所坐落在城郊,一条干沟由东向西折,弯弯曲曲地向前延伸到一座大土丘的跟前。土丘上,有一幢小土房,是哨兵们站岗的地方。干沟里长满了芦苇,枯黄的芦条被冬天的积雪压得乱糟糟地塞满了沟身。看守所的北面是两座沙丘,只要一刮风,沙丘上的沙子就会铺天盖地地扑向看守所。翻过沙丘是茫茫的戈壁滩。在戈壁滩和公路的交叉口,是一个兵营。看守所的大门朝南,门前是一片开阔地,一条渠道从沙丘后面朝右拐,穿过开阔地,朝城里流去。

看守所的房子,原先大约是个不大的牧主盖的住房,已经破破烂烂,大概那里的地形适合作为拘留犯人的场所,所以才决定在这儿成立看守所。到一九七六年,看守所已具有很大规模了,这种规模自然是抓"阶级斗争"抓出来的。赵凡是看守所里最早的犯人之一。他被关在一间阴暗潮湿的充满羊粪味的小屋里,开始了他作为罪犯的生活。

看守所的所长叫康立清,是一九四二年参军的老同志,曾负过三次伤。他长得矮小,黑瘦的脸老爱板着。由于他耿直,孤僻,在他担任看守所所长以前,只是一个县机关某科室的副股长。有许多他的部下,都从他的背上跃了过去,有的甚至当上了地委一级的领导。有人说这是他办事过于认真的结果,但从他担任看守所所长后的办事情况来看,并不太认真,有的还很随便,很有些顺其自然的味道。这原因大概是,以前他办事认真过,但并不行得通,领导并不欣赏这些,而同时又往往得罪了同事和下级,使他吃了不少苦头,于是,他感到不如随随便便为好。每天早晨,他背着手,手中夹着支烟,到各个房间转一圈,板着脸,有的训上几句话,大意都是:"你们要规规矩矩,老老实实,好好改造。……"说过后就走了。他这样做,似乎只是在履行一下他这个看守所所长的职责。由于他老是板着脸,动不动就训人,不少犯人都害怕他,仿佛命运就捏在他的手里。但是,一个人的内心世界并不是可以长期强制得住的。赵凡的日记中曾经写道,有一次,赵凡在打土块时,由于太疲劳,昏昏乎乎,一不小心铁锹把脚划了个大口子,伤口在污泥里泡了一整天,第二天伤口感染,脚面肿得像个馒头。第二天早上集合点名时,康立清看了看他那红肿的脚,严厉地对他说:"今天你给我巡渠去。"

赵凡听了,叫苦不迭。这脚,每走一步都疼得厉害,现在要叫他在渠堤上来回走着,这是多么大的惩罚呀。

"康所长……"赵凡用恳求的语气说。

"不许讲价钱,你是来劳动改造的!"

上工时,赵凡跟着康立清去巡渠,绕过几座小沙丘,来到一个渠口,这儿由于沙丘遮蔽,看守所的人看不到他们。

"你就看看这渠口吧。"康立清轻声地说。

"啊?"赵凡疑惑不解。"这条渠很结实,不会出问题,歇会儿吧。"康立清说完,背着手,手中夹着支烟,低着头,朝渠堤的深处走去。赵凡感到,这个外表严厉的老头,有着一颗慈善的心灵。

与康立清相反,看守所的副所长顾维己是个笑面虎。这个人年龄不到三十,但却很老于世故,颇懂得一些做人的哲学。

他长相不错,高鼻、大眼,身材匀称,很有风度。他长得虽有点美,但这种美却引不起人的美感,因为在他的美中,有着一种叫人寒心的神情。他虽然整天笑眯眯的,但这种笑却充满了杀机。他每天巡房三次,清早一次,看犯人是否都起了床,有没有"耍死狗,睡懒觉"的;中午一次,看有没有犯人敢从工地上溜回来的;晚上一次,看犯人是否都坚持"天天读"了。每次向犯人训话时,他总爱洋洋得意地说:"我这个人就是到这里来搞突出政治的,突出了政治不得了,不突出政治了不得……"言下之意,他这个人也是不得了的。

这个看守所,原先只有三个看守人员,后来由于被拘留的人越来越多,看守人员也不断增加,到一九七一年,看守人员增加到三十几个。其中有个叫秦三川的,是最先的三个看守人员中的一个。这个人四十多岁,眼睛中老是露出一副凶相,平时不爱刮胡子,所以通常他那尖下巴下总有一小撮花白的胡子。这个人,把任何上级都看成神,他的格言是:"按领导的指示办,没错。"在看守所里,他实际上是两位所长的一架非常听话的机器。尤其是对顾维己,更是俯首帖耳。顾维己命令他去打某犯人五十棍,他不会少打一棍,也不会"创造性"地多打一下。他认为忠于领导人,就是忠于革命。有一次,他在顾维己的命令下,毫无顾忌地撕烂一个姑娘的衬衣,把她吊在看守所办公室的梁上……自然,像这样的人,是经常受到顾维己表扬的,他年年被评为五好看守员,活学活用毛主席著作积极分子。

赵凡刚进看守所时,他也认为自己大概是有罪的。从那时报纸上的批判文章来看,他感到他写的那个爱情的剧本,确实在宣扬"四旧",是在搞"资产阶级的谈情说爱",在"毒害人们的灵魂",在"腐蚀社会主义的经济基础"。他进看守所后,就一份又一份地写着认罪书,纲越上越高,线越拉越长。他认为,自己只要真正认罪,那么,根据党的"治病救人"和"给出路"的政策,他就会很快出看守所,说不定还可以继续搞他的创作。这些年来,他一直没有忘记他的这一爱好。他交上去的认罪书如果叠起来的话，大约有两三尺厚了，但他每次把自己的认罪书递交给顾维己后，总是石沉大海，杳无讯息，去问问吧，顾维己就说："写得不深刻啊，再写一份吧。"就这样两年过去了，他仍然在看守所里煎熬着。

上面的政策越往"左"偏，社会上"阶级斗争"的弦绷得越紧，看守所里的生活就越难熬。每天打土块、盖房子，劳动时间越来越长，劳动强度也越来越大。对赵凡这样的人来讲，实在是力不胜任的，但他必须咬紧牙关支撑着。一天十几个小时的劳动后，晚上还有一个小时的"天天读"，两三个小时的思想交锋，再后就是，"晚汇报"，跳忠字舞。这样的生活，赵凡感到熬不住了，他又利用晚上睡觉的同时，写了一份达四万多字的认罪书，他把他的那个剧本中的每一句话都做了上纲上线的批判，还挖了"根源"，一直挖到他上小学时的错误。他觉得他的认罪已做到"完全彻底"了。他把这份认罪书郑重其事地交给了顾维己，说："顾所长，希望组织上能尽快地处理我的问题。"可是，这份饱含着他的满腔希望和心血的认罪书交给顾维己后，仍同以前一样，没有音讯了。半年后，赵凡在顾维己的办公室的木架上，看到了他的那份让老鼠啃噬过的认罪书，这份认罪书，顾维己不但没交上去，大概他连翻都没翻一翻。俗语说，兔子急了也要咬人。赵凡反抗了。他写了一份抗争的报告，要求组织上尽快处理他的问题。天呐，赵凡做梦也没想到，他那些加起来有几十份的认罪材料没有起作用，而那份小小的询问报告，却引起了轩然大波。顾维己在大会上说，赵凡这个"阶级敌人""黑线人物"终于熬不住了，跳出来表演了，说赵凡撕下了一切伪装的假面具，向无产阶级较量了。顾维己对赵凡组织了次数众多的批判会，大会斗，小会批，看守所里热闹了一阵子。为此，顾维己还写了一份叫作"阶级斗争一抓就灵"的报告。据说，这份报告还发表在一份简报上，散发到别的看守所去了。

赵凡开始了他的沉默，也开始了他的思考。

一九七〇年的一天，看守所又关进来两个人，一个是维吾尔族的姑娘，叫努尔汗，是个粗犷而美丽的姑娘，一看就知道她是在草原上长大的，会讲一口流利的汉语，挺直的鼻子，深蓝色的大眼睛，嘴角边上有两个又大又深的酒窝,身材高而匀称,丰满的乳房高高耸起,散发着浓郁的青春气息。有一天夜晚,她唱起了草原上的民歌,那宽广辽阔的旋律,配上她那深远嘹亮的嗓音,简直太吸引人了。遗憾的是,她一首歌还没唱完,就被顾维己阻止住了。她是因"亵渎罪"被送进看守所的。她所在的牧场那个靠造反起家的副场长死死地追求她,有一次,硬塞给她一枚非常精致的毛主席像章。如果这枚像章是别人给她的,她一定会很高兴,还一定会用她那动听的歌声来表示她的谢意。但她对那个副场长的死皮赖脸的追求已经恶心透了,当那副场长把像章硬塞在她手中的时候,她没多加考虑,就把那像章扔了,说:"谁要你这个臭东西。"但事情发生后的一刹那间,她马上省悟了过来,顿时吓得脸色苍白,冷汗直冒。命运,就这样把一个美丽、天真的姑娘押进了看守所。努尔汗刚进看守所时,顾维己对她很是热心,几乎天天都要去做她的政治思想工作。可是没多久,顾维己突然对努尔汗咬牙切齿地恨起来。

同努尔汗同一天进看守所的人叫任国平,他虽是"老造反",但"官运"却不怎么样,他们单位成立三结合的领导班子时,他没被结合进去,为此,他很不平。他就到处奔走,为自己这个"老造反"鸣不平,还给中央有名的造反人物写信。这样忙了一年多,总算闹出了个名堂,上面决定将他调到另一个单位去担任某一办公室的副主任。他要调升的事是在晚上知道的,他多么高兴啊,他一蹦三跳手舞足蹈地跑出办公大楼,他完全陶醉在今后如何进一步高升的遐想中。但命运却又给他开了个玩笑,在他蹦出办公楼时,有三个人正在办公楼的门前准备挂《毛主席去安源》的大幅画像,那三人爬在长梯上钉架子,而油画则平放在地上。可怜的任国平啊,这时昂着头,得意扬扬地大踏步从那张画像上走了过去。结果,他不是戴着什么副主任的乌纱帽而是戴着"现行反革命"的帽子,离开了那个单位,被押进了看守所。开始时,任国平住在离办公室不远的一间小屋里,两天以后,秦三川把他领进了赵凡住的那间小屋子里。晚上,任国平就同赵凡混得很熟了,他把自己如何犯罪的事毫无保留地讲给赵凡听。他一面讲一面摸着尖尖的下巴,说上一句话,总要喷上几声,因此听他说话很吃力。但他说话时那真挚的语调,爽朗的谈吐,却很会使人对他产生好感。两三天后,赵凡就和他相处得非常好了,赵凡有什么心里话,总爱同他讲,而他也总是同赵凡的观点"基本一致"。平时,任国平还处处照料赵凡,赵凡感到,任国平是个热心肠的人。秋天的一个早晨,天还没有亮,照例起床的哨声就响了,于是集合,点名,跳忠字舞,早请示(包括工人们的自我请罪)。这样,天快亮了,犯人们就集合在看守所的大院里吃早饭。赵凡领了一份饭:一个窝窝头,一碗玉米糊糊,两小块咸菜。他蹲在离女犯人不远的地方吃着,这时他发现离他不远的努尔汗神色有些不对,她不吃饭,睁着那双大眼睛,朝正在来回走动的康立清看着,犹犹豫豫,后来她仿佛鼓起了勇气,走到康立清的耳边说了句什么,脸飞地红了。

康立清习惯地瞪了努尔汗一眼,板着脸说:"这种问题,组织上会考虑的,你用不着提。"

早饭快吃完的时候,康立清在顾维己的耳边轻声地说了几句话。

"康所长,"顾维己拉开嗓门说,那意思是他这话并不是对康立清说的,"我们现在要突出政治,而不是生活。这样的先例我们不能开,犯人提出什么要求,我们都去满足,这不是同他们同流合污了?我们同他们的斗争是你死我活的斗争。对他们施以仁政,就是对革命的犯罪;他们舒服了,我们就会不舒服。现在,我们对他们已经够客气的了。"

吃晚饭时,赵凡看见努尔汗的裙子撕去了一大块。第二天早上,他在厕所下面的粪坑里,看到了两条带血的裙子布。一股不平的愤懑的情绪涌上了他的心头,这太不人道了,为什么犯人就不是人,在那刀来枪去的战场上,对待战俘也总还要讲个人道吧。夜里,赵凡就把这件事讲给任国平听。任国平摸着他那尖尖的下巴,啧啧嘴,摇摇头说:"赵凡,你讲得对,这太不人道了,太不人道了。"

"我看顾维己这样做,完全是出于私恨。"赵凡说。

"他对努尔汗,开始时有点那个,我看出来了。"任国平附和着说,"他是在报私恨,一定是在报私恨。"

"卑鄙透了。"赵凡咬着牙说。

"赵凡,我们应该提出来,我们虽然是犯人,但我们也应该有正义的吼声,因为我们不是件件事都有错的。"

晚上,赵凡向康立清和顾维己提出了努尔汗的这件事,指出在看守所里,对犯人也应该讲人道。可是赵凡万万没有想到,这件事大大地触怒了顾维己,给赵凡再次带来了不幸。第二天的下午,秦三川正确地执行了顾维己的命令,把赵凡捆在一根木柱上,将一副二十公斤重的铁炉盖用铁丝串起来,挂在赵凡的脖子上,挂了整整一夜。到第二天早上犯人集合点名时,赵凡已昏了过去,脖子上的细铁丝深深地嵌进了肉里,脖子上的血顺着铁丝流下来,滴在炉盖上。

康立清叫人把赵凡抬进屋里去时,顾维己收敛起他那特有的笑脸,恶狠狠地说:"赵凡,我看你再敢为民请命?"

那一天,是看守所里最沉闷的一天,犯人们看到赵凡那流满鲜血的脖子,那脖子上裂开来的红肉,一个个连饭都吃不下去。努尔汗开始时并不知道赵凡是为她请命而受的罪,只是同情地看着赵凡,那深蓝色的眼中渗出了一滴同情的泪。但世上没有不透风的墙,到晚上,努尔汗知道了赵凡受刑的原因后,便惨叫着,扑向赵凡的房门,昏倒在地上。草原上的维吾尔族姑娘,是不太会隐瞒自己的感情的。她那深蓝色的眼睛中那种天真、爽直的神采消失了,换上的则是充满仇恨的目光。她恶狠狠地瞪着顾维己,瞪着秦三川,瞪着康立清,瞪着其他一些看守人员。每当顾维己、秦三川要走到她身边时,她就摆出要拼命的架势,她挥着她那多肉的结实胳臂,叫着:"我做了件对不起毛主席的事,可我总不该死吧,如果谁想叫我死,那他就来试试。"

她守在昏迷不醒的赵凡的床边。她那天真、爽直,充满敬意和爱的光泽又开始在她的眼中闪烁着。她看着赵凡脖子上由于感染而脓肿的伤口,由于高烧在嘴唇上发出的泡,那晶莹的眼泪便顺着腮帮流了下来。

康立清走进来,努尔汗猛地站起来,挡住康立清,不让康立清走近赵凡的床边,她好像神经质地感到,康立清大概又是来残害赵凡的。

康立清仍板着他那黑瘦的脸,做了个手势,意思是说,他只是来看看赵凡的。

"他犯的什么罪,啊!……什么罪?草原上的狼是残忍的,你们比草原上的狼还残忍……"努尔汗挥着拳头,冲着康立清的脸叫着。努尔汗这些火药味很浓的话，并没有激怒康立清。他轻轻地推开努尔汗，朝赵凡看了看，皱了皱眉。他心里是清楚的，顾维己这样做，是太过火了。他叹了口气。

"康所长，"站在一旁一直不吭声的任国平，观察了一下康立清的脸色说，"是不是请医生来看看？"

"我会决定的。"康立清说，背着手走了出去。

"去叫医生？对，去叫医生。"任国平的话提醒了努尔汗。十分钟过去了，医生没有来，努尔汗等不住了，她又像野马似的冲到医务室门口。她看见康立清和顾维己正在那儿争论着什么。努尔汗一把推开顾维己，踹开医务室的门，用命令的口气对医生说："跟我去。"

"什么？"医生惊愕地看着努尔汗。

"跟我去，"努尔汗用威胁的口气对医生说。摆出如果医生不去的话，就要同医生拼命的样子。

面对努尔汗的威胁，医生不知所措地愣在那儿。

这时康立清走进来，说："跟她去吧。"

几天来，努尔汗这匹野马，一会儿闯进医务室拿纱布，一会儿闯进伙房，勒令炊事员做病号饭，她在看守所里横冲直撞着。

"这样下去，怎么得了呢？"顾维己说，"现在，我们这个对敌人专政的机关，敌人专起我们的政来了。"

"可我们的做法有点过火啊。"康立清说。

"什么过火！对敌人的仁慈就是对革命的犯罪。得把努尔汗铐起来，不许她撒野。"

"但她是个少数民族。"

"民族问题也是阶级斗争的问题。对民族中的阶级敌人也不能仁慈！"

三天之后，努尔汗被戴上了手铐脚镣，这是在秦三川的指挥下，五个人费了九牛二虎之力才做成的。同时，康立清也挨了上级的批评，这显然是由顾维己向上级汇报的结果。

就在努尔汗被戴上手铐脚镣的那天，赵凡已经完全从昏迷状态中清醒过来了，伤口也开始合缝。任国平摸着尖下巴，咂着嘴，给他讲努尔汗在他昏迷时如何照顾他的,感动得赵凡的泪滴滴答答往下流。

"刚才他们给努尔汗戴上了手铐脚镣。"任国平说,而且很不满地叹了口气。

"一定又是顾维己干的!"赵凡咬牙切齿地说。

那天晚上,沉重的铁炉盖吊在他的脖子上,剧烈的疼痛使他昏迷,而寒冷的夜风又将他吹醒。他醒过来时,又在剧烈的疼痛中煎熬着;几次昏迷,几次苏醒,他感到自己已经在向死神屈服了,他觉得脖子已经失去了疼痛,但却有一种更加难忍的味道使他全身战栗,他喊不出,哭不出,仿佛只等着生命的火花的最后熄灭。他认为自己很有价值的生命,在有些人的眼里简直算不了一回事,他们可以轻易地把他的生命夺走。赵凡感到,在这里,他的生与死是掌握在别人的手里的,那么,他有什么必要去那样小心地保存自己的生命呢?从地狱中逃出来的人,有的,会变得十分谨慎小心,而有的,则会变得毫无顾忌。赵凡,就成了后一种人,他一下子把一切都看得无所谓了。在他看来,最大最坏的后果大不了是死,死有什么了不起呢?他已经尝过了死的味道了。

他开始公开顶撞顾维己。有一天晚上,他对任国平讲:"你到隔壁屋子天天读去,我乏了,要睡觉。"

"你不参加天天读?"

"我睡在床上一样天天读。"

他熄了灯,睡在床上。顾维己来查房,看到赵凡屋里的灯熄了,就踹开房门,责问赵凡道:"赵凡,你为什么不天天读?"

"我在读啊。"赵凡答。

"熄了灯,怎么读?"

"我没熄灯呀。"

"你屋里黑黑的,怎么没有熄灯?"

"顾所长,你又错了,我屋里的四周墙上都贴着毛主席语录,每一张语录就是一盏明灯,它照亮了我的屋子,也照亮了我的心。只有那些对毛主席语录心怀不满的人,才觉得张贴着毛主席语录的屋子是黑暗的。"

　　顾维己听了这话,瞠目结舌,气得说不出一句话来。

　　努尔汗一直被关在办公室尽头的一间小屋里。每次犯人聚集在看守所的大院子里吃早饭和晚饭时(中午是在工地上吃的),赵凡都要朝那间小屋张望,而在那时候,小屋窗口的铁栏栅后面,就会露出努尔汗的脸,那闪闪发光的美丽的深蓝色的眼睛。他们互相望着,两人的眼中都闪烁着感激、敬意和爱慕的光。尤其是努尔汗,她那种情感的光就显得更直露更强烈。

　　爱情是朵倔强的花,无论严寒和酷暑,无论是白天和黑夜,它都会开放,都会开得那样鲜,那样烈。

　　一个月后,他们把努尔汗放了出来,取掉了手铐和脚镣。有一天夜晚,天下着雨,四下是一片漆黑,赵凡听到有人轻轻敲着他的门,他起来打开门,但没有看到人。这时,他觉得有人在下面拉他的脚,他低头一看,只见有一个人躺在地上,赵凡马上想到,是努尔汗,她是从对面的屋子里爬过来的。赵凡蹲下身子,低下头,努尔汗一把搂住他的脖子,他们没说一句话,只是紧紧地拥抱在一起,长时间地亲吻着。天空中的雨丝像一条条细细的绸带,飘在他们身上。

　　努尔汗又爬了回去,赵凡走进屋子。

　　"刚才是谁?"任国平关切地问。

　　"是努尔汗。她爱我,我也爱她。"

　　看守所的后面,有一个很大的菜园。那是女犯人劳动的地方。现在瓜菜已经成熟,经常有野兔,野猪从干沟里钻出来,毁坏瓜菜。顾维己觉得,那实际上是他的财产在受损失,因此,平时总派一名犯人在这里看瓜菜,这在犯人中是一个"美差",因为这活儿轻松,还能吃上点西瓜和甜瓜,其他犯人是挨不上吃瓜的边的。有一天,顾维己对赵凡说:"赵凡,看瓜菜的李老头明天要出去了,你去接他的班。看菜去。"

　　赵凡简直不相信自己的耳朵,顾维己会叫他去看瓜菜?他怎样突然会对他发慈心呢?

　　我们在这里应该揭露一个秘密,那就是任国平和顾维己的一笔交易。任国平被关进看守所的当天晚上,就跪在顾维己的脚下痛哭流涕地说他犯了弥天大罪,愿意彻底悔过。顾维己对任国平的表白并不重视,但任国平的表演技巧,他却看中了。从这表演中,他看到任国平的人格,他觉得可以利用这个人。在犯人中,他还没有一个他所称心的"密探"。顾维己一开始就将他同赵凡关在一起,要求他同赵凡搞好关系,监督赵凡的行动。顾维己早就察觉到,自那次他组织批判赵凡后,赵凡对他表示了明显的仇恨。……

几天前,顾维己从任国平的口中知道努尔汗和赵凡相爱的事,他又是气又是恨又是心酸。吃晚饭时,他看到赵凡和努尔汗"眉来眼去"的样子,胸中的妒火好像把他的五肠六脏都要烧坏。努尔汗那深蓝眼睛中,对赵凡竟有这样的深情。那时,他真想扑到赵凡身上,把赵凡撕得粉碎,同时,他也要扇努尔汗的耳光,因为她以前竟拒绝了他——这位相貌堂堂的看守所副所长的垂青。不将赵凡和努尔汗惩罚一下,他顾维己每一分每一秒都感到不舒服。

深秋了,在一个阴暗潮湿的早晨,赵凡住进了菜园的一个小茅棚里。这种茅棚同我们的祖先在穴居时代住的茅棚大约没有什么两样,地下挖一个坑,两边用几根树枝架起来,然后篷上茅草。茅棚的后面便是长满芦苇的干沟。

赵凡白天休息,晚上在瓜菜地里来回巡逻。他感到十分的寂寞。白天,在女犯人来到这里摘菜摘瓜的时候,他希望能看到努尔汗,可是努尔汗却一直没有来过。她为什么不来?她又会发生什么事?……这时他感到,不能天天见到努尔汗,是件多么痛苦的事。

刮了一夜的寒风,天空阴云四合。晚上,下起雨来。赵凡坐在茅棚的门口(其实根本没有门),呆望着漆黑的夜。人生、命运;命运,人生……谁能捉摸到自己的命运呢?想安分守己做个人吧,但偏偏安分守己也有罪,偶尔的防不胜防的那种"亵渎罪",使人的命运变得多么不可捉摸啊!而正是这变幻莫测的政治气候,才给了另外一些人飞黄腾达的机会,难道他们都是好人吗?你看顾维己,犯人每天打土块、种菜,但看守所哪里用得了这么多土块,吃这么多菜?他看到顾维己指挥着人开着拖拉机来拉土块,拉瓜菜。他从那些新来的犯人中知道,顾维己他家五口人住了十几间砖铺地的平房,另外,他用犯人们打的土块和种的瓜菜,为自己换来了吃的和用的物资,人家说他家里要什么有什么。看来,他们这些犯人,只不过是顾维己的奴隶而已,他用"无产阶级专政""抓阶级斗争"这根鞭子迫使他们劳动,劳动出来的产品成了他的私有财产,他可以任意享用。这是什么原因呢?

雨丝随着寒风一阵阵地扑到他的身上。他冷得直打战。这时,他又想起了他同努尔汗在门口拥抱和亲吻的夜晚,那时,天也下着雨。在沉重的压力下,他们的这朵爱情之花也开得如此的畸形。顾维己为什么要他孤零零来看菜地?为什么努尔汗没有到菜地来劳动?赵凡敏感地觉得,顾维己大约知道了他和努尔汗的关系。

"他妈的,顾维己。"赵凡粗鲁地骂着。

一阵寒风,小茅棚背后的芦苇在哗哗作响。

"是狼还是野猪?"赵凡感到心中发麻,毛骨悚然。

一个人闪进了茅棚,是努尔汗!

"我是从厕所的洞里爬出来的,我顺着这条干沟,在芦苇丛里钻,谁都不会发觉我。"

赵凡热烈地拥抱着浑身湿透的努尔汗。

"赵凡,我可想死你了。"努尔汗一头倒在赵凡的怀里。

赵凡紧紧地同努尔汗依偎着,一股不知是幸福还是心酸的泪,一串串地从他脸上滚落下来,滴在努尔汗的胸前。

爱情的力量到底有多大,大约是因人而异的。但对大多数人来说,爱情的力量是可以震撼人心的。努尔汗对赵凡的爱,用赵凡自己的话来讲,就是在他那无望的生命中注射了强心剂,给他增添了力量,使他的生命之火又燃烧起来。在努尔汗的热烈的有些粗野的拥抱和亲吻中,他又看到了生命的价值,又开始渴望着自由,希望早点离开看守所,能在自由的空气中同努尔汗一起过上幸福的甜蜜的生活。努尔汗对他的爱,促成了他开始对未来美好生活的渴望。

但是他们怎样才能出看守所呢?如果判刑,那也行,因为不管判多少年,总还有个盼头。但现在,既不判刑又不放人,要到哪年哪月才是个头呢?

雨丝在飘洒着，在黑暗而寒冷的茅棚里，他们拥抱着，亲切地讲着各自的过去，人生的遭遇。他们俩所走过的人生的道路是各不相同的，一个是先在学校学习，后来在剧团里搞创作，就是说，他的大多数时间都是在房间里度过的，而努尔汗呢？却是在辽阔的草原上，在风风雨雨中摔打大的，骑马、牧羊，站在山坡上歌唱。可是他们都各自爱着对方的自己所不熟悉的经历和生活。他们后来又谈到看守所，谈到顾维己。

"这是只下流的狼。"努尔汗说，"我刚进看守所，他就天天来找我，说是对我进行思想教育，有一天，他就跟我动手动脚起来，我结结实实地给了他一巴掌，把他撂倒在地上。他倒在地上丑极了，我就哈哈地笑起来，他怎么不恨我呢？"

"多么卑鄙的人啊！现在却在那儿飞黄腾达，官运亨通。"

秋雨的夜是寒冷的，他们用相互的体温来取暖，他们觉得他们之间已经融为一体了，谁都离不开谁了。这一夜是这样的短暂，虽然下着雨，乌云低低地压着大地。努尔汗依依不舍地离开他，钻进干沟，在密密的芦苇里往回走去。天还很黑很黑，雨仍在下着。赵凡猛地捂着自己的脸，大声地痛哭起来。他哭，是因为他感到，甜蜜的爱情对他来说，将要掺杂着多少苦难！什么时候才能尝到那种真正的自由的甜蜜的爱情呢？

然而这种夹着苦难的幸福也并不长久。在努尔汗来过后的第七天夜晚，天上的乌云又遮住了星星和月亮，一股寒冷而潮湿的风吹拂着大地。赵凡又听到干沟里的芦苇在沙沙响动，不久，努尔汗又钻进了他的小茅棚，他们刚刚拥抱，四周就响起了许多杂乱的脚步声，接着一道手电筒的光照射进他们的茅棚。

"把他们捆起来，带走。"这是顾维己的声音，"这可是姜太公钓鱼——愿者上钩啊。赵凡，你不是爱用你那仇恨的眼睛盯着我吗？但你那仇恨的眼光，却比不上我这慈善的手掌厉害啊。"

赵凡这时才猛地感到，顾维己叫他来看瓜菜，并不是出于他的"慈心"啊。

"努尔汗，怎么样？"顾维己用电筒照着努尔汗的脸，带着讥讽的口气说，

"你敢于在下雨天的晚上,在地上爬着去同赵凡相会,那么,你也一定会爬进干沟的芦苇丛,钻进赵凡的小茅棚,我预见的不会错吧?"顾维己趁机走近努尔汗的跟前,用手电光逼着努尔汗的脸,但顾维己万万没有想到努尔汗会在他肚子上狠狠地踹了一脚,把他踹了个四脚朝天。

赵凡和努尔汗被五花大绑绑了起来。秦三川还走到赵凡跟前,打了赵凡两个耳光,骂道:"下流种子! 在看守所里这样乱七八糟,同另一个民族的姑娘乱来,这是破坏民族政策!"赵凡在被捆被打的一瞬间,一种绝望的情绪袭进了他的心头,他觉得眼一黑,腿发软。但一会儿,他又觉得无所谓了,因为现在对他说来,人生还会有多大价值呢? 努尔汗用维吾尔语在叫骂着,顾维己正揪着她的头发,在狠狠地踢她,表面上看来是在报他刚才她给他的一脚之仇,但仅仅是这些吗?……

乌黑的天空又下起雨来了,而且越下越大,越下越宽,仿佛也在哭泣。

第二天清早,雨停了,但狂风却卷着沙粒,昏天黑地地朝看守所扑来,沙粒打着土墙,发出沙啦啦的响声。

看守所北面的两座沙丘,在狂风的怂恿下,也放肆起来了。团团的沙粒从迎风的那一波腾起,跃过丘顶,朝背风的坡下滚去,然后又迅速地躺了下来。

赵凡被绑在看守所墙后的一根柱子上,无数沙粒随着狂风,射到他的身上,咬着他的脸,往他的眼睛里钻,这种味道,比皮鞭猛抽在身上还要难受,但现在,赵凡并没有"体验"这肉体上的痛苦,他现在"体验"着的是一种精神上的痛苦,在他对面的沙丘上,努尔汗被绑在一根电线杆上,一团团滚过来的沙粒,已经将她下半身淹埋起来了,如果狂风继续刮下去,沙团继续滚过来,那么要不了多久,努尔汗就会被活活埋死在沙丘里。

在看守所里,政治副所长顾维己确实很有"政治"才能,他在看守所里"发明"了许许多多种听都没有听到过的刑罚,而今天赵凡和努尔汗所受的刑罚,叫"干生气。"意思是说,让你心爱的人在死亡线下挣扎着,可是你却无能为力,只好看着生气。

狂风无情地刮着,天空被泥流遮得黑黑的,沙土已经埋到了努尔汗的胸口,努尔汗的叫声已经嘶哑了,她张大嘴在那儿喘息着,泥沙灌进她的嘴里,又和着唾液从嘴角上流了出来,一滴一滴地往下流。

"努尔汗……努尔汗,"赵凡哭着叫着。这时,他对顾维己已经痛恨到了极点,要是顾维己现在站在他跟前,他会扑上去把顾维己撕得稀烂。然而就在墙角边上的一个窗户里,有一双眼睛正在望着他和努尔汗,在欣赏着他们遭受的苦难,在欣赏着"干生气"这一刑罚的效用,这双眼睛正是顾维己那双笑里带刀的眼睛。

沙土已埋到努尔汗的脖子上了,而赵凡也在风沙的袭击下,在极其痛苦的感情的熬煎中,失去了知觉。

他醒过来的时候,风沙小了一点,康立清正站在他的身边,帮他解着绳子。他也看见努尔汗被几个人从沙丘里挖了出来,抬进去。

"我们是共产党人,不是法西斯!"康立清暴躁地对着顾维己叫着。

"但我只相信一条,就是对阶级敌人决不施仁政,而必须叫他们尝尝无产阶级铁拳的滋味。"

"但是我相信,无产阶级的铁拳,绝不是这样来使用的。"

"……"

赵凡没有听完他们的争论,就又昏了过去。

赵凡的这次受刑,无论从肉体和感情上,摧残都是极其严重的。他躺在床上,但总觉得自己仍在风沙中煎熬着,仍看见努尔汗在挣扎着,各种各样的可怕的念头在他心中闪现着。他觉得自己要发疯了。他看见康立清走了进来,他便疯癫地从床上跳下来,挥着拳头,冲着康立清叫着喊着。

"你用不着激动,有话慢慢地说。"康立清板着脸,抬起手,动了动手指说,语气显得很缓和。

这时的赵凡,感情的变化已经很不正常了。他一会儿疯狂得像个野人,一会儿又平静得像个死人。现在,他又突然平静下来,呆呆地坐在床沿上。

"康所长,我想问你,"他说,"我犯的罪到底有多重?"

"这点,我们也不清楚,但你有罪,这是肯定的。"

"是不是我的罪是死罪?"

"恐怕不是。"

"那为什么要把我往死里整?"

"对这些,我没法回答你。"

"努尔汗是不是也是死罪?"

"恐怕也不是。"

"那为什么也要把她往死里整?"

"这叫我怎么说呢?"康立清叹口气,摇了摇头。

"你们不能回答,让我来回答吧。"赵凡一下子又变得疯疯起来,声嘶力竭地喊着,"我们并没有犯多大的罪,而你们,尤其是那个顾维己,他把我们犯人看成是他的奴隶,想出种种残忍的刑罚来残害我们。他占有公物,他调戏妇女,他公报私仇,他才是有罪的。现在,无罪的人在受罚,有罪的人在升官发财。……我可把你们看穿了。"

康立清想走,赵凡一把拉住他。

"赵凡,你是个犯人,你刚才说的这些话是超出原则的。"

"超出原则怕什么? 大不了死,我已经死过两回了,那个顾维己叫我死过两回了,我不怕。哈哈哈……"

康立清推开赵凡的手,走到门口,说:"我来告诉你,努尔汗死了。"

"什么?"

"努尔汗在昨天半夜里死了。"康立清背着手,走了出来,手中夹着的烟在冒着青烟,有一小团飘进了屋里。

赵凡愣愣地看着那团青烟散开,散开,散开……最后消失。他僵硬得像个石头人一样。

对有些人来讲,理想和希望是他们生命的支柱,当他们的理想和希望破灭后,他们就会觉得生命失去了光彩,失去了存在的必要。赵凡,当他对戏剧创作充满希望的时候,他感到他的生命是有意义的,因此爱惜他的生命;当他同努尔汗深恋的时候,他又充满了同努尔汗将来幸福生活的希望。他绝望了,他已不考虑他那生命的存在,他只考虑到报仇,为努尔汗,为他自己。

从那天起,赵凡变得异常的沉默,冷静。他不再同任国平讲任何话,虽然他没有确凿的证据证明任国平出卖了他。但他对他已经产生了怀疑。他不再用仇恨的眼光去看顾维己,而且碰到顾维己时,还低下头,献媚似的笑笑。他开始老老实实地干活,老老实实地做人了。

有一天晚上,秦三川到他们的屋子,对任国平说:"任国平,出来吧,顾所长找你。"

任国平去了一会儿便眉开眼笑地回来了。他摸着尖下巴,说:"赵凡,我要出去了,党的政策在我身上得到了体现。以后,如果你也出来了,请到我家来玩。"

任国平走了,这一夜赵凡不能入睡,他曾经多么渴望着出看守所啊,但他不能。任国平是同努尔汗同一天进来的,同样犯的是"亵渎罪",但一个获得了自由,而另一个,却已被埋在离看守所不远的戈壁滩上了。这里的奥妙到底在什么地方呢?

将近午夜,赵凡听到秦三川的喊叫声,接着门被踹开,秦三川一脚将一个人踢了进来。那人打了个趔趄,跌倒在地上,那人慢吞吞地从地上爬起来。赵凡简直不能相信自己的眼睛,这人竟是康立清。

"康所长,你怎么?"

"我现在不是所长,而是犯人了。"

"怎么回事?"

"因为我包庇了你们,为你们辩护了。他们说,包庇坏人的人比坏人更坏。"

"这……"

"我同你的谈话,上面都知道了,他们说,我把努尔汗死的消息告诉你,是一个阴谋。"

"他们怎么知道的?"

"任国平向顾维己汇报,顾维己又偷偷向上反映,他早就收集了我大量的材料,我还不知道。顾维己这个人,好毒啊。"

赵凡把康立清扶到任国平睡过的床上,在一边呆站了半天。

　　初冬的一个下雪天的下午,犯人们都在挖土,修理渠堤,顾维己得意扬扬地走到正在向他媚笑的赵凡的身边,朝他点了点头。当顾维己背转向赵凡往渠堤上走去时,赵凡用已在沙土上磨得锃亮的铁锹,狠狠地朝顾维己的脑袋上砍去,竟将顾维己的半个脑袋砍了下来,他那双笑眯眯的眼睛,也被砍成了两半。要杀顾维己的决心,赵凡早就下定了。顾维己是有罪的,可是在那个时候,这种人却用他们的罪恶来换取功名。赵凡,用他自己的法庭,宣判了顾维己的死刑。这个法庭,是以赵凡自己的生命来作为代价的。

　　方副处长讲完了他的故事,沉默了很长时间。他抽去大半支烟后说:"那种人为的'阶级斗争',造成了什么结果呢? 就是使一些人通过整人、告人来达到他们升官晋爵、飞黄腾达的目的,使社会上产生了一批'职业整人者'。而另一方面,却又把一些无罪的人推向了犯罪陷坑。是啊,这件事如果写成小说,也是一篇'暴露文学',但我们暴露黑暗,并不是欣赏黑暗,而是要挖掘这些造成黑暗的根源,最后消灭黑暗,走向光明。至于那些害怕揭露黑暗的人,要么他们无知,要么他们本身正是黑暗的制造者或者是在制造黑暗中捞到好处的人。"

　　小车在崎岖曲折的小路上颠簸着,两旁那丰茂的青草,艳丽的花朵,在夕阳照耀下,都变得金光灿灿,充满生机。生活本身应该是美好的,而美好的生活必须在不断消灭丑恶的东西中获得。前面的道路渐渐地宽阔了,金黄色的草原上,可以看到那一点点散缀在草原上的毡房。我们的目的地很快就要到了。汽车开进长满鲜花的草丛中,惊起了两只美丽的色彩斑斓的锦鸡,它们扇着被夕阳照得闪闪发光的翅膀,窜向无限广阔的草原中去了。

依依戈壁情

那一幢幢白色的采油房,就夹在一座座奇形怪状的土丘中间。只要稍稍有点儿风,细细的尘土便在土丘间弥漫,于是那些采油房,仿佛像一只只白色的羔羊,在土丘的阴影中,在影影绰绰的尘雾中奔跑,给人以许多遐想和梦幻。面对着这奇特的景色,我有时会感到自己似乎是在其他星球上。

这个环境奇特的地方,总少不了奇特的传说。几年前,这儿就传说过这么个故事。那时社会风气不好,流氓活动很猖獗,我们采油女工到那些戈壁滩上的土丘间的采油房工作时,被流氓侮辱的事经常发生。有一天下午,有两个女工去上班,说是有两个小流氓鬼鬼祟祟地跟踪而来,那两个采油女工发觉后,索性一不做,二不休,竟脱光了衣服,两手叉腰,赤身裸体,雄赳赳气昂昂地往采油房前一站,反而把那两个小流氓吓得掉转屁股逃走了。这故事中讲的两个姑娘,其中一个就是我,另一个叫刘

原载《绿洲》1987年第6期

兰。但故事总是越传越玄乎,其实根本不是那么回事儿。

那一天黄昏,鲜红的色彩抹满了整个天空,那些奇形怪状的土丘顶上,流淌着红红的光彩。天气很热,采油房里闷热得像一口蒸笼,我同刘兰只好脱掉外衣,穿着汗背心在里面工作。没想到有两个野小子,鬼头鬼脑地朝我们走来。我们一看苗头不对,也来不及穿衣服,开门就往外跑。但奇怪的是,我俩刚出门,那两个野小子也突然掉转屁股没命地跑了。有一只身架壮大的黑白花狗狂叫着,朝他们追去。后面紧跟着一个身材高大,身坯结实,皮肤黝黑,脸上还布满伤痕的男青年。当他看到我们时,就立即很难为情地把脸转了过去。那时我们才发觉,我们只穿着一件汗背心。我们赶忙钻进采油房,穿好衣服,出来后,感激地朝他点点头。我发觉,他身上还背着个大吉他。夕阳正在慢慢西沉,那两个野小子被狗追得已看不到影踪,那只黑白花狗得胜似的奔了回来,亲热地邀功似的在那青年的小腿肚上磨蹭着。他告诉我们说,他叫赵兴中,是兵团农场建筑队的一个工人,正在我们采油厂施工。每天黄昏下工后,他就爱到这儿来看看,他不好意思地笑笑说:"这儿的景色又奇特又美丽。太迷人了。"

我们的采油厂紧挨着"风城",我们习惯叫它"魔鬼城"。那里的一座座土丘就像城堡一样。每当狂风袭来时,风沙在土丘中穿梭,发出一阵阵巨大的古怪而恐怖的呼啸声,仿佛像有无数个魔鬼在那儿吼叫。赵兴中告诉我们说,在一个天色阴沉,狂风吼叫的早晨,他只身走进了"魔鬼城",因为他想去看看狂风呼啸时的"魔鬼城"是什么样子。那天,风沙像翻江倒海一般,人们都担心他出不来了。但在傍晚,大风停息的时候,他出来了,但他的脸却被飞啸着的砺石刮得鲜血淋淋,留下了满脸的伤痕。那天,他还带回来了一只在狂风中迷路的小狗。我觉得他这样做似乎太不值得了。他却一笑说:"不,我不这么看,谁见过狂风呼啸时的魔鬼城? 到目前为止,只有我……"说完,他竟天真地一笑。

"仅仅为了这点,你就献出了自己的面容?"。

"可世界上有些人为了探险,什么也没有得到,就献出了生命,这你又怎么看呢?"他眯着眼睛,微笑着看看我。我觉得他真有些傻,但又觉得他身上,有着一种我说不清楚的吸引人的东西。

从那天后,每当傍晚我们下班时,他总是带着这只"黑白花"狗,来护送我们回家。采油房的对面,有一座高高的土丘,那土丘的顶部,像个巨大的蘑菇,而蘑菇的上面有着一只兀立着的雄鹰。那是大自然用风雕成的奇迹。每个星期六的傍晚,他总爱爬到那土丘上,把身子靠在那个大蘑菇的根部,弹着吉他唱歌。他是在农场长大的,高中毕业后在家同父亲一起承包过土地,后来参加了团场外出施工的建筑队,他说他一到这儿,就爱上了这片戈壁滩。他有农场里的人的那种纯朴和土气,又有生活在戈壁上的人的那种粗犷和豪爽。他虽然长得粗壮,却很内秀。他唱歌时充满了激情,可以让人感受到他那丰满的内心世界。他的声音浑厚、洪亮而有些沙哑。他老爱唱那首《戈壁之歌》,据他说,那是他自己编写的。夕阳是鲜红鲜红的,戈壁是荒芜苍凉的,土丘像一头头巨兽,四下一片沉寂,只有微风吹着泥沙在簌簌地响。戈壁显得那样雄伟而悲壮。"茫茫的戈壁啊,"他唱着,那吉他同时迸出了一种强烈的粗犷的旋律,"我曾经讨厌过你的丑陋,可是没有你的丑陋,怎能衬托出世界的美丽;茫茫的戈壁啊,我曾经讨厌过你的贫瘠,可在你贫瘠的土地下面,却埋藏着无数的财富;茫茫的戈壁啊,我曾经讨厌过你的荒凉,但没有你的荒凉,哪能显示出人类的力量。茫茫的戈壁啊,我多么的爱你,因为你也是大自然的产物,人类的朋友,我心中的一首动情的歌……"

他那深情的歌声,在山丘间穿行,在戈壁上回荡。那音符像一只只飞翔的小鸟,在土丘间缭绕,旋转,最后又飞了回来,飞到了他的身边。旋律是那样的高亢,粗犷,热情,但又带着点凄凉和哀伤。我们坐在采油房前,被他那歌声深深地迷住了。而那只黑白花狗,也紧紧地依偎着他,眼睛盯着吉他,也沉浸在歌声里了。

我发觉他性格有些孤僻。他说,自从他的脸受伤后,他总是远离人群,在戈壁上寻找自己的天地,在歌声中寻找自己的心声。记得有一个休息天,他约我们在戈壁滩上逛逛,带我们看看大自然创造的奇迹。他领着我们来到一个有着大斜坡的土丘跟前。当我们爬上土丘,上面的景色让我惊异极了,土丘上面是那样平展,在那黑色的松软的沙地上,铺满了色彩斑斓、形状各异的鹅卵石。那些石头仿佛是从天上掉下来的星星,点缀在土丘上。我和刘兰都高兴地拍着手狂叫起来。我们掏出手帕拾啊捡啊,似乎在拾着遍地的珍珠。我们的激动和惊异也感染了他。他也猫下腰,一块块地挑着捡着,还不时地喊:"啊,你们瞧,这不是真正的玉石和玛瑙吗?"我们捡了那么多美丽的石头,堆成了一小堆。他脱下衣服,把石头包在衣服里。风又干燥又温暖,阳光明媚,几缕云彩在空中飘着。我们兴高采烈地正准备下坡,他却呆头呆脑地站在那儿不动了,长长地叹了口气,用深情而带歉意的口气对我们说:"请你们原谅我,我不能破坏大自然创造的奇迹。本来,我捡这些石头,是想向你们献殷勤,但我觉得,保持大自然的美丽,比向你们献殷勤更重要。"说着,他把包在衣服里的石头全又撒向了大地。我和刘兰也很不好意思地把包在手帕里的一些石头,也撒了去。

我们大约同他相处了有一个月。但给我们留下的印象却是很深刻的。每当黄昏,如果因为他有什么原因而没有来护送我们,我们就会感到仿佛那天像失去了什么东西似的。而每当星期三一过,我们就盼望着星期六的到来,我们喜欢他的歌声,喜欢他歌声唱出来的心灵。因他的歌声,我们感受到了戈壁所蕴含着的美。刘兰对我说,如果不是他那一脸的伤痕的话,她一定会爱上他。其实,我也有这种感觉。说不定我已经爱上他了,因为每当我看到他,并且听到他的歌声时,我就有点儿激动,心中会涌出一种甜蜜蜜的感觉。我相信他也很喜欢我,我知道我长得很美。细长的个儿,苗条的腰身,当我穿着紧身的牛仔裤和工作服时,那身上的曲线显得更美。我那被太阳晒得黑黑的鹅蛋脸上,有着一双像星星一样闪烁的眼睛,嘴角边上有一对像小菊花一样盛开的酒窝。我的性格也很爽朗。每当他看到我时,他那双眼睛就会像闪电一样放射出异样的光彩。但在我们之间准备更深一步的相互了解的时候,他却因为工伤事故,而突然死去了。他是从脚手架上摔下来,送进医院不久就死了。那天正是星期六,我们坐在采油房前,眼巴巴地等着他。天色有些阴沉,薄薄的铅色的云低低地压着戈壁,风呜呜地叫着,扫起一阵阵沙尘。天色昏暗下来了,如果照以往,他早该来了。我们都感到有些不安,我们正准备往回走时,看见那条"黑白花",身上背着吉他,走到我们跟前,凄凉而悲哀地看着我,浑身颤抖着趴在我的脚下,嗓子里在呜呜地低鸣着。吉他里有一张沾满血迹的纸条,上面歪歪斜斜地写着:"方婕,我爱你,收下我的狗和吉他吧。向刘兰问好。"纸条在我手中颤抖,我伤心地哭了起来。

每天上班,我总带上"黑白花",星期六的时候,还背上那只西班牙大吉他。"黑白花"长得很健壮,身上的毛油亮亮的,两只像猪一样的大耳朵在两边耷拉着,那双灵气的大眼睛忽闪忽闪的。由于赵兴中的缘故,我对它产生了一种深深的依恋之情,它也是那样深深地依恋着我。星期六的傍晚,它咬着我的衣襟,把我拉向那座土丘,我就唱上一曲《戈壁之歌》。日子像流水一样,一天天过去了。一年半以后,我妈妈在市里给我找了个对象,我们见了面后,双方都还满意,而且他的父亲还通过各种关系,在市里给我安排了一个工作。那工作当然比我当采油女工强多了。但当我要离开这儿的时候,我的心是沉甸甸的,觉得这儿有一种强有力的东西在牵着我,使我不忍离去。

我临走前的那一天,"黑白花"也显得激动不安起来,它睁着那双灵气的眼睛看着我,似乎在挽留我。那天下午,它咬着我的衣襟,往戈壁上跑。戈壁静悄悄的,没有一点儿风,那一座座土丘就像一头头巨兽静卧在茫茫的戈壁上,投下了一块块浓浓的阴影。我爬上土丘,"黑白花"对着吉他汪汪地叫。我明白它的用意,我坐在那个大蘑菇的根部,唱起了那首《戈壁之歌》。它伸着舌头,神情有些凄凉。太阳偏西了,我爬上了大斜坡,那点缀在蓬松松的黑沙里的花花绿绿的鹅卵石在阳光下熠熠闪光。"黑白花"用鼻子在地上贪婪地嗅着,甩着耳朵,摇着尾巴,动情地哼哼着。它突然衔起一块石头,朝我奔来,把那石头放在我的脚下。可能这就是赵兴中为我们捡的呀!我激动地一把搂着它的脖子,说:"'黑白花',你放心,我会永远记住他的。"它伤感地呜呜着。本来,我想捡一块鹅卵石留着纪念,但我却还是像他那样,把那些石头重新撒向大地。太阳西下了,我们来到采油房,刘兰在那儿等着我,我紧紧地拥抱了刘兰,动情地哭了。可刘兰却天真地笑着说:"去做新娘了,到市里享福去了,还哭什么?"

我们回去的时候,"黑白花"一直远离着我。那天晚上,我把它搂在身边睡,但第二天一早,它不见了,吉他也不见了。我去找刘兰,她说她也没有见到,于是我们俩到处找,但哪里也见不到狗和吉他的影子。我的那位未婚夫早早就弄了辆小轿车来接我了,我急得眼泪都要流出来了,但依然打听不到狗和吉他的消息。他催着我说,小轿车还要赶回去执行任务,我只好拉着刘兰的手说:"请你一定想法找到它!"刘兰点点头。我怅然地在车前站了很久很久。

到市里后,新婚生活虽然很幸福,但我心中却一直放不下那狗和吉他的事,一直盼着刘兰的信。刘兰比我小两岁,她为人单纯,心肠很好。可她每次来信都说,那狗和吉他她始终没有找到。接着冬天就到了,大雪覆盖了整个戈壁。春节的时候,刘兰到市里来看我,说到狗和吉他的事,我们都很伤感。刘兰说:"吉他准是狗背走的。"

"那狗呢?"

"是赵兴中的魂把它叫走了。他不想让你把它带到市里来。它要在戈壁滩上陪着他。"

春天又来了,我对这件事也渐渐地感到有些绝望了。但五月的一天,刘兰在一封信里,突然提到了这件事。信中说,四月中旬的一天傍晚,夕阳正渐渐地沉入到群山间。鲜红的霞光正慢慢地在土丘间消失,在西边留下了一长条青紫色的光亮。大地变得朦朦胧胧的了,那隐隐约约耸立在戈壁上的土丘,越发显得像一座座古老的城堡。那时,她从采油房里出来,在朦胧的青紫色的光亮中,看到对面土丘的那大蘑菇的下面,有一只狗的影子。风在呜呜地叫着,在那风声中,似乎还夹着歌声,那狗声含糊不清,但却充满了深情。她感到激动,惊奇,并且有些害怕。她提心吊胆地朝土丘跟前走去,当她爬上土丘时,狗影不见了,吉他声也消失了。她想起来了,那天是星期六,当时,她有些怀疑,在那朦胧的夜色中,在那呼啸的风声中,会不会是她产生的一种错觉? 刘兰在信中说:"在狗的身上,一定有着赵兴中的灵魂,在热恋着这戈壁。说不定也在召唤你回来呢。方婕,你要有空,就来一下吧。"

五月中旬,这儿的太阳已经很毒了。公路上那烤得变软的沥青正在往外冒油,汽车轮子碾过,会飞溅出一片乌黑的油点,整个戈壁反射着刺眼的光亮。公共汽车在软乎乎的路面上停了下来。在车站上,我看到了刘兰那圆圆的红脸。

"你来得正巧。"她搂着我的脖子说,"今天又是星期六。"

"今天能看到它吗?"

"说不定。"

当天下午,我到采油房去转了一圈,使我回忆起许多往事。傍晚,我们对着那土丘,看了很久很久,希望能看到那狗影和听到那吉他声。夕阳西下了,刘兰信中讲的情景却没有出现。刘兰失望地叹了口气说:"真奇怪,它怎么不出来了呢?"

"咱们索性到土丘上去看看。"我说。

我们爬上土丘,西边,只留下残阳的一点儿青紫色的余光了,整个朦胧的戈壁显得静悄悄的,大地开始沉睡了,我轻轻地唱起那首《戈壁之歌》来,想用歌声来召唤它。但歌声过后,一切趋于寂静,残阳的余光也全消失了。月亮升了上来,把荒芜的戈壁照得那样寒冷、悲壮而凄凉。

"让你失望了。"刘兰同情地说。

"不,下星期六我还要来。"

第二天是星期天,我陪着刘兰去上班。凌晨的时候,霞光照亮了整个大漠,土丘投下了巨大的浓浓的阴影。我们踩着满地的戈壁石,朝采油房走去。太阳从土丘后面探出了脑袋,放射着橘红色的光彩,整个荒芜的戈壁,又燃起了火焰。戈壁石在我们脚下嚓嚓地响。突然,一阵吉他声仿佛从土丘后面传来。我们朝土丘跑去。

在土丘后面,在一棵翠绿的红柳旁,静静地卧着"黑白花"。在它的脚边,它主人的那只吉他已经全身斑驳龟裂,已近破碎了。

我和刘兰在"黑白花"跟前伫立着,我们的眼泪滴到了灼热的石头上,发出嗞嗞的声响,只有一阵阵旋转的热风在我们身旁哀鸣。

在太阳升起来的时候,我和刘兰掩埋了"黑白花"和那只与它相依为命的吉他。就埋在那丛红柳下。愿"黑白花"和它主人的英灵,和红柳的根须一起,深深地扎在戈壁的深处吧。

芦苇丛中飘着红布带

一大片黑压压的雨云飘来,带来了细细的雨丝。湖面上响起了叮叮咚咚的雨点的拍水声。干燥的空气顿时变得又清新又湿润了。远处,送来了沙枣花甜甜的香味。眼下,正是沙枣树开花的季节。

雨云不一会儿就飘走了,湖面上那清脆悦耳的雨点叮咚声也跟着走远了,消失了。戈壁滩上的雨总是很吝啬,刚刚湿了一层地皮就离开了。邱宝根下完网,撑着被雨淋得湿漉漉的独木船回来了。而这时,在不远的芦苇丛中的那根干树干上,那块红布带又欢快而柔情地飘抖起来。邱宝根黑黑的脸上,含着一种你察觉不到的激动和喜悦。

"把船拴好。"他跳上岸对我说。

跟以往一样,一阵细雨过后,他就要拿上条麻袋去捡蘑菇。这儿的荒原上,有不少被野火焚烧过的芦苇丛。在黑黑的芦苇灰下面,只要一浇上雨水，那一丛丛的蘑菇就会从潮湿的芦苇灰下面顶出来。有的蘑菇大得像大海碗，像小脸盆，肉质又厚又嫩，吃起来鲜美极了。每次，他都可以背回满满一麻袋，有时找到蘑菇多的地方，他来回要背上几麻袋。回来后，他就忙着把蘑菇切成片儿，摊在芦席上晒。在夏天，戈壁滩上的太阳又毒，空气又干，晒上一下午，蘑菇片就晒得干干的软软的。他就又装进麻袋里，等着姜秀娟明天一早来取。明天一早她准来，红布带在芦苇丛上飘着呢。

四十七八岁的姜秀娟年轻时一定很漂亮，现在还显得挺耐看。邱宝根似乎同她恋得挺深。

云雾已经散尽，蔚蓝的天空变得那么清澈。远处巍巍的天山群峰上，那陡峭的绝壁悬崖间，云气仍在久久地缭绕。

貂场离湖边只有二十几步路。该到给貂喂食的时候了，那些皮毛油亮的肥壮的小兽，都一只只地爬在铁丝笼上，叽叽叽地叫着。我把昨晚捕回的活鱼，一条一条地塞进笼子里。四下里一片寂静，远处沙枣花的浓浓的香气不时地飘来。我到这儿来了已有半年多了，虽然孤单，寂寞，但我还是感到挺顺心，挺自在。

不知是由于先天性还是由于小时候生过一场大病的缘故，我丧失了生殖的能力，下面的两个蛋萎缩得像两粒小黄豆。走了几家医院，都说没法治。对人生感到悲观，高中毕业后，我就回到农场。看到漂亮一点的姑娘或女人，我有时也会动心，而有的姑娘，会向我表示亲近，弄得我不知所措，感到很痛苦，希望能找一个远离人群的地方去工作。听说队上在离农场几十公里的柳家湖边办了个养貂场，需要两个人，包括貂场的负责人邱宝根。他是个五十几岁的老头，队上另外再给他配个年轻人做帮手。但年轻人却往往在貂场待不长，虽然活儿不太苦也不太重，但实在是太单调太乏味了。我主动去找队长，要求去那里工作，而且保证，只要需要，我会一直在那儿干下去的。队长听了很高兴，说："还是你的觉悟高。"

邱宝根比我想象的要年轻，他满面红光，精力旺盛，一双亮晶晶的小眼睛充满了活力。由于貂场管理得好，年年上交不少利润，所以他年年被农场评为先进。也许听说我是主动要求到这儿来的，他待我挺亲切，也挺关照我。但他也有点"官架子",虽然这个貂场仅仅只有我这么一个兵。他不但很自信很自尊,还有些专制。我来后,在我面前经常倚老卖老,倚"先进"卖"先进"地开导我,那神态,仿佛他自己已经是个"完人"了。

柳家湖的湖面方圆十几平方公里,湖上长满了一片片密密麻麻的芦苇,把湖面隔成一小块一小块的。不熟悉湖面的人,转进去后就很难再转出来。据说,有一些初次来捕鱼的人,就有没能转出来而死在里面的。所以他不让我一个人进去安网。有时去收网时,才让我一个人去,而且一再关照我,一定要顺着网去,收着网回。后来,我对湖面也渐渐地熟悉起来,甚至可以到湖中心那一大片水天相连的湖面去了。那是我刚来这儿不久的一天夜晚,天气已有些转暖,湖面还结着厚厚的冰。我们在冰面上凿开一个窟窿,捞了一网鱼后,就围在熊熊的篝火边上聊天。他一本正经地说:"你说,人活着图个啥? 就为图个好名声嘛,人的名声坏了,那活着还有啥意思? 你们年轻人,更要看重这一点。每次场首长给我发奖状时,都要握着我的手说,老邱,你要争取这辈子,年年当先进,永远当先进。我就向首长保证,我一定努力永远是个先进。毛主席他老人家说了,一个人做一件好事并不难,可做一辈子好事呢,那是最难最难的啊。"他想背那段语录,但却背不全也背不准。

我笑笑。那时,我由衷地敬重他。

虽然这儿很少有人光临,但他却把自己得的那些奖状放在镜框里,整整齐齐地挂满了屋子,过几天擦一遍。

四月初,那干干的硬硬的却带点暖意的春风化开了湖面上厚厚的冰层,绿绿的湖水泛起了一轮轮轻柔动人的波纹,鱼儿咕嘟咕嘟从水中蹿出来,在阳光下炫耀着它那闪着亮光的鱼鳞。它们似乎也在尽情地享受着春天的欢乐。从那以后,邱宝根就撑着独木船进湖布网去了。在离湖岸几百米远的芦苇丛里,竖起了一根干树干,上面飘着一块宽宽的红布带。

后来我才知道,这是为了呼唤姜秀娟用的。

邱宝根的妻子在队上,而且还给他生了两个女儿。但他们老两口的感情可能不太好。因为整年待在貂场的他,只有在中秋或春节才回一次家,而且回去一两天就拐回来了。他老伴从不到貂场来看他。

　　五月的一个傍晚,湖面上映照着夕阳那瑰丽的色彩。新长出来的芦苇已是绿油油的一片,在微风中摇曳。前方一抹晚霞横在两边,湖面上轻波荡漾,抖动的水波在闪烁着粼粼红光。收过渔网后,我们又在房前架起了篝火。在这儿,五月的夜晚还有些寒冷。那天,我们网上了几条肥肥的大草鱼。邱宝根兴致很好,端出一瓶酒来,请我吃烤鱼。他把那几条鱼刮去鱼鳞,洗净内脏,用几根红柳棍挑开鱼肚皮,在上面撒些盐,放在篝火上烤。不一会儿,鱼皮变得焦黄了,鱼油一滴一滴地掉在篝火上,喷出了一朵朵蓝色的火苗,冒出一股股诱人的香气,那烤鱼外脆里嫩,吃起来香喷喷的,鲜美极了。

　　他爱喝酒,每晚都要喝上两口。他酒量小,多喝上两口,醉话就说个没完。那天他喝多了,就把话题转到他老伴的事上来了。他斜着醉眼说:"小许,不瞒你说,我同我老伴的感情是没说的,要不,她咋会给我生那么两个漂亮的女儿!"他又仰脖喝了口酒,"可是,他妈的不知咋搞的,后来她得了一种病,我不能挨她身。只要一挨过她的身子,她全身长满一块块的红疙瘩,痒得要死要活的,有时,连气都喘不上来,又是打针又是吃药,得折腾上十几天。唉——"他叹气摇头,"从此以后,我不敢再去沾她……"

　　火光下,他的脸也红,眼也红,眼里还闪着泪花花。

　　"就这么,"他说,"多少年来,我守着个女人,就没法跟她同床。这日子,难熬啊。后来队上要在这儿办一个貂场,我就自告奋勇来了。眼不见心静,见不着她,也压下了这份心事。"他那发硬的舌头说话有些不清了,嘴角沾满了油亮亮的鱼油,"可咱老两口的感情好着呢,像那鸳鸯鸟,棒打不散……"晚霞消尽,熊熊的篝火燃得正旺,星星点点的火花被风吹起,朝那漆黑的夜空飘去。

　　我第一次见到姜秀娟时是他挂上红布条后的第四天。积雪已化尽,天气晴朗,荒坡上长满了绿绿的青草。湖边上的干沟里,一丛丛红柳冒出了细细的绿叶。她穿着新的蓝粗布衣裤,头发梳得光溜溜的。牵着头小毛驴,驴背上驮着个塞得鼓鼓囊囊的小布袋。一见面,两人的眼睛就开始传情。

　　"回来啦?"他说。

"嗯。"她说,"咱们的日子不就是这样?入冬走,开春回。"

"你们在冬窝子里一蹲四五个月,不闷得慌?"他说,"干吗不早点出来呢?"

"早点出来?"她一笑说,"这儿的草还没长出来呢,几百只羊吃啥?"

"你们啥时候出来的?"

"昨天。"

"可我那东西,四天前就挂了。"

"挂得再早也没用,要我见到才算数。"她朝他嫣然一笑,笑得很亲很甜还含点儿羞涩。

"房子都安顿好了?"

"现成的房子,"她说,"扫一扫,把羊圈清一清,就行了。给。"她从驴背上拿下一只鼓鼓的口袋说,"冬天风干的羊肉,你们吃吧。"她看了我一眼,说,"怎么?又换了一个?"

"小伙子们,熬不住这儿的孤单。"他说。

她看着我,想对我说什么,却只是笑笑。

她走的时候,邱宝根把口袋里的羊肉干倒出来,装上一袋鱼干,让她带了去。她走了以后,邱宝根大概觉得我知道了什么。晚上,就讲述了他俩的一段往事:离这儿五六公里远的地方有一个小牧业区,零零星星五六家牧民在那儿放牧,姜秀娟就是其中的一家。她男人放了几十年的羊,几年前在一场暴风雪中冻死了,她儿子就接了她男人的班。她现在同她儿子住在一起。两年前初夏的一个中午,他正在喂貂,突然听到离貂场几百米远的芦苇丛中传来一个女人的尖叫声,接着他看到一头肥壮的野猪从芦苇丛里跑了出来。他想,准是哪个女人被野猪撞了,赶忙拿了根粗木棍进了芦苇丛。那天清晨刚下过一场细雨,芦苇丛里长满了蘑菇。野猪爱吃蘑菇,它们用嘴把蘑菇拱出来,然后大口大口地吃,吃起来非常贪婪。他钻进芦苇丛,看到一片盖着黑黑的芦苇灰的空地上,一个女人昏倒在那儿,大腿往外渗着血,旁边有一个装着蘑菇的柳条篮子,蘑菇撒了一地。他把她背了回来,给她包扎好腿,她这才慢慢地醒了过来。她伤得并不重,腿上只是掀掉一小块肉,主要是惊吓过度。他留她吃了顿饭，又把她送了回去。

"从那以后，"他说，"咱俩就有了往来。不过那可都是革命同志间的相互帮助，没别的什么，你可别往那上头想。我可是有妻子女儿的人！"

当时，我相信他的话是真的。

每次雨后，他就捡蘑菇，晒蘑菇，竖起红布带让她来取蘑菇。她把蘑菇拿到集市上换些盐巴、茶叶、香烟，然后给我们一些。每次她带来的烟，邱宝根抽着似乎特别香。他抽烟还有个毛病，第一支抽她带来的烟，接着他卷支莫合烟抽，然后又要再抽一支她带来的烟。

以前，我以为他竖那布条，仅仅只是招呼她来取蘑菇或者办其他什么事。但后来，我发觉并不是这样。有段时间，很久没有下过一滴雨，荒原被酷阳晒得干硬干硬的。这种时候当然没有蘑菇好捡。有一天，他显得焦躁不安，晚上喝了不少酒。第二天一早，我就看到那块红布带在芦苇丛上飘抖。不知他招她来有啥事。那天午饭后，我就见不到他的人影了。以往，他到别处去，都会同我讲一声，但那天他却什么也没对我说。我感到好生奇怪，就去找他。

正是中午，天气炎热，暑气蒸人。荒原上长满了杂七杂八的青草，夹杂着一束束蓝色、黄色、紫色的小花。有几只蝴蝶悠闲地飞舞着，四下里寂静得听不到一点儿声响。走着走着，突然在离我几十步远的芦苇丛里，听到有人在哼哼唧唧地呻吟着。我悄悄地钻进芦苇丛。芦苇丛后面有个大凹坑，里面铺满了柔柔的细细的青草。他俩赤裸着身子，正在充满激情地干着那种事。他那隆着一块块结实肌肉的身子正冒着油亮的汗珠，而她的身子却是那么白那么嫩。我吓得闭上眼睛，悄悄地溜了回去。可看到这一幕后，他俩的形象在我的心目中变了，有时又觉得，也该理解他们。一个身强力壮的男人，却长期无法同妻子过那种生活。即使像我这样一个丧失了生殖能力的人，看到女人都有动心的时候，何况他呢。但理解归理解，对他的印象却大不如以前了。

一天晚上，我们又熬鱼汤，喝酒。我多喝了几口酒，嘴也把不住门了，把我看到的这件事给他兜了出来。

"你真看见了?"他瞪着眼睛,涨红着脖子,显得既尴尬又恼怒。

"真见了。"我说。

"你看到的是别人吧?"

"不,就是你俩。"

"你看花眼了,准是别人。"

"没花眼,我年轻轻的怎么会花眼?"

"那你就是在造谣!"他恼怒地吼起来,还用拳头擂了一下大腿。

"我造什么谣?我干吗要造谣?"

"说你造谣,你就是造谣!"他的眼睛在冒火,"我是个有妻子有女儿的人,我会干这种事吗?"

我也觉得酒气直往脑门上冲:"什么先进,假正经!"

他突然朝我扑来。我知道不是他的对手,拔腿就跑。他借着酒劲破口大骂,说如果我敢破坏他的名声,他就跟我没完。

第二天,我酒醒后感到很懊悔,趁他解船进湖时,我帮他推了一把船,并用眼神向他道了歉。我发现他也面带愧色。我俩再也没提这件事。几天后,终于下了一场细雨,他背上麻袋去捡蘑菇,但却没有去竖红布带。他晒好蘑菇后,盯着蘑菇干发愣,一副可怜兮兮的样子。我恨自己不该搅了他俩这点儿甜蜜的爱情。不久,这事也过去了。因为有一天上午,我在芦苇丛上又看到了那块飘抖着的红布带……

喂完貂后,我坐下来抽了支烟。我们抽的烟,都是她带来的。我也享受着他们相爱所带来的实惠。而且那事发生后,她待我格外亲切。也许,他已经把这事告诉她了。

几只灰褐色的角百灵从草丛中钻出来,在我眼前来回飞着,啄吃着地上的小虫子。雨后,去年冬天干枯并已开始腐烂的芦苇和草茎正散发出一股温柔甜蜜的气息。远处,连绵的群山顶上依然白雪皑皑,闪着银光。这时,我感到大自然充满了一种希望和期待。邱宝根去捡蘑菇还没有回来,但我看到一个人骑着一匹马还牵着一匹马急急朝这儿走来。当他走近时,我才发现是队长。

"老邱呢?"队长跳下马就问。

"捡蘑菇去了。"我答。

"快去把他叫回来。"

"咋啦?"

"他老伴病危,恐怕快不行了。"队长说。而这时,他正背着麻袋朝这儿走来。

队长急匆匆地把他拉上马,他回过头来对我说:"小许,你把蘑菇切成片,晒了吧。不然会长虫。"

说完,他偷偷地朝那飘抖着的红布条看了看,有些扫兴地叹了口气,惆怅地走了。

我把蘑菇切成片,晒在芦席上。到下午,我又划着独木船去收了渔网。那天,粘在渔网上的鱼并不多,但喂那些貂却绰绰有余了。太阳快下山的时候,姜秀娟骑着小毛驴来了,满脸不高兴。

"他呢?"她跳下毛驴说。

我告诉了她白天的事。

"怪不得呢,害得我在那儿等了他一下午……"她突然觉着自己说漏了嘴,脸有些红。我感觉到,今天是属于他俩那种"爱"的幽会。怪不得他走的时候,显得那样的惆怅和扫兴。

她给我们带来了两条烟和一包茶叶。

"小许,帮我把蘑菇装了吧。"她说。

"还没干呢。"我说。

"我带回去晒。"

我帮她把蘑菇片装进麻袋里,搁到小毛驴的背上。

"他回来时,让他给我个信。"她临走时对我说。

没几天,邱宝根就回来了,心情挺不好,因为他一回去老伴就死了。我把姜秀娟来过的事给他讲了,他只是点点头,没说什么。十几天后,他才把那红布带收回来。当天下午,她竟来了。因为收下红布带,也说明他回来了。这种心灵间的沟通,只有当事人才体验得到。她心事重重,似乎有许多话想同他说。

他俩坐在湖边的柳树下说着话。我坐在屋前看着他们。我想,现在他老伴死了,他俩可以结婚了,用不着那么偷偷摸摸地幽会了。他俩开始说得还挺亲热,后来却争吵开了。她走的时候阴着脸,他呢,晚上坐在篝火前,闷声不响地喝酒。我也不敢问他到底发生了什么。

转眼一个月过去了,四下里已显出秋意。一到晚上,你就会感到一种渗入肌肤的寒冷。有些芦苇叶也开始发黄,芦花扬得到处都是。有一天下午,邱宝根收网回来,那块红布带又在那儿飘抖了。而她竟没有来。

清晨,我一早起来就去清洗貂笼,貂拉出来的粪便又酸又臭,难闻极了。晨光中,邱宝根把独木船划了出去。他今天为什么要这么急急地去布网呢?平时都是吃了早饭才去的。

太阳露了头,青草和鲜花上都爬满了露珠。这时我听到了清晰的驴蹄声,驴蹄踏落了许多晶莹的露珠。她竟也来得这么早!

"他呢?"她问我。

"下网去了。"我说。

她的眼神有些忧伤,把毛驴拴在一棵柳树下,坐在湖边等他。我清洗好貂笼,给貂喂了食,也陪她坐着。湖水泛着一轮轮耀眼的波纹。她温和地朝我笑笑,然后深深地叹了口气。

"老姜,你怎么啦?"

"这老头气死我了!"

"咋啦?"

她眼圈一红,告诉我说,她儿子要结婚了。姑娘住在另一个大一点的牧区,那个牧区比较富,姑娘不肯上这儿来,她儿子只好到姑娘那儿去。其实,儿子不是她亲生的,她只是他的继母。她不想同他儿子去那儿,她恋着这儿。

"那天,"她心酸地说,"我同老邱讲,儿子走后,我就搬来,可他怎么也不答应。"

"为啥?"

"他怕影响不好。我说,你要怕人说闲话,咱俩就结婚。可我这么一说,他就恼了,他说,你把我看成什么人啦?老伴一死,就急着结婚,叫人知道这算啥,别说有事,就是没事人家也要怀疑呀。我对他讲,咱俩早都这样了,还怕啥?怀疑咋啦?不怀疑又咋啦?可他说,这不一样,我是个先进,是个有头有脸的人,让人怀疑有这种事,那我还活不活了?"

我默默无语,掏出一支烟来抽。

"小许,"她拉拉我的衣服说,"你帮我劝劝他。再过一个月,我儿子就要走了。我想到这儿来,我喜欢他。"

"恐怕劝不动。"我摇摇头说。

"唉!这人。"她咬了一下嘴唇说,不知是爱还是恨。

湖水被秋风推起了一阵阵小浪,闪烁出一片片光波。邱宝根撑着船回来了,看到她,眼睛亮了说:"这么早就来了?"

"等你个回话呢。"她说。

他凄然一笑。

我回到屋门口坐了下来,他俩仍在说话。看来话不投机,不一会儿便吵开了。吵着吵着就站了起来,脸也红了,脖子也粗了,说出的话也有些伤感情了。

"你不让我来,"她喊叫着,"我偏来!"

"你还要不要这脸面?"他拍着手叫着。

"你要脸面?干吗要同我干那种事?这事是你主动的,你忘了?"

"你再说?我撕你的嘴!"

"你撕呀!撕呀!"她把脸伸给他,"老邱,我没想到你会是这样一个人!"

"我早说过,我们再熬两年,两年后我一定娶你。"

"我熬不住!"

"别这样。"

"你不让我留在这儿,我就得跟我儿子走。"

"我说了,两年后你就来,我一定等你。"

她哭了:"我走……"她去解那小毛驴的缰绳,"我不会再来了,不会!"

"两年!"他拉住她的胳膊,哀求着说,"等我两年,两年后我一定娶你。"

她用力甩开他的手,牵上小毛驴走了,那脸色和眼神都由于极度的失望而变得冰冷冰冷。邱宝根惘然地看着她的背影。

从那以后,他再也没有竖过红布带,她也再没来过,也许是跟着她儿子去了那个牧区。他却坚信,她两年后一定会来找他的。我很纳闷,他干吗一定要让她等两年呢?也许两年后,一切都过去了,再婚成了很自然的事,就不会遭非议了。然而要把这两年的时间熬过去,也真不容易。他饭量越来越少,酒却越喝越多,每喝必醉,酒醒后就失眠,他那强壮的身子消瘦下来,脸也变得憔悴了。我们过去从来没有挂过日历,但第二年,他却买了本日历挂在墙上,每天认真地撕。甚至跑到她住的地方去。当四下里显出秋意时,他又变得激动起来,酒也不喝了,憔悴的脸也显得红润年轻些了。

红布带又飘抖起来了。我也眼巴巴地盼着她的到来,因为我也喜欢这个温顺、爽朗、热情的女人。她如果能来这儿,会给我们的生活增添多少色彩啊!但红布带飘抖了四五天后,他变得越来越焦躁不安了;十天以后,他显得有些绝望了;半个月后,他求我到她住过的地方去看看,还给我画了一个路线图。我去了那儿,看到的是墙倒屋塌的房子和破烂不堪的羊圈,一幅凄凉的情景,唯一的发现是,站在羊圈边上,刚好远远地可以看到那块飘抖着的红布带。

他彻底绝望了,说她不会再来了。他伤了她的感情,感到又懊丧又后悔。但他仍在绝望中企盼着。

秋风愈加萧瑟,他一病不起了。我劝他回去,他却怎么也不肯离开这儿。有一天队长来看我们,看到他病成这样,问是怎么回事。他用眼神严厉地警告我。队长还是硬把他拖走了。几天后,队长派人来对我说,邱宝根不行了,他把病耽误了。医生说,没法治了,他熬不了几天了。

"到底是个对工作认真负责勤勤恳恳的老同志老先进啊!"队长后来感慨地对我说,"在这儿熬了这么些年,有病还坚持工作,多好的同志啊。小许,你要好好向他学呢。"

我点点头。但心里明白这是怎么回事。

邱宝根不久就去世了，但我总感到姜秀娟一定会来的，如果她来了，知道邱宝根已经不在了，她会怎样想呢？四下是一片荒芜的寂静，野草和芦苇已开始枯黄。那绿绿的湖水泛着波纹，送来了一股股寒寒的潮气。然而我看到那块被风撕烂的红布带却还在飘抖，好像还在呼唤着什么……

中篇小说

鹿缘

一

　　我记得三十多年前的那一天，当那头叫"星星"的公鹿把古漠子顶在围墙上时，已被他推倒在一边的我从侧面看到他脸色煞白地滑倒在墙脚下，他的嘴上涌出一股黏稠的血。我惶恐地浑身打着战，吓傻了也吓呆了。还是狗娃爷及时地骑上小毛驴飞快地赶到队部，队上派了辆拖拉机把他送到了场部医院。狗娃爷、戴薇薇、金豆花跟着一起去了，我留下照看着鹿场。到黄昏时戴薇薇和金豆花回来了，她俩哭着告诉我说，医生说古漠子很难救了，甚至熬不到明天，我就连夜往场部医院赶。我与古漠子相处的时间并不长。但人给人留下的印象往往不是由相处的时间长短来决定的，有些人你虽同他相处了很长时间，但事后却并没有留下多深刻的印象,可有的人你同他相处的时间虽短,而留下的印象却很深,甚至随着时间的推移,当你接触到众多的芸芸众生后,他给你留下的印象反而会变得更加深刻,你会更深地感受到他的与众不同的地方。古漠子留给我的就是这样的印象。

已是初冬了,那天下午我往沙丘上爬的时候,松软的沙子底下竟还有些温。沙丘顶上挺着几株胡杨树,在西斜的阳光下,它们投下了一片浓浓的阴影。我靠着一株胡杨树坐下,在那儿可以看到那条闻名于世的但流到下游已显得筋疲力尽的塔里木河,那绿绿的河水在缓缓地流着,我与古漠子相处了可以说不到三年,我尝过他的两次老拳,他也给我磕过三个头,还享受过他的一次热泪盈眶的拥抱。这时我突然感到一阵心酸,觉得那流淌着的塔里木河似乎就像我的眼泪在流淌……

记得三十几年前的那个三月的一天,勤杂排的刘排长通知我说高指导员找我让我到他办公室去一下。那时积雪正在融化,我踩着黏湿湿的泥地去了队部,在指导员办公室的门口我就听到里面有人在吼:“……你让他来当副班长可以,但你不能把我换下来,只要鹿场在,我就要在鹿场待,建鹿场时你是答应了的。”高指导员恼火地说,我们是让陈宽生去当养鹿班的副班长,他是个高中生,有文化,可以成为你的好助手,养鹿班的班长不还是你吗?古漠子说,可我从你眼睛里看到的和你嘴上说的不一样。高指导员喊了一声,放屁!这时我敲门走了进去。我说,指导员,你找我有事?高指导员瞪了古漠子一眼对我说,陈宽生,明天你就去鹿场上班,担任养鹿班的副班长,这是队上党支部的决定,你得无条件地接受。你古漠子也得无条件地接受,谁要抵制就处理谁!我知道高指导员这火不是对我而是对古漠子发的。古漠子一梗脖子瞪了指导员和我一眼就闪出门去了。古漠子走后高指导员对我说,你去鹿场后要尽快熟悉鹿场的情况,我就不信,死了张屠夫,我们就只能吃带毛猪了。古漠子感觉对了,指导员就是要让我去尽快把古漠子从养鹿班长的位置上换下来,用高指导员的话来说,这个又犟又倔的家伙霸占着鹿场,把谁都不放在眼里,简直可恶透顶!

我那年才二十二岁,高中毕业后回到队上当农工已经有三年了。我是个要求进步的人,总希望将来能为自己争个好前程。因此在劳动上我积极肯干,又肯听领导的话,有时候还主动找领导谈心,向领导汇报自己的思想,因此颇得领导的好感。现在让我去当养鹿班的副班长就是证明,说明领导在开始注意培养我了。

鹿场离队部约莫有两公里多路。一条弯弯曲曲的小道蜿蜒在沙丘中间,起伏的沙丘上挺拔着一株株粗壮的胡杨树。第二天一早我就背上行李去鹿场。初春的太阳越过胡杨树梢晒到我背上,竟也感到有些热乎乎的了。雪融后的沙子路变得又松软又滑溜。我没走多久,额头上竟也冒出了一片油汗。那时我感到自己的处境似乎有些尴尬。不管怎么说古漠子现在还是养鹿班的班长,而高指导员又很不喜欢他,而我呢? 是要去取代他的,这一点他似乎也明显地感觉到了,那我去后该怎么同他相处呢? 他又会用怎样的态度对待我呢? 我正在这么担忧的时候,我听到一阵挂在小毛驴脖子上的小铃铛声很清脆地从沙丘的那一头响了过来。不一会儿,古漠子赶着小毛驴车出现在我眼前。他看到我先愣了一会儿,然后友好地说,陈宽生,你咋不等我去接你? 那时我才稍稍松了口气。

古漠子那年二十七岁,古铜色的脸,平顶头,中等个儿,很壮实,尤其那双熠熠生辉的小眼睛显得很生动,你只要仔细观察一下他,你就会发觉他还是挺可爱的。我感到他在木讷中含着机敏,在冷漠中含着热情,在粗犷中含着细腻。据说,他六岁那年,那正是兵荒马乱的年月,农村又是连年的饥荒,有人对他父亲说,逃荒就得往那最远最远的地方逃,因为那儿山高皇帝远,说不定还能有一碗安稳点的饱饭吃。他父亲相信了这话,就领着古漠子一直逃荒逃到塔里木河边上,可这位饥寒交迫的父亲没有吃到一碗安稳的饱饭就倒毙在一座沙丘边上了。人的行为往往是带有很大的盲目性的。而六岁的古漠子却被一位路过那儿的牧羊老人收留了。那位老汉姓古,就给这个连自己的姓名都说不太清的孩子起了个名叫古漠子。后来这儿建起了农场,古老汉和他都被吸收为农场的职工,但那一年古老汉死了,他就继续放牧古老汉留下的那群羊。按常规来看,一个在荒凉的塔里木河岸上的放羊娃,应该是个没什么文化的人。但古漠子不是,他不但识字,而且认文言文的水平比我还强。据他后来对我说,古老汉是个很有学问的人,不但教他识字而且还教他怎么做人。古漠子离开我们后,我和戴薇薇在整理他的遗物时,发现一只破旧的皮箱里塞满了已经发黄了的书。我想那肯定是古老汉遗留给他的,那么古老汉以前是干什么的呢? 为什么要孤零零地跑到这荒原上放羊呢? 我问古漠子,他说他也不知道。古老汉死后,这一切都成了谜。但有一点古漠子非常清楚,那就是古老汉非常珍惜大自然中的一切,尤其是大自然中的那些生灵。

小毛驴驮上我的行李,踩着松软的沙地,嗒嗒嗒地朝前走着。这儿的小毛驴个儿不大,但脑袋却特别的大,耳朵也特别的长,那四条像柴火棍似的细腿也很有力量。它一路小跑地把我们拉到了鹿场。古漠子在路上对我说,陈宽生,你来鹿场我不反对,但有关鹿的事你得听我的,鹿是非常精灵的动物,你就是琢磨上一辈子,也不一定能琢磨透它。我没吭声,我只感到眼下的这些,似乎都抹上了一层挺神秘的色彩。

二

鹿场建在沙丘中间一块平坦的开阔地上,中间有一条笔直的小路,把开阔地一分为二,路的东面是鹿圈,西面是堆苜蓿草的草场,路两旁栽着两排胡杨树。鹿圈的后面有一排平房。小毛驴穿过小路,我们就来到那排平房前。古漠子指着一间房间说,你就同狗娃爷住吧。那是用土坯垒起来的房子,里面也非常的简陋,就是两张板床和两只作为小凳用的木根疙瘩。有一张床空着,上面铺着麦草。

中午狗娃爷回来了,一个五十出头的瘦老头,黑黑的脸上已布满了不少粗细不一的皱纹,长长的下巴有些往上翘,一双细长的生动的会说话的眼睛。一见面他就像一个相熟很久的人一样同我热烈地聊起来。这是个有求必应、有问必答的热情而单纯的老人。吃过午饭后他就主动地陪我去看鹿圈。

那时鹿场建起已有三年,有十几头公鹿和二十几头母鹿。公鹿关一个圈，母鹿分了两个圈。还没走近鹿圈，就可以看见公鹿圈里的鹿茸像一丛树杈似的在来回地晃动着。圈是用胡杨树干扎起来的。母鹿看到我们走近时，大约因为我是个陌生人，所以都轰地一下踏着碎步躲到圈的另一边去了，用怯怯的眼神看着我。而公鹿却不一样了，等我靠近圈边时，它们只后退了一步，然后雄赳赳气昂昂地仰起脖子，摇晃着毛茸茸的角，那双黑亮黑亮的眼睛扫着我，摆出一副目空一切的样子。它们似乎在思考着猜测着什么。那时我就感到鹿身上确有一股让人一时捉摸不透的灵气。这时古漠子捧着一捧苜蓿草朝鹿圈走来，他看到我朝我点了点头，没同我说话。我知道从内心来讲他并不欢迎我来鹿场，因为他已经猜到高指导员派我到这儿来的用意是什么。不知为什么，狗娃爷看看我又看看古漠子，竟长长地叹了口气。

夜色伴随着寒气一起袭进我们这个置身在大漠中的鹿场。这时屋子里显得有些冷。狗娃爷就在炉子里加了一些火。他点上马灯后，我俩就坐在马灯下卷着莫合烟聊天。狗娃爷是队上的老人，用他的话说，就是建队以前他就在这队上了，因此队上发生的一些大事，没有他不知道的。他说，陈宽生，你也用不着瞒我，高指导员把你派到这儿来当副班长，是为了将来好把古漠子顶走，是吧？我说我不知道。他说那是你不敢承认。其实高指导员与古漠子之间的矛盾由来已久，早在十年前就有了。在幽幽的马灯灯光下，狗娃爷眯细着眼睛喷着莫合烟回忆着说，那个时候我们队正在开荒造田，生活甭说有多艰苦了，吃饭是定量的，吃的又是淀粉和发了霉的玉米面，多数人都得了浮肿病，没力气干活了。那一年冬天有一群马鹿经常跑到我们队上的粮场来偷吃玉米棒子，虽说大家肚子饿得干瘪瘪的，但粮场上成堆的粮食谁都不敢去动一粒。粮场四周是用胡杨树干围起来的围栏。马鹿有一个习性，它从什么地方跃进围栏，也会准确地从那个地方跳出去。那时候高指导员还是勤杂排的排长。有天那群马鹿又跃进了粮场，高排长就悄悄地在围栏的木桩上绑上四把锋利的匕首，还在绑匕首的绳子上浇上水，水结成冰后匕首就像用焊枪焊在了木桩上。高排长就绕回粮场冲进去朝着鹿群大声地吆喝，受惊的马鹿转回身就从原先跃进来的地方跳出去，结果有三头鹿的肚子被锋利的匕首划开了二尺多长的口子,刚一落地就咚地倒在地上,鲜血和内脏流了一地。有一头鹿划伤了大腿,虽同其他鹿一起逃跑了,但第二天还是死在了胡杨林里。那几天队上改善了伙食,就是场里领导也分到了一份鹿肉。那时私自动用粮食是有罪的,但杀死野生的鹿却啥事也没有。那几天,别人都高高兴兴地吃着鹿肉,只有古漠子一个人一口也不吃,整整一天他把脑袋夹在裤裆里流眼泪。那时我和他都在高排长的勤杂排里干活。我问他,你这是咋啦?他说鹿的习性是他同高排长聊天时告诉给高排长的,可想不到高排长竟会干出这种事来。他苦恼、失望、痛苦、愤怒,一夜没睡。第二天一早,他瞪着一双红红的眼睛找到了高排长,然后一拳把高排长撂倒在地上,指着高排长的鼻子骂,杂种!你竟会干出这样伤天害理的事,我鄙之!我还回去放我的羊!

狗娃爷说到这里长叹一口气说,其实这件事很难说谁对谁错,那时那么多人得了浮肿病,都干不动活儿了,生产任务谁来完成呢?

三

刚来鹿场时,我最担心的事是我与古漠子之间一定会很难相处。但后来我发觉这种担心完全是多余的。大约是由于长期孤寂地生活在荒原上的缘故,再加上古老汉也许也是个性格古怪的人,因此古漠子的脾气也有点孤僻,平时很少同人说话。虽说他也识字,看过一些书,讲话时还时不时地来上一两句文言文,其实他的心底十分的单纯,他既没有什么社会经验,对社会上的事也知道得很少,可以说他更多的是个自然人而不是个社会人。再加上那时他语言的主要交流对象是古老汉,因此他说话行动在很大程度上也受到了古老汉的影响。他同我们相处也很简单,他心里不藏东西,他把想要发泄的情绪发泄完了也就完了,既不防人也不整人。但他又很固执,他认定的事你又很难改变他。另外,你又不得不承认,荒原上的许多事只有他懂,别人又很难代替他。自从高指导员挨了古漠子一拳后,高指导员记仇就记得很深,但有些事他又不得不用古漠子,甚至还要去求他。狗娃爷对我说,建鹿场时就是这么一种状况。

其实开始时高指导员对建场并不热心,是农场的领导提议要在我们队上建一个鹿场的。因为我们队在农场的边沿,紧挨着无边无际的大漠,农场领导就把这个光荣而重要的任务交给了高指导员,但高指导员却不知鹿场该怎么建。因为建鹿场得有鹿,但鹿从哪儿来呢?况且四周的农场和村庄都没有养鹿场,唯一的办法只好到野外去逮鹿。可他听说成年鹿既不好逮又很难家养,最好的办法就是抓刚出生的小鹿,但刚出生的小鹿怎么找?怎么抓?谁也不知道。高指导员这下可犯了愁,而农场领导又接连派人来催了几次。愁得一筹莫展的高指导员于是想到了古漠子。为了完成上级交下来的任务,为了他眼下这个指导员的位置和未来的前程,他只好忍下挨过古漠子一拳的怨恨,骑上马亲自到河边的草场上去找古漠子。回到草场上重新过着牧羊生活的古漠子活得很自在,他可以把缝衣针弄弯当鱼钩,在河边一天可以钓上几条大头鱼。塔里木河里的大头鱼肉厚油多,煮出来的汤喝起来特别的鲜美。但沿着河岸的草场特别的漫长,因此当高指导员找到古漠子时已是正中午了。而那时古漠子已钓上一条大鱼,正坐在河边架着火在一只黑乎乎的铁锅里熬着鱼汤。古漠子很热情地请高指导员喝鱼汤,他好像已经不记得他曾狠狠地甩了高指导员一拳的事了。古漠子这一态度倒使高指导员感到满意,于是高指导员就喝着鱼汤同古漠子商量关于建鹿场的事。当古漠子听到要他带领几个人去逮小鹿时,就不高兴了。说,这事我不能为之,有关鹿的事你别找我,人上当受骗只一次,为那四条鹿的命我是要下地狱的。高指导员也想起了为那四头鹿他挨了古漠子一拳的事,但他仍苦口婆心地同古漠子谈了好长时间,而古漠子却固执地一个劲地说不。高指导员一气之下,一脚把古漠子熬的一锅鱼汤踢翻在草地上。高指导员气咻咻地骑上马往回走,走出一百来米后,他回过头看,却见古漠子像没事人似的又坐在河边钓鱼了,那群羊散开在他的四周在咩咩地欢叫着。高指导员气得要吐血,骂道,他妈的这辈子我再也不会来找你,你这个狗娘养的杂种!

但鹿场还是靠古漠子建起来的。

　　那年，高指导员气恼地从草场回来，只好在队上组织几个人去逮小鹿，还给了一支枪说，实在抓不住就把它打伤后再逮。那一年连一头小鹿都没有逮住，还枪杀了几头已有两个月大的小鹿。那时政府已下了文告，严禁猎杀马鹿。因此，这事走漏了风声后连农场领导也作了检讨。为了摆平关系，做出姿态，高指导员在党内受到警告处分，领头猎杀小鹿的赵班长还被派出所抓到县里关了十五天的禁闭。那时对这类事还不算严，要是放到现在，那就得去坐牢。可场领导仍对高指导员说，养鹿场你还得给我建，建不起来我就撤你的职！那时高指导员发愁得想哭，他觉得自己真是被逼上绝境了。第二年开春，农场领导又打电话警告他，今年你再不把鹿场建起来，你就把辞职报告送上来，连这么一件小事都办不好，你这个指导员是怎么当的？高指导员真有些寝食不安了，心想，还得去找古漠子，只有他能帮他把鹿场建起来，哪怕给跪下磕头都行。但人生中往往会有"绝路逢生"的时候。

　　雪融尽了，胡杨林变绿了，春色也变得越来越浓。高指导员感到事情不能再往后拖了。有一天早上，他正准备骑马到草场去找古漠子，畜牧排的王排长却告诉他，古漠子昨夜赶着羊群回到队上来了。高指导员立即去找他。古漠子说，你来找我又是为了办鹿场的事是吧？高指导员说，对，非办不可。古漠子说，还用枪去杀？高指导员说，那是没办法才这么做的。古漠子说，我就是怕你们没办法今年又要这么为之，再杀死几头小鹿你们罪孽就深重了，所以我才回来。高指导员说，你愿意出面干？古漠子说，为了不让你们再去杀小鹿。

　　那年五月，当沙丘边上，河岸的斜坡上，那粉红色的像小铃铛似的野麻花在干热的风中像彩云似的飘曳在大漠之中并喷射出一阵阵清淡的香气时，古漠子就带上几个人骑上马去了胡杨林的深处。狗娃爷说，那时他也是其中的一员。古漠子告诉他们，野麻花盛开的时候也是母鹿下崽的时候。古漠子带着他们几个一面在胡杨林里荒草滩上转悠，一面用破锣和破脸盆死命地敲，有时还扯着嗓子啊嗷啊嗷地吆喝。那叮叮当当的敲击声和啊嗷的叫喊声把原先寂静的荒漠搅得十分嘈杂而紧张。这时如果有生了产的母鹿，就会在这刺耳而陌生的声音中惊恐地从浓茂的草丛中跃出来，然后晃着脑袋慌乱而机敏地观察着四周,当它看到人时,就会甩开蹄子,一溜烟地朝荒原或胡杨林深处跑去,还不时回过头来想引诱人群跟着它跑。当然,狗娃爷说,我们不会上它的当,而那时古漠子的那双眼睛就像鹰一样的敏锐而准确。他用手一指说,小鹿在那儿。于是他们就围成一个大圈,慢慢地缩向母鹿跳出来的草丛中。因为这时准有一头小鹿卧在那里。果然,当他们快接近小鹿时,小鹿就会惶恐地从草丛中钻出来,而且会准确地甩开四条小腿朝母鹿逃走的方向跑去。出生十几天的小鹿你就甭想再追上了,因为它能跑得同母鹿一样快,它灵活地在胡杨林里或草丛中七钻八窜一瞬间就没影儿了。遇到这种情况古漠子就不让再追了。白追也,他说,说不定它还会引得你迷路,让你走不出这荒原。鹿可同其他动物不一样,机灵着呢。但出生才几天的小鹿就不一样了,由于体质还很弱,你只要穷追不舍一阵它就跑不动了,气喘吁吁地卧在沙丘上,睁着可怜兮兮的水汪汪的眼睛。那时古漠子就跳下马,拿着绳套靠近它,然后猛地抛出绳套,就把小鹿的脖子套住了。刚逮住小鹿时,古漠子也是一脸的兴奋与得意,因为这充分显示了他那与众不同的能耐。但过不了多久,他看着那浑身打战睁着可怜兮兮的眼睛的小鹿时,他的眼神便有些黯然,脸上也流着浓浓的懊丧,显出一副忧心忡忡失信于人的样子。狗娃爷说,那时我们真害怕他会把小鹿放走。而母鹿则一直远远地紧跟着我们。从五月到六月中旬他们就一直这么在荒原上转悠着。运气好的时候,他们一天可以逮上五六头小鹿,但运气不好时,五六天也逮不住一头。

就这样,鹿场终于建起来了。在逮小鹿前古漠子有个条件,就是鹿场将来由他来管。高指导员没有食言,他让古漠子当上了养鹿班的班长。目前,这十几头公鹿和二十几头母鹿都是在这三年里逮的小鹿。但现在政府又下了文件,连小鹿也不让逮了,就是为了建鹿场也不行了。高指导员就对他们说,就靠这些鹿来发展咱们的鹿场吧。古漠子听后长长地舒了口气,似乎熬了三年的苦难终于不会再继续了。

四

我到鹿场后,发觉古漠子虽说是养鹿班的班长,但他却不知道这个班长该怎么当。我来养鹿班的第二天,就去找古漠子要活干。他奇怪地眨着眼睛看着我说,跟着一起干吧。我就去问狗娃爷,狗娃爷说,虽说他是班长,但谁该干什么活从来不管。他只知道只要自己把鹿侍候好就行了,别人的事与他没关系,你想干什么就干什么,你就是整天躺在床上睡大觉他也不来过问。我想,让他当班长的含义是什么,他大概都不知道。他从小与古老汉一起在荒原上放羊,就是自己干自己的活儿,只要把羊放好就行了,谁管谁呢?到时只是用羊从收购羊只的商人那儿换上点钱,再到镇子的集市上去买点日常用品,就再也用不着同别人打什么交道了。我想古漠子养成的就是这样一种习惯。因此在这儿干活,完全是靠自觉。那时鹿场除狗娃爷外还有两个十八九岁的姑娘,一个是上海知青叫戴薇薇,一个是甘肃人叫金豆花,两人都长得挺漂亮。她俩比我早一年到鹿场。来时找古漠子要活干,古漠子也是很奇怪地看着她俩,不知道怎么安排这事儿。狗娃爷就对她俩说,你们去看班长干什么活,你们就学着干。你俩分工,到时你们在干的活儿,古班长就不会再去干。鹿场里的活儿都是靠我们几个人自觉地自然地去平衡的。

一到四月下旬,尤其到中午的时候,塔里木的太阳就把大漠烤得像盛夏一样炎热了。可是在清晨,寒气依然逼着你得穿上薄棉衣。那天,天蒙蒙亮的时候,狗娃爷就摇醒我对我说,今天你跟我一起到河边去拉水吧。狗娃爷的意思我清楚,他是要让我把鹿场该干的活儿都干上一遍,这样,以后我就可以自己安排自己的工作了。我和狗娃爷一出门,就看到古漠子已经在打扫鹿圈的卫生了。在清晨的寒气中他只穿件短袖褂子,露着两条黑黝黝肉墩墩圆滚滚的胳膊在清扫着圈里的垃圾和粪便,脖子上流淌着一粒粒映着霞光的汗珠。他看到我只是憨憨地一笑。我感到,他确实不善于同别人打交道。

　　狗娃爷套好小毛驴拉上水车,小毛驴摇晃着脖上的铃铛,叮叮当当地绕过沙丘朝塔里木河边走去,当我们路过苜蓿地时,看到戴薇薇和金豆花正弯着腰在奋力地割苜蓿。此时的苜蓿长得又茂盛又浓密,蓝莹莹的苜蓿花开得正艳。

　　河水是那样的清澈,河面上漂浮着乳白色的雾,像一条白绸带似的在大漠间扭动,清新的空气让人感到心旷神怡。这时我突然感到一种美,一种人与大自然之间,人与人之间的和谐的美。我想,如果能保持眼下的一切不是也很好吗? 狗娃爷和我把水拉回来后,鹿圈已打扫干净了。狗娃爷告诉我,鹿是非常爱干净的动物,不干净的水不喝,不干净的料不吃。狗娃爷说,戴薇薇刚分到鹿场时,有一天早上她把吃剩下来的带着点油气的糊糊汤用力抛洒在圈里的苜蓿草上,意思是自己吃不了就让鹿吃吧。古漠子刚好在边上看到,他就把戴薇薇拉到鹿圈边上说,你站着,莫动,看草,看鹿! 戴薇薇吃惊而疑惑地问,干吗? 古漠子说,观之! 我陪着你。那时古漠子的眼神很怕人。戴薇薇是个生性活泼好动的姑娘,但也很胆小。她看到古漠子那一脸的凶气,吓得只好站着不动。而原先正香香地吃着苜蓿草的鹿似乎嗅到了什么,全都喷着响鼻离开了草堆,走到另一边去了。古漠子一直陪她站了将近有一个小时,有两头鹿又走过来嗅了嗅,一扬脖子又离开了。古漠子铁青着脸问戴薇薇,看明白了? 戴薇薇点点头说,鹿不吃草了。古漠子就进圈里,把里面的草全部清了出来。又捧进去了一些新草,鹿就又围过来吃了。狗娃爷说,那天我问古漠子,你罚戴薇薇站着,干吗自己要陪着一起罚站? 他瞪大眼睛觉得我这话问得挺奇怪。他说我不陪着她,那不是我有心在欺侮她了? 欺侮人的事我不为。我和古漠子一起给鹿在饮水槽里换上了干净水。狗娃爷又赶上毛驴车到苜蓿地去把戴薇薇和金豆花割下的苜蓿拉了回来,摊在草场上晒。我感到我们五个人全在围着鹿转。有一次古漠子对我说,侍候鹿你得用心,用真心去感受它们,心诚则灵也。正因为这样,他与鹿之间就有着很特殊的情感与交往,每当他走过圈里,公鹿或母鹿就会围上来,用十分亲切的眼神看着他,还不时地伸出舌头舔着他的手,有的还横过身子靠在他身边,让他抚摸它们的脖子和背。当古漠子轻轻地抚摸着它们时,它们还发出一声声愉悦的鸣叫。动物与人之间也会有心灵感应的。古漠子正是用他自身的行为带着我们这班人做着自己该去做的事,所以这儿也就有了一种挺和谐挺融洽的气氛。但可惜的是这种和谐的气氛不久就不可避免地打破了。

五

七月中旬高指导员来到鹿场,对古漠子和我说,鹿场建起来已经三年了,从明年开始,公鹿该割茸就得割茸,母鹿该下崽就得让它下崽。政府已经明令禁止不能再逮小鹿了,谁再逮就判谁的刑。咱们的鹿场要发展就靠现有的公鹿和母鹿。高指导员问,到九月,公鹿就要发情了,是不是? 古漠子说,是,当胡杨林的叶子一变黄,公鹿就开始发情了。在他与古老汉在荒原上放羊时,那时胡杨林里就会响起一阵阵公鹿的长鸣声与它们之间为争夺母鹿的格斗声。高指导员说,那好,今年就给母鹿配种,明年就让它们下崽。做这两件事需要什么,报个计划上来,陈宽生这事你多操点心。高指导员这句话的潜台词我当然明白了。虽然我对古漠子有了新的看法,但队领导对我的器重我还是很在意的,对自己未来的前程谁能不重视呢?

七月的炎热使人恨不得把自己的皮都想剥掉,但那个星期天我还是顶着骄阳到场部的新华书店去买了两本有关养鹿的书。我根据书本上的知识给指导员写了一个有关改建鹿场的报告。我用自以为很内行的口气写道,按科学的方法,就是与母鹿配种的公鹿一定要挑选体格强壮、四肢匀称的。一般一头公鹿可以配二十几头母鹿,但为了保证母鹿的受胎率,最好一头公鹿配上七八头母鹿,这样可以使母鹿充分地怀孕等等。在报告后面,我还附了一张鹿圈的改建图,因为现在的鹿圈很不适合母鹿的配种。高指导员倒很重视这件事,接到我的报告后,第二天就派房建排的一个班到我们这儿来改建鹿圈,还特地从场部砖瓦厂拉来了好几十车红砖。他们干了整整一个多月,鹿场就旧貌换新颜了。鹿场的四周是两米高的红砖围墙,然后再用砖隔成一间间小间,中间是一条通道,圈的前面用铁栅栏拦了起来,栏杆边上开了个门,门也是用铁杆焊的,每个圈可以关上十头左右的鹿。一共有十二个圈,这样公鹿圈、母鹿圈还有小鹿圈都有了,再过三四年也不用增加圈了。狗娃爷高兴地拍着我的肩说,到底是文化人,想出来的事就是同别人不大一样。戴薇薇和金豆花也称赞我,那时我就很有些得意。但古漠子却不表态,他只说,你只给了鹿一小块天空。他的意思是原先他用树干围的圈可以让鹿们看到田野和更广阔的天空,而我的红砖围墙一围起来,鹿只能看到头顶上的一小方天了。但他后来又说,反正一样,没自由。但他的面部表情却让我感到,让鹿能看到田野总比看不到要强。

鹿圈改造好后,高指导员和队上的其他几位领导都来看了,都很满意。高指导员还拍着我的肩说,行,陈宽生,就这么干! 我也感到了一种满足,人总是有荣誉感的。

我们把二十几头母鹿分在四个圈里,每个母鹿圈里又赶进一头强壮的公鹿,余下的公鹿只好挤在一个大一点的圈里了。

胡杨树叶不知什么时候被秋风抹黄了,下了一阵霜后,叶面又变得红红的了,里面仿佛装满了血,远看上去,胡杨林就像一团燃烧着的火。有一天清早,那头叫"星星"的雄壮的公鹿对着那刚刚透亮的晨曦发出了一声高昂、浑厚而深情的鸣叫,那叫声在荒凉而沉寂的大漠上回荡了一阵,于是仿佛所有的公鹿的情窦都被催开了。而发情的母鹿也散发出一股特有的气息,刺激得那些公鹿扬着脖子对着母鹿圈的方向狂鸣起来。狗娃爷叫醒我说,快,出去看看。我们来到鹿圈,看到古漠子已经在查看着铁栅门是不是都关牢了。因为这时的公鹿是最凶猛、最危险的,见什么就抵什么。果然,在公鹿圈里,昨天还和睦相处的公鹿们,这时像仇敌一样地在顶撞、追逐、撕咬着。它们被压抑不住的情欲撩得眼睛发红,它们焦躁不安地用吼叫、撕咬、格斗来发泄被压抑的情欲所带来的痛苦。古漠子在每一扇门上又拧上了两圈粗铁丝。关在母鹿圈里的公鹿贪婪地跨爬着母鹿。虽然这些公鹿都已拥有七八头母鹿,但它们仍不感到满足,还要经常走到栅栏前探出鼻子仰起头,召唤着其他圈里的母鹿,弄得那里面的公鹿也很紧张地纷纷走到栅栏前,挫着前腿,摆出准备拼个你死我活的架势。而公鹿们此起彼伏的鸣叫声使人感到鹿场上空飘荡着撩人心魄的情歌,那情歌就像一浪浪春潮扑向大漠,使四周的沙丘、树木、野草仿佛都萌发出了情爱,而我们脚下每一寸原先沉寂的土地此时也都被激活了,那是一曲雄壮瑰丽的生命之歌。

但第二天,我做下了一件使我终身都无法忘记与内疚的事。那天早上我去查看鹿圈,当我在通道上由西向东查看时,突然发现第二个母鹿圈里的公鹿在追逐母鹿时它的右腿有些瘸,两瓣屁股仔细看也是一大一小。我想这样会遗传整个这一圈的小鹿。我就去找古漠子,古漠子看后说,今年就这样吧。我说,今天刚第二天,有些母鹿还没有发情,再换头公鹿还来得及。古漠子说,危险,不能换!古漠子说完就到苜蓿地割苜蓿去了。我想,公鹿都是我挑选的,母鹿分圈也是我的得意之作,要是明年养下的小鹿都是一边屁股大一边屁股小,走起路来右后腿都瘸,这不是我工作的失误又是什么?这真是太丢面子了。于是我去同狗娃爷商量,狗娃爷说公鹿刚发情,还不是很危险,再说明年为了能收获上一群好鹿崽,冒些险也是值得的。于是我去叫了戴薇薇和金豆花。我们每人都拿了根粗木棍防身。我先把那头瘸腿公鹿赶出来,又赶了头体格健壮、身架匀称的公鹿进去,然后再把那头瘸腿公鹿赶回公鹿圈。狗娃爷没说错,刚发情的公鹿还没那么野,这一切都进行得蛮顺利。但接着就发生了场谁也没有料到的事情。那头瘸腿公鹿一进圈后,公鹿圈顿时像炸了锅一样,闹腾开了。圈里所有的公鹿都刷地红了眼,它们刚才还在相互追逐,撕咬,但这时突然都静止了。接着原先在圈里的七八头公鹿一下把那头瘸腿公鹿圈了起来,发疯似的顶它、踢它、咬它。它们轮番地朝它进攻,那头瘸腿公鹿发出一阵阵绝望的惨叫。而公鹿们对它的进攻变得越发的疯狂,它们似是在同仇敌忾地进攻着这个不共戴天的仇敌。那场面太恐怖了。我们谁也无法进去救它,因为谁进去谁就得去死。仅仅十几分钟,那头公鹿吐着鲜血挣扎着死在墙角下。金豆花不知什么时候去把古漠子叫了来,但那已经是无济于事了。古漠子圆睁着眼问,陈宽生,这是你安排的事?我愧疚地点着头说。古漠子一拳把我撂倒在了地上。我感到一股血腥味从鼻腔流进喉头。我在地上趴了好久才爬起来。

狗娃爷用粗铁丝和绳索通过栏孔把那头死鹿拖了出来,送到了伙房。

炊事班的王班长对我说,那鹿开膛后,腹腔内塞满了瘀血块。那天队上改善了伙食,但我和古漠子都没去吃鹿肉。一年后,古漠子才告诉我,与母鹿亲近过的公鹿身上也会有一股特殊的气味,其他公鹿嗅到后就会忌妒得发疯。我这才知道,延续生命的竞争也是那样的残酷与无情。

六

那惨案发生后,我的心沉重了好多天。但古漠子没有再指责我,似乎那一记老拳已经把他想要表达和发泄的全表达发泄完了。他是个心里不记恨的人。对鹿的了解,我远不如他。于是在我眼里,他身上也有了一层挺神秘的色彩。

在大漠上,尤其在春天,人们会更深地感受到有了绿色才有了生命,大漠也才有了生机。把根深深地扎在沙丘上的胡杨树那绿的新芽又开始伸向了湛蓝的天空。小鸟们欢快地飞进树林里悠出了婉转的春的呼叫,黄鹂、云雀、夜莺,还有一种像鸽子般大小的羽毛蓝里透绿的鸟,美丽极了,它有个奇特的名字叫"佛法僧"。大漠上的春天也同样的充满了生机。

最大的公鹿已经五岁了,开春以后茸也长得很快,可以说是一天一个样。我从书本中知道,鹿在长茸期身体的抵抗力特别的强,所以基本上见不到鹿在长茸期因病死亡的。而那时的公鹿也非常的温驯,也十分注意保护自己的茸角,你要走到它身边摸摸它,它会很友好地舔你的手和脖子。

野麻花一开,公鹿们的茸也开始成熟了。有一天高指导员又来到鹿场,对古漠子和我说,该割茸了吧?鹿茸骨质化了,可不值钱。

前年,古漠子就到省城去学过割茸,不知为什么去年的茸他没有割,其实一岁的茸都可以割的,何况有些鹿已三岁了。这也是高指导员对他很不满意的一点,高指导员认为他是在凭着他的独家本领,拿了领导一把,这也是高指导员坚决想要把他换掉的原因之一。所以高指导员在离开鹿场前,又把我单独拉到一边对我说,好好跟着学,要尽快把他那一套学到手,像他这样的手艺难不倒你的。

我从书本中知道鹿茸也有个成熟期,割早了茸太嫩,产量受影响,割晚了骨质层增加,质量受影响。但什么样的茸该割,我没一点实际经验,看不准。我问古漠子,古漠子说再过几天,有两头鹿的茸可以割了。我问哪两头?他给我指了指。我也是从书本中知道,割茸有三种方法,第一种方法是把鹿杀死,然后取茸,但这种方法太残酷也太不经济。第二种方法就是给鹿打麻醉针,但这种方法的弊端是,麻药打多了鹿有可能会死亡,打少了鹿提早醒过来人有危险。第三种方法是把鹿五花大绑地捆起来,然后割茸,但要把一头雄壮的公马鹿翻倒然后捆绑起来,人就要冒被踢伤的危险。我就想,如果用第三种方法的话,我们可以用绳索先把鹿绊倒,然后人再冲上去把它绑起来。我把我的想法讲给古漠子听,他只是摇摇头,什么也不说。在将要割茸的那几天里,古漠子在做两件事,一是他每天清早就用钢锯锯一些手腕般粗的木棍,他想用最快的速度把它们一截一截地锯下来。然后又在地上东画西画地想着画着,画上好大一阵子。我想他这样做肯定与割茸有关。

有一天,古漠子去队部要来了几个强壮的小伙子和一个木工。他让木工钉了一个很大很结实的木笼子。那天下午,他把怎么割茸的程序告诉了我们。我们还根据他的想法实习了两遍。我才感到,他的办法要比我想的和书上写的都高明。

割茸那天,一清早高指导员、秦队长,还有勤杂排的刘排长都来了。这是鹿场的第一次收获,再说他们也没有看过割茸,而且他们也听说茸血跟茸一样也是很滋补的东西。已五十多岁的秦队长见多识广,他拎了两瓶酒来,说茸血凝成块再泡在酒里,比茸还滋补。高指导员听后也让刘排长骑上小毛驴赶回队弄来了几瓶酒,刘排长自然也为自己捎了两瓶。

割茸开始了,这时我突然发觉古漠子显得特精神,那双闪闪发亮神采奕奕的小眼睛显得又兴奋又庄重,还流着一丝得意。我感到无论什么人,在要显示自己的价值时都会是这样的。难道你不是?

古漠子将一头公鹿从圈里赶了出来。它一进通道就惊慌地旋转着身子想要重新回到圈里,古漠子已将铁栅门砰地关上了。古漠子和几个强壮的小伙子每人手中握了根粗棍子围成了个扇形。公鹿感到我们这些人对它不怀好意了，虽然长茸期的鹿已变得很温驯，但你把它逼急了它也会用蹄子刨人。古漠子走在最前面，吆喝着用棍子把鹿往搁着笼子的方向赶，整个笼子把通道堵严了。那时我和狗娃爷已爬到木笼的上面提着木笼的门。古漠子一举棍子众人便齐声吆喝起来，那时古漠子的眼睛就像鹰一样的敏锐而有神。惊慌失措的鹿被逼进了木笼，我和狗娃爷刷地压下了笼门。鹿顿时在笼里又蹦跳起来，把木笼撞得隆隆地直摇晃。我站在木笼上好像觉得木笼随时都会被它哗啦一下撞粉碎似的。我感到四下里的气氛也变得挺紧张。大家都平声静气鸦雀无声，只有鹿撞着木笼在隆隆地响。我和狗娃爷垂下绳子和宽皮带，这时一个小伙子也爬上来帮我们的忙。皮带从鹿肚下穿过，我们就用力往上提，鹿便被腾空提了起来。古漠子抽开木笼前的两块挡板，鹿头就伸到了外面，于是两个健壮的小伙子一个折住一只茸角，古漠子就用一根杠棒把鹿脖子压进一个圆孔里，然后扣上铁扣，鹿头就被固定住了。鹿拼命地甩着腾空的蹄子挣扎着，木笼又晃动起来。但就在这一瞬间，古漠子操起锯子，几乎只有几秒钟的时间，那对茸角便被锯了下来，茸血喷得我们满脸都是。古漠子在茸茬上抹上止血膏，再用野麻茎把茸茬扎紧，血止住了，但下面搁着的大方盆里依然泻下了大半盆的茸血。

用这种方法割茸和用野麻茎给茸止血，这是古漠子的创造。好处是，人危险性小，鹿受的痛苦也少。

割了茸的鹿从笼里放了出来，它耷拉着脑袋垂头丧气地走回圈里，那眼神像一个富翁无缘无故地遭到一次彻底的抢劫一样，一副可怜兮兮的样子。那眼神会在你心里搅出一份深深的怜悯与同情。由于过度的紧张，当松了口气后，我和大家一样，突然感到很疲乏。而当时最为高兴的是秦队长和高指导员。秦队长很在行地把凝成果冻状的茸血切成一条条的，一面往酒瓶里装一面给大家聊。他说，这东西是最能壮阳的。他说清朝的康熙皇帝有一次在狩猎时射杀了一头鹿，当场就喝了一大碗鹿血，一到晚上就熬不住了，就找了个粗使宫女来煞劲，结果那宫女生了个儿子，那儿子就是后来的雍正皇帝。我想那肯定是他的杜撰。但高指导员听后说，那今晚我们几个的老婆都够受用了。接着他又对我们几个小伙子说，你们没结过婚的可不能喝啊,要是在这上头犯错误,我可救不了你们!

但古漠子从我们身边消失了。等人散后,我才看到他蹲在围墙的后山墙边耷拉着脑袋在抽莫合烟,眼里流淌着一汪浓浓的愧疚。我知道,从他内心来讲他不想伤害鹿,但在某种情况下他又不得不去伤害它们。他正是处在这样一种两难的境地,但人生有时就是无法摆脱这样的一种无奈。

七

荒野上的野麻花开得越来越艳丽,每天晚上那花香随着温和的风迎面扑来直冲你的鼻子。割鹿茸的时候也是母鹿下崽的时节。男人们忙着割茸,因此母鹿下崽的事就交给两位姑娘去管了。事先,我们把要下崽的母鹿关在两个大一点的圈里。我们把圈打扫干净。古漠子还在圈角堆了一堆软软的干草,上面还搭了个凉棚好为鹿遮遮那变得越来越毒的太阳。第一头小鹿是在晨曦刚刚露出一点头时生的。眼圈熬得红红的金豆花敲开我们的门喊,生了,母鹿生了!我和狗娃爷出门时,看到古漠子和戴薇薇已朝鹿圈奔去。大家都感到很兴奋。我们来到母鹿圈,看到那头身上还湿漉漉的小鹿正卧在草堆上,母鹿充满爱怜地一下一下地耐心地有节奏地舔着小鹿。小鹿睁着那稚气而可爱的眼睛,扭着脖子好奇地朝四周张望着,仿佛在说,外面的世界就是这样的吗?金豆花合着双手喊,多心疼人哪!戴薇薇也用带着上海口音的普通话说,喔哟,太可爱了!狗娃爷那满是皱纹的脸这时也像一朵盛开的大菊花。古漠子虽也是满脸的高兴,接着又心事重重地长长地叹了口气。我不知道他又想到了些什么。

我骑上小毛驴到队部去给高指导员报了讯。高指导员、秦队长和刘排长也特地赶来看了。高指导员忍不住走进鹿圈在小鹿那毛茸茸的背上摸了摸,但那头母鹿倏地站起来,扬起蹄子要刨他,吓得他抱头鼠窜,闪出圈来,脸都吓白了。他自语着骂了一句,狗娘养的这么不识抬举!我在想,队上的人知道你是指导员,是队上的最高领导,鹿可不知道。那天母鹿一直让小鹿依偎在它身边没有离开。

下午,等人走散了,已干完活的古漠子才蹲在鹿圈边上抽着莫合烟,眯着眼看着那头小鹿,他的眼中有时闪着希望但有时又流出忧伤。后来他告诉我,他怕小鹿成活不了。

他的担忧没有错。第三天早上,那头原先还活蹦乱跳的小鹿竟口吐鲜血死在圈角的那堆干草上。我赶到队上请来了畜牧卫生员小周。小周看后说,小鹿得的好像是急性肺炎,但怎么得上的,他也弄不清楚。

那是非常凄惨的一个月。十几头怀孕母鹿把小鹿一头一头地生下来,但一头接着一头地死去,要么是口吐鲜血死去,要么是便血死去。都没有活过第五天的。有一头好像挺过来了,活了十几天,但肛门却让母鹿舔了个大洞,鲜血淋淋的,不久也死了。小周到场部去请来了兽医站的方兽医。方兽医在鹿场住了两天,开始时他很有把握地说,吐血死的小鹿是感染了肺炎,拉血死的是肠道感染。那时有两头小鹿还活着,他就给它们用药,但第五天小鹿还是死了,弄得方兽医也束手无策。他不好意思无奈地说,我给猪、牛、马、羊看病还行,可给鹿看病,我还是头一遭,实在没什么经验。古漠子说,方兽医你走吧,不难为你,知之为知之,不知为不知,这样就行。那天下午方兽医背上药箱离开了鹿场。狗娃爷冲着他的背影说,没本事的货,白拿公家的工资白吃公家的饭了!古漠子长叹一口气说,这不怨他……

显然,我们都没辙了。金豆花对鹿的感情也深了,所以死一头小鹿就要哭一场,这些天她的眼睛就肿得像个大核桃。

每死一头小鹿,古漠子就蹲在鹿圈边上,两腿夹着脑袋,那神情似乎他就是谋杀了小鹿的凶犯。高指导员听到小鹿不断死亡的消息后,就到鹿场来冷笑着对古漠子说,古漠子,你这个养鹿班的班长是咋当的?鹿场现在成这个样子,你咋向队上交代?已经是痛苦万分的古漠子也怒气冲冲地对着指导员喊,我用不着交代,明天我就把所有的鹿都放回沙包里去!我再去放我的羊!没了鹿场看你还怎么指责我!高指导员又软了,因为他知道古漠子是干得出这种事的。但他临走时还是甩下了一句话,小鹿不能再死了,再死你就放你的羊去!一头倔驴!

母鹿圈里只剩下两头大腹便便的母鹿了。那天,我发觉古漠子也下了狠心,他把已生过产的母鹿赶到别的圈里,把剩下那两头母鹿的圈又仔仔细细地清扫了一遍。圈角上又重新换上了新的干草。他在圈的四角分别挂上了四盏马灯,他拿了条长凳放在铁栅栏边上。我说,古班长,你这是干吗?古漠子说,从今天起,我要在这儿死守之!我明白了他的意思,他要看看小鹿生下后到底是怎么死的。当然在那些日子里我的心里也很不好受。高指导员为小鹿死亡的事到鹿场来了几次,虽没有直接批评我,但他看我的眼神已没了往日的那份热情和希望,我感到自己也没尽到责任。古漠子虽说也识字,能读懂点文言文,但他毕竟没有上过正规的学校,不懂数理化,也不懂生物学上的一些知识,但我可是个正儿八经的高中毕业生啊。要不,高指导员干吗选中我来当养鹿班的副班长,而且以后还要顶替古漠子来当班长呢?

我想,我不能让高指导员对我失望,我也要知道小鹿不断死亡的原因到底在哪儿?于是从那天起,我也陪着古漠子死守在鹿圈边。

那天凌晨,我看到了母鹿生小鹿的全过程。那时我也体味到任何生命的延续是在一种生与死的挣扎中过来的。那晚,大漠上飘浮着一缕缕干干的薄雾,风有些凉。那四盏马灯在圈里投下一片黄幽幽的光亮。夜深了,金豆花给我俩送来了夜宵。狗娃爷和戴薇薇也睡不着,深更半夜地也来陪我们。我知道,我们养鹿班这几个人的心那时都沉在这最后两头将要生产的母鹿身上。风更凉了,干雾在我们的头顶上缭绕,东方似乎已透出了一点乳白色。有一头母鹿开始生产了,它卧在了圈角的干草堆上,在轻轻地痛苦地呻吟着。不久,我们看到小鹿的头从母鹿的阴部伸了出来,探向那仍被夜色和繁星笼罩着的充满着凉气的世界。母鹿的腹部在沉重地起伏着,把小鹿的身子慢慢地往外挤。这时我感到坐在我边上的古漠子也在咬着牙用力,仿佛他是在与母鹿同时生产。小鹿的前腿也伸出来了,母鹿喘着粗气,它那筋疲力尽的眼神使人感到这时它除了痛苦外已无其他的感觉,它是以自己的生命为代价来获取一个新的生命的诞生。小鹿的上身也挤出来了。那时我感到这个过程怎么这么漫长,我们也仿佛在经历着母鹿的这种痛苦。最后,母鹿几乎是用自己生命的最后一搏,那腹部狠命地往外一张,就在这一瞬间,带着母体热气的湿漉漉的小鹿滚了出来。母鹿闭上眼睛,长长地舒了口气。我们也都跟着舒了口气。不一会儿,那血淋淋的胎盘也滑了出来。母鹿很快就把胎盘吞食了。据说,鹿胎盘是最滋补的东西。母鹿不吃荤,吃自己的胎盘完全是为了尽快弥补它生产时所消耗的元气,以便有力气来更好地喂养小鹿。大自然的这种完美组合是世界上最神奇的东西。那时,我看到古漠子的眼睛湿润了。他凝视着母鹿与小鹿同母鹿凝视小鹿的眼睛一样充满了温情,他就像凝视着自己生命的一部分。母鹿开始很有节奏地舔着小鹿那湿乎乎的身子,它也不怕把舌头舔酸。小鹿带着梅花斑点的毛被舔干后茸茸地蓬松开了,接着颤巍巍地站了起来,然后伸直脖子很准确地寻觅到了母鹿的奶头,吸了个饱。后来的经验告诉我们,小鹿第一顿一定得吃母鹿的奶,第一顿没吃母鹿奶的小鹿是活不下来的。刚生产后的母鹿的奶稠稠的像糨糊似的。小鹿吃完奶后就卧在干草堆上甜甜地睡去了,经过一番求生的搏斗,它也累了。

天大亮了,初夏的太阳又炎炎地烤着干渴的大漠,碧蓝的空中没有一丝云彩。古漠子揉着熬了一夜的红红的眼睛对我们说,你们去干活吧,我要在这儿守着。他想守着这头小鹿。

古漠子在鹿圈边整整守了三天三夜,不让自己合一下眼睛。三天后,他的脸整个儿瘦了一圈,他突然显得又苍老又憔悴。戴薇薇和金豆花为他送饭。我和狗娃爷也时不时地跑去看看那头小鹿。而在这几天里小鹿吃一次奶睡一次觉,看上去好像一天比一天显得健康活泼。第四天早晨,古漠子打熬不住了,那布满血丝的眼睛红得发亮,看上去仿佛老了十岁。金豆花给他送来早饭时,他已斜靠在铁栅栏上呼呼地睡着了。中午,小鹿蹬着小腿口流鲜血死在圈角的草堆上。母鹿伤感地舔着小鹿的鼻子。古漠子睁开眼睛看到这情景,一头撞在铁栅栏上喊了一声,我的娘哎——便晕了过去,额头上鲜血直流……

现在回想起来,古漠子与鹿之间的情感真是太复杂太沉重了,我们是很难体味得到的。到最后一头怀孕母鹿把小鹿生下来后,古漠子对我们说,我要把这头小鹿和母鹿赶回荒漠里去,我不能眼睁睁地再看着这头小鹿去死。要不,我也会去死!我们没有阻止他,我还在小鹿的耳朵上嵌上了一叶亮晶晶的铝片,它只要能在荒漠上活下来,说不定我们还能见到它。

第二天清早,在一片青灰色的光亮下,古漠子赶着那头母鹿和小鹿出了鹿场。我和狗娃爷把他送到胡杨林边。古漠子说,他要把它们赶得远远的,要不,它们又会回来的。当他赶着母鹿和小鹿消失在胡杨林的深处时,我突然感到,荒芜的大漠其实也是充满了灵性的。古漠子后来对我说,这些鹿都是大漠的生灵,它们成群结队地在大漠里生长、繁衍,给荒凉的大漠注入了生机,使大漠也变幻出神秘的色彩。而这时我猛地听到胡杨林里传来了鹿的鸣叫声,但这叫声又很快地消失了。我在想,这头小鹿的命运会怎么样呢?

那一年,我们让母鹿自然繁衍的努力算是彻底失败了。但那一年我们也有收获,就是割的鹿茸卖出了好价钱。但为割最后一头鹿茸的事,我又挨了古漠子的一记老拳。但我觉得挨他这一拳真有点挨得不明不白。

古漠子不是个保守的人。当割茸开始后,我也想学会割茸,因为无论是我现在这个养鹿班副班长的身份还是将来所要肩负的使命,我都需要学会割茸这门手艺。当我向古漠子提出我也要学割茸时,他毫无保留地一点头说,行。我身材比他高体格也比他壮实,在学校时我就喜欢体育运动,举杠铃、撑俯卧撑,把胸前和手臂的肌肉练得鼓鼓的,大约是我这身坯,也是高指导员选派我到养鹿场来的原因之一吧。古漠子也让我先学着锯木棍,要求锯得快锯得平。锯快是让鹿少受痛苦,锯平是为了保证鹿茸的质量。我练了几天后,他检查了我锯木棍的速度和平整度后说,明天割茸的锯你操之。第二天又有两头鹿的茸要割,在割茸时他一直在我身边守着,而且准备随时接替我。但我割得很好,他满意地点了点头。

茸都快割完了,但那头叫"星星"的公鹿的茸我觉得早就成熟了,可他却怎么也不让割。我问他原因,他却不说。我只从他的眼里看到一汪愧疚与伤感。然而世上的事总会那么巧,在他把母鹿和小鹿赶离鹿场的那天早上,高指导员又来了。他对没有一头小鹿活下来而大发雷霆,又听说古漠子把母鹿和那头最后产下的小鹿赶回荒原里去了,他便铁青着脸狠狠地训我说,你是副班长,你为什么不阻止他!陈宽生,你太让我失望了。而当他看到还有一头鹿的茸没有割，就更恼火了。我说了原因后，他说，你什么都听他的，我白派你到鹿场来了。你不是学会割茸了吗？那你现在就给我割！他让狗娃爷立马骑上小毛驴，到队上把那几个配合我们割茸的小伙子叫了过来。

中午的时候，我把那头鹿的茸割了。高指导员又灌回了几瓶鹿茸酒。古漠子是第二天下午才回到鹿场的，当他看到那头鹿的茸被割了，他的脸一下沉了下来，他圆睁着那变绿了的眼睛狂怒地冲向我，又一拳把我撂倒在了地上。我爬起来也想给他两拳，他妈的我又不是打不过你，但狗娃爷一把抱住了我说，陈副班长，你冷静点。而古漠子却用带哭的声音喊，它救过我的命啊！——那凄苦地喊叫声让人心颤。

八

胡杨林的叶子又悄悄地变黄了。清晨的风又冷飕飕的有些浸入肌肤。那头叫"星星"的公鹿又是第一个发出了深情而撩人心魄的呼唤。它又一次地启起了所有公鹿们的情欲。我发觉"星星"长得格外的健壮与匀称，那是因为古漠子对它的照料似乎比别的鹿更为精心。而今年最后产下来的那头小公鹿就是"星星"的种，但不知它们被赶回荒原后是否活了下来。

发情的公鹿们开始彻夜地鸣叫，它们除了鸣叫和跨爬母鹿外，很少吃东西和喝水，它们完全处在一种忘我的激情中。所以发情期结束后，公鹿们都会显得筋疲力尽，身体也变得较为瘦弱，那时公鹿的死亡率就比较高。让自己的基因得到延续也是需要付出很大的代价的，甚至还要付出生命。那时我就会想起去年这个时候那头被鹿群围攻后，瘫死在墙角下的公鹿的惨状，我心中就会渗出一股无法排泄走的内疚。

公鹿们仰天的鸣叫声也撩拨着鹿场周围的每一个男人与女人，它撩起人们对异性的渴求。据说，那叫声可以传到几公里外。而那阵子队上夫妻间的房事也多了起来，青年男女也加快了谈恋爱的步伐。就是快奔六十岁的狗娃爷，也会不怕辛劳地一到晚上就从队上跑回到家里过夜。我笑话他，他就说，你不知我老伴有多可亲，那时啊，我的娘哎……你们年轻人不知道！

　　狗娃爷错了,那时我们年轻人的心也是充满了激情,当然也伴随着痛苦。古漠子和我都爱上了戴薇薇。我们鹿场的这两位姑娘各有各的特点。金豆花是从甘肃的山沟沟里出来的,是个道地的农村姑娘,皮肤虽然显得有点粗,但却有两个艳艳的红脸蛋,我们这儿把脸上有着两块粉红团的甘肃姑娘叫"红二团"。她的眼睛很大,瞳孔还微微带点蓝色,鹅蛋脸,嘴角上还有两个小米粒似的酒窝。她干起活来特利索,什么苦活脏活她一挽袖子拿起来就干,把活干完了她才笑嘻嘻地喘上一口气。而戴薇薇呢?典型的大城市里的姑娘,圆圆的脸蛋白嫩白嫩的,嘴唇有点厚但很性感,眼睛不大但挺亮丽,干活虽然有些慢但蛮细致,说起话来文绉绉的但心里却充满着幻想与浪漫。狗娃爷说她刚来鹿场时,有点怕吃苦,胆子也小,不敢进鹿圈,现在苦也能吃了,见了鹿也不怕了。听说她还会弹一手好琵琶。古漠子到队上去接她和金豆花时,她们的行李上还搁着一个用布袋套着的像猪大腿似的东西。古漠子不知道那是什么东西盯着看着感到挺纳闷。但在一个中秋节的晚上,戴薇薇给他弹了几个曲子,古漠子才明白这玩意儿还能敲出这么好听的声音。戴薇薇说这乐器叫琵琶。古漠子一拍脑门明白了。他从古老汉的破皮箱里挖出一本旧书说,这就是白居易《琵琶行》中的琵琶,大珠小珠落玉盘,像!

　　古漠子表达爱情的方法也是很特别的。有一天早上下了点霜,胡杨叶也被染红了。公鹿们在此起彼伏地鸣叫着。拥有妻妾的公鹿的叫声在不满足中渗出了欢乐,而没有妻室的公鹿们那被情欲压抑后的嚎叫却是那样的痛苦与烦躁。我在晚上睡觉时似乎也体味到了它们的痛苦与不安,那时我也强烈地渴望着能得到异性的温存。而闭着眼睛的我时时感到戴薇薇那白嫩性感的脸在我眼前闪现,弄得我在床上像烙大饼似的感到又焦灼又烦躁。

　　胡杨叶变黄的时候也是香梨成熟的时节。那一天中午,我们把该干的活儿干完后,我看到古漠子骑上小毛驴离开了鹿场。到下午的时候,他驮回来一布袋香梨,他把那袋香梨放在了戴薇薇和金豆花住房的门口,然后就蹲在一旁卷着莫合烟抽着。金豆花出来了,她奇怪地看看古漠子。古漠子不好意思地一笑说,这是给戴薇薇的。他说完转身就走了。金豆花笑着敲敲门喊,戴薇薇,你出来。戴薇薇一条腿跨在门外问,什么事?金豆花指着那袋香梨说,古班长送你的。戴薇薇脸一红,就把香梨扛进了屋里。我和狗娃爷住的房子与她俩住的房子只隔了几米远,因此,这事儿我全看在了眼里。那时我真希望戴薇薇能拒绝古漠子送给她的香梨,因为古漠子的这意图是很清楚的。但戴薇薇却很爽快地收下了,这使我的心酸得十分难受。

那天晚上我又没有睡着。我在想,我的条件比古漠子要强多了,也许我也该向戴薇薇表达一下,我不向她表达她怎么会知道我的想法呢?我虽是个高中生,但我的做法却很蠢。到第二天的中午,等干完活后,我也骑上小毛驴到队上的香梨园也买了一布袋香梨,我也把那袋香梨搁在她俩的门口,也在一旁蹲着卷莫合烟抽。事情也巧,也是金豆花出的门。我就说,金豆花,这袋香梨是我给戴薇薇的。戴薇薇出来了,朝我一笑说,古班长送我的香梨我还没吃完呢,你自己拿回去吃吧。让我碰了个不硬不软的钉子,我当时很尴尬。金豆花说,陈副班长,你要愿意,这袋香梨就送我吃吧。这时古漠子正从鹿圈那边走来,看到我这样,他似乎明白了什么,有点怒气冲冲走过来。我以为他又要给我一拳,我就做好了准备,他要给我一拳,我就回他三拳,把他给我那两拳的本也捞回来。但他没有揍我,只是冲着我说,她不要你的梨!说完就又回鹿圈去了。而戴薇薇也跟着说了一句,陈副班长,以后你不要再给我送梨了,他要不高兴的。

九

戴薇薇怎么会爱上古漠子这样的人呢?我真有点弄不明白。可戴薇薇后来告诉我,在她把吃剩的糊糊汤洒到饲草上,古漠子让她在鹿圈边上罚站,他也陪着她一起站着时,开始她恨他、怨他,后来她看到他也一直这么傻乎乎地陪着她站着,她又觉得很好玩很可笑,而到最后她竟悄悄地喜欢上他了。她对我说,在他身上她感到有一种特别吸引她的东西,但这东西是什么呢?她也说不清。世上有许多事情你是无法说清的,尤其是牵连到感情上的事。那时我就觉得我与古漠子真是一对"冤家",好像从一开始起就是。

在"官场"上，我们是对手，在"情场"上，我们又成了情敌。我感到我俩的关系要这样长期这么处下去，似乎有些难办。可对古漠子来说，他却并没有这种担忧，或者他根本没往这上面想。自香梨事件后，他对我的态度与以往没有什么两样，该咋着还是咋着，只是大家在一起干活时，比如割苜蓿、晒场、打扫卫生时，他总挨着戴薇薇一起干。我看到这情景心里酸酸的，还有一种在情场上失败后的痛苦。只是金豆花不时地向我投来的那爱怜的眼神才使我稍稍地得到一些宽慰。狗娃爷也看出来了，有一天晚上他安慰我说，婚姻是一种缘分，强求不得的。

想到自己的失败，心里真不是滋味，我想如果能让我在这种时候离开鹿场一段时间就好了。真是老天有眼，鹿的发情期渐渐地过去了。天又下了一场雪，雪花儿轻轻地摘下胡杨树上的枯叶柔柔地一起飘落到了地上。整个大地看上去就像有一块白底红叶的大花布铺在了上面。那天刘排长来通知我说，高指导员让我到队部去一下。正在办公室等着我的高指导员首先问了有关鹿场的情况，然后告诉我说，最近地区要办一期畜牧培训班，为期三个月，队上问场里要了个名额。开始场里不给，说全场才两个名额，你们队上就要走一个怎么行。高指导员就直接去找了场长，说今年我们产下的小鹿一个都没有存活下来，明年要再这样怎么办？鹿场还怎么发展？场长这才通知畜牧科，给了我们队上一个名额。队领导研究决定让你去！这里面的意思你该明白了吧？我说啥时候走？高指导员说就后天，带上行李。我临走时高指导员问我，听说古漠子对戴薇薇有点不规矩是不是？我想了想说，他给她送了一袋梨，别的我没看出啥来？高指导员低头沉思了一会儿，一挥手说，算了，这也不是你管的事，你只要好好把养鹿的门道弄通了，我就满意了，你只要能接下他的班来，我就让他回到草场上放羊去，到那时，戴薇薇身上的腥味，他也就闻不上了！看来，高指导员不把古漠子从鹿场上换下来，他是誓不罢休的。

我踩着薄薄的积雪走回鹿场时，我感到高指导员对古漠子的看法有些偏了，他并不真正了解古漠子这个人。他对古漠子的成见那么深，但古漠子对他却并没有什么怨恨。古漠子是个很情绪化的人，但他的心却是透明的。

回到鹿场后我把要到畜牧培训班去培训的事告诉了他们。古漠子的脸上舒展出了笑容,他说,你要学回来,能让小鹿不死,我就跪下给你磕头。从他的眼睛里我感到他的那份深切的真诚与希望。

我要去培训班的那天早上,古漠子早早地就套好了小毛驴车,牵到我屋前帮我把已捆扎好的行李放到车上,然后先送我到队部去向高指导员道别,又接着送我到场部。天很寒,地上已有一层薄薄的积雪。他没有戴帽子,两个耳朵和鼻尖已冻得红红的,他把我送到长途汽车站上。我很感动,说古班长你回吧,要不回到鹿场天都黑了。他憨憨地一笑说,我要送你上车。那时交通不便,每隔两天才有一趟班车去城里。车到这儿时已是下午四点多钟了,太阳也已西斜。他帮我把行李放到车顶的行李架上,又把我送上车,握着我的手说,学而知之,明年那些小鹿的命全在你手里了。他的眼里含着泪,那些小鹿的死亡在他心中留下的创伤一定是太深太深了。我坐在车的最后一排,开车后我回头看他。他先是朝我挥了挥手,接着他突然跪在雪地上,朝车磕了三个头,他在祈祷……我又一次被他的真情打动了,我感到我的嗓子眼有点噎,眼睛也有些模糊。那时,他留在我心中的所有的怨恨似乎都消失了……

大漠上春天的来临是很迅猛的。就是说,冬天似乎还没有过去,春天就猛扑了过来。积雪还没有融尽,四下里便是一片春色了。胡杨林只有几天工夫就变得一片翠绿。太阳把沙丘也烤得烫烫的了。在这儿,夏天是紧跟着春天并且迅速地越过春天而提前到达的。尤其到中午,这儿全是夏天的感觉了。那两天,我看到沙丘边沿的片片野麻花又开了,就是说,母鹿又要开始下崽了。古漠子对我说,你上车的那天我给你磕过头了,保佑你把学问学回来,让出生的每一头小鹿都能活下来。我说,在培训班里我问过一位畜牧专家,他就是研究鹿的。他告诉我,人工饲养的鹿场是封闭型的,再加上塔里木的天气又炎热又干燥,刚生下来的小鹿抵抗力弱,就很容易染上传染病。因此小鹿生下三四个小时后,就得给它打抗生素,连续打上几天,这样小鹿的死亡率就会大大减少。但事情是不是这样,我也没有把握。古漠子说,就这么做吧,反正我给你磕过头祝过愿了,老天会显灵的。心诚则灵呢,书上就这么说的。

有一头母鹿已坐卧不安了,而且在圈里来回地跑动。凭经验,这头母鹿下半夜就会生,我们四个就开始守夜。当第一头小鹿生下来后几个小时,我就要给小鹿打针。古漠子说,那得把母鹿赶到一边去。母鹿为了保护小鹿会伤人的。古漠子和狗娃爷都握起根粗木棍把母鹿赶到一边,小鹿已吃完奶正卧睡在草堆上,戴薇薇和金豆花帮我逮住了小鹿,我就在小鹿的后大腿上打上一针抗生素。奇怪的是那头母鹿倒没什么强烈的反应,只是不停地左右移动着脚步注视着小鹿。我给小鹿打完针,小鹿从我的裤裆下面一下窜到母鹿身边,又尖着嘴吃奶了。小鹿这时吃奶不是因为饥饿,是因为受了惊吓后,想从母鹿的奶头上获取安慰。

那几天,我们轮流守着那头小鹿,过两天又有一头小鹿出生了,我们也定期为它打针。当第一头小鹿生下第三天后,我们都开始担心了,因为去年大多数小鹿都是在第三天或第四天死去的。古漠子和我一样地揪着心,整天整夜观察着小鹿。第四天过去了,第五天过去了……第十天过去后,小鹿一直很活泼而且变得越来越壮实,到第十四天小鹿依然很好,那些接着生下来的小鹿由于坚持给它们打针,也一头一头地活了下来。只有一头小鹿是后腿先生出来的,在母鹿的屁股上挂了一天,出来后就死了。

由于熬夜,古漠子和我的眼睛都红得像小白兔的眼睛了。而古漠子却异样的兴奋,古漠子知道小鹿都能存活下来了。到第十五天的清晨,第一个出生的那头小公鹿突然仰起脖子发出一声悠长而稚嫩的鸣叫声。古漠子突然紧紧地拥抱了我,含着泪喊,你不是救了小鹿们的命,是救了我的命啊——说完竟号啕大哭起来。我的鼻子也发酸。而那时,我感到我同古漠子的心也已融在了一起。

但给小鹿打针也不是件易事。三天后的小鹿既机敏又强壮,你抓它时它在圈里胡乱转,弄得你很难抓住它。这时古漠子就想了个办法,在一根木棍上用皮条扎上一个活套,当小鹿被我们赶着转圈时,古漠子站在一边,只要小鹿从他身边转去,他猛地甩出皮套,套向小鹿的脖子,一套一个准。狗娃爷紧握木棍守着母鹿,戴薇薇与金豆花就冲上去抱住小鹿,我就迅速地在小鹿的大腿上扎上一针。但小鹿在她俩怀里又是踢又是挣扎,因此每打一次针,她俩的手臂上和腿上总要留下几块青紫块。有一次还是发生了意外,有一头母鹿突然绕开狗娃爷,扬起蹄子猛地朝正抱着小鹿的戴薇薇的头上用力一刨,戴薇薇的头顿时划开了一个大口子,血涌如注。当母鹿竖起身要刨第二下时,古漠子用头猛地朝母鹿的肚子撞去,母鹿后腿一打滑就翻倒在地上,古漠子又猛扑上去,用膝盖死顶着母鹿的脖子,母鹿蹬着蹄子起不了身。趁这机会,我背起戴薇薇就跑出鹿圈。金豆花去拿来了急救包,我们给戴薇薇止血时,狗娃爷已套好小毛驴车,急急地把戴薇薇送往场部医院。医生给她缝了几针,让她再住两天院观察观察。我去医院看她时,她含着泪说,要不是古漠子动作快,我要再让母鹿刨一下,恐怕我就没命了。我说,古漠子是很少去伤害鹿的,这次为了你可伤害了一次。她就微笑一下说,所以嘛,我没爱错人。

十

既紧张又刺激的割茸工作也要开始了。天气已变得很炎热,天空湛蓝湛蓝的,看不到一丝云彩。高指导员到鹿场来了两次,他看到小鹿都存活下来了,便称赞我说,看来我这个当领导的没有看错人,把你派到鹿场来是派对了。他问我什么时候可以割茸?我说后天就可以开始了。他说,那我把去年那些来帮忙的几个小伙子再派过来,茸血酒的事你给我办,瓶酒我让小梁顺便捎过来。小梁是高指导员的什么亲戚,去年割茸时他也来帮忙了。我看高指导员是想把他也弄到鹿场来工作,会不会以后准备来顶替我?领导的心思你摸不透。高指导员说,割茸的事你多下手。

那年茸割得挺顺,小鹿的成活率也挺高。去年有头小鹿让母鹿舔屁股舔死了,现在原因也找到了,主要是母鹿缺盐引起的。后来给母鹿喂食时,我们在食槽里加上把盐,以后就再也没有发现母鹿舔小鹿屁股的事。在地区办的畜牧培训班培训了三个月,我还真是学了不少东西。古漠子在荒漠上摸到了不少我不懂的东西,但有些事情他不学也就不懂,但对鹿的情感我觉得我还没有他那么深。最后又剩下救过他命的那头叫"星星"的公鹿的茸了。我问他割不割?他沉思了很长时间,最后无奈地叹口气说,割吧,我自己动手。他的眼里闪着泪花。

等母鹿下完崽,公鹿割完茸后,已是炎炎的盛夏了。塔里木像一个燃烧着的大火盆。有一天上午,刘排长来通知我说,下午睡好午觉让我到队部去开个会。其实不是开什么会,而是高指导员和秦队长两个找我谈话,说是明天一早由秦队长去宣布队上党支部的一个决定,养鹿班由我任班长,由小梁任副班长,古漠子调回牧羊排任第二班的班长。我知道这是迟早要发生的事,但我还是感到这事来得太快了。高指导员留我在队上吃晚饭。塔里木的夏天白天很长,要到晚上北京时间十一点多钟天才会渐渐地黑下来,而到早晨五点钟天就开始大亮了。吃罢晚饭我往回走,西斜的夕阳把起伏的沙丘和胡杨林染得红红的。滚烫的沙土喷射出一股股热浪,脚底也被沙土烤得感到热气直往脑门上钻。那时我感到我的心有些沉。按理说,今天对我来讲应该算是个好日子,当上养鹿班的班长,这是我今后前程的一个好的开端。因为我知道,等鹿场发展起来后,规模扩大了,鹿场的规格也会提高,那我的前程就很可观了,那时在我的眼里,队长和指导员已是相当了不起的官了。我的野心也不大,这一生能坐到队长、指导员这样的位置也就满足了。所以刚来这儿的那些日子,一想起将来我会统管鹿场的一切就感到很激动。但现在,眼看这一切马上要成为现实了,我却既激动不起来也高兴不起来,只感到有一种沉重压在心头上。一想到他们要把古漠子调出鹿场,我就感到很不忍心。他对鹿的那份情感我们谁都无法同他相比。而他的为人我也无法同他比。他单纯、坦诚、忠厚、执着、善良,也不乏热情。他是按自己的想法、自己的情感活着的,因此他用不着去看别人的眼色行事。而我呢?却是在为自己的什么前程活着,因此事事处处都得看别人尤其是看领导的眼色行事,因此心就不可能像他那么坦诚,活得也就有点累。夕阳已变得像团快要融化的火球,那像被鲜血抹过一样的大漠显得沉寂而悲壮。我希望时间就在此刻停住,不要再往前走……

回到鹿场,天已黑透了。睡觉时我只闷着头抽烟。狗娃爷问我怎么啦?

我实在忍不住,只好把这事告诉了狗娃爷。狗娃爷把马灯拧亮,也心事重重地卷了支莫合烟抽着说,这事不好办,高指导员的气量也太小点了,当然你当班长我也不反对,可让古漠子就这么离开鹿场,那也太不公平了。我说,我也这么想,所以这个班长我都不想当了,我觉得古漠子怪可怜的,把鹿场收拾成现在这样,却又要让他放羊去。狗娃爷说,其实这倒没什么,关键是他同鹿的那份情缘,我们谁都代替不了他。小陈,这事你同古漠子通过气没?我摇摇头说,没……狗娃爷把烟抽完,呼地吹灭灯说,你睡吧,没你的事了。到天快亮的时候我才迷迷瞪瞪地睡着了,我也不知道狗娃爷是什么时候出去的。

当阳光透进窗户时我才醒过来。我去鹿圈时,圈都已收拾得干干净净的了,那些小鹿在母鹿身边又蹦又跳,显得又活泼又可爱。而那些割了茸的公鹿,也已遗忘了茸被抢劫后的痛苦,也在欢快地鸣叫和觅食。但我仍感到四下的气氛有些异样,一定是狗娃爷已同古漠子通过气了。古漠子蹲在栅栏下,两腿夹着脑袋在抽莫合烟,青灰色的烟雾从他的两腿下面绕了出来。这时我的心感到很沉很沉。

太阳越过树梢后,高指导员、秦队长和刘排长就来了。高指导员让我召集大家开会。高指导员先讲了几句话,说是今春以来鹿场搞得不错,但由于工作的需要,人事上要做一些调动,这是队上党支部的集体决定,然后让秦队长宣布支部决定。秦队长也先讲了两句话,没有讲古漠子有什么缺点,而是表扬了古漠子,说他建鹿场立下的功劳队上的人是不会忘记的。但是根据工作需要,牧羊排二班更需要古漠子去,这是队上对他的信任和重用。他让古漠子明天就到牧羊排二班去上班。他说,养鹿班班长由陈宽生担任,副班长由梁永泉担任。宣布完后刘排长也想说上几句,表个态,但这时古漠子倏地站起来,指着高指导员的鼻尖喊了声,言无信,则乱之!接着他把两根手指弯曲着塞到嘴里,一声尖厉的口哨响彻云霄,突然鹿圈的铁栅栏门同时都被鹿撞开了。古漠子走进他住的房间,背上已经捆扎好的行李,走出了鹿场。而所有的公鹿、母鹿还有那些小鹿涌在一起紧跟在古漠子的身后,也浩浩荡荡地涌出了鹿场,走上了那条通往胡杨林的小路。

高指导员和秦队长他们顿时就傻了眼。刘排长喊，这是咋回事？这是咋回事啊？高指导员和秦队长看着我们。狗娃爷说，咋回事？这还不清楚吗？鹿只听他的。我也鼓起勇气对指导员和秦队长说，我对鹿的了解和情感绝对没有古漠子那么清楚，那么深切和真诚，养鹿班的班长还是让他当吧……

十一

日月如梭。在不知不觉中，胡杨林的叶子又开始变黄了。"星星"又一次仰起头对着黎明发出了那深情的呼唤，整个鹿场又弥漫在一种绵绵柔情与骚乱不安之中。那天，下午，古漠子又去队上为戴薇薇背回一布袋香梨，而且径直走进了戴薇薇住的那间屋子。

那天，高指导员压根儿没想到古漠子会给他来这么一手，这就因为古漠子不像我有那些今后自己前程之类的负担，他想表达的就是他自己的想法，那些鹿是我逮来的，那我这辈子就要守着它们，对它们负责，不能让别人去伤害它们！那时我们都感到，鹿都跟着古漠子走了，鹿场还怎么办下去？高指导员虽恼恨得眼睛都在冒血，可又不得不再作一次让步，因为他也得为自己的前程和眼下的利益着想。他让刘排长带着我和狗娃爷去把古漠子追了回来，说一切都可以再商量。商量的结果是，支部的决定不能变动，如果支部的决定能随便动那支部的威信到哪儿去了？所以养鹿班的班长仍由我担任，小梁仍任副班长，古漠子呢？不愿去放羊，那就留在鹿场工作。高指导员说，任命一个班长他无权变动，那是党支部的决定，但安排一个工人在哪儿工作，作为队领导他有权定。古漠子同意了，因为他只有一个愿望，留在鹿场，守着这些鹿。事情定下后已过中午了，我们留他们吃过中午饭再走。高指导员说，你们这儿的球饭我不吃！我把他们送出鹿场，高指导员又咬牙切齿地骂了一句，这个狗娘养的！秦队长只是长叹一口气，什么也没说。

古漠子走进戴薇薇的屋子后，金豆花很快就微笑着出来了，古漠子在里面待了很久，后来戴薇薇又笑嘻嘻地红着脸把他送了出来。古漠子也是满脸的幸福。被公鹿们那深情的呼唤而激活了的大漠这时似乎越发地充满了生机。那时我又一次地感到创造生命是件多么伟大的事业啊! 胡杨林在秋天的阳光下闪烁着金灿灿的光亮。我走出鹿场,爬上紧挨着鹿场的那座沙丘,我坐在一棵胡杨树下看着那条弯弯曲曲的塔里木河。由于夏季的洪水刚刚过去,这时河面宽宽的河水也清清的。夕阳正在西下,河面上飘曳着一条淡淡的乳白色的雾。不知什么时候天上压过来几片雨云,很吝啬地漏下来几缕细细的雨丝,雨云很快就被干热的风吹到大漠的深处,瞬间便消失得无影无踪了,但仍能感到雨后那舒适的凉意。金豆花也不知是什么时候坐在我的身边的。她说,陈班长,你也爱戴薇薇,是吗? 我点点头说是。她笑了笑说,可我觉得戴薇薇应该爱你而不应该爱他,我把这话同戴薇薇说过。我问,她怎么回答。金豆花沉默了一会儿说,她说,爱他比爱你更浪漫更有味……当时我一时没有明白戴薇薇为什么要这样说,但以后我才慢慢地品味出她说这话的韵味了。

古漠子不当班长了,但他仍同以前一样每天干他该干的活。也许他以前并没有把班长这个职务放在心上,也不想弄懂这个"班长"是干什么的,只要他能留在鹿场,能看守着侍候好这些鹿就行。就像他说的那样,这些鹿是我逮来的,我就得守着它们,不让它们再受到伤害。他身上确实有着一些奇特的东西,也许就是这些东西使戴薇薇感到了那种有味与浪漫。我在想,每个人都是在用自己的感觉在体味生活,体味人生,体味爱情的,所以人类世界也就会显得那么的五彩缤纷。

天寒了,霜打过的发红的胡杨叶也开始飘落了。公鹿的发情期也正在渐渐地过去,它们开始慢慢地吃东西了。而配上种的母鹿也变得十分的贪吃,这也是一种本能,为了下一代的健康。我们也很忙,晚上要轮流值夜班,半夜里要给母鹿再喂一次食。深蓝色的夜空是那样的纯洁,弯弯的月儿却也撒出了耀眼的光亮,大地变得一片银白。那晚我值夜班。公鹿们已停止了鸣叫、格斗与爬跨。半夜里我给鹿喂料,当我到第二个母鹿圈撒料时,听到不停地鹿蹄的刨地声。我提起马灯仔细往里看,发现有一头母鹿的后腿夹在了支撑凉棚的木桩中间,怎么也挣扎不出来。同那群母鹿关在一起的就是那头叫"星星"的公鹿。这时"星星"温驯地朝我走来,还舔了舔我的手。我想公鹿的发情期大概完全过去了,我就小心翼翼地打开栅栏门走了进去,盯着那头公鹿看,只要"星星"一有举动,我就可以拔腿往外跑,出乎我意料的是"星星"好像没什么事,我就大着胆子过去帮母鹿把夹在木柱间的后腿挪了出来,一切都安然无事。我就出了鹿圈,提着马灯去捧苜蓿草好给下一个圈里的母鹿喂食。当我捧上苜蓿草往回走时,发现"星星"不知什么时候出来了,而且伸直着脖子朝别的母鹿圈嗅着,大概它嗅到了什么,又开始鸣叫起来,而圈里的另一头公鹿也冲到圈边隔着栅栏对着"星星"也开始恼怒地叫起来。我放下捧着的苜蓿草,把"星星"往圈里赶。但"星星"突然一扬脖子低下头朝我冲来,我赶忙转身往外跑,"星星"怒吼了一声就朝我追过来。古漠子告诉过我,鹿追人是一条线,于是我就曲里拐弯地跑,但它总是盯着我跑的方向追。我知道坏事了,公鹿的发情期并没有完全过去。可能刚才那圈里有头母鹿仍在散发出气息,它又激起了"星星"的情欲。我跑着转着喊着,喊着转着跑着,不知什么时候我又转回到鹿圈的甬道里来了,"星星"也追了进来。甬道的另一头是用砖墙堵死的。我慌恐地紧贴在墙上,感到自己可能要完蛋了,但我看到古漠子朝我奔来,我绝望地喊,古漠子,救我——古漠子冲着"星星"喊,嗨!嗨!我惶惶然像一张标语似的粘在了墙上。追到我跟前的"星星"猛地刹住步,它摇着脖子低下头,然后用力一蹬后腿朝我冲来,就在这一霎间,我被人猛地推倒在地上,而"星星"却把推开我的古漠子顶在了墙上……

十二

胡杨树已被寒风扫得光秃秃的,抹在沙丘上的昏黄的阳光也正在渐渐地往后退去。戴薇薇和金豆花从场部医院回来了。她俩朝我摇了摇头,戴薇薇的眼睛哭得红红的。我说,我到他那儿去守夜,把狗娃爷换回来,鹿场的事你们多照料一下。我连夜赶往场部医院。

我走进病房,看到古漠子的精神还挺好。他那双淳朴、生动的眼睛仍很有神采，但也可以感到他正在忍受着巨大的痛苦。我含着泪握住他的手说，你这全是为了救我。他说，你别把这事搁在心上，那是意外。我说都怪我疏忽大意，没有把铁栅门闩好。他摆摆手，意思是人活在世上疏忽是难免的。他告诉我，公鹿的发情期看上去似乎过去了，其实它们受到仍处在发情期母鹿的刺激，还会回潮上几天的。这些知识，在当时我看过的书本上是没有的。

那晚我守在他病床边，他痛得睡不成觉，我们就用聊天来转移他的伤痛。所以那天晚上，是我到鹿场后我俩之间说话最多的一次，好像以前所说的话加在一起，也没这晚上这么多。他告诉我说，在他十三岁的那年，古老汉病了，但求医抓药却没有钱。有一次他去请郎中时，那位郎中告诉他一个弄钱的方法。那个郎中长得很瘦，尖下巴上还有一撮花白的胡子，但待人很和气。他告诉他说，有两位从关里来的生意人，正在收购刚出生不久的小鹿，你只要到胡杨林里去抓几头小鹿不就有钱啦？那时古老汉病得很重，他怎么也得去弄钱给他抓药看病。他花了几天工夫抓到了三头小鹿，换回来一笔钱。开始做这事他是瞒着古老汉的，但当古老汉追问他的钱的来历时，他只好如实告诉了他。古老汉狂怒了，让他脱下裤子，在他屁股上狠狠地抽了三鞭子。古老汉说他害死了三条不该害死的生命。古老汉告诉他，商人收购小鹿不是带回去饲养，而是当场把小鹿杀死，取下心来泡酒，抽出筋来晒干，因为这些都是大补的东西，能拿到关内去卖好价钱。古老汉说，鹿是世上最有灵气、最善良的动物，你害死三头小鹿我不惩罚你一下，我的良心也要受到煎熬。古漠子说，因此他屁股挨的那三鞭子他至今还能感觉到。古老汉告诉他，世上所有的生灵都有它们自由生存的权利和理由，因此它们的行为无所谓善也无所谓恶，人类总是拿自身的利益来判断它们的存在与行为的益与害、善与恶，这本身就是人类的一种愚昧的恶。而更可怕的是人类甚至为了自身的一点眼前利益而去伤害它们甚至消灭它们，那就是人类对大自然的一种罪孽，迟早有一天要遭报应的。我问古漠子，古老汉是个什么样的人。古漠子说，听说他在大学里教过书，后来又当过官，但不知为什么后来隐居到这儿来放羊了。古老汉说，他是来享受这儿这种相互依存相互平衡的大自然的和谐来了。古漠子说他一直没弄懂古老汉的这些话，但他心中却能体味到他说的这些话的意思。有关古老汉的故事,他只给我讲了这些,但却在我心中留下了既模糊又深刻的印象。

那晚他也讲了有关"星星"的事,他说"星星"是他们第一年逮的最后一头小鹿,那时它出生已经有五六天了,因此他追它一直追到大漠深处,想不到那时大漠忽然起了黑风暴,等风暴过去后,他迷了路,是这头小鹿把他从大漠里领了出来。等他们走出大漠后,小鹿也累倒在塔里木河边的浅滩上了。他就给这头小鹿起了个名字叫"星星"……他说到这里闭上眼睛,沉默好一阵,后来叹口气说,是"星星"救了我,也是"星星"要把我送走了……宿命也。

古漠子的眼里含满了泪。

由于那时农场的医疗条件差,古漠子的伤势又太重,第二天早上,他紧握着我的手告别了我们。

三十多年就这么悄悄地过去了。现在我们的鹿场已有了几百头的公鹿和几百头的母鹿,每年又有上百头的小鹿出生,年产值在几千万元以上。但我一直没有离开鹿场,虽然场里几次要调我到场部畜牧科去工作,甚至让我去当畜牧科的科长,但我都没有去。因为我在古漠子的灵魂前发过誓,这辈子我要像他那样守着这个鹿场。在古漠子去世后的第二个星期,戴薇薇告诉我,她肚里已怀有古漠子的孩子。她对我说,如果你陈宽生还爱我的话,一个月后我就嫁给你,但你得抚养这个孩子。如果你不再爱我了,我也要把这孩子生下来。我感到在戴薇薇身上也真有些与众不同的地方,我反而更爱她了。那孩子生下来后我们给起的名字叫陈事古,事古现在已三十出头了,在西北农学院上了四年的本科畜牧专业,他对鹿也有一种特殊的感情,一定要回到鹿场来当畜牧技术员。现在他已被任命为鹿场的副场长了。金豆花后来嫁给了小梁,事古小的时候她也非常疼爱他。八十多岁的狗娃爷现在还活着,儿子要接他到乌鲁木齐去住,他不去,经常还要到鹿场来看看。

记得我们给古漠子送葬的那天,高指导员和刘排长也带着一些人来了,他们也都很伤心,因为古漠子毕竟是个很纯正的好人。农场的坟地在沙丘深处的一片胡杨林里。我们赶着放着古漠子的灵柩的牛车先在鹿场四周转了一圈，让他最后再看一眼鹿场。可就在我们离开鹿场的那一瞬间，"星星"突然仰起脖子发出了一声长长的悲鸣，接着所有的公鹿、母鹿和小鹿们都仰天悲鸣起来，那是一种依依不舍的深情的哀鸣，我感到了一种从未有过的心灵的震撼。更让我难以忘怀的是，当我们把古漠子埋葬完，拍起坟堆后，从胡杨林里突然闪出两头鹿来，一头母鹿，还有一头小公鹿，那小公鹿的耳朵上有一叶铝片在闪光。它们对着坟堆也哀鸣了几声。小公鹿还用前蹄刨了刨土。接着它又转身钻回了胡杨林里。那时我有一种感觉，后来我把这感觉告诉给戴薇薇，她含着泪说，她也是那么感觉的。那就是那头小公鹿走过的地方？它的耳朵上闪出的那片晶亮亮的闪光，一直洒向了大漠深处的各个地方……

养父

只有还保留一份本真的人
才能解释什么叫活着……

——摘自读书笔记

一

到上海那年我刚满十八岁。上海对我来说是
完全陌生的,可当我想起一生下我就离开人世的妈
妈就出生在上海,并在上海度过了她的十八个春秋
时,我对上海就有了很特殊的感情。那一年的秋
天,天上正在下着霏霏的细雨,当姗梅阿姨领着我
和养父沙驼顺着人流走出月台,眼前展现出闪烁着
万盏灯光的夜上海时,我的这种感觉就变得格外的
强烈! 而这时我想到了妈妈,竟会鼻子一酸,眼泪
也就在眼眶里转了几个圈。

上海正像我在电视中看到的那样,满眼都是人

原载《小说月报》2002 年第 7 期,后来作者改写为影视剧本《西北汉子》,并改编拍摄了电
视连续剧《下辈子还做我老爸》

流和车流,满眼都是灯红酒绿的高楼大厦。我看到养父下意识地捏紧旅行包,眼中也喷射着新奇、兴奋、激动的光亮,五十刚出头的姗梅阿姨已显得十分苍老,她行动已不大方便了,走路时两腿发颤,似乎有些支撑不住她那虚胖的身子了。她的身体状况比她在信中告诉我们的还要糟糕。在新疆,她是我妈最要好的姐妹。初到新疆时,她俩在农场场部唯一的一家照相馆里照了张合影,这张照片我妈留给我养父后,他一直珍藏着,我也是通过这张照片才知道我妈的模样的。她俩都穿着军装,戴着圆软军帽。照片中的我妈是那样的青春、漂亮而迷人,姗梅阿姨也长得挺秀气。但现在姗梅阿姨的秀气,已被流淌过去的艰难而困苦的岁月给消磨掉了,她那双大眼睛的四周聚拢着成堆松弛的皱皮。我听养父说,她是个很要强的人,在农场她干什么活儿都不肯落后,哪怕是怀着身孕。队上的每一次大突击她都不肯落下,还专挑重活累活脏活干,由于劳动强度过大,她流过两次产后就落下了不会再生育的病。她丈夫是个拖拉机驾驶员,三十五岁时在一次车祸中丧生。姗梅阿姨就再也没有结婚。在她年过四十时,就明显地感到年轻时大量透支生命所造成的后果,以前落下的多种疾病越来越严重地折磨着她,四十五岁后,她已无法再干农场里的任何一样农活了。于是她只好提前退休,孤身一人回到上海。根据政策她在上海落了户,与也是孤身的母亲一起生活了两年多,她母亲就去世了。由于她是提前退休的,她那很微薄的退休金随着物价的不断上涨,已无法维持自己的生活了,她只好推着辆小车,每天清晨在弄堂口摊煎饼馃子卖,以维持生计。

姗梅阿姨是初中刚毕业就被动员到新疆去的,那时她才十六岁。她说,当时她认为这是件很光荣的事,但现在她才感到那一步整整耽误了她的一生,也决定了她现在只能卖煎饼馃子来度过自己的晚年。然而她也没有多大怨言,她是个心地善良,性情温柔,为人热情又很讲义气的人。当时,我妈比她大两岁,但从小娇生惯养的我妈不大会照料自己的生活,所以到新疆农场后,是姗梅阿姨时时地照顾着我妈。养父和姗梅阿姨一直在一个生产队里干活,所以当养父收养我后,她也时常关照着我。养父说,在我三岁的时候生了一场大病,那时正值严冬,养父每天必须赶着马车到戈壁滩上去拉柴火,要不有些家庭分不上柴火就会挨冻。是姗梅阿姨在医院的病床边整整守了我一个星期,大约是医生时不时地向她暗示我可能不行了的消息,结果那些天她眼泪流了两大盆,人也瘦了一大圈。养父一提到这事就感动得眼圈发红。

姗梅阿姨到上海后也常记挂着我,经常来信询问我的情况。有一年,她在信中高兴地告诉我们,说现在上海有条政策:凡是上海知青的子女,可以有一个在上海落户;我妈是上海知青,因此我也可以回上海落户的。我看了信后既兴奋又激动,我就对养父说,爹,我想回上海。养父也为我高兴,他说,你妈临终前就留下过话,如果以后有机会,一定要把你送回上海。但养父又说,上海我们肯定是要回的,但怎么个回法,明天我得到场部去打听打听这方面的政策。养父是个说做就做的人,第二天一清早就去了场部,回来后告诉我说,因为我的情况有些特殊,办起来会遇到许多困难,到上海后恐怕一时半会儿也办不成。养父说,你正在上高中,学业不能耽搁。小娜,你看这样行不行,等你高中毕业,咱们就考上海的大学,考上了,咱们就风风光光地去上海,要是考不上,咱们到上海后就按政策要求的手续,一条一条地争取着去办,反正你妈是上海知青,这点不会假!我觉得养父想得挺周全,讲得也挺有理。

当我高中快要毕业时,养父就开始着手准备陪我回上海的事。刚好姗梅阿姨又来了封信,催我赶快回上海,她说她的身体状况越来越差,说不定哪一天她一撒手走了,谁也不会再周转着帮你办在上海落户的事;那时,你妈田美娜会在九泉之下埋怨我和你养父的。养父看信后眼圈也有些红。

那年我高考的总分离进上海大学的分数线只差几分。养父说,不错,咱们回上海后明年再考。我们着手要回上海了,养父一次次地跑场部,去办我回沪落户所需要在这儿办的有关证明材料。他又把自己承包了多年的果园转包了出去,然后在银行里办了一张卡,把自己一生积蓄下来的大部分款项打进了卡里,准备为我在上海落户的事打一场"持久战"。等我们把一切事情都办妥后。新疆已是一片秋风萧瑟,枯叶飘零的景象了。可上海想不到竟还是那样的温暖,雨水把空气也弄得润润的。

　　我养父出生在甘肃永昌县的一个穷山沟里,那儿虽然贫困,却有不少读书识字的人。养父的祖上听说也是秀才一类的人家,他四岁时他父亲就教他读书识字了。但由于家乡实在太穷,他十二岁那年父亲就让他独身闯荡江湖去了。说树挪死,人挪活,守着个穷山沟一辈子也还是个穷!干吗不去试试另寻个窝?养父跑过西北五省的好多个城市,甚至去过西藏的拉萨,但在二十几岁时,他终于在新疆的一个农场落了脚。那时到处都有饿死人的事,只有在新疆农场还能填饱肚子,而且他也想过安定一些的日子了。养父年轻时长得很英俊,大而略带点蓝的眼睛,自然卷的头发,笔挺的鼻子,青青的络腮胡子,结实宽厚的胸板。现在虽已年过五十了,但英气犹存。他表面上看似木讷,其实骨子里却精得很;他为人憨厚,极重感情,但有时脾气却挺倔。为了我,他至今没有结婚,虽然曾经有过一次很好的机会。

　　养父收养我的过程是带有些传奇色彩的,每当有人提到我妈时,养父的眼中就会发出奕奕的光彩,满含着眷恋的深情,但埋在他心底的这份很深很浓的情感仅仅是在不到一天的时间里扎下根的。那是我妈到新疆农场后的第二年的六月,正是沙枣花盛开的时节,整个农场飘溢着一股浓烈刺鼻的沙枣花的香气。当棉花长出三片真叶时,棉田就该浇第一遍水了。那天全队集中劳力在棉田突击修毛渠。我妈碰巧和养父同修一条毛渠。养父说,当时我妈那光彩照人的形象使他不敢多看她一眼。我妈是个活泼、大方、爱说、爱笑、爱跳、爱唱的姑娘。她主动同他说话,问这问那。但事后养父说,她问了他一些什么,他同她说了些什么,他可真都不记得了。我妈同他说话时,挨着他干活,他只感到异样的兴奋和愉快。干了几个小时的活后,我妈的手磨出了紫血泡,我妈一点也不娇气,用手绢扎了扎手就继续干活。养父说,那时他挺心疼她。他想,反正是两个人同修一条毛渠,他多干些她就可以少干些。于是养父就脱掉褂子,裸露着上身,埋着头一鼓作气就把毛渠修好了,浑身鼓起的肌肉上渗满了汗。当他歇口气时,才发觉不知什么时候小腿被坎土曼划破了一道口子在流着血。我妈就解下她扎手的手绢,翻出干净的一面为他包扎好伤口,还称赞他说,沙驼,你真是匹沙漠里的骆驼,又有劲又有耐力!养父听了心里不知有多滋润!养父说,尤其是我妈在包扎伤口时那手轻轻地捏着他的小腿的那种感觉他是一辈子也忘记不了的。当时养父激动地对我妈说,田美娜,以后有啥要叫我帮忙的尽管说。我妈也把这句话记在了心里。可从此以后,他俩再也没有在一起干活的机会了。因为第二天,场部宣传股来人,把我妈调到场部的业余演出队去了。

也许,连我妈自己也不会想到,表面上看,她从最底层的大田调到场部的业余演出队那是命运的好转,可实际上却是厄运的开始。在不到一年的时间里,她先是被场里一位主要领导玩弄了,后来又被演出队的指导员侮辱了。接着在短短的四年里她两次结婚两次离婚。我妈能歌善舞美丽动人,在台上演出时弄得多少男人为她倾倒从而在全场闻名。但我妈的那些丑闻也在全场传得沸沸扬扬,甚至传到了上海我外婆的家里。为此我那自幼家教极严、面子观念又很重的外婆差点要跳楼自杀。然而我妈的这类丑事却仍然接连不断地发生。第二次离婚后,我妈就从演出队下放到她原先的那个生产队接受劳动改造,可两年后我那没有再婚的妈妈的肚子竟鼓了起来,不管领导对她施加多大的压力,甚至强制性地把她拖进医院,可她发誓说,要想拿掉这孩子就先拿走她的生命。于是在生产队的一间破烂的地窝子里,在一个天即将黎明的时刻,我妈把我生了下来。但没过几个小时,我妈也就离开了人世。在她临死前,她把养父叫了去,说,沙驼,你还记得你说过的话吗?养父说,一直在心上刻着呢!我妈说,那你就帮我把这孩子带大,以后要有机会,你就把她送回上海,送到她外婆那儿,如果那时她外婆还活着的话。我妈含着泪非常真切地又说,沙驼,当初我该嫁给你……每当养父想起我妈的这句话,他就会激动得满眼都是泪花。

我妈走后,姗梅阿姨在整理和收拾我妈的身体时,发现她身下的棉垫全被鲜血浸透了。我妈是……养父知道这事后,紧抱着我,整整好几天眼泪就没有干过。

二

绵绵的秋雨在我眼前飘散着,上海的初秋要比新疆暖和多了,湿润的风虽有些凉,可吹在身上也是柔柔的。姗梅阿姨拦了辆出租车,车轮在满地都反射着五颜六色的灯光的马路上吱吱地响着,路两旁涌动着撑着伞的人流和灯光亮得像白天一样的商店。这时我心头突然渗出一股甜蜜蜜的激情。眼前这情景仿佛我在很早很早以前就熟知了的一样,我妈去新疆和我回上海都是18岁,仿佛有谁在冥冥之中故意做了这样的安排似的。

车拐进一条小马路后两旁就看不到商店了,行人也稀少了。不久,车开入一条弄堂,在一栋老式的石库门房前停住了,石库门房里住着好几户人家,姗梅阿姨住在天井右角上的一间只有十四平方米的房间里。里面放着几件老式而陈旧的家具,但收拾得很干净,进门要脱鞋换拖鞋。我们的到来使姗梅阿姨感到很欣慰。回到家后已是深夜了,姗梅阿姨非要出去买点点心给我们吃,我就陪她去了。上海的小吃市场很是热闹,市场经济给人们带来了许多的方便。在路上,姗梅阿姨牵着我的手说,小娜我真怕你们不回来……说着,捂着鼻子哽咽了好一阵。

天井在漏雨,水滴落在长满绿苔的石板上发出叮叮咚咚的声音。养父猜测得不错,我要在上海落户将会遇到一系列的困难。姗梅阿姨说像我这样的落户要具备三个条件,一是本人一定要是上海知青的子女,可我是我妈的私生女,身份不怎么合法,虽然我们来时由农场出具了证明,但还需要我妈家尤其是直系亲属的认可,但我外婆知道我妈在新疆所犯下的那些丑事后,已坚决不认我妈是她的女儿了。她说,我没有这样的女儿! 我妈还有个妹妹叫田丽娜。但她也根本不承认我妈有我这么个女儿。她回答姗梅阿姨说,这个小姑娘同阿拉勿搭界,啥人晓得她是从哪儿冒出来的。姗梅阿姨说,我妈的亲属不肯认我,那么其他的两个条件,就是第二要有住房条件,第三要有监护人,也都不具备了。虽然我们预料到这事办起来会有很大的难度,但我们还是感到了很大的失望。姗梅阿姨就宽慰我们说,你们先在上海住下来,事情我们慢慢地去做,办法总比困难多,只要小娜是田美娜的女儿,这事就一定能办成。养父说,我也这么想,要不我们就不来了。

我和养父都感到,不管我落户的事能不能办成,但我们来上海是来对了,因为姗梅阿姨的身体状况也需要有人来照顾了。养父认为,仅为这一点我们也该来上海!

在弄堂边上有家小旅馆,姗梅阿姨已在那儿的地下室租了一间很便宜的房间,养父可以暂住在那儿。我同姗梅阿姨一起住。姗梅阿姨和我陪养父去那家旅馆看了看房间。养父说,我十二岁离家在江湖上闯荡时,在车站里,屋檐下,桥洞旁都睡过。这不比那时强多了? 不过这里面咋这么潮? 他看看那扇紧贴着街面的小窗户,外面正在滴滴答答地下着雨。

几天的旅途虽很劳累,但我睡不着,一方面是因为激动,另一方面是因来上海后命运未卜而感到惆怅。我思绪万千,在我身边已睡熟的姗梅阿姨在沉重而吃力地打着鼾。她一身虚胖的肉松弛地瘫在床上,她机体中的那些因长期的劳苦而受损的部件仍在艰难地支撑着她的生命,我感到她很可怜。她和我妈经历的那个岁月已经逝去了。我妈已长眠在新疆农场那块长满红柳和芨芨草的坟地里了。姗梅阿姨虽回到了上海却仍活得这么的艰难。她们错过了生命中多少美好的东西啊! 但她仍在为别人着想,为我的今后着想。我很感激她,还有我的养父。在怎样抚养和教育我的问题上,她和养父之间也常发生一些争执。养父是按照老家的那套习惯来抚养我的。从我两岁起,他就放任我在外面野。那时他在队上的马厩里干活,我就在马厩前的泥土地里乱滚乱爬,有时钻进马厩里在粪堆里挖小虫子玩,还在马的四腿间钻来钻去。那些马好像知道我是谁似的,同我很友好。我甚至在一匹刚下过崽的母马下仰头含着它那长长的奶头吮吸,母马就亲切地扭过脖子低下头来看我。我是靠喝牛奶和羊奶长大的,在我半岁时,由于队上牛奶供应紧张,养父又经常要出车,弄得我时常饿肚子,养父经队领导许可,养了只母羊。开始养父把奶挤到奶瓶里让我喝,后来大约是活儿太忙,我又能在炕上或地上爬了,他索性把羊赶到我身边,让我含着羊的奶头吃,一天数次。以后一到时间,母羊就会咩咩叫着自己顶开门,走到我身边把奶头凑向我,由此我对动物的奶头也有了一种亲切感。有一次我钻进一片骆驼刺中回来,大腿上扎进了好几根刺,疼得我哇哇乱叫。养父就帮我拔掉刺说,你瞧,这不没事了,以后你就自己拔。我五岁时,养父就让我捧着个大瓷碗沿着一条弯弯曲曲的小路,穿过一块长满红柳的荒地到有一公里多远的队上大食堂去打饭。姗梅阿姨对这一切都向养父提出过不同意见,说要是小娜是你亲生女儿,你就不会这样待她。养父说,可我爹就是这么待我的,三岁他就让我背着个小箩筐到山坡上给羊打草,十二岁就让我离开家门自谋生路,我不是也活得好好的吗?娇惯的孩子长不大,从小就能吃苦的孩子长大后自己就会让自己活出滋味来!

我上小学四年级时,在与一个同学的争吵中我才知道养父不是我亲爹。回家我就哭着问养父说,爹,同学说你不是我亲爹。养父说,对,不是。我说,那我亲爹呢?养父说,你妈死时没告诉我。我说我要我亲爹。养父说,你亲爹是谁我不知道咋给你去找?又说,你在班里的成绩是第几名?我说第五。养父说,第五名以下的同学都没亲爹亲妈?我说不,都有!养父说,这不结了?有亲爹亲妈的同学还不如你呢,人有没有出息,不在有没有亲爹亲妈,而是要靠你自己!

养父有过一次结婚的机会。

那时马厩紧靠着畜牧排的住宅区,那儿有两排平房,东西走向一排,南北走向一排,组成一个十字形。东西走向那排房子的第三间住着个女人叫王彩菊,长得很漂亮,苹果脸,大眼睛。养父虽然十二岁就外出闯荡江湖独立谋生了,但他在女人跟前却一直很拘谨,因此,到三十出头还没追上对象。王彩菊十八岁结的婚,四年生了三个女儿。当第三个孩子生下后,她那当羊倌的丈夫突然得了一种莫名其妙的病,全身没劲,几个月下来人瘦得像一把干柴,跑了好几家医院都没治好他的病,从此就一直在家躺着熬日子。一年、两年、三年……顽强的生命就是不肯从他身上离开。王彩菊拖拉着三个孩子,日子过得真叫艰难。有一年冬天,养父赶着马车路过她家门口,看到王彩菊那个才五岁的大女儿正握着把柄比她人还长的斧子在吃力地砍着柴火。养父就停下车跳下去帮那女孩砍柴火。王彩菊看到了,等养父砍好柴,她就把养父拉进屋里,给他端上了一碗搁着两个煎蛋的面条。从此养父时不时地去她家帮忙,她也时不时地把他叫到屋里吃碗面,两人渐渐就有了感情。在养父抱养我的第二年,王彩菊的丈夫终于熬完了老天爷给他活在世上的岁月,走了。一年后,王彩菊就商量着与养父完婚的事。就在那时,王彩菊郑重其事地向养父提出,要把我送到别人家去。她说,我不是不喜欢小娜,而是我已有了三个孩子,咱俩结婚后,我怎么也得给你生一个,再加上小娜,拖拉着这么多孩子,往后的日子怎么熬?我已给小娜物色了一家好人家,老两口心肠好又没孩子,两个人的工资也高,小娜过去可就享福了,干吗要小娜跟着我们受罪呢?养父觉得她讲的也有道理,于是就答应了。但当那对老夫妇把我抱走后,养父突然感到了一种火烧火燎的失落感与负罪感,他耳边也一直响着我那撕心裂肺的惨叫声,熬到晚上,他感到精神都快要崩溃了,而且还看到我妈那怨怼的眼睛在注视着他。他连夜赶到老夫妇家把仍在哭喊的我抱了回来。

四个月后,王彩菊与邻队的一个比她大二十岁的男人结了婚。完婚那天,她非要养父赶着马车送她走。天上飘着雪花,马车轮轧在松松的积雪上发出吱吱嘎嘎的声响。当养父看到来迎王彩菊的男人是个满头白发的老人时,养父的心流泪了。当养父赶着马车回队上时,他把车赶到一条偏僻的小路上,然后跳下马车冲进林带里,跪在积雪上,把冰凉的雪往脸上脖子上抹,然后伸直双臂冲着满散着雪花的天空喊,娘哎,我的娘哎……他把王彩菊从他心中喊走了,他把对我妈和我的爱永远地喊在了心里……

三

雨还在淅淅沥沥地下着。我昏昏沉沉地似乎刚睡着,姗梅阿姨就轻轻地穿衣起床了。她拉开灯,我眯着眼疑惑地看着她。她说她要到菜场买菜去。我说我陪你去,她把我按住说,你睡吧。但我趁她洗漱时还是起了床,那时才凌晨三点半。雨还在下,天空一片漆黑。走出弄堂,向左拐弯,走上二十几米,再左拐进一条小马路,路两边都是小吃店。再走过十几家门面后,就是一个很大的菜市场。而这时菜市场里已是灯光闪烁,人群熙攘,话声震天了。姗梅阿姨说,她每天都是这个时候来菜场买菜的,当然主要是来买鸡蛋,这样可以保证她摊出的煎饼馃子里的鸡蛋都是新鲜的。隔天的鸡蛋她情愿留下自己吃也不上摊子。买好菜后就又到路口的大饼油条摊买下油条,回到家她就忙着和面,生炉子,在调料盒里装上精心配制好的各式调料。由于她摊的煎饼馃子干净味道又好,所以生意倒也不错。等一切收拾好,已是早晨五点多钟了,东方也微微地透出了些光亮。我帮她推上小车,把摊位摆在弄堂口的一块空地上,那儿还有其他一些摊位,卖豆腐脑的、卖馄饨的、卖葱油饼的、卖米饭团的,他们都是一些退休人员和下岗工人。生意可以做到十点多钟,到那时姗梅阿姨才收拾好摊子回家做中午饭,那时她就显得有些筋疲力尽了。但回到家后,为了能使我们吃上顿丰盛的接风饭菜,她又忙着宰鸡、拔毛、开膛、洗菜、刮鱼鳞……我看着感到很难受就说,姗梅阿姨,我来做吧,你在边上指点着就行了。但她眯着疲倦的眼睛朝我一笑说,还是我来吧,我自己做着心里踏实。劳碌命的人就是这样,无论命运把他抛在什么地方,一辈子只知道自己辛苦,但得到的报偿却往往是艰难与贫穷。姗梅阿姨在炒菜时我把这些情况讲给养父听。到吃中午饭时,养父看着满桌子的菜感动而歉疚地说,姗梅,从明天起,你的活儿由我和小娜来做。姗梅阿姨苦笑着摇摇头说,这点小生意养活不了我们三个人。你不知道上海的开销有多大!养父很快明白了她的意思,喝了口酒说,我们有办法养活你的。姗梅阿姨一笑说,现在我还不到那种地步,但你和小娜来了,我什么也都有了。说着,眼泪便溢满了眼眶。那天,姗梅阿姨特地为养父备了上好的绍兴黄酒。但养父从没喝过,喝了口说,这酒咋有一股马尿味?姗梅阿姨扑哧笑了说,上海人都爱喝这种酒。要不,我给你另买白酒去。养父说,别,我既到上海来了,让我也习惯习惯上海人的口味吧。

　　从少年时就闯荡江湖的养父,到哪儿都有让自己生存下来的本领。我记得我小学快毕业时,农场经济也进行了改革,养父承包了一个谁都不愿承包的老果园,而且还同队上签订了十五年的长期合同。人家都笑他傻。可养父说,世上的事全靠人拾掇。他淘汰了一些老果树,栽上新品种,然后嫁接、剪枝、施肥、除草,在果园里搭了个窝棚,天天泡在果园里,精心护理了三年后,累累的果子就坐满了果树。由于果子的品种好,每当果子一成熟,果园门口就排满了汽车。几天工夫,果子就拉完了。价格也比别的果子高。人人都说我们家大发了。但养父不动声色,以前怎么过日子现在也就怎么过。唯一的变化是我常有新衣服穿,清明给我妈上坟的贡品也多了。养父守着中国人过日子的信条:富日子当穷日子过。因为花钱容易挣钱难,所以挣上十分花五分,留下五分防饥荒。这些年来中国的银行里老百姓的存款年年往上升,虽然政府鼓励消费,可银行里的存款余额还是一个劲地往上涨,这都是像我养父这样的人给闹的。

到上海后的那几天,养父总是早出晚归。我知道他准在寻活儿干。果然到第四天,他在小菜场边上的一家牛肉面馆里找到了一份活儿。他说他十五岁时在兰州的一家牛肉面馆里当过两年学徒,学着拉得一手好面。他在那家面馆亮了一下手艺,就把原先那个冒牌的拉面师傅比下去了。老板说,试用一个月,酬劳一千,正式聘用后每月三千。老板又说,但你得到医院去体检,在饮食上阿拉上海防疫要求是很严格的。

我们在上海就这样安顿下来了。

据姗梅阿姨讲,我们住的这个地方过去是上海滩上有钱人家住的,盖的都是些大大小小的花园洋房。但后来人口多了,有些中等人家也拥了进来,于是就盖起了不少石库门房,因此有些弄堂就分成了甲弄乙弄,或者前弄后弄。我们这条弄堂的前弄就是乙弄,都是一些石库门房,而后弄就是甲弄,是一排安着大扇门的花园洋房。姗梅阿姨说,你妈家就在甲弄的19号。那天卖完煎饼馃子,姗梅阿姨就领我到我妈家去看。两扇刷着深红色漆的大铁门紧闭着,我好奇地从门缝往里看,那里有一栋已显得很陈旧的红砖砌的三层小楼,楼前有一片绿地和两株树。我妈就出生在这栋楼里一直长到十八岁。但自她去新疆后就再也没有回来过。大约是那些接连发生的丑闻使她觉得无脸再回来。我妈真是活得太可怜、太凄惨、太遗憾了。现在只有我代妈妈来看看这栋老房子了。想到这里我鼻子就有些发酸。就我们这一代人来说,我真的很难理解妈妈去新疆的那份动机和理由。用姗梅阿姨的话说,那时在居委会的动员下,不去是不行的。但后来我知道当时在上海的一些知识青年也让居委会的人一次次动员过,但他们硬是不去,现在不也在上海活得好好的吗?可养父说,那一代人是那一代人的事,现在人是现在人的事,那脑袋里想法是不一样的。他的意思是,别埋怨你妈,你妈呀……他摇摇头,不说了。

由于姗梅阿姨与我妈有着一份姐妹情,两家又同住在一条弄堂里,因此对我们家的过去和现在的情况都比较熟悉。她告诉我,我外公年轻时留过洋,是个经济学博士,回到上海后在一家外国公司当帮办,用现在的话讲,就是外资企业里的白领阶层。但在二十世纪五六十年代的中国,他却属于"洋奴""汉奸"这样一类的人物,但还是被一家经济研究机构所留用。1958年"大跃进"时,他在经济问题上发表了一些不同意见,接着就被逮捕、判刑,发配到青海,第二年就死在了青海的劳改队里,接着全家也就跟着倒霉。我妈在中学里的成绩是相当不错的,可考大学政审没有通过,就被动员去了新疆。我妈有个比她小五岁的妹妹叫田丽娜,初中没上完就开始"文化大革命"了,家里又一次遭劫。外婆和她被赶出了小楼。而那时,我妈和姗梅阿姨已在新疆了,处境已相当糟糕的我妈就再也没同家里联系过。姗梅阿姨说,也许正是她本人和家庭的这一系列不幸,是我妈最后选择了轻生的原因。不过她干吗一定要把我送到这个世界后才离开人世呢? 姗梅阿姨叹口气说,这事我可说不清……

二十几年后姗梅阿姨回到了上海,她又了解到我家的一些情况。"文革"后我家那些被抄的财产和小楼又重新物归原主了。但在如何分配这些财产上田丽娜阿姨与外婆之间发生了争执。丽娜阿姨说,这些财产和房产都是通过她的努力才得以归还的,因此,房产和财产的一半都应归到她的名下。外婆很恼火说,今天仍该归我,明天才会归你! 丽娜阿姨天天同外婆闹,外婆一气之下,带着大部分细软与存款,在外面的石库门房里租了两间房间,自己单独开起了伙食,不愿再同丽娜阿姨有什么往来。丽娜阿姨虽然住在楼房里,但房产依然是属于我外婆的。姗梅阿姨说,你外婆住的地方离我们这儿还不到一站路。姗梅阿姨感慨地说,俗话讲,朋友间可以共患难但不能同享福,想不到家里人也会是这样。

在"文革"中,田丽娜混到十八岁后,居委会安排她到一家街道工厂去做工,每天穿着套蓝帆布工作服在工作台上拧螺丝,每月挣二十几元的工资。在厂里她与一个叫姜湘的男青年相识了,两人的命运有些相似,不知是出于爱情的炽热,还是出于无聊与苦闷或是纯出于生理上的需要,两人交往不到一个月,就频繁地上床了。可能是缺乏避孕的经验,不久田丽娜就怀上了孩子。在那个什么都要上"阶级斗争"这个纲的年月里出了这种事可不是闹着玩的,丢脸挨批倒是小事,弄得不好就要丢饭碗的。两人在恐慌紧张束手无策之际,姜湘急匆匆地找到个江湖医生来帮她打胎,结果胎是打下来了,她也差点把命搭进去,留下了很严重的妇科病。姜湘还算是有良心的,同她结了婚,而且对她更是言听计从,为了那个过失,他得用他的一生来补偿。

当国家允许私人办企业的政策出台后,两人都感到有了出头之日,他俩辞掉了街道工厂那份又脏又累收入微薄的工作,用从我外婆那儿分到的一部分财产,在离我家不远的一条马路上开起了一家咖啡馆。由于那儿地段好、人流旺,开张后生意倒蛮火爆。可他俩既缺乏经营之道又不会理财,把靠一时的"天时"赚来的钱大手大脚地花起来,以为只要这咖啡馆这么开着,财源也就会源源不断地涌进他们的腰包。他们得意地挥霍着,把过去渴望享受而没有享受过的生活都去享受了一番。后来我进小楼居住时发现,当时他们对小楼的重新装修,明显地透出一种没有文化品位而又很奢侈的暴发户的气息,然而"天时"带来的好运毕竟是有限的。几年后,随着市场的不断开放,竞争者也就越来越多了。新开张的咖啡馆无论在装潢设置的舒适程度上和服务档次上都在不断地提高,他们的那家小咖啡馆就明显地落伍了,生意从此就变得越来越清淡。当他们察觉到这一点,想把咖啡馆重新改造一下时,才发觉手头上留下的那点钱根本启动不了这么一个工程,他们才后悔当初真不该那么大手大脚地胡乱花钱。但店里再不弄点新东西似乎很难再生存下去。于是他们只好从银行贷款,向别人借钱来搞点小的改造,以便勉强维持生计。弄堂里有些人幸灾乐祸地说,甲弄19号里的田家再也摆不出什么派头来了。可见那个时候他们是很十足地摆了一番大款派头的。

接着两年市场空前疲软,他们的生意也变得异常的清淡,弄得只好举债过日子,眼看就要倒闭了,是一个姓周的大户头帮了他们一把,他们的生意也才有了点起色。但又有些风言风语在弄堂里传开了,说是咖啡馆里暗地里在做另一种生意。这种事传是传,但并没有确凿的证据,听说公安局在接到这方面的举报后去查过,也没有查出什么来,无非是店里设了几个半封闭式的包厢。里面可以唱唱卡拉OK。然而这对咖啡馆的名声多少有些影响的。丽娜阿姨和姜湘姨夫也就这样在维持着生计。生活对大家来说都不容易。

当我们安顿好了后,养父就提出要去拜访一下外婆和丽娜阿姨。姗梅阿姨有些为难地说,她们恐怕都不愿见你们。养父说,她们不肯见咱们那是他们的事,咱们得去见,不管咋的,她们是小娜的亲外婆和亲阿姨,咱们既然到上海来了,那咱们就把礼尽到,也让她们知道田美娜的女儿回到上海来了。养父又说,要是咱们把这层关系丢了,小娜落户的事不就没指望了?姗梅阿姨说,我是怕你们难堪,受不了她们给你们的冷眼!养父一笑说,只要她们不要我们的命就行。姗梅阿姨也笑了,说,行,明天我就陪你们去见她们。

四

第二天上午姗梅阿姨陪着我和养父去买了不少礼品。晚上我们首先去看外婆。外婆住的地方离我们这儿真的不太远,好像走了还不到五六分钟姗梅阿姨就说到了。外婆住的那栋石库门房看上去要比姗梅阿姨家宽敞。姗梅阿姨敲开外婆家的门。外婆已七十多岁了,可看上去最多只有60岁的样子,眼角与额头上只有一些细细的皱纹,面目清秀,眼睛有神,花白的头发梳得很光洁,显得典雅、娴静而有气质。我觉得我妈更像外婆。姗梅阿姨趁外婆开门的瞬间,就把我拉到她眼前说,田家姆妈,这就是美娜的女儿。我也赶紧乖巧地喊了声外婆。外婆看了看我,眼睛亮了一下,但脸色很快又变得既伤感又冷漠。她摇摇头,眼里突然涌出了一汪泪说,你们走吧,勿管这个小姑娘是勿是美娜的女儿,我都不会认的,田美娜已勿是我的女儿了。姗梅阿姨说,田家姆妈,当初美娜是哪能到新疆去的啦?那时居委会逼你,你就逼美娜,美娜是看到你作难才走的呀!美娜在新疆的坟地里已经躺了十八年了……姗梅阿姨说到这时便哽咽了起来,说,可连她留下的唯一的女儿你都不肯认,是勿是有点太不近人情了。喏!她指了指身后的养父说,这个人叫沙驼,同美娜非亲非故,但他却把美娜的女儿拉扯成现在这样一个天仙般的姑娘。今朝他又亲自把她送到你的眼前,他图个啥?外婆抹了把泪,想了一会儿说,姗梅,你讲的话有道理,但我老了,快要入土了,我一想起过去的那些事就觉得人活得真没意思,我勿想再让别人来打扰我的生活,我只想过几天清静的日子,你们走吧。外婆和姗梅阿姨讲的是上海话,养父没听懂,而我小时候跟着姗梅阿姨学过上海话,虽然还说不好,但能听懂。不过养父从外婆的神情上猜到了她大概说了些什么。他含着笑容把两大包礼品放在外婆跟前说,这是小娜送你的,你老多保重,过些日子我们再来看你。

离开外婆家,我和姗梅阿姨的心情都有些沉重,但养父坚持还要去拜访丽娜阿姨。他说,礼咱们总得先尽到。是姜湘姨夫开的门,丽娜阿姨跟在他身后。丽娜阿姨虽然同我妈有些像,但没有我妈漂亮,也没有我妈那么有气质,显得有些俗。她看了我一眼后立马知道是怎么回事,还没等姗梅阿姨说话,她就喊了声,阿拉勿认的!说着就把大铁门给咚地关上了。在他俩往里走时,我听姨夫说,这个小姑娘同你阿姐长得很像,好像比你阿姐还漂亮。丽娜阿姨尖声喊,像什么像,像个屁!

那个“屁”字养父听懂了。他把两盒礼品用力摔过大门,落进了院子里,还笑嘻嘻地说,管他屁不屁,这礼我还得给你送。接着拉住我和姗梅阿姨说,咱们回吧,反正他们都知道小娜回来了,我们的目的也达到了。往后我们也就在上海住下了,就住在他们的眼皮子底下,以后就看他们的了。养父的话让我感动,但对外婆和丽娜阿姨的表现我感到惭愧。但以后的事证明养父的这一着做得真的是相当的英明,虽然表面上是我们碰了钉,但其实是外婆和丽娜阿姨都已无法漠视我的存在了。

天气仍很温暖,但周围的秋色却变得越来越浓了,我看到枯黄的梧桐叶已在飘落。养父到上海后,精神状态似乎比在新疆时更振奋,他似乎显得年轻了,心中涌动着对新生活的希求,有着也想在大上海这样的地方能一展身手的渴望。养父对环境的适应能力真是很强很强的。不到半个月,他就像个老上海了,虽然说话还带着浓重的甘肃腔,但那“洋泾浜”的上海话也能说上几句了。他每天清晨离开小旅馆去牛肉面馆上班,晚上等面馆打烊后就回到姗梅阿姨家坐一坐,聊会儿天,商量一些事,然后就回旅馆去歇息。我们做了在上海长期住下去的准备。一是等待和继续争取让外婆和丽娜阿姨认我的机会;二是姗梅阿姨的身体状况也需要我们照顾。这样,养父就认为我的学业不能耽搁,姗梅阿姨就主张我去上夜校。她说,现在上海流行一句话,只要电脑、英语精通,就不怕找不到一份好一点的工作,只要小娜她这两门本事学到手,肯定可以找到一份高档次的工作。姗梅阿姨的意思是,我还有火一样的青春和惊人的美貌。

几天后的事就证实养父的决定的英明了。那时我每天凌晨三点多钟,就陪姗梅阿姨去小菜场,使我吃惊的是,这么老早外婆也出现在菜场里了。她总是与我们保持一段她能见到我的距离。姗梅阿姨也发觉了。她说,以前她从来没有见过外婆这么早来过菜场。姗梅阿姨说,小娜,她是来看你的,世上哪有母亲不爱女儿,外婆不爱外孙女的?我也相信这种感觉。但当我朝她走去时,她又赶忙转身走开了。我感到,外婆的心情也很矛盾,况且她七十多岁了,却这么孤独地挨着岁月……

天有些蒙蒙亮了。我帮姗梅阿姨推着小车在弄堂边上摆起卖煎饼馃子的摊子。大约七点多钟,丽娜阿姨和姜湘姨夫就去开张他们的咖啡馆,这时他们就得从我们的摊子跟前走过。姜湘姨夫总要扫我一眼,丽娜阿姨却强忍着不看我,但我感到她还是在用她的第六感觉在全面地感觉着我。

姗梅阿姨通过居委会刘大妈的关系让我进了一所夜校补习班。从那以后,我帮姗梅阿姨收完摊后,吃过午饭,姗梅阿姨休息了,我就自学,晚上再去上夜校。姗梅阿姨说,由于我的加入,煎饼馃子的生意就要好多了。以前打一盆面就够了,现在得打两盆面。弄堂里的人还时不时地来问问我的情况,说,这个就是美娜的女儿啊,喔哟比她姆妈还要长得漂亮嗻。去考戏剧学院呀,以后肯定是个大明星。女人只要长得漂亮,现在比啥辰光都要值铜钿,等等,等等,但这样的状况没有维持多久。

有一天晚上,天有些阴,好像要下雨。我上完夜校回来,姗梅阿姨微笑着告诉我说,田丽娜和姜湘今晚来看你了,刚走。她说,他俩和她谈了有一个多小时,谈话的主要内容有两条,一是他们准备认我这个外甥女了。田丽娜说,以前他们不敢认,怕有假,但现在天天见面,越看越像阿拉阿姐,而且连走路的样子说话的声音都像。她说我也细想过了,小娜这么个小姑娘来骗阿拉做啥?再看看她也是个蛮懂规矩蛮本分的姑娘,根本不像有些爱招摇撞骗的外来打工妹。田丽娜又说,还有就是阿拉每天早上路过弄堂口,看到小娜在帮你做煎饼馃子的生意,阿拉看了也老勿忍心的,况且现在弄堂里都晓得小娜是阿拉阿姐的女儿。我这个当阿姨的再不管不闻,姗梅阿姐,你想想,我这只面孔往哪儿搁?是哦?所以我同姜湘商量了一下,你呢?身体也勿好,摆煎饼摊子一天也赚不了几个钱。我想让小娜到咖啡店来做,每月给她两份工资,你的煎饼摊子也勿用摆了。你看哪能?姗梅阿姨讲完这件事后长长地叹了口气说,他们的话听上去是蛮像回事,但他们的心事我是清爽得很,他们把你弄到咖啡馆去,是想用你这张脸去赚钱。所以我想,他们来认你这个外甥女,是好事,但他们的那家咖啡馆,是千万去不得的,你还是陪着我卖煎饼馃子吧。赚的钱也够我们俩开销了。

天开始下雨了。养父回来时肩膀上淋得湿漉漉的。他那有些疲倦的脸上含满了喜色。我给养父泡了杯茶,养父卷着莫合烟抽。姗梅阿姨也给他讲了丽娜阿姨来过的事。养父笑着说,这不是好事嘛?他们肯认了,小娜的事不就向前迈了一步了?到咖啡馆去干活?那也该去,人家来请我们,我们拒绝了,这不又把关系弄断了弄凉了?再说,咱们也别把人家想得这么坏,会逼着自己的亲外甥女去干那种事?既然人家来认咱们这门亲,咱们就该同人家亲戚相处嘛。再说小娜也大了,也该熟悉熟悉适应适应外面的世界了。人总会有去独立应付生活的一天,生活经验得靠自己去积累,是吧?我十二岁就外出面对生活了。

说实话,到上海后我听到有关丽娜阿姨的那些事,她在我心中的形象是有些糟糕。但同她接触后,我发现她人还是蛮好的。我们去她家时她非常热情地把我们引进客厅,姜湘也乐呵呵地为我们冲咖啡、削苹果。丽娜阿姨又拿出一套制服让我穿上。我在镜子前一照,我竟会是那样的光彩夺目。她问我,小娜你身高有一米七吧?我说一米七一,她竖起大拇指说,标准的服装模特儿！也在那时，我感到客厅里装潢显出了一些不必要的奢华和杂乱。

养父和姗梅阿姨同他们商量有关我到咖啡馆干活的事。我坚持要帮姗梅阿姨把煎饼摊子摆好开张后我才去咖啡店干活。丽娜阿姨也不反对，说我就到弄堂口去接你吧。她还说，我晓得小娜在上夜校，我只让她做到下午四点钟就下班，勿耽误她去夜校。姗梅阿姨谈到关于我落户的事，丽娜阿姨就讲，这件事是好事情，我勿反对，但关键是在阿拉姆妈身上，只要阿拉姆妈同意，我愿意出面来办这件事。她又说，不过小娜现在还是先住在姗梅姐家里，等户口的事办好后，再住过来好吧？

他俩笑眯眯地把我们送到大门口。细雨在悠悠地飘散着。养父很高兴地说，这不是蛮好吗？但姗梅阿姨不以为然地摇着头说，你丽娜阿姨是只滑头！

第二天早上七点多钟，丽娜阿姨就到摊子前来接我。姜湘姨夫先去店里了。我正忙着摊饼，周围等的顾客有好几个，丽娜阿姨就耐心地在边上等。姗梅阿姨从我手中接过摊饼的木条在我耳边郑重其事地说，小娜，一定要多一个心眼儿噢！

横穿过两条车流不断的大马路，然后又拐进一条人流和车流都很拥挤的小马路。在穿马路时丽娜阿姨一直紧紧地握着我的手，使我感到一种亲切感。在路上她问我，是不是姗梅姐不想让你到我这儿来做生活？她肯定听到弄堂里的人瞎讲了些什么！你千万别信。小娜，你到上海后一定要多一个心眼儿，你勿晓得上海人花头很透的！

他们开的店叫"甜蜜蜜"咖啡馆，我觉得这店名有点俗。可丽娜阿姨却挺得意地对我说，这店名是我起的呀，你晓得邓丽君？天皇巨星呀，《甜蜜蜜》这首歌就是她唱的呀，家喻户晓的啦。店面有两开间宽，有十几米深，大堂里搁着八张条桌，大堂两边有四个装潢比较考究的小包厢，大堂深处还有两个大包间，里面可以唱卡拉OK。我去时店里还没什么客人，只有姜湘姨夫指挥着四个穿制服的小姐在收拾店堂，我进去时她们都用各自不同的眼神看了我一眼，其中有一个长得漂亮点的还冷笑了一声。后来我知道她叫阿兰，是这儿的领班，她的后台就是资助过咖啡馆的周老板。丽娜阿姨让我站吧台，原先那个站吧台的姑娘让她炒鱿鱼了。说是手脚勿干净。丽娜阿姨说，所以站吧台的最好是自己的亲属，别人是靠不住的。她把我介绍给大家时特意指出，我是她的亲外甥女，其他三个小姐表现出一些敬畏，但阿兰仍露出一种不屑的眼神。我只装没看见，仍很真诚地同她们一一握手，让她们多关照，轮到阿兰时，她说，喔哟，大家关照，大家关照啦。摆出一种居高临下的姿态。在上午十点钟以前，店里几乎没有生意，干完活的人这时就坐下来闲聊。姜湘姨夫就走到吧台边上来同我聊天，很关心地问我到上海后生活上习惯不习惯，还缺不缺什么？我一一回答了他。他又问我会不会唱歌？我说我在新疆农场时参加过两次地区的中学生卡拉OK赛，每次都得了第一名。他满意地点着头说，这好！这好！

那天中午丽娜阿姨和姜湘姨夫同我们一样吃的都是五元钱一份的盒饭。到下午四点钟丽娜阿姨就让我回去了。我觉得他俩待我还挺不错的。但店里的生意实在是太清淡了。在我站吧台的这段时间里，陆陆续续只来过十几个顾客，大多是下午两点多钟来的，他们要了杯咖啡闲聊一阵就走了，连点心和干果之类的东西都没有要。我想大概晚上会好一点，要不他们就没法维持生计了。

连续几天都是这样。可到了双休日情况就好多了，十二点钟后，店堂和包厢里都坐得满满的。有一个星期天的中午，来了两个人。一个五十多岁，一个三十来岁，衣着都很考究。丽娜阿姨和姜湘姨夫见到他俩后，一副笑容可掬毕恭毕敬的样子。阿兰见到他俩后也是满面春风。姜湘姨夫躬着腰说，周老板，里面坐。周老板往里走时很随意地看了我一眼，但他向前走了几步后又突然煞住步，又回过头来看我一眼，那眼神与别的男人看我时的眼神不很一样。而那个三十几岁的男人也回过头来看我，他的眼神同别的男人一样，流出一束男人见到漂亮女人时的色情味。周老板大约有一米七六高，身板挺得笔直，面目清秀，可他那双冷漠而高傲的眼睛里却流淌着一种深埋在心底的忧伤。像他这样年岁的人，都有可能在那个噩梦般的岁月中留下过无法抹掉的创伤。丽娜阿姨后来告诉我，周老板叫周奕鑫。那个三十多岁的男人叫崔宜,是周老板的助理。丽娜阿姨说,这几年店里的生意全靠这两个人关照着,要不,这咖啡馆早开不下去了。她的意思是让我在对他俩的态度上,要有更多的诚意和热情,服务上也要更周全点。总之,不要怠慢了他们,更不要得罪他们。

关于我来咖啡馆干活这件事上,姗梅阿姨的担忧当然也不是没有道理的。但养父的理由就更现实。养父认为,像我这样的姑娘无论在什么地方生活工作,都会遇到这样的事,被男人追逐。我妈不是那样吗?据说我妈生活的那个年代是极封闭的,有些地方甚至连谈恋爱都是被禁止的。养父从来不说我妈的不是,但在这一点上他说,你应该学会咬人,打不过人家就在他的大腿上狠狠地咬上一口,这一口要让他知道欺侮人也是要付出惨重的代价的。就是说在别人的强力面前你决不可逆来顺受。第二天是星期一,店里的生意又显得清淡了。但那天中午周老板和崔助理又来了。他俩一进门就把眼光瞄向吧台,看到我后都微笑了一下。我隐隐地感到他俩是为我而来的。据丽娜阿姨讲,周老板现在拥有的资产起码在八位数以上,是上海滩蛮有些声望的民营企业家。崔助理是个脑子活络,善于交际,很有办法的人,周老板走到哪里都要把他带在身边,是周老板最亲信的人和得力的帮手。丽娜阿姨说,周老板虽然也喜欢漂亮姑娘陪他喝喝咖啡唱唱歌,但还从来没有听说他要姑娘陪他睡觉的。而那个崔助理就不一样了,不但好色,有时性发起来还相当粗鲁。可他出手很大方,因此那些靠用身子来谋生的姑娘都喜欢同他交往,崔助理长得也挺帅气。丽娜阿姨说,小娜,我发觉他已经看上你了,已向我提出要让你陪他去唱歌,我婉言回绝了。所以他要是请你去作陪你千万不要答应。我点点头说,丽娜阿姨,我知道了。以后那些天,他们天天中午都来,包一个雅座,有时还领着几个客人来谈生意。一想到他们来的用意可能与我有关时,我感到很有些不安。不过我想我应该学会应付这一切。而一个多星期以来,他们虽然天天来,但主要是谈生意,好像并没有提出要我去做什么。他俩看我时的眼神使我感到他们对我越来越有兴趣,可兴趣的背后却有着不同的目的,我感觉到了。

又一个星期天,天气晴朗,阳光灿烂。马路上的行人也显得格外地拥挤。十二点钟一过,周老板和崔助理又来了,那天丽娜阿姨刚好不在。不一会儿姜湘姨夫从他们的包厢里出来,满面堆笑地对我说,小娜,姨夫想求你一桩事情,刚才周老板提出,想让你进去陪他们唱唱歌,我说你唱歌唱得相当好。我说我走不开,吧台上的活儿现在挺忙的。姨夫就说,那让阿兰顶你一会儿,小娜你要晓得,这次是周老板请你,周老板是勿白相女人的,陪他唱歌的人,他也从来勿碰的。他看我没表态,接着又说,我知道丽娜同你讲过那个姓崔的为人,但我已经叫了两个小姐去陪他了,你只是陪着周老板去唱几首歌。我说我不去,因为我从来没有陪男人唱过歌,要是我爹知道了,也会不愿意的。他就哭丧着脸说,小娜,你要晓得,为维持咖啡店现在这个局面,周老板投在这里有好几十万呢,他是阿拉最大的债主,阿拉得罪勿起。小娜,你只要去坐一坐,唱上两支歌就出来,好……我看到他作难的好像要哭的样子。我就说,好吧,只唱两支歌就出来,姨夫,不过你一定要去同他们讲清楚。姨夫马上堆满笑容说,好的好的。我跟着姨夫走到包厢门口,姨夫进了一会儿,就出来说,讲好了,你进去吧。

我一进去就看到崔助理的身旁一边偎着一个姑娘。我就感到咖啡馆里还是有色情服务的,大概大多数时候打的只是擦边球,才没有撞到枪口上。而这时,崔助理用让人感到恶心的眼神死死盯住我,我顿时感到很不自在。然而周老板倒对我很友善。我在他坐着的长沙发的边上坐下,离他约有半米的距离。他也不往我的身边凑,问了我几句话后就说,有一首歌叫'《真的好想你》你会唱吗? 我说会。他说,那你就唱上两遍好吗? 唱完你就走好了,只要我答应的事我决不食言。我这才稍稍松了口气。唱第一遍时我的感情没进去,到唱第二遍时我的感情进去了,周老板好像也动了感情,眼睛也变得湿润了。我感到,这是个感情很丰富的人。我又想,他一定在深深地思念着一个人,要不,他干吗要点这首歌而且要我唱两遍呢? 我唱完后看看他。他从口袋里掏出一厚沓百元券交到我手里。我把钱放在茶几上,朝他摇了摇头,意思是这钱我不能收,因为我既不是三陪小姐也不是卖唱的。周老板好像明白了我的意思,朝我笑笑。但当我从崔助理的身边走过时,他突然站起来一把抱住我,噘起嘴唇就往我脸上飞过来。我迅速地闪过脑袋避开他,挣脱了他。他又抱住了我。这时我听到周老板厉声喊,崔宜,放开她!我奋力挣开他的双手,抓起茶几上装点心的玻璃盘,狠狠地砸在了他的头上。他哎哟了一声。我冲出包厢,走出咖啡馆,径直回家去了。姨夫追着喊我,我理都不理他。因为我这是第一次遇到男人这样对我,我感到羞怒而恐惧。我在想,我妈那时可能也遇到男人对她这样,难道她就屈服了?她手头有没有可以抓起来砸那男人头的东西……

五

为这事姜湘姨夫挨了两次揍。一次是丽娜阿姨,虽然姨夫向她说明了整个事情的经过,但丽娜阿姨还是怒气冲冲地扇了他一记耳光。并说你太鼠目寸光了,再说小娜是阿拉阿姐的女儿,哪能好叫她去陪唱歌的啦?第二次是在当晚,养父领着我和姗梅阿姨敲开了他们家的门,来开门的刚好是姜湘姨夫,养父二话没说,顶着鼻子甩上去一记老拳,把姨夫撂在了地上。姨夫趴在地上喔哟了老半天。

姗梅阿姨为这事唠叨了好一阵子。养父听着一声也不吭,等抽完了半根莫合烟后养父才说,小娜,咱们咖啡馆不去了,从明天起,你帮姗梅阿姨卖完煎饼后,就上我们面馆去打钟点工吧。中午我们那儿客人太多,到下午两点生意就清淡了。你就可以回来学习。我知道养父并不在乎我去赚那两个钱,而是要我更多地去熟悉和认识这个世界。他看姗梅阿姨一眼说,我在那儿呢。姗梅阿姨也没有再说什么。养父有时也是很固执的。对我从小养父就是按他的那一套来抚养的,姗梅阿姨再说也不起作用。况且姗梅阿姨也清楚,上海真正是个没钱寸步难行的地方。在上海有些开销是固定而没法省的,像水电费、房费、煤气费、卫生费,等等。而每天卖煎饼馃子赚的钱也是很有限的,所以我再能去赚点回来,她也感到有必要。事情也就这样定下来了。所以后来丽娜阿姨来做几次工作,希望我再回咖啡馆去。养父就说,你要是让那个姓崔的从此不再踏进你们咖啡店的门,我就让小娜去。丽娜阿姨他们显然做不到。

养父干活的那家牛肉面馆就在小菜场的边上。面馆的生意说不上兴旺但也不算差,而养父去后,生意就渐渐地兴旺起来了。养父之所以有很强的适应生存环境的能力就在于他的自信。在他刚来上海的那几天,他竟跑了大半个上海三四十家牛肉面馆去吃过牛肉面。得出的结论是,虽然那些牛肉面馆都挂着正宗兰州牛肉面的牌子,但实际上没有几家是正宗的。他说,连几元钱一碗的牛肉面都作假,连作假的人都能在上海滩混饭吃,像我这样有真手艺的人还能吃不上饭?

在干活上,养父是既较真又卖力。他进面馆后,继续发扬着他的这种光荣传统。五十来岁的他干起活来依然像小伙子一样的有劲,拉面的手艺他一上手就显得很熟练,可见他那时练的功夫有多扎实。他拉出的面细如发丝,薄如纸,吃上去依然柔韧而滑溜。他对上海人不爱喝牛肉清汤而爱吃黄兮兮的咖喱汤大惑而不解,那清汤又清爽又鲜美有多好,而咖喱汤苦兮兮一片混沌有啥好吃的? 所以上海人的心也混浊得让人捉摸不透。他嘴上虽这么说,但心里仍在琢磨着把咖喱汤也熬出一种既鲜美又爽口的味道来。几天后他终于熬出了这种汤味,于是店里的生意也很快变得十分的火爆。每天从早到晚,面馆里的顾客几乎就没有断流过。因此他感到拉一天的面比在农场抢一天的坎土曼还要累。店里原先就有一个帮手,生意红火后,老板又招来了两个帮厨的,其中有一个还是老板娘的表弟。养父熬汤时,老板娘的表弟就在一边偷着看。养父发觉了就对他说,你想学,那就直说,像贼一样的眼睛这么偷着瞄,我见了心里就发毛!

养父性格耿直,因此与有点阴阳怪气的老板娘之间常发生些摩擦。牛肉面和面是很讲究的,面和不到一定的程度,面就会断丝而且也拉不细。养父是决不允许这种情况出现在他手中的。他认为手艺人在手艺上的失误不但丢面子而且接着就会丢饭碗。有一个休息天,面馆从早上七点钟开始,顾客就川流不息地涌进又流出。第一摊面拉完后,帮手正在揉第二摊面。养父用手指戳了戳面后就自己亲手和起来。面和不出来,性子急的顾客就在店堂里喊开了。不久,外面就像炸了锅,接着有些顾客就要求退票走人。但养父仍稳坐钓鱼台,很有节奏地推揉着面团。顾客陆续往外走,老板娘发急了,就走进后堂,掐了掐面说,可以了呀,可以了呀。可养父凭着感觉知道面该和到什么程度才算好,所以依然不紧不慢地揉着。老板娘恼了,喊,喂,乡下人!你懂不懂做生意啦,顾客是上帝呀!养父就说,手艺上的信誉才是我的上帝,面拉不好谁再来吃我的面!到那时走掉的不是那几个顾客,而是全部!老板娘又气恼又无奈,嘲弄着说,你这个人搞咪!然后又走到店堂里对大家笑容可掬地说,对不起,对不起,大家再稍等一歇,马上就好,马上就好……

还有一次,由于送来的牛肉已不大新鲜了,养父坚决要求换,说这样的肉熬出的汤不好喝,切出的肉也不好吃。但这一往来就会耽误几个小时的生意。老板娘坚持就这么凑合两天,只要吃不坏肚子就不要紧。养父说,那好,这两天的面我就不做了,工钱你爱怎么扣就怎么扣。老板娘不得不让步。只好骂养父是个乡巴佬,不懂得做生意来发泄。当时她没炒养父的鱿鱼是因为她的表弟还没有把养父的那一套手艺学到手。而养父的手艺吸引着涌动着的顾客流在那儿摆着呢。

我去面馆做钟点工的那些天,由于面馆的生意很顺,也给老板娘带来了好心情,关于我的酬劳老板娘的出手也蛮大方,让我每天干上四个小时的活,还管一顿午饭,再给二十元的工钱。外来的打工妹干一天活只比我多十元钱。不过我那四个小时正是店里最忙的时候,你得端着面或者收拾空碗,在店堂里来回穿梭。虽然凉凉的秋风不时地从门外扑进来,但我还是干得汗流浃背的。记得我上班的第一天就出了点事,我在端面时有一个手背上文着条蛇,理着平顶头的小伙子偷偷地在我大腿上拧了一把,要不是因为第一天上班我才忍住的,否则我会把那碗滚烫的面扣到他的头上。但我还是拐进后堂把这事告诉了养父。养父让我指出那人来。我刚指完,一小团面疙瘩就飞出隔窗,准确地射到那个小伙子的鼻尖上,疼得那家伙捂着流血的鼻子尖叫起来。养父喊,小子哎,你再敢欺侮我女儿,小心你那两只狗眼!后来这事对外传得挺神,说这家面馆里的拉面师傅的祖传功夫了不得,又说他的女儿美若天仙,但你千万别动她。这种传闻使面馆的生意就越发的旺了。虽借着吃面来看我的人不少,而我却一直很平安。

在我上面馆打钟点工的第三天中午,又发生了一件让我感到有些意外的事,就是那个被丽娜阿姨说成拥有八位数资产的大户头周老板突然出现在面馆里。他坐下后要了一碗面,我把面端到他跟前他叫住我和气地对我说,姑娘,你能让我在这儿跟你讲两句话吗?我点点头,因为我对他没有反感。他说,这几天我都到咖啡馆去找你,想当面给你道个歉。这都是因为我放纵了下属才会发生这样的事,让你受惊了。我看得出来,你是个好姑娘。我听田丽娜说,你是她姐姐的女儿?我又点点头。这时老板娘已经在叫了,小娜,快来端面呀!我赶紧回身去端面。不断地又在餐桌间穿梭,周老板一直坐在那儿没有吃面,他呆呆的似乎在回忆思索着什么。接着他的眼光又追随着我好一阵子。半个小时后他长叹一口气,走出了面馆,那碗面他没有动过一筷子……

六

在这世上,上海人大概是最懂得生活也是最会享受生活的人群之一。我从清晨三四点钟就开始在变得越来越拥挤的小菜场上感受到的,他们用他们的辛苦在换取着自己生活质量的提高。当然,这其中也有例外,那就是我外婆。她每天那么早来菜场并不是为了能买到上好的新鲜菜,而更主要的大概是想能看到我。她出现在小菜场上后就这么紧紧地跟着我,而且距离也越来越近。有一次,我们买完菜后,她还绕着道跟了我们一阵。姗梅阿姨说,小娜,你外婆是不是有什么事想找你?我就转身去迎她,但她看到我又转回身走了。

秋深了,天气也变得越来越凉。如果遇到细雨绵绵的天气,那寒气就有些逼人了。凌晨的雨水又细又密,菜市场的水泥地在众人的踩踏下湿漉漉的一片污浊。我又看到外婆收起雨伞拐进了菜市场。那时人群已十分拥挤,我和姗梅阿姨买好鸡蛋又买了些其他菜正准备离开。我听到后面有人喊了一声,小娜,我回头一看,只见外婆斜着身子碰在两个人身上,跌倒在地上,人群一下子围住了外婆。我赶忙把小菜篮递给姗梅阿姨,钻进人群看到外婆紧闭双眼晕倒在地上,有一个中年妇女掐着外婆的人中。我冲上去扶着外婆喊,外婆!外婆!边上有个人喊,小姑娘,快送你外婆去医院呀!

姗梅阿姨窜到路上拦了辆出租。我背上外婆,外婆很轻,但骨头却硬硬的。外婆老了,我感到一阵心酸。到医院时外婆还是昏昏沉沉的样子。我忙着挂急诊,但我和姗梅阿姨口袋里的钱都不够。我又打电话到养父住的旅馆里,养父急匆匆地赶到医院里,挂上点滴后外婆才渐渐醒来。天快亮了,细细的雨丝还在飘洒。

养父要去面馆上班,姗梅阿姨也要再去摆上两个小时的煎饼摊子。他们让我守着外婆,有什么急事就立马同他们打电话。外婆那苍白的脸色慢慢地缓了过来,她直直地看着我好长时间,似乎在细细察看着我脸上的每一个部位。她看了我很久很久,一瓶点滴滴完了,她才微微地动了动嘴说,你真是田美娜的女儿?我一点头说是!这时她的眼泪再也止不住一串串地滚落了下来。我用毛巾轻轻地为她擦去泪。她一下握住了我的手,握得那么紧,那么紧……我喊了声,外婆——鼻子顿时也感到好一阵酸疼。外婆很坚决地朝我点点头,表示她认我这个外孙女了。她抖动着肉皮已有些松弛的嘴唇说,小娜,你见过你妈吗?我摇摇头说,我一生下来我妈就走了。我听姗梅阿姨和我爹说,我妈好苦好苦哇……外婆伸出手指,轻轻地抹淌在我鼻沟上的泪水说,那个叫沙驼的人是你的亲爹?我说,不是的,他是我养父,妈临死前把我托付给他的,他待我比亲爹还好。外婆点点头说,我看得出。

中午,姗梅阿姨熬了一锅鸡汤来医院看外婆。下午三点多钟,养父从面馆抽身出来,买了好多水果也来看望外婆。外婆很感动,她说她已经很久很久没有感受过这种人间的温情了。养父就和外婆很亲切地交谈起来。当讲到外婆与丽娜阿姨之间的那些事时,外婆含着泪抱怨说,不就为了房子和钱财上的一些事吗?养父就说,唉,何苦来?钱是可以挣来的,但老天给的那份亲情可挣不来。小时候我爹就告诫我,私欲让人分手,真诚让人心合。所以外婆,人世上的那份亲情珍贵着呢。我们刚来时,你不肯认小娜,当时我咋也想不通,这世上你有几个亲外孙女呢?不就小娜一个吗?外婆拉住我的手又一次流了泪。她说,这二十多年来,我一直怨着美娜啊……养父说,外婆，你不该怨美娜，田美娜这一生过得够心酸的了。在我心里，她是天下最好最可爱的姑娘。养父沉思了一会儿，突然想起什么，从内衣的口袋里掏出个小布包，打开小布包里面是一方沾着血渍的手绢。他很动情地说，这是美娜的手绢，那天我同她一起干活，我的小腿受伤了，她就用这手绢给我包扎的伤口。那时，我和她还不大认识呢，她这么个姑娘家就能这么做，你说她的心底有多好多善良！后来她的名声是有点不大好，可那不是她的责任。我说了，那是男人欺侮了她，她可没有欺侮过男人！她的心啊，苦得就没法说！所以她生下小娜后，自己就这么离开了人世……养父说到这里自己哭了起来。外婆说，都怨我啊……

我陪外婆在医院里待了两天，外婆也趁机做了一次全面的体检。快八十岁的人，身体还挺好。那天昏厥是因为长期的压抑与郁闷造成的。那两天我精心伺候着外婆，我与外婆间的感情也与日俱增。第二天晚上，外婆就拉住我的手说，小娜，过来跟外婆一起住吧，你同你阿爸和姗梅阿姨都商量一下。好吗？我说，我爹早有这个意思了。

马路两旁的梧桐树叶开始大片大片地飘落了。我搬进了外婆住的那栋石库门房。绵绵的细雨连续下了好几天，因此屋里比室外还要阴冷。开始时我真有些不习惯。为了照顾外婆，我已有好几天没去面馆上班了。由于外婆住的地方与姗梅阿姨家离得不远，因此我每天凌晨还是到姗梅阿姨那儿陪她去菜场，顺便也把外婆要吃的菜买回来。当我帮姗梅阿姨的摊子摆好开张后，我就再回外婆家。

外婆在生活上是个很仔细很讲究的人。一清早起来就收拾房子，擦呀，拖呀，摆呀，把两间屋子收拾得一尘不染，有条不紊。在吃上她总要时时地调换口味，隔天的菜她是不吃的。所以当天做的菜与饭总是尽量在当天吃完。在穿上，衣服的样子虽不很新颖，但做工与面料却是很讲究的。平时她看电视，主要是些戏曲节目，尤其偏爱越剧与黄梅戏，一面看一面还轻轻地跟着唱。每天晚上她按时上床，但要看上一个来小时的书，她说这是她年轻时养成的习惯。不过她看的大多数是一些言情小说。我搬来后，外婆在外间给我安置了一张很漂亮很舒适的小床。我带着菜回来时，外婆已把房子收拾好了,把买来的早点弄给我吃。亲情确是一种别的东西所无法代替的情感。由于摆脱了孤独,外婆的脸色也渐渐变得红润起来,不几天,我觉得我与外婆之间的感情也已变得很深很融洽了。

养父每隔一天来看外婆一次,每次都要捎上点水果来。当我上完夜校回来时,外婆总要冲上一杯果汁给我喝,还同我聊上一阵。我就把有关养父的事讲给她听,还讲了为了我他放弃了的那次婚姻。外婆就感慨地说,小娜,你晓得? 其实你阿爸心里一直爱着你妈呢。我在书中看到过不少这样的痴情汉子,想勿到现实生活里倒真有。你看你妈那块手帕他会一直放在内衣的口袋里。其实你外公也是这样的,他离开我去青海不到一年就去世了。他写给我最后的一封信里讲,没你在身边,我一天也活不下去……

外婆的眼圈又红了。

七

不知为什么有一天晚上养父给我讲了一个故事。十九年前的一个冬天,农场里的条田、树木、屋顶上都铺着厚厚的积雪。有一天的深夜,养父按时起来提着马灯到马厩去给马喂食,天气太冷,一清早又要出车,不给马喂饱喂好马就抵挡不了严寒,也拉不动车。在寒气逼人的月光下,一长溜的马头在槽前一上一下地掀出一条模糊不清的波浪。他把草料均匀地撒在食槽里,四下里顿时响起一片马匹欢快的喷鼻声和香甜的咀嚼声。但这时他也听到一阵阵凄惨的哀鸣声从马厩的草堆旁传过来。他提上马灯到草堆边一看,一个衣服破烂血肉模糊右腿肿得粗粗的人躺在草堆上,他的脸和脖子上也满是血迹。那人用乞求的眼神望着养父说,沙驼,救救我。这个人养父认识,说起来他还是上海一所名牌大学的毕业生,他分到新疆后是主动要求到基层来工作的。在安排他具体工作前,组织上让他在我们队上劳动了几个月,还跟着养父赶着马车到戈壁滩去打过两次柴火。后来他被安排在场部基建科工作。一年以后不知是什么原因得罪了场领导,听说他还同场领导顶撞了好几次,甚至骂了场领导。在那个年月他这样做的结果可就惨了,他被定为反对场党委反对党反对社会主义对现实不满的罪名戴上了现行反革命的帽子,下放到农场边缘的垦荒队劳动了。

养父历来是凭着自己的感觉去待人的。他认为这个人一没杀人二没偷盗三没调戏女人,只因同场领导顶撞了几回,干吗就要受这样的罪?他问他你要到哪儿去?他说你只要把我拉出农场就行。于是养父连夜套了马车,把他送到一个可靠的地方后,养父才拐到戈壁滩上去打柴火。养父说,他早把这件事给忘了,但没想到这几天他竟在面馆见到了这个人,而且看上去还像是个大户头。我问,爹,他叫啥?养父说,好像叫周奕鑫。我说,他就是周老板。养父说,这么说他是去看你的不是来找我的?我点点头说他已经到面馆去找过我一回了。养父说,那你就防着点,不过也别怠慢了人家,他年轻时吃的那苦,惨着呢!

丽娜阿姨的咖啡馆的经营状况越来越糟了。据丽娜阿姨给我讲,自我往崔助理的脑袋上砸盘子的事发生后,崔助理就再也没上咖啡馆来过,周老板来过几次是来找我的,后来打听到我不再上店里来干活了,周老板就悻悻地走了,从此也不再来了。不久,周老板又传话给他们,说店里的事他不会再帮了,说你们这只无底洞我不能再填下去了,要振兴生意你们得靠自己。丽娜阿姨认为这是周老板和崔助理因我的事而对他们实施的报复。丽娜阿姨在责怪姜湘姨夫的同时,对我也有些恼怒。

生意变得越来越惨淡。他们也曾使尽了各种手段,但生意依然是每况愈下。他俩感到生意真的是越来越难做了。其实从现在的眼光看,那时不是生意太难做了,而是刚开始时生意太好,当时不管阿狗阿猫、傻子肉头,甚至只要摆个地摊都能发财。但随着市场经济的逐步规范化,在越来越激烈的市场竞争中,没什么文化档次,又不懂得经济的那些阿狗阿猫们的生意自然就开始难做了。

记得有一天晚上,养父走后,天上飘落着阴冷的小雨而且还夹着细细的雪粒。我帮外婆准备好洗脚水,泡上一杯奶粉,服侍外婆睡下。外婆在睡前总要拉住我的手,看我一阵,摸摸我的脸说,小娜,你就像你年轻时的姆妈,但比你姆妈还要耐看。过去外婆不肯认我,而现在则是不知道该怎么疼我才好。有时她还问我,你真不知道你的亲阿爸是啥人?我摇摇头,她就长叹一口气说,说不定也是个很英俊的男人,不过这种事谁也说不清,好了,不讲了,你也去睡吧。

外婆刚睡下,就有人敲门。我去开门一看,竟是丽娜阿姨和姜湘姨夫,两人的神色都不大好。外婆在里间问,啥人啊?我说是丽娜阿姨和姜湘姨夫。丽娜阿姨抖着身上沾的小雪粒说,姆妈,是我呀。外婆披着衣服出来板着脸冷冰冰地问,你们来做啥?他俩一下跪在了外婆跟前,姆妈,帮帮阿拉来,要不,我和姜湘就要破产喝西北风了。外婆说,你们先给我站起来再说话。有什么事,说!两人站起来后丽娜阿姨哭丧着脸说,姆妈,这两年来我们背了不少的债,还不起了,想到银行里去贷点款。外婆说,那你们就去找银行,来找我做啥?丽娜阿姨说,现在贷款要么有人担保,要么有财产抵押。我们问过银行了,我们的楼房可以做抵押,就是要有你的一张委托书。一提到楼房外婆就火了说,你们还在动我房产的脑筋啊!外婆猛地喊了一声,小娜,给他们开门!我要睡觉去了。

雨雪停了,西北风呼呼地叫着在上海的高楼间穿梭,吹得行人只好裹紧身上的大衣和棉衣。那时大家都想吃上一口热乎乎的汤饭,面馆从早晨起就拥满了人。我又回面馆去做钟点工,我把那晚发生的事告诉了养父。养父叹了口气说,这也是报应,以前他们咋能为点钱财房产的事,逼得自己的亲娘在外面租房子住。养父又说,不过你丽娜阿姨大概也是走投无路了,要不也不会跪着请求你外婆的。养父又叹了口气后就不再说什么了。

自我到面馆上班后,周老板每天中午必到,而且找着机会想同我说话。这倒引起了养父的怀疑和不满,他关照我说,你少搭理他!现在有些人一有钱什么都想要,良心也滑到肚脐眼下去了。养父还学了一句上海话:"这个周老板,老甲鱼想吃嫩豆腐了。"

有一天外面又在下着雨雪。周老板不到十点钟就来了,那时顾客还不多。周老板就对我说,想请我和我爹到假日饭店去吃一次饭。我说这事你该跟我爹说。那时活儿还不太忙,我把养父叫出来,他听周老板把话讲完后想了想说,行,但要等我把晚上最忙的那阵子的活儿做完。周老板说,那个时候不是吃晚饭而是吃夜宵了。养父说,晚饭夜宵一个样,不都是吃嘛。周老板走后,养父对我说,咱们去,把话当面同他挑明,让他以后不要再来缠你了,看着叫人心烦!唉,人哪……

第二天晚上,寒气袭人。周老板开着他那辆奔驰豪华车来接我们。长这么大,我才第一次走进这种叫五星级的宾馆,我小心翼翼地踩着滑溜溜的就像镜子一样照出人影的大理石地面。我想养父大概也是第一次走进这样的高级宾馆。但养父却能像周老板一样大踏步地走过前厅。我就想起养父说过的一句话,别人能咋的咱也能咋的,不都是人嘛。

那是一间很雅致的小包厢。周老板招待我们时显得十分殷勤,他似乎有求于我们什么。那时我就想,他已是个拥有上千万资产的大老板,应该说是要啥就有啥,他还有啥缺的呢?他点了不少我们没吃过的菜,有的菜甚至一盘就要好几百,但我也没吃出什么特别的味儿来。有的还挺难吃。真像养父回家时同我讲的那样,没吃惯的东西哪怕再贵吃着也不顺口。人,干吗花钱要跟自己过不去呢?周老板说,沙驼,自那天咱们见面后我一直想请你和小娜吃顿饭,一是感谢你那时的救命之恩,二是为前些天我手下的人对小娜的非礼再次对小娜表示歉意。说句心里话,不是你沙驼救了我的命哪有我的今天哪!养父说,这话不能这么说,当初你命不该死,你命中就有今天。那阵子不是我救你就会有别人救你,所以你不必把这事放在心上,其实我早就忘了。周老板说,所以这就是缘分,说明咱俩的缘没有断。我今天请你们来,还想同你们商量一件事,就是我想在公司里给你安排一个工作。养父摇摇手说,周老板,这玩笑可开不得,我这个人只学了些小手艺,拉个牛肉面,甩个刀削面,弄个拉条子,或者在土地上种种棉花小麦,摆弄摆弄果树。这些手艺在世上也只能混口饭吃。我五十好几了,又没多少文化,这辈子就这样了。让我到你那个公司去,你不是在作践我吗?周老板说,那就让小娜去吧,我每个月给她五千元钱。养父摇着头说,那更不行。小娜现在还没学到可以每月拿五千元钱的本事。周老板,我们是本分人,知道自己有多大的本事就端多大的饭碗,再说,也就这样的饭碗才更牢靠。恩赐来的饭碗是靠不住的!周老板说,那你总得给我一个报答你的机会呀!养父说,这不!这顿饭就足够了。没进过的门我们进了,没吃过的东西我们吃了,没见过的场面我们也见了。我救你命的情也就了了。周老板,来,咱们碰一杯酒,我还有话要说,这话本不该在这种场合说的,但我想还是今天说了好。就是,从今天起你别再纠缠我们小娜了,你都这么大年纪了,可小娜才十八岁!周老板的脸唰地黄了,他那双眼睛突然变得特别忧郁、凄凉、失望和委屈。他待了好长时间,才说,沙驼,你误会了,我对小娜没有任何邪念。

养父说,那更好,以后你就别再天天去面馆了,那有失你的身份。周老板一副沉重而失落的样子,含着泪说,沙驼,不是这么回事,不是这么回事啊……养父说,该说的话我都说了,我们也该告辞了。

我们打的回家。养父在车上说,这家伙也挺可怜。这世界啊,不是一有钱就啥都有了,所以呢,知足者常乐,就像我这样。小娜,你说是吧?而这时在我眼前闪着的却是周老板那双凄凉的眼睛。

八

人在背时的时候,大概就会接连不断地干傻事。丽娜阿姨和姜湘姨夫就是这样。为了想尽快摆脱困境,他们竟扩大了色情服务的项目。事发了,不但店被封了,而且还要交一笔为数不小的罚款,姜湘姨夫还被刑事拘留了十五天。为了躲避债务,姜湘姨夫从拘留所出来后两人就失踪了。那天凌晨我同姗梅阿姨一起去菜场,姗梅阿姨告诉我,这几天债主们老到丽娜阿姨家去敲门,但里面没有一点声音,债主们就去找派出所、居委会,要撬门进去拿东西。但居委会的刘大妈告诉他们,这栋楼的产权是属于田丽娜母亲的,你们不能随便进的。派出所的人也告诉他们,谁要敢撬门而入就是私闯民宅,犯法的。但债主们还时不时地隔两天来看一次,这事在弄堂里传得沸沸扬扬的,说什么的都有。姗梅阿姨说,小娜,你该把这事告诉你外婆,田丽娜他们逃走了,你们就该搬回来住,甲弄19号的房产是你外婆的!我回去后,就把这事告诉给外婆。外婆沉思了半天说,这事不急,过些日子再说吧,反正房子飞不掉。那天,外婆还把我从农场开出来申请在上海落户的各种证明要了去,开始为我办落户的事。那时我就感到刚来上海时,养父坚持要去拜访外婆的决定有多么的英明! 没有当初,就不会有今天,这事就是这么水到渠成的。自我与外婆同住后,外婆也开朗了许多,有时还同我讲一些妈妈小时候的故事,她已不再那么恨我妈了。

中午,我把这两件事都讲给养父听。养父也很高兴,说,落上户口你就是正儿八经的上海人了。关于房子的事养父说,外婆做得对,从道理上讲,你们搬进去也说不上错,但从情上讲,可就有点乘人之危的嫌疑了。这事不能做,对吧?

养父有很善于摆平人际关系的一面,但他的认真和固执在上海又往往吃不大开,尤其在面馆里,他与老板娘之间的冲突越来越频繁。由于生意兴旺,老板娘就把隔壁那家生意清淡的包子店的铺面兼并了过来,打通后又重新装修了一番。这样顾客容量就增加了一倍。光养父一人拉面显然跟不上趟,老板娘就让她的表弟也跟着拉。可老板娘表弟的技术还没学到家,拉出的面老断,虽然捞进碗里不大看得出来,但养父认为让内行人看出来也有损于他的荣誉,于是就坚持要老板娘表弟练到家后再上厨。这样出面的速度又慢了下来,老板娘不愿意了,同养父争吵了起来。养父认为,出面慢是慢了点,但每一碗出的都是正品,而你表弟出的却有不少次品。钱是要赚,但得赚良心钱而不能赚昧心钱! 老板娘虽哑了口,但发誓总有一天要炒养父的鱿鱼。

西伯利亚寒流搅得上海出奇的冷。那天下午四点我离开面馆,融进人流往前走。有一个穿着粉色羽绒服带着大口罩的女人跟了上来,轻轻地拉了我一把喊,小娜。是丽娜阿姨。她惶恐地朝我摇摇头让我不要叫她。她把我拉进一条偏僻的小弄堂里的一个角落上才说,小娜,我和你姨夫要活不下去了。她口罩上那双忧愁而心酸的眼睛里渗出了泪。我说,姨,你干吗不回家啊。她说,我们要一回家,那些债主还不把我们给撕了。我说,可你们这样下去也不是长久的事呀。她说,现在我们有什么办法,只能熬一天算一天了,可现在,我们带出来的一些钱全用完了。唉! 想当初,我真不该跟你外婆为那点财产房产的事闹得那么僵,这都是报应啊。她抹着泪说,小娜,我觉得你和你阿爸都是好人,能不能帮帮忙,借点钞票给我们。我说,姨,我身边没几个钱,晚上我同爹商量一下再给你们送去吧。她说,你现在口袋里有多少?我说,只有五六十元,她说,小娜,先借给我吧,我们已有两天没吃什么东西了。我把钱给她后,她塞给我一个电话号码说,用这个电话跟我联系,我再同你约见面的地方。她突然拥抱了我一下,感慨地说,总是亲人好说话呀。走出弄堂我们分了手,我看到她走到一家包子店,买了几只包子,拉下口罩狼吞虎咽地吃着走着。天空很阴沉,寒风嗖嗖,我的心也挺沉。我听养父说过,善的前头会有宽广的天地,恶的结果往往是绝路一条。

我回去就把这事告诉给外婆,我想让外婆能帮丽娜阿姨一把,因为丽娜阿姨目前的处境真是太可怜了。但外婆闭着眼睛想了好一阵,然后叹口气说,逢绝路而后生,这事以后再说吧。然而我从外婆的眼睛里却看到不少的心酸与伤感,度过了七十多年人生的外婆自有她自己处事的方法。

我上完夜校回来,养父已在外婆那儿了。他微笑着用轻松的语气告诉我,说他同面馆的老板娘闹翻了,养父说宁愿不要饭碗也不能不要信誉,饭碗丢了还可以再找,信誉丢了,到哪儿找去?而老板娘还算大度,养父没干完一个月,她还是给了养父一个月的工资。在这些日子的交往中,外婆对养父也有了更多的了解。外婆说,在上海混饭吃头脑要灵活点,不能太老实,不然要吃亏。你看,你把熬汤、拉面的技术都教给老板娘的表弟了,他们就趁机找个碴子炒了你的鱿鱼。你不晓得上海滩上的那些老板娘,门槛精煞了!养父一笑说,外婆,罗成的回马枪和秦琼的撒手锏,这事我懂。我也看了,在上海混饭吃,还得有真本事真手艺才行。那个老板娘不是一个真正的生意人,她那面馆总有一天要垮,就像……他把后面的话咽了下去。天很冷,外婆端着个热水袋焐在怀里。她也猜到了养父想要说的话,她一下子又变得很伤感,站起来说,小娜,陪陪你阿爸,我要休息了。外婆进屋后,我把丽娜阿姨的事讲给养父听。养父说,已经到这地步了。小娜,走!我们出去一下。

寒风搅着雪粒在路灯的光亮中变得黄灿灿亮晶晶的。夜已有些深了。我们在淮海路的一个大花坛前与丽娜阿姨见了面。养父把今天被老板娘炒了鱿鱼后发给他这个月的三千元工资全给了丽娜阿姨。

养父说,我帮你,因为你是田美娜的亲妹妹。养父把田美娜三个字说得特别有情感。你又是小娜的亲阿姨。你看不看重这份亲情我不管,可我和小娜特看重!丽娜阿姨感动地点点头说,小娜阿爸你放心,这点我是拎得清的。我不是那种没有良心的人。说完她朝养父深深地鞠了一躬。养父说,别这样,以后有什么难处,尽管来找我,只要我们有口饭吃,就会有你们的一口饭。丽娜阿姨抹了把泪说,那我走了。可她走出十几步后又追了回来说,小娜,你回去告诉外婆,你们可以搬回楼房住。我们也不知道什么时候才能回去。你再告诉外婆,我对当初我做的那些事后悔死了,我对不住她……丽娜阿姨把一串钥匙塞到我手里哭着跑了。

细小的雪粒变成了大片大片的雪花,在路灯下闪烁。养父说,既然丽娜阿姨叫你们搬到楼里去住,外婆要不肯,你就好好劝劝外婆,让她也给丽娜阿姨一次机会。外婆现在挺疼你,你很懂事,爹没白养你……

雪下得很紧。

九

下了整整一夜的雪。凌晨我出门时,马路上铺上了一层薄薄的积雪。我和姗梅阿姨买菜回来,养父正在生小推车上的炉子。姗梅阿姨在和面,我问养父,爹,今天你不去面馆了,我还去不去?养父一笑说,老板娘是炒我的鱿鱼,又没炒你的鱿鱼。我点点头说,爹,我知道了。中午我去面馆,老板娘倒对我蛮客气,她说,其实我也不是一定要你阿爸走,但你阿爸的脾气也太倔了,哪能在生意场上混啦,我得为店里的生意着想呀,你讲是吧?小娜,既然你还来我这儿上班,每天我再给你加十元钱!我很礼貌地一点头说,谢谢老板娘。我就又忙着穿梭在人声鼎沸的餐桌之间了。我相信养父的话,靠自己挣钱那才活得踏实。

不到半天工夫,地上的积雪就融化了。下午四点钟我下班时,地都有些干了。我拐到大马路上,一辆奔驰小轿车就跟上来开到我身边,车窗滑下后,我看到周老板探出脑袋说,小娜,你能上车来吗?我有话想同你说。我坚决地摇摇头说,不行,有话你就下车说。周老板说,在马路上说话多不方便,天又这么冷。他恳切地看着我说,小娜,请你相信我,我绝不会对你有什么不好的企图的。我说,周老板,我相信你的话,但我不会上你的车的,你走吧!

周老板的车在我身边慢慢地跟了一会儿,见我不再理他,他只好无奈而凄楚地叹了口气,把车开走了。可我仿佛感到他那车的车轮似乎转得很沉重很失落。我隐隐感到,周老板好像有一种很浓重的情感压在心上而无处排遣。

养父在外婆家帮着收拾东西。在我和养父的说服下外婆同意搬回小楼去住。我回来后就把路上发生的事告诉给养父,在边上整理东西的外婆也听到了。她想了一下说,那个周老板是不是叫周奕鑫?我说是。外婆看看养父,想说什么却又把话咽了回去。养父有些恼火地说,这个周奕鑫到底想要干啥?我说,爹,我好像觉得他有什么重要的话要对我说。养父说,他不会是想动你的坏脑筋吧?我说我也弄不清。养父说,小娜,这事眼下你千万别告诉姗梅阿姨,要不她又要为你胆战心惊了。吃完晚饭,我要去上夜校,养父陪我出去说,以后这个周老板再找你,你就同他说,你有事最好找我爹,别老缠着我。养父仰望了一会儿天自语着说,这个周奕鑫大概跟田家也一定有点什么关系……小娜,你上学去吧。

我上完夜校回家。外婆埋在沙发里,膝盖上搁着本相册。她让我坐在她身边,翻开相册让我看我妈从小到十八岁时的照片,每张照片都是精心地用玻璃纸封好的。我感到了我妈在外婆心中的分量。外婆说,七八年前,你讲的那个周老板就到我们家来过,问我有没有田美娜的照片?我说有。他说他想要一张。我说你是什么人?我怎么能随便把女儿的照片给你呢?何况我女儿已不在人世了……他就说,那让我看一看行吗?我说看一看当然可以,但不能拿走,你要保证。他说,我保证!外婆说,周老板一面看一面流泪,后来就捂着脸大哭起来。外婆就问他到底同田美娜是什么关系?但他什么也不说,道了声谢谢就走了。外婆说,他这么接连不断地找你,是不是同你妈有关？我说，我也不知道。外婆说，那你同你阿爸再约他见一次面吧。我点点头说，好。外婆长吁短叹了一会儿说，唉，那个耳光的事，啥人也讲不清爽啊。

几天后，外婆和我搬进了楼房。

外婆毕竟是个很有点艺术品位的人。她找人把整栋楼稍稍调整与修饰了一下，楼里的每一个房间就透出了一种舒适而典雅的气息。外婆让我住在我妈以前的那间小屋里，小屋布置得与我妈住时有些相似，朴实而精美。外婆问养父是不是也住过来？养父坚决地摇摇头说，我自由惯了，住在那间地下室里挺好，租金也不贵。往后我找的工作也只能是面馆里拉拉面，早出晚归的住在那儿方便。外婆也没有强求。有天外婆告诉我，我落户的有关申请材料警署已收下了，但还要报到上面去批。养父知道后高兴地说，世上的事只要去争取就会有希望，刚来时是个啥状况，是吧？

寒流一过，天气就渐渐变暖了，刚到上海时有些不适应的地方，我也慢慢适应了。以前我只听得懂上海话，而现在很快也能说了，虽然语气上还有些生硬。姗梅阿姨说，一是因为我年轻；二是因为我本来就是上海人的女儿，所以上海话能学得这么快。有一天清早，养父从旅馆赶来，帮着把姗梅阿姨的煎饼摊子摆到弄堂口后对我说，小娜，你陪爹到你丽娜阿姨开的那个咖啡馆去看看。我说，爹，咖啡馆关门已有好些日子了。养父说，我是去看看那儿的地段。我知道，养父肯定又有了什么新的想法了。

咖啡馆的两边开着好几家小吃店、面店、小饭馆。养父说，小娜，爹想把你丽娜阿姨这个咖啡店的店面租下来，咱们索性自己开一个西北面馆，给别人当马仔不如自己当老板。小娜，你给丽娜阿姨打个电话，我约她来商量商量这件事。

我说今天就打吗？养父想了想说，再过上几天吧，等我琢磨成熟了，你再打。

出了几天太阳后，天又变阴了。上海的冬天天气也挺多变的。自我搬进楼房后，外婆不想再让我去面馆干活，这好像有些失身份，外婆说她养活得了我。可养父说去面馆干活自己去挣一份辛苦钱不丢人。于是我仍去面馆上班,外婆也不再坚持。云层把太阳又遮住了。冷风飕飕地叫着。我从面馆出来,周老板的车又跟了上来。我从外婆的口中知道周老板对我妈也有一份很深的情感,车开到我身边我就停住了脚步。周老板探出脑袋说,小娜,上车来吧。我摇摇头说,周老板,我爹说了,有什么话你可以同他谈,或者当着我爹的面跟我说。周老板说,我只想同你单独谈。我说,那不行。周老板的车又跟了我一阵才离开。我回去把这事和外婆讲的事全都告诉了养父。养父恼了说,他娘的,别理他!

但以后发生的事却有点惨。那几天,我觉得周老板大概被一种强烈的欲念搅得有些丧失理智了。我只要一走出面馆,他的车就跟了上来,而且是一副眼泪汪汪痛苦不堪的样子。我有些同情他了,我说,周老板你干吗要这样?他说,小娜,只要求你给我一个单独谈话的机会,给我一个我为你做点事的机会。我绝不会伤害你的。他流泪了。

养父听我说完这事后,埋着头卷着莫合烟,眼中也渗出了一份同情。他猛抽了几口烟,然后说,小娜,这样吧,明天我在路口等你,我同他再见一次面,如果行的话,就让他单独同你谈一次。养父又抽口烟说,唉,人心这玩意儿,是天下最难捉摸的东西。

天很阴沉,但没有下雨雪。我走出面馆,周老板的车就跟了上来。养父也迅速地从路口拐了过来,可周老板一看见养父就立即把车开跑了,车轮滚出的是沮丧与失望。养父嘟哝了一句,这家伙!

天上又飘下了细细的雨雪。我走上公路,周老板把车开到我身边,他刚探出头想同我说话,但立即又把头缩了回去把车开跑了,车轮溅起了点点泥浆。养父看着周老板的车消失在车流中,眼里流出同情也流着浓浓的疑惑。

接连几天,周老板的车就再也没有出现。而养父依然天天到路口来接我。他说,周老板一定还会来找我。果然,冬至后的第二天,天空晴朗,我一出面馆,周老板的车就跟上来了。我站住等他。他摇下车窗,他的脸由于忧伤与痛苦而显得有些憔悴,他喊了声小娜……便泪如雨下。但他很快抹去泪,朝我凄凉地一笑说,今天你爹没跟来吧?我说来了。他赶忙朝四周看。我说,周老板,我爹让我先告诉你,他同意让你单独同我谈一次话,可他事前要先同你说上几句。他点点头说行。我朝路口挥挥手，养父就从一家商店里走了出来。周老板也下了车，而且很殷勤地朝养父笑了笑。养父说，周奕鑫你到底有啥事非要单独同小娜说？周老板说，沙驼，你救过我的命，我不是那种忘恩负义的人。但有些话，我只能同小娜讲，沙驼，请你理解我信任我一回行吗？养父说，好吧，但你要伤害小娜哪怕一点点，我就宰了你！周老板说，那你就把我剁成肉酱！我坐进车里时，我发现周老板的手在激动地颤抖着，眼里也含满了泪。他是个敏感而容易感情冲动的人。当他发动车时手抖得更厉害了。他朝养父点点头，车就融进了车流中。他点燃一支烟，让自己镇定下来。他说，小娜，你真是田美娜的女儿吗？我说是。他说你见过你妈吗？我说没有，我妈生下我的当天就死了。他说你妈什么时候同沙驼结婚的？我说我爹没同我妈结婚，他是我养父。他的手又哆嗦起来了。他沉默着眼睛直直地望着前面。不久，他猛吸一口烟说，小娜，我想认你当女儿行吗？我说不行。他说为啥？我说因为我有爹，而且是天底下最好的爹！他说这我知道，我的意思是认你当干女儿。我说那也不行。他说为什么？我说因为我不知道你是谁！他说，小娜，我是谁，我一时也没法同你说清楚，但有一点我可以告诉你，我同田美娜在新疆时有过一层很特殊的关系，所以我才想认你当干女儿的。等我带你去一个地方后，再慢慢同你谈。

一路上他再也没有同我说什么。只是他的手机不断地响，他不断地回电话。都是一些生意上的事，我安心地坐在车里，因为这时我完全相信他不会伤害我了。有一阵子没有电话，他专心地开着车，他在回忆，在追思，他忽儿激动，忽儿伤感，忽儿欣喜，忽儿悲哀。他突然回过头来看我一眼，自语着说，缘分！美娜啊！在上海竟会遇见你的女儿，这全是缘分啊！他抹了把泪。

车开进一片花园别墅区。他在一栋很精致的小楼前停住了。开门出来迎接我们的竟是在咖啡馆当领班的阿兰小姐。想不到咖啡馆停业后周老板把她安排到这儿来了。周老板回转头对我说，小娜，这座别墅是我为你买的，阿兰也是我雇来服侍你的，这是房子的钥匙，你拿着。他把一串银光闪闪的钥匙举到我眼前。我没有去接，只是愕然地看着他。他说，怎么，你不喜欢？我摇摇头。他说那你就接上。我又摇摇头。我感到有些不安,说,周老板,送我回去吧。周老板说,既然来了,那就去看看房子再说。阿兰,快,接小娜进去。阿兰把我拉到车外,拉进院子,走进别墅。那时我觉得自己全蒙了。我懵懵懂懂地被阿兰领到三楼,然后二楼,又回到一楼、客厅、卧室、书房、梳妆间、健身房、浴室,一切都装饰得灿烂辉煌。但我没感到这一切同我有什么关系。而周老板则跟随在我们后面不停地接手机回话。回到一楼后,周老板说,阿兰,你陪小娜,我要回公司一趟,马上回来。小娜,我还有话要对你说,晚上我们一起到希尔顿吃饭,到时我把你爹也叫上。说着他急匆匆出了门,他不知突然想起了什么,竟把门反锁上了。

我急了,拉着门喊,开门,开门呀！阿兰在边上说,小娜,周老板是好人,他不会伤害你的。但这时我从窗口看到养父从一辆停着的出租车里出来了,他怒气冲冲地一把揪住周老板的衣领喊,去开门！周老板想解释什么,养父又厉声地喊,开门！周老板慌忙把门开开。我一出门养父就紧紧地拉住我说,小娜,咱们回去,我就怀疑这家伙没安好心。人一有钱就会变坏,这话不假。而周老板紧跟在后面吃吃地说,沙驼,沙驼,你听我说……他拉住养父。养父猛地转过身,双眼好像在喷火,他一咬牙怒不可遏地一拳把周老板打得仰躺在地上。养父说,周奕鑫,我本不想打你,但打你是想叫你清醒清醒,你想动我女儿的脑筋,妄想！

我跟养父钻进了出租车里,我听到躺在地上的周老板撕心裂肺地喊,沙驼！小娜！你们误解我了！我的天哪——我看到他在喊叫时,嘴里喷出的血星竟有半尺高。

十

养父已决心要租下丽娜阿姨的咖啡馆的店面来开一家大西北面馆。丽娜阿姨是在晚上十点钟才来,在一个很清静的街心花园里同我们见面的。她听完养父的想法后说,小娜阿爸,这样吧,我回去同姜湘商量一下好吗？过两天我再给你们回音。大约隔了将近有一个星期,也就是养父揍了周老板的第二天晚上,丽娜阿姨才来约我们在一家很偏僻的小吃店里见面。那天姜湘姨夫也来了,他点头哈腰地向养父对他们的帮助表示感谢,那副媚态连我看了都感到不自在。我也就知道了什么叫人穷志短。可我知道养父也穷过,但我却没见过养父对谁有过这种媚态。到了上海后也是这样,他认为他完全可以凭自己一点扎实的手艺来养活自己。所以我感到人穷志短的背后其实是"艺"穷志短。

丽娜阿姨说,把咖啡馆转让给你们开面馆是可以的。但有句话我一直不好意思开口,就是欠人家的债怎么办?债还不清,那个店面不管改做啥生意都开不了张的。现在最难办的就是这桩事情。养父问,你们总共欠了别人多少债?姜湘姨夫立即把事先准备好的一份账单拿了出来说,这里有周老板一半的钱,但他的钱可以暂时拖一拖。养父看了后说,我来上海时从新疆带了些钱,但不够,这怎么办呢?丽娜阿姨突然哭了,说,小娜阿爸,我和姜湘商量过了,要是你能把这债还清,能把面馆开起来,我和姜湘情愿在你店里跑差。可现在这样,为了躲债,我和姜湘这么偷偷摸摸地活着,到哪一天才是个头啊!说着痛哭起来。姜湘也在一边叹气抹眼泪。养父是最看不得别人淌眼泪的。他说,你们不要哭嘛!先人们常说天无绝人之路,人只要多想办法多努力,总能蹚出一条光明道的。这样吧,过两天我回新疆去想想办法。丽娜阿姨说,小娜阿爸,这太耽误辰光了,其实在你身边就有人可以帮你解决。养父问是谁?丽娜阿姨说,阿拉姆妈呀,你勿晓得,阿拉姆妈是有些积蓄的,她平时很节约,就存款的利息她都花不完,养父摇头说,不行,我情愿跑一次新疆也不能去开这个口,动这样的脑筋本身就是罪过。丽娜阿姨又哭了,姜湘姨夫也长吁短叹的。养父说,你们不要急,我上新疆快去快回,这个大西北面馆我非要开成!

天气虽然寒冷,但大上海之夜的灯光却依然闪烁得那样热烈。路上,说到丽娜阿姨他们时,养父说,这真是一对熊包!所以人哪,发达时别太得意,失意时也不能这么丧气。全是因为自己没啥真本事。本事不在大小,只要真就不怕没饭吃。世上各色各样可以让人端的饭碗有的是,就看你咋去端了。养父接着又说,小娜,明天你去面馆时就同老板娘说一声,后天就不去了。一是好好照顾好外婆和姍梅阿姨；二是好好把功课复习好。户口落上后你明年就可以在上海参加高考了。后天我就去新疆。我点点头说，爹，那家面馆自你走后，汤也熬不出你在时的那种味儿了，面也没你拉的那么韧那么可口了，生意比以前清淡了许多。养父得意地一笑，说，这就是我为自己留下的回马枪和撒手锏。这个老板娘，眼光太浅！

外婆还在客厅看电视等我，只要我夜里外出，外婆总要等我回来后再休息。我把今天的事讲给外婆听，外婆就问我，你阿爸还缺多少钱？我讲了个大致数目。接着我说，外婆，我爹讲了，决不用外婆的钱。外婆笑了笑挥了一下手说，你先去睡觉吧。

外婆在我那间小屋里安了一个小空调。因为她看到我入冬以来手上脚上都长了冻疮，她就问我在新疆长不长冻疮？我说不长，因为在新疆屋子里有暖气或生炉子。第二天，外婆就让人在我小屋里安上了空调。因此我的小房间里一直是暖暖的。我洗好后刚钻进被窝里，外婆就进来了，手上拿着本银行存折。她坐到床边说，小娜，明天你对你阿爸讲，勿要去新疆了，一是耽误时间；二是你阿爸需要的这点钱外婆还拿得出来，又何必拿钱去铺铁路呢？我说，外婆，这是你的养老钱啊。外婆叹口气说，小娜，你是我的亲外孙女。你阿爸无亲无故把你抚养得这么大，到现在还在为你操劳，还有，田丽娜再不好，也还是我的女儿啊……外婆鼻子一酸，说不下去了。

外婆回她的卧室去了，可我又睡不着了。我回想着自我到上海后养父为我所做的一切，他那份真诚的人情给周围的人也带来了变化。

凌晨，我陪姍梅阿姨去菜场回来。养父已经把煎饼炉子点着了。我就把外婆昨晚同我说的话告诉给养父。养父摇着头说，这可使不得。但姍梅阿姨却说，眼底下能解决的事干吗非要跑到新疆去寻找帮助呢？你又不是白拿外婆的，到时你连本带利还给外婆不就得了？养父想了想说，这倒也是。

天一亮我和养父回到外婆那儿。外婆把存折和身份证递给养父说，你们需要多少就取多少。养父说，取完钱后我给外婆打个收据。外婆说，算我投资吧，生意上赚了，你给我分红，生意上亏了，我也承担一份风险，按生意场上的规矩办! 养父很受感动地说,那我一定把生意往红火里做,不让您老担风险。

当天中午我就去面馆辞了工作。老板娘听后脸上有些讪讪地说,小娜,你最好勿要走,我还想叫你阿爸回来呢。她叹口气又说,小娜,我也勿瞒你,你阿爸一走,我这儿的生意不如以前了。你再一走,恐怕……她伤感地摇摇头。她的潜台词我懂,我的青春美貌也在为她招揽顾客。她问我你阿爸现在做啥? 我说我们准备自己开一家面馆。她猛地站起来说,小娜,辛苦你一趟,陪我去找你阿爸好吗?

养父正在楼前收拾园子。由于丽娜阿姨的生意败落,小楼前的园子也成了一片废墟。养父辞去面馆的活儿后,就抽空帮着外婆收拾园子。拾掇土地上的活儿养父是最在行的。他松土、锄地、筑花坛,干得很投入,再加上外婆给他出主意,不几天,园子就收拾得十分雅致。外婆说,小娜阿爸,你去当个花匠也是呱呱叫的。

老板娘一见养父,马上讨好地笑着说,沙师傅,还回我那儿去做吧,我每月给你五千。养父笑着说,你每月就是给我一万,那也是我在给你当马仔。现在我要自己做老板。老板娘撇了撇嘴说,喔哟,乡下人,你以为上海滩上的老板这么好当的啊,这里面的酸甜苦辣你哪能晓得啦。养父说,像你这样当老板当然不好当,因为你老是想点子算计顾客,赚些昧心钱。我呢? 要拿出让顾客喜欢满意的东西来赚钱,不一样的! 老板娘,我告诉你,在上海的这几个月我也看懂了。不管是上海滩,还是甘肃的黄土坡,还是新疆的戈壁滩,生意经其实是一样的。老板娘的脸色有些难看,讪讪地说,我晓得你是个倔头,这样吧,你好好再考虑考虑,我勿是那种容勿得人的人。养父笑笑说,老板娘,那你走好。

大概丽娜阿姨和姜湘姨夫有点不大相信养父会去筹集这么大一笔款子先来帮他们还债,因此当养父通知他们钱已筹措好了,他俩惊喜得半天说不出一句话来,接着他俩抱头痛哭起来,因为他俩再也不用躲着藏着提心吊胆地过日子了。至于怎么还债,丽娜阿姨的意思是等人家来要再还。可养父说,这不好,你们躲债躲了这么长时间,别人的心里是个啥滋味? 咱们设身处地地也为别人想一想。俗话说，有借有还，再借不难。人的信誉丢了，谁还敢来帮你？姜湘姨夫说，小娜阿爸讲得对。养父说，这些钱交给你们，由你们主动出面去还，这样，债清了，你们的信誉也就捡回来了。不过你们也给我打个条，亲兄弟明算账，眼下这一条也还是要的。姜湘姨夫喜出望外地说那当然，那当然。养父的想法没错。当丽娜阿姨和姜湘姨夫主动去还债时，那些债主也一个个都喜出望外。有的说，那些日子找不到你们，以为你们躲着想赖账了。丽娜阿姨说，阿拉哪能会是那样的人啦，那些日子阿拉外出筹款去呀。喏，现在勿是回来还你们啦。对不起，就是辰光拖得长了点。丽娜阿姨说，他们说这话时觉得腰杆也是挺挺的。养父听后笑着点着头说是哩，只要人坐正了，腰杆子也就用不着弯。

十一

在把咖啡馆改成面馆的过程中，我发觉丽娜阿姨和姜湘姨夫在有些事上是显得比较无能，但有些事做起来却显出了他们的精明与能干。对店堂内的重新装潢，布局，谈工钱，买材料，购设备都做得很在行。为了尽快让面馆开业，他俩干得真诚而卖力。养父对他俩也挺满意，其实他们也有很单纯的一面。但他俩又太重面子，躲债时一直住在外环线的一家小旅馆里，可现在又不肯回家住，因为外婆已搬进去住了，他们又落魄到目前这种地步，真不知该如何面对外婆，也不知道外婆对他们现在是个什么态度。他们也不知如何去与外婆和解。养父说，你们向你妈认个错不就行了。丽娜阿姨说，小娜阿爸，你勿晓得阿拉姆妈，阿拉姆妈有时说的话冲得叫你恨勿得去跳楼，这钉子我不敢去碰。养父说，那你们先在店里住着再说。反正眼下店里装修也要有人照应。为了赶在春节前开业，店里也是连夜装修。

冬至过后，天气一天比一天冷了。我的落户手续也批了下来。我和养父都很高兴。外婆欣喜地把准迁证交到我手中说，小娜，你现在是真正的上海人了。说着不知想起了什么，眼圈又红了好一阵。仔细想想，外婆这辈子过得也真是……

　　养父知道自己对店面的装潢和布置不大在行，在这方面丽娜阿姨和姜湘姨夫要比他强。所以在这方面他也尽量听他俩的，而他俩也真心实意得像在办自己的店一样，甚至比办自己的店还要较真卖力。他俩想让养父知道他们是懂得报恩的。

　　店名我起的，叫"西北风"面馆。因为有一阵子国内流行一类歌叫"西北风"，那些歌我都很爱唱。丽娜阿姨和姜湘姨夫还有姗梅阿姨都说这店名起得又通俗又气派。养父自然也喜欢。养父要在店里经营兰州牛肉面、山西刀削面、陕西羊肉泡馍、新疆拉条子，那都是西北风味的，所以这店名也起得挺到位。为了与这个店名配套，丽娜阿姨提出餐桌也最好带点西北特色的。她说大场那儿有一家大家具城，我们可以到那儿去看一看。还说，明天让小娜同我一起去吧。养父说，那就辛苦你了。

　　丽娜阿姨着意打扮了一番后倒也显得挺洋气挺有气质。她背了个小皮包叫了辆出租车同我一起去了家具城。那是一栋占地面积很大也很高的两层大楼，里面摆的各式家具真是叫人眼花缭乱。丽娜阿姨摆出顾客就是上帝的架势同摊主砍价。为了表现出自己的尽责，我们在推推搡搡的人流中，来了个货比几家，而且不时地同我商量。我说，阿姨，这方面我不懂，你拿主意就行。丽娜阿姨看了看表说，喔哟，十一点半了，那我们先去吃中午饭吧，吃了饭再去敲定一家。我肚子也真的饿了。等我们吃好饭，要付款时，丽娜阿姨发现她的皮包被人划了，早上养父给她买餐桌的钱自然也不翼而飞了。还好我身上还带着点钱，要不人家就会把我们扣在饭店里吃足尴尬。丽娜阿姨脸色灰白极其沮丧地呆坐着，拍了一下大腿说，我这个人哪能这么倒霉的啦！她说，小娜，你先回去吧。我说，阿姨，我们一起回吧。这事我爹不会责怪你的。丽娜阿姨眼泪汪汪地说，那我心里就更难过。小娜，你先回吧。我说你不回我也不回，我陪着你。她想了想说，好，我们回。由于钱不够，我们只好坐公共汽车，但我一不在意，丽娜阿姨就从我身边消失了。我赶忙在下一个站头下车，赶回去找，但哪里还能找到她的影子。我只好回去告诉养父，养父就怨我说，你应该看牢她打个出租回来才对，到家还付不了出租费？我这才感到自己有些欠考虑。

　　一连三天没见丽娜阿姨的身影,养父很着急,让姜湘姨夫去找。说店晚开张几天没关系,但人一定要找回来。姜湘姨夫找了几天也没找着。可有一天下午,一个矮胖的理着大背头的人一脸严肃地来找养父,把养父叫到里屋交谈了好一阵。那人出来时脸上透出了轻松的微笑。后来养父告诉我,前两天丽娜阿姨找这位李老板借钱,说借不到这笔钱把餐桌运到店里,她情愿去死,要不我这样活在世上还有啥意思。李老板说钱可以借给你,但得给我一点时间,于是李老板就来找养父,说只要养父在丽娜阿姨的借条上签上字,他就把钱借给她。养父毫不犹豫地签了字。当天下午,丽娜阿姨愧喜交加地把餐桌拉了回来。但关于养父签字的事是李老板后来才告诉丽娜阿姨的。丽娜阿姨激动地对养父说,小娜阿爸,让我怎么感谢你才好。养父说,人不该把钱看得那么重,人跟钱比,那要重得多,我真怕你会为那么点钱去跳黄浦江呢。于是丽娜阿姨私下里对我说,小娜,你妈太有眼力了,把你托付给这么好的一个阿爸!

　　那年,寒流时不时地光顾上海。因此我们的"西北风"面馆从开张起顾客一直是满堂堂的,是寒流把人们逼进我们店里吃上一碗热乎乎的鲜美可口的汤面。养父凭着前几个月在那家面馆干活观察得出的经验,在牛肉面上,他在自己店里实行"两汤制",上海人爱吃咖喱汤,而来上海的西北人还是爱吃原汁的牛肉清汤。这样就可以根据顾客的需要来定汤。于是店里的刀削面、羊肉泡馍、新疆拉条子也都根据顾客口味的需要来定汤定菜,生意做得越来越火爆,慕名而来的人络绎不绝。养父又雇来了几个面工师傅。红火的生意使丽娜阿姨和姜湘姨夫看得也是满心的喜欢。说同样一个店面,生意就会这么不一样。养父说了大生意我做不来,但小生意只要诚心实意地去做,把顾客真正当上帝,不但在表现服务态度上更要表现在自己的手艺上,让顾客吃得满意,这生意也就不难做了。丽娜阿姨不住地点着头说,是的,是的。

　　有一天,一直负责开票的姜湘姨夫在忙乱中出了点小差错,开出的票是加肉的牛肉面,但只收了清汤面的钱。姨夫发现后就让服务小姐给那位顾客送去了清汤面。顾客就同姨夫争了起来。养父一问原因马上对我说,小娜去端碗加肉的面给那位先生,错在我们,不在人家。我把面端去时还向那位先生道了歉。那位先生吃完面后在碗底压上了两元钱的差价。姜湘姨夫很感慨,说虽然只是两元钱,但却让我长见识。养父说,这就是信誉啊。

外婆也很关心店开张后的情况。我每次回家就要告诉外婆有关店里的一些事。当外婆知道店里的生意越来越兴旺后就说,做面馆生意就是要让大家吃得开心吃得有味道呀,看来你阿爸蛮懂得做生意的嘛。当她知道丽娜阿姨和姜湘姨夫在店里也干得蛮认真蛮卖力后说,他俩要早这样,也不至于走到差点去坐班房的地步。当我说到这些日子有不少人也慕名而来时,外婆说如果真是这样,我也想去尝一尝。不过我这个人对西北风味的东西是勿大吃得惯的。养父听说后就说,那明天我就去请外婆来吃。养父还同丽娜阿姨和姜湘姨夫咬了一阵耳朵。养父认为外婆要来店里尝鲜还有一层意思是,准备与女儿女婿和解。

那天上午,养父陪外婆来到店里,而那时店里已拥满了顾客。外婆就有些得意地说,小娜你外婆眼力勿错。外婆的意思是她投资是投对了。养父把外婆领到里面的一间雅座里,外婆刚坐下,丽娜阿姨和姜湘姨夫就闪进来扑地跪在了外婆的跟前。丽娜阿姨磕了一个头说,姆妈,阿拉以前的事真是全做错了……说着就哭了。外婆说,都起来吧,今朝就搬回去住,要勿是小娜阿爸和小娜回上海,我也勿晓得会是个啥结局……说着也抹了抹泪。

丽娜阿姨和姜湘姨夫当天就回来住了,后来也很懂得孝敬外婆了。晚上回家后去请安,早上走时要同外婆招呼再会。外婆说,日子早就该这么过。有一阵子,外婆也坚持让养父过来住。养父就笑着对外婆说,外婆,我在店里住着更好。你不知道,我半夜里就要起来熬汤、揉面,这么来回走多不方便。再说我身上有些西北人的生活习惯,你们上海人也不太看得惯,养父说了句上海话,勿来仨了! 说得外婆也笑了。

十二

"西北风"面馆开张后养父让姗梅阿姨来面馆开个票什么的,但姗梅阿姨说,你让我一天坐八九个小时,那比我摆摊子还累,而且我老了,头昏眼花的,把钱找错了,就是你不计较我心里也不好受呀,摆惯了煎饼摊子让我再干别的我也真不习惯。养父办事从不勉强别人,而且姗梅阿姨讲得也很实在很在理,由于同住在一条弄堂里每天凌晨我去姗梅阿姨家也方便多了,所以我仍坚持陪她去菜场,帮她摆摊子。养父说,这样做人就对了。

其实那些日子我一直想到一个人,那就是周老板。周老板是丽娜阿姨最大的债主,可这些日子却再也没出现过。我内心感到,他挨养父的那一拳实在挺亏。我知道他不会伤害我,不过他那天的做法确实有些欠妥。

三九一过,在上海就可以明显地感到春的气息了。有一天下午我回到家,看到靠在沙发上的外婆手中捏着几张纸,脸色有些伤感。她看到我后说,小娜,刚才周老板来过了,这是他写给你阿爸的信,是他叫我先看后再交给你,让你再给你阿爸的。外婆叹着气说,唉,那个噩梦似的年月留下的事怎么到现在也还没个完啊!

我回到小房间去看周老板的信。

沙驼:

我的救命恩人!

我知道你现在很厌恶我,讨嫌我,甚至看不起我。像我这样一个五十多岁的人竟这么死皮赖脸地纠缠着你的女儿,这么一个十八九岁的姑娘。所以那天你才这么狠狠地给了我一拳。我不怨你!因为我如果是小娜的父亲的话,说不定会表现得比你还要强烈。而且,我当时的做法也确实会引起你的怀疑。但沙驼,我想坦诚地告诉你,我决不会伤害小娜,哪怕是一点点。因为她是田美娜的女儿!

可这些日子里以来,我努力地控制着自己不再去看小娜,但给我带来的却是空前的失落和痛苦,我怜悯自己的命运为什么老是这么悲惨!沙驼,我本不想告诉你我与田美娜之间的一些事。想把我对田美娜的那份眷恋那份深情那份痴爱一直埋在心底。但现在为了要求得到你们的理解和原谅,我不得不把这些事说出来,我决定给你们写这封信。

　　我大学毕业时是22岁，大概是由于家庭出身的原因，学校有两个分配到新疆的名额，其中一个就落到了我身上。为了要表现自己的觉悟，来新疆后就要求到基层去工作。我分到了农场；那时有不少大学生都分到农场工作，所以有的生产队里竟有五六个大学生。大概由于我毕竟是上海名牌大学毕业的，所以就分在场机关工作。我住机关集体宿舍，离场部业余演出队的驻地只有二十多米。他们也在机关大食堂打饭吃。有一天中午我看到一位新来的姑娘长得非常漂亮，她在我心中立刻激起了浪花。后来她说她第一眼看到我时也是这么一种感觉。我俩一见钟情了。她就是田美娜。

　　可我没想到的是我们相爱的开始也是我们人生苦难的起步。虽然我们尽量做得秘密，约会也是悄悄地。但这事还是让场里的一位主要领导知道了，而且他的反应竟是出人意料地强烈和出格。他先让机关协理员找我谈话，并指出演出队里有纪律，女娃娃在队里的几年里不允许谈恋爱，因为这会影响她们的工作。我就顶撞他说，婚姻法里可没这一条规定，而婚姻法则规定男女到了法定年龄就有结婚的自由。我与田美娜都已超过婚姻法规定的年龄了。协理员没有说服我。那位场领导就亲自同我谈，狂怒地拍着桌子骂我是个流氓。当时血气方刚的我也拍着桌子同他对骂，暗示他如此强烈地反对我们恋爱，大概是因他对田美娜另有企图。事后我很后悔不该如此顶撞他，可这已无法挽回了。那个年月不要说得罪领导，就是得罪了队长指导员都能把你收拾得叫苦不迭。一个星期后，我被戴上了反党反社会主义的现行反革命的帽子，发配到偏远的垦荒队去劳动改造了。一个月后，田美娜就被那位领导霸占了。美娜后来用一句话向我解释她的失身。她说，我不能因为我的拒绝而让你加重痛苦甚至丧失生命，因为我知道他的威胁是会付诸行动的。我听后美娜在我心中的分量反而更重了。她结了两次婚，都是想避开那位场领导的无休止的纠缠。但两次婚姻都没有维持多久的原因是美娜拒绝为他们生孩子。她说我不能去生我不爱的男人的孩子。她忍受他们的谩骂、毒打，甚至包括性虐待，那时她心中所承受的苦难真是无法用语言来表达的。所以当时她对我说，周奕鑫，在这世上我只爱你一个人，我愿意为你去死。

第二次离婚后她回到了队上。那时，垦荒队对我管束得也不那么严了。垦荒队离场部有十几公里，可离她的那个队只有四五公里。有时晚上我偷偷地跑出来同她幽会。给我们传信的是刘姗梅，据说她是美娜最要好的小姐妹，其实大多数信也是通过别人传的。我只见过她一次，那时天黑也没看清她的脸，可我会永远感激她！

我晚上偷跑出去同一个也是出身不好的"破鞋"幽会的事，终于让队领导发现了。那时在一些人眼里，男人与女人偷着约会是天下最大的丑事和坏事！

更何况我还是个现行反革命。他们把我抓起来后，逼我交代我与美娜约会的次数与幽会时的所有的细节，我拒绝交代。他们就用一阵阵的毒打逼我开口，我被打得遍体鳞伤。现在回想起来，那时的人心怎么一个个都那么狠毒呢？那个晚上我逃出了垦荒队，不然的话我很可能会被他们折磨死。沙驼，就在那天凌晨，是你赶着马车帮我逃离了这片让我深受苦难也留下了浓烈情爱的土地。

"四人帮"倒台后，到处流浪的我回到了上海郊区我的老家。政策开放后我自己成立了一家建筑公司，赚了不少钱，后来我又在上海办起了一家贸易公司，事业是越做越大。也许这是上天对我以前遭受苦难的一种补偿。事业搞大后我的身边不缺女人，但一提到结婚的事我就犹豫、退却，就会想起田美娜，结婚的念头也就随之烟消云散了。我需要的是一份真情！但上苍却独独没有补偿给我这个。

所以当我在田丽娜的咖啡馆里看到小娜，并知道小娜就是田美娜的女儿后，我心中的那份惊喜真的很难说清楚。我发誓要为小娜做我认为该做的一切，以补偿我对田美娜那份未尽的爱。所以小娜，你现在可以理解为什么我想认你当女儿了吧？所以沙驼，你也该明白为什么我会缠着小娜了吧？现在我还想说的是，我给小娜买的那栋别墅永远属于小娜，因为房产证上就是小娜的名字，钥匙就在阿兰那里，我让她看管好那栋别墅。沙驼，让我定时来看看小娜行吗？让我再为小娜做点什么行吗？因为我需要人间的真情……写到这里我泪如滂沱，我觉得田美娜正在看着我。

信我无法再写下去了。只盼着你的回音。

周奕鑫

×月×日

天又在下雨,缠绵绵的。我把信拿去给养父看,养父看着信先是皱眉头,后是揉鼻子,接着就叹气,最后一拍信说,娘的,原来是这么回事。然后拉着我说,小娜,咱们去姗梅阿姨那儿,这事得让她证实一下。姗梅阿姨看完信后说,对,这都是真的。而且现在我还可以告诉你们,这个周奕鑫就是小娜的亲阿爸!

十三 尾声

第二天一清早,养父放下店里的生意,辛辛苦苦地奔跑了两天去找周奕鑫。第三天的傍晚,养父打电话告诉我,让我先到姗梅阿姨家去。不一会儿,周老板开着车同养父一起来了,刚进姗梅阿姨家,养父就说,这就是刘姗梅。周老板与姗梅阿姨交谈了几句话后,姗梅阿姨肯定地对我和养父说,对,他就是周奕鑫,因为那时的有些事只有我俩知道,连美娜都不知道。养父就爽朗地对我说,小娜,按上海人的叫法,叫阿爸,我是你爹,他是你亲阿爸。我看着周老板,这时我发觉,我脸上的有些部位也有着他的影子。我喊了声老爸……我拥进了老爸的怀里。他浑身颤抖着抚摸着我,泣不成声。他稍稍平静一点后,又握着养父的手说,沙驼,你救过我,又抚养大了我的女儿,让我怎么谢你呀!养父一听说,谢什么,我做好事,老天会给我增寿的……

那年六月,我顺利地考进了上海戏剧学院。毕业后我没有去当演员,而是进了电视台当上了节目主持人。虽然我老爸拥有巨额财产,但我却一直保持着一个普通人的心态。除了我的美貌外,我办事认真,又能吃苦,待人和善,为人坦诚,因此不但领导喜欢我,与同事们也相处得很好。再加上我自身的努力,不几年,我就成了电视台里小有名气的节目主持人。

看到姗梅阿姨的身体不好,我老爸坚持让她进医院去治疗。她住了一个多月的院,又到无锡去疗养了两个月,她的身体状况就好多了。老爸要给她一笔钱养老,但她怎么也不肯要,仍在弄堂口摆她的煎饼摊子。养父支持她,还是那句话,自己挣的钱花着踏实。

又一年的三月,养父把面馆交给了丽娜阿姨和姜湘姨夫,坚决要回新疆去摆弄他的果园。他说,你们合家团圆了,可我不能把田美娜孤零零地丢在戈壁滩上不管呀,每年的清明节我得给她去烧点纸送点吃的吧。再说,十一月份等我把果子处理完,我还可以回上海来在面馆干上几个月。到三月开春,我再回新疆去收拾我的果园,半年新疆半年上海。田美娜也有人陪。他用上海话说,我这日子勿要过得太自在哟!而且我这次回新疆要坐飞机,咱这个甘肃土包子也开一次洋荤了嘛。

三月的小雨在淅淅沥沥地下着。我们送养父去机场,这一次我老爸要同他一起去新疆,要赶到清明节给我妈去上坟。本来我也想去,养父说好好上学去吧,以后你有的是机会。我们把养父和老爸送进候机室。雨停了。我们看到那架新疆航空公司的飞机腾空而起冲向云霄。那时,姗梅阿姨、外婆、丽娜阿姨、姜湘姨夫和我都朝空中挥着手,我们每一个人都流泪了。我知道,我身上流着我老爸的血,但我胸膛里跳着的这颗心却是我养父培育起来的。他在我身上留下的东西对我来说一辈子都会管用的。云层破开了,露出的天竟是那么的蓝,那么的清澈……

牧歌

一

那是二十世纪五十年代初初夏的一天，我收到一封从遥远的新疆寄来的信。信在路上辗转了两个多月才到我手上，被一双双分信人的手摸得很旧的信封都已开裂了。信是我上浙江农学院时的老师邵俊美教授寄来的。十几年前，邵教授应新疆畜牧厅的邀请，去帮助他们在一个牧区搞畜种的改良工作，每年不辞辛劳地奔波于上海与新疆之间。在我毕业时，邵教授索性辞去了教职，在他搞试验的牧区住了下来。他在信中说，岁月使他苍老，事业上的磨难与挫折，也让各种病魔悄悄地潜入到他原先还算健壮的身体。他说："我知道我已不久于人世了，现在我感到心焦如焚的一件事是，我十几年努力的成果和资料让谁来继承和发展呢？我考虑

原载《清明》2006年第2期

了很长时间,想到了你,林凡清,因为无论从人品还是从学识上,你都是继承我事业的最合适人选。但这还得由你自己决定,因为摆在你面前的是一条荆棘丛生的路。我企盼着你的回音。"

我把这事告诉了父亲。我那"一根筋"的父亲年轻时就违背我爷爷的意愿,带着平时积攒下来的九块大洋,只身偷跑到上海滩来闯荡。硬是靠九块大洋,在上海滩上开创了自己的事业,办起了两爿很大的纺织厂,成为上海滩上有名的实业家。父亲靠自己的力量与才能闯出这么一番事业,感到很得意。而这时,我那矮胖而结实的父亲却要以自己的意志来决定我的命运。他紫涨着脸说:"不许去!你是长子,得继承我的家业,这是你做长子的责任!"我说:"阿爸,我是学畜牧专业的,搞经济不是我的专长。我应该去继承我老师的事业,那才是我的专业,也是我应该承担的社会责任!"父亲一拍桌子说:"你这是不孝!"

天色阴沉,空气闷闷的,看来要下雨了。一年半前,经朋友介绍,我认识了一位浙江籍的女子,叫许静芝,她是南京农学院兽医系毕业的。许静芝大眼睛,嘴角上有两颗小酒窝,笑起来很甜美。我把我的想法告诉她,她忽闪着大眼睛,很干脆地说:"你想让我跟你去?这不可能。你也别去,留下来跟我结婚吧。"

天开始下雨了。我说:"那我下定决心要去呢?"

她又干脆地说:"那你只能放弃我了。鱼与熊掌不能兼得。"

雨点拍打在地面上,溅起无数朵水花。我俩谁都不肯向对方屈服,只有分手。她是湖州大户人家的一位千金小姐,我没有理由让她为我做出牺牲。其实我很爱她。

我像落汤鸡一样地回到了家里。

"有你一份电报。"父亲说,"出门怎么不带把雨伞?快去洗一洗吧,换好衣服到我书房来一下。"

我洗漱好,穿着整齐了才走进父亲的书房,父亲不喜欢不修边幅的人。透过父亲书房的窗户,可以看到我家的花园,园中的树木与花朵在雨水的冲洗下,显得格外翠绿与鲜亮。雨依然下得很大。

"对不起。"父亲指了指搁在书桌上的电报,说,"我没经过你同意就看了电报。你在新疆的那位邵教授去世了,你还要去吗?"

"父亲,"我说,"那我就更要去了。"

"为什么?"父亲不满地看着我说。

"因为我要像他那样,把一生义无反顾地献身给自己的事业!"我说,"你不也说过,男人该为自己的事业活着吗?"

此时父亲却无语了。只是盯着我看,然后一挥手,让我离开他的书房。

夜很深了,雨还在没完没了地下着。一声炸雷过后,我床头边的电话也像炸雷似的响了起来。是许静芝的电话,她说,她现在就要见我,在那家我们第一次见面的咖啡馆。那家咖啡馆是通宵营业的。

漆黑的夜晚,大街上只有稀稀落落的几个行人。我走进那家咖啡馆,许静芝已经在等着我了。

"林凡清。"我们相对坐下后,许静芝说,"你去新疆的决心真的不会变了?"

"我跟我爸都闹翻了,怎么可能变?"我说。

"那好吧。"许静芝说,"我跟你去,既然你作为男人可以为事业活着,那么我作为女人,也该为爱情活着,而且永不改变! 因为爱情是比生命更可贵的东西。"接下来她告诉我,她要回湖州去三天,向爷爷奶奶告别一下。因为她父母早已双亡,是爷爷奶奶把她带大的。

"三天后我一定回来,"许静芝说,"我要是不回来,那就是我改变主意了,你就自己走吧。不过这种可能性很小,我会跟你走的!"

夜显得分外寂静,能听到的只是那哗哗的雨声。走出咖啡馆,许静芝突然紧紧地拥抱了我,吻了我一下,说:"凡清,现在任何力量都阻止不了我跟你去新疆的决心。"

我感动得鼻子有些发酸。

我买了两张去西安的火车票。那时火车只通到西安。

许静芝爷爷的家在湖州的一个小镇,小桥流水,所以只通小火轮。那几天,我天天去轮船码头等她。但每次我都失望而归,当我看到空荡荡的码头上那铁栅栏门嘎嘎地关上时,那门下的铁轮子似乎碾碎了我的心。

我要上火车的那天下午,依然没有许静芝的消息。我只好提着小皮箱,背上旅行包,同父亲告别。没想到父亲会激动地拥抱我,说:"儿子,你像我啊!既然想去,那就去吧。只是别忘了到那儿后,给我报个平安。"

我深深地向父亲鞠了一躬。

月台上站着不少送行的人,我依然盼着许静芝的出现。我上了火车放好行李,倚在车窗口上,望眼欲穿地盯着月台的进口处,希望看到许静芝那小巧而美丽的身影突然从进口处奔进来。而当时恰巧有个姑娘急匆匆冲了进来,我以为是她,兴奋地喊:"静芝……静芝……"但当她走近时,才发觉我认错了人,我抱歉地朝她一笑。

月台上的铃声响了三遍,奇迹没有出现。火车咯噔一声启动了,缓缓离开了上海站。半个小时后,我手上仍紧紧地捏着许静芝的那张车票,我的心凉到了冰点,我咽了口因失望而感到痛苦的口水。许静芝肯定改变主意了,因为她本来就不想跟我去。我用力把那张火车票撕成碎片,狠狠地扔出窗外,车票碎片像雪花一样,瞬间被吹得无影无踪了……

路途的艰难使我感到邵俊美教授这十多年里,年年都要这么奔波于上海与新疆之间,有多么的不容易。我也就理解他为什么索性辞去教职,在新疆定居下来。看来他把自己的事业看得比什么都重要。这倒反而更坚定了我要去继承他事业的决心。

全国刚解放,一切都百废待兴,交通情况更是糟糕。我好不容易到了酒泉,但长途汽车却前进不了了,这一等就是二十几天,急得我嘴唇上都长满了燎泡,我甚至有点绝望了。旅店老板很同情我,宽慰我说,再等等吧,去新疆的路上还有残余的土匪,不太安全,所以长途车都不愿意去。但有一天晚上,他兴冲冲地从外面回来对我说,他打听到有一个解放军的车队要去新疆迪化(乌鲁木齐),车队就驻在市郊,明天一早就出发,坐他们的车,路上会很安全的。

天不亮,我就提上皮箱,背上旅行包,直奔停车场。赶到车队驻地时,汽车都已发动,引擎的轰鸣声此起彼伏。我找到一辆车,说明我的情况,可驾驶员很坚决地摇着头说:"不行!我们拉的是军用物资,不允许任何陌生人搭车,除非你有我们部队的证明。"我好说歹说,只差给他下跪了。所有的司机都已坐进驾驶室里,前面的车已一辆接着一辆开出停车场,而我求的那位驾驶员似乎还在等着什么人,没进驾驶室。这时来了一个军官模样的人,满脸络腮胡子,小眼睛很有神,但脸色有些苍白,身上斜背着一个挎包。驾驶员恭敬地对军官说:"齐营长,今天你可来晚了。"我就像抓住救命稻草一样,慌忙拉住他说:"首长,请你帮帮忙。"紧接着,我把我的情况又匆匆对他说了一遍。齐营长上下打量了我一番,问:"你真是大学生?"我说:"您要不要看看我的大学毕业证,我带着的。"说着,我准备打开皮箱。他忙阻止我,说:"不用了,上车吧!"

"齐营长,"驾驶员说,"我们拉的可是军用物资。"

"人家不远千里是要去新疆继承老师的事业的,这样的行为本身就很伟大,况且他又是个学畜牧的大学生,咱们建设新疆,正需要这样的人才呢!我们拉的是棉衣棉被,又不是枪支弹药。这事我答应的,我负责!"

我说:"齐营长,太感谢你了。"他说:"我叫齐怀正,不要叫我营长,那是过去的事了,我正等着重新分配工作呢。"当然我没有想到,就是这个齐怀正,在我们后来的事业上,竟同我搭档了一辈子。

汽车在茫茫的戈壁滩上走了两天了,一路上几乎见不到一个人影。而我从一上车就感到身体有些不适,脑袋也变得越来越沉重。但我什么也不敢说,能搭上这么一辆直接去新疆的车有多么不容易,多亏了齐怀正。

夕阳西下,那压到地平线上的太阳像一团燃烧着的火球,烧得我眼睛发痛。齐怀正卷着莫合烟,对我说:"林同志,你还没到新疆去过吧,是个好地方啊,可就是太荒凉了,但我们一定会把新疆建设得繁荣富强!"他好像在给战士做报告。他说:"我们太需要像你这样的人才了。大学生啊,那在我们看来可是金疙瘩蛋蛋啊……"而这时我眼前一黑,一头就栽进了他的怀里。

等我醒来,发现自己已躺在一家医院的病床上了。我看到病床边,齐怀正正闭着眼歪睡在一把木椅上。这时一位护士走了进来,给我打了一针,然后笑着说:"这位解放军同志,一晚上都陪着你呢。"窗外,天边已透出一丝橘红色的霞光。这时齐怀正也醒了,慌忙站起来说:"林同志,对不起,我得赶车去了。你就安心在这儿住几天吧。你病得还不轻呢。我不能陪你了,要不,我就超假了,在部队超假是要受处分的。起码得挨批评,写检查。我齐怀正自参军后还没挨过批评写过检查呢。那是啥滋味?就像眼睛里揉进了沙子,难受!"

"已经太麻烦你了。"我说。

齐怀正一挥手,急匆匆地走了。

天大亮了,护士领着一位五十多岁的值班医生来到我的病房。他皮肤黝黑,一脸沧桑,十分和善。这是一家西北小镇的小医院,只有两个医生三个护士。几栋用土坯垒起来的简陋平房,却很干净,医生护士都是一口甘肃话,我听不太懂。那位和气的医生对我说:"你有炎症,所以才发烧,不过目前还没生命危险,但这几天要打消炎针,只要把炎症压下去就会没事的。但如果……那就不好说了。所以你得住下来。"他笑着点点头,又说,"你早饭还没吃吧?我让护士同志给你送早点来。"这时我才猛地想起我的旅行包和小皮箱还在军车上呢,小皮箱里装着我一路的盘缠。我急出了一身冷汗,翻身想下床。

"同志,你要去哪儿?"

"我一路的盘缠都在车上呢!"我说。但我想,齐怀正走了有一阵子了,说不定已上路了,那可怎么办好呢?正当我急得满头大汗不知所措时,房门被推开了,齐怀正出现在门口,手里还拎着我的皮箱和旅行包。他笑嘻嘻地看着我,说:"林凡清同志,我不走了。我不能把你撂在这儿不管啊。中国有句老话说,帮人帮到底。从这儿到新疆还有上千里的路呢。你可是个金疙瘩蛋蛋啊!"我先是感到惊喜,听了他后面的话后,顿时激动得满眼是泪。我一把握住他的手,什么话也说不出来。

我病好后,齐怀正又找到一辆军车。没几天,我们就到了迪化。那时的迪化根本没法与上海相比,像样的楼房没有几栋,大多数的道路也都是土路,稍大一点的马路上摆满一长溜的摊子。在炎热的阳光下,被干燥的风一吹,马路上尘土飞扬。旅店也很少,齐怀正好不容易帮我找到一家像样一点的旅店,总算把我安顿了下来。这时他搓着手,像是完成了一项重大任务似的,说:"林凡清同志,我就不能再陪你了。今天,我还得赶回部队去呢。你就在这儿办你的事吧,祝你一切顺利。"他还正儿八经地给我行了个军礼,然后转身匆匆走出了旅馆。

我傻站了好一会儿,感觉有一股翻江倒海般的暖流在胸中奔腾着。

新疆是和平解放的,但一切也都在新老交替之际,有些乱哄哄的。我到新疆畜牧厅去打听老师的消息,因为他是受畜牧厅的邀请才来新疆的。但畜牧厅以前的工作人员走的走,调的调,甚至还有被抓的,老的工作人员已所剩无几了。总算找到一个,他知道好像有这么件事,但不是他所在的那个科那个股管的,详细情况也不怎么清楚,只是知道邵俊美教授办的那个良种试验站在科克兰木县。接着,他就一个劲地说:"抱歉,太抱歉了。因为你是大老远从上海跑到这里来的。"

"科克兰木县离这儿有多远?"我问。

"二百五十公里,"他说,"有长途汽车通那儿。"

第二天一大早,我拎着小皮箱,背上旅行包,去长途汽车站,买开往科克兰木县的车票。排队买票的人很多,队伍有十几米长,而卖票的速度又很慢。排了快有两个多小时的队,眼看前面只有三个人,快要轮到我买票了,突然有个人急匆匆地把我从队伍里拉了出来,我回头一看,竟是齐怀正。他看到我就像看到了救星一样,说:"我的天哪,总算找到你了。"

"有什么事吗?"我疑惑地问。

"吃饭!先吃饭,吃了饭再说。"齐怀正从我身上拉下旅行包背到自己身上,又提上我的小皮箱,拉着我就走,生怕我会突然消失似的,"为了找你,我早饭还没吃呢!"

齐怀正把我拉进车站边上的一条小巷子里,那儿摆着各式各样的小吃摊。我们在一个烤肉串摊前坐了下来,他一下要了三十串烤肉,又在边上的烤馕摊买了几个烤馕。

"来来来。"齐怀正说,"新疆的烤羊肉串好吃,馕也好吃!快吃,吃够。"说着,他就大口大口地吃起来,看来真的是饿了。

我用眼睛询问他,干吗要这么急着找我?

"事情是这样的,"齐怀正说,"我到师部报到,师长就交给我一个紧急任务,让我到一个国民党留下来的牧场去当场长,而且立马就要去上任。我是个种地出身的,打打仗还行,但让我去管一个牧场,那不是赶鸭子上架吗?师长说,找个畜牧技术员给你当参谋不就行了?我说,师里给我派一个。师长说,鬼啊!师里现在哪有这样的人才,自己找去!老天有眼,几天前我就找到了,就是你!于是我就借了师长的小车,连夜赶来。赶到旅馆,说你到长途汽车站买票去了。你瞧,你刚要买上票,我就把你揪出来了。这就是缘分!共产党员是不讲迷信的。但这事让你碰到了,你就得认。跟我走,怎么样?"

我很为难。我说,我是为了继承老师的事业才来新疆的,这你也知道的。所以我得先去科克兰木县,把老师的试验站找到了,才能考虑你的事情。他说,你瞧,又碰巧了吧,我那个牧场就在科克兰木县境内,所以你要做的事跟我这件事不矛盾。反正都在一个县里,你先跟我走,到我那儿再说。我说,按理讲我是可以跟你走,中国人是讲有恩报恩的,你对我有恩……他立马打断了我的话说,这跟恩不恩没关系,你那老师不是为了帮助新疆发展畜牧业才到新疆来的吗?我要去当牧场场长不也是为了发展新疆的畜牧业吗?所以咱俩干的是同一件事,真是太有缘了!所以你怎么也得跟我走!

我还在犹豫。齐怀正急了,说:"林凡清同志,咱打个比方,要是我遇到了敌人,这会儿要冲上去,你敢不敢跟我一起冲?"我说:"真要是敌人,我肯定跟你一起冲。"齐怀正说:"我现在要去的就是个战场,牧场的困难就是我的敌人。你就撂一句话,跟不跟我上战场?"我说:"好吧,但我有两个要求,一、到了你那个牧场后,我还是先要去找我老师的试验站;二、去你牧场后,我要从事我的畜种改良工作。"齐怀正听了,一挥手说:"扯淡,这算什么要求,你去我那儿,不就是要你干这些事吗?只要你老师的试验站在科克兰木县境内,就是和尚跑了,庙也总在那儿吧?你到我牧场后,我派个战士,陪着你一起去找!"

我没法再拒绝了。

那晚,齐怀正领我到他们的部队招待所住了一夜。第二天天刚蒙蒙亮,齐怀正就把我弄醒,一起坐上了他们师长的小车。一上车,他就急不可待地对驾驶员说:"小张,走!说不定师长正要用车呢。"小车刚开出不远,发生了一个小插曲。小张从后视镜中看到在车后腾起的一团团浓浓的尘埃中,有一个穿军装的姑娘在追我们。齐怀正就问我:"你这儿有认识的人?"我往后看看,除了腾起的尘埃外什么也看不见,就说:"除了你,我不可能认识任何别的人,更别说女人了,会不会是找你的?"他一挥手说:"女人找我?绝对不可能!"而这时小张又说:"好像姑娘后面有一个男青年在追她。"齐怀正一笑说:"小两口的事,跟咱们没关系,快赶路吧!"小张加大了油门,小车就在路上飞也似的奔驰起来。我发觉,齐怀正的表情似乎是,他这次来的唯一目的就是要把我这个金蛋疙瘩抓在手里,带回他的牧场,千万别节外生枝。

二

绿毯似的草原一直向前延伸,似乎看不到边。我们踏上了神奇而古老的科克兰木大草原。据说,北丝绸之路就是从这片草原上通过的,至今还可以看到当年被人脚、马蹄、驼掌和车轮碾压得很瓷实,而今已被杂草覆盖着的古道痕迹。如果沿着这条古道走,你还可以看到歪斜在泥土里的石头路碑。传说中,成吉思汗带着他的军队在这儿驻扎过,有块两米多高的孤零零耸立在草原上的大石柱,据称是成吉思汗的拴马石。一百多年前,林则徐也来过这里,那条在草原上蜿蜒流淌的清澈见底的水渠,就是林则徐指挥修建的。但当我和齐怀正跟着一位叫努尔曼的哈萨克族向导骑马走进草原时,我看到山坡上那青翠欲滴的塔松在云雾间缭绕,山坡下白色的毡房点缀在绿草丛中,两只苍鹰悠闲地在天空中盘旋,那清新的空气似乎能把人的五脏六腑冲洗干净。我想,怪不得邵俊美教授会离开喧闹的上海,在这儿定居下来。这儿真是我想象中的美丽的草原,但这美丽的草原却也透着一种凄冷的荒凉。

我拘谨地骑着马,齐怀正也和我一样,一时沉浸在草原的美景中。突然,有两只锦鸡从我的马蹄下飞出来,其中有一只锦鸡的翅膀扇在马的眼睛上,马受惊了,扬起前蹄,差点把我掀下去。接着马狂奔起来,我死死地拽着缰绳,只听得耳边风在呼呼地叫着,我大声地喊:"齐怀正,努尔曼,快来救我!"眼前一片灰白,我吓得魂都出了窍。我的马从一位牧羊姑娘跟前飞过,那牧羊姑娘看到我就要从马身上滚落下来,她翻身上马,飞也似的追了上来。我还是被那匹马掀下马背,但一只脚还挂在马镫上,马拖着我还在奔着,我想我这个金疙瘩蛋蛋这下要完蛋了,但那牧羊姑娘灵巧地从自己的马上跃起,跳到我的马上,使劲勒住马缰绳,马转了个圈,打着响鼻,停了下来。很快,齐怀正和努尔曼也赶到了。牧羊姑娘跳下马,把我扶起来,问:"不要紧吧?还能说话吗?"那姑娘二十岁左右,长着一双微蓝的大眼睛,高鼻梁,皮肤白皙,非常漂亮,不像汉族姑娘,但我又感到那姑娘的脸似曾相识。我忙朝她鞠了一躬,说:"谢谢!"姑娘上下打量了我一番,然后说:"以后把骑马学利索了再到草原上来,不然会把命搭上的!"说完,她朝我一笑,翻身上马,两腿一夹马肚,追她的羊群去了。

我衣服的后背被刮破了,一大块布片耷拉着,齐怀正看着我说:"没事吧?没事咱们就继续赶路。"在他看来,就是有事,在这前不着村后不着店的大草原上也没办法,只有继续往前走,到了目的地再说。大概在战场上看惯了流血、牺牲,我从马上摔下来这点小事在他看来,真的算不了什么。突然起风了,一团团蓬松的云从群山顶上飘过来,枯草从草丛中被刮起来,像小鸟一样盘旋着,腾上天空。而我衣服后背上那块耷拉着的破布片,在风中像一面小旗一样飘动着。我们看到不远处有两个战士正放牧着一大群羊,一位战士背上还横背着一杆枪,他们的衣服也被风吹得鼓起一个包。其中一位高大结实的战士朝齐怀正喊:"嗨,齐营长,前几天我们就听说你要来牧场当场长了。"那两位战士一个叫蒋有财,一个叫刘世棋,他们放着三百多只羊。齐怀正劈头就问:"刘世棋,带针线包了没有?"那个尖下巴瘦高个眨着一对机灵的小眼睛的刘世棋说:"咋能不带呢?行军打仗,针线包可离不了。"齐怀正说:"别废话,帮这位林技术员把衣服缝一下。他可是从上海来的大学生,我们牧场的金疙瘩蛋蛋。"

风刮一阵子就小下来了，草原安静了下来，花香却随着潮潮的热气弥漫了整个空间。

刘世棋一针一线，仔细而熟练地缝补着我的衣服。

五大三粗的蒋有财像个鲁智深似的站在齐怀正边上。我们说到了羊群，由于专业上的习惯，我看着羊群顺口就说："这些羊怎么这么杂呀。"蒋有财不愿意了，粗着嗓门说："别看这些羊杂，这可是我们牧场的家底子，现在全牧场几千只羊，都是从战士们的牙齿缝里留下来的。那几年，战士们在开荒造田时，天天吃盐水煮麦子，不少人得了夜盲症，得了浮肿病。上级拨了一批羊给战士们改善伙食，战士们把母羊都留下来，舍不得吃，这才有了我们的羊群，才有了我们的牧场。"我说："那羊群里怎么还混放着几头公羊呢？"蒋有财冷笑一声，说："没有公羊，母羊咋下羊羔啊？"我想，他们搞的还是几千年延续下来的自然繁殖，这儿的一切都太原始了。我不再说什么。刘世棋把衣服缝补得非常好。我忙谢道："想不到你这大老爷们，针线活比女人还好。"齐怀正笑着说："这家伙精得像猴一样，学啥像啥。在他们班里，只要出了什么犯纪律的事，也准是他出的鬼点子。"刘世棋打趣说："齐营长，你看你，中国有句老话说打人不打脸，揭人不揭短嘛。"齐怀正也打着趣说："我这是在表扬你呢！"而蒋有财对我刚才的问话却很不满。在我们上马离开他们时，就听到他在后面说："这位上海来的大学生技术员也忒没水平了。母羊群里不养公羊，羊羔咋生下来呀！世上有没爹的孩子吗？"

草原太辽阔了，一眼望不到边的青草在风的吹拂下翻着波浪。从早上走进草原，一直走到傍晚，刚一进草原时的那种新鲜感与兴奋感消失了，这时反而感觉到了草原的乏味与单调，再也没有遇见什么人，有时只能远远地看到几座白色的毡房。我从马上摔下来时，背上、腿上和手臂上都受了一些伤，此时也感到越来越疼。而最让我受不了的是跨在马鞍上的两条腿，估计皮已被磨破在渗着血，马颠簸一下，就火辣辣地疼。红红的夕阳已悬挂在山谷间，努尔曼朝前一指，说："瞧，牧场场部快到了。"但我什么也没有看到。

我们又骑了很长时间的马，绕过一个山谷后，又是一片平坦的草原，远处散落着十几户人家。一条湍急的小河从草原上穿过。河边竖着一顶帐篷,离帐篷不远处有几栋土坯垒的已经倒塌了的房屋。努尔曼指着这一堆堆房屋的废墟,说:"这儿就是牧场的场部。"废墟的四周依然是青草繁茂,鲜花盛开,却又显得极其荒芜。

齐怀正抓住我的肩膀,说:"林凡清同志,看到了吧!你得跟我一起打冲锋啊。"这一路走来,我跟他的感觉是一样的,但我的一些感受或许他还不会有。我倒抽了一口冷气,想,邵教授来这儿时,也是这样的吗?

我们的牧场叫沙门子牧场。齐怀正没有食言,牧场场部要重建,得自己打土坯盖房子,人手本来就很紧张,但他还是让一位叫石勇的战士陪我一起去找我老师的那个试验站。第二天一早,我们就骑马上了路。

小石长着一张圆圆的脸,胖墩墩的,十分勤快可爱。他成了我的勤务员,晚上还给我倒洗脚水。弄得我很不好意思。我们去县政府打听,但县政府的人事变动更大,原有的人都换掉了。县下面有好几个乡,我和小石就一个乡一个乡地去打听,去寻找。在一个乡里,有一个年长的人说,有过一个叫邵教授的人来过他们这儿,主要是想了解一下当地羊的品种之类的事,因为是他接待的,所以记得。但他说,那已是五年前的事了。那个邵教授又不住在他们乡,所以以后就再也没他的消息了。我和小石骑马转遍了所有的乡,所有的村,但都一无所获,邵教授和他的试验站似乎在草原上消失了。

我们找了两个多月,原先那翠绿的草原渐渐变黄了,天也变得越来越凉。早晨起来,天冷得要穿棉衣来御寒,而我和小石出来时穿的都是单衣。我和他都冻感冒了。我对小石说:"小石,你是不是有点泄气了?"小石笑着说:"不!齐场长说了,只要你找下去,我就一直陪你找下去,这是齐场长交给我的死任务。"但我感到再这么找下去,似乎有些对不住齐怀正了,就说:"不,我们不找了,回吧。"

我们回到牧场场部时,我看到在原先的废墟上,场部办公室已经盖了一大半了,四周还垒着一排排土坯。我和小石来到场部的帐篷前,我们两条腿软得都走不动路了,一下马就瘫坐在帐篷前的草地上。齐怀正奔到我们跟前,问:"怎么样?"我沮丧地看着他,连摇头的力气都没有了。齐怀正明白了,说:"林凡清同志,你不要泄气,既然找不到,那咱们就自己建一个,只要是搞畜种改良的试验站,那不也等于是在继承你老师的事业吗?"

我突然来了劲,猛地站起来,说:"齐场长,你说话算数?"

齐怀正说:"说话不算数,那是小狗!"

然而事情却不像我和齐怀正想象的那么简单,要办良种培育试验站不是说办就能办的。我们科兰牧场隶属于一个叫柳家湖总场的农场管,柳家湖总场又隶属于我们这个地区的农垦总局管。我们要建良种培育试验站,先得由我们牧场打报告上去,然后经柳家湖总场党委讨论后再报地区农垦局批,农垦局同意了,还要有自治区农垦总局批,总局批下来才能立项,才能拨资金下来,然后才可以建。整个体制就是这样。

我们牧场离柳家湖总场有四五十里的路,齐怀正为此事已经跑了好几趟了。

草原上的秋天一瞬间就奔走了,接着就是一场纷纷扬扬的大雪,新盖的牧场场部笼罩在一片茫茫的飞雪中。我又去找齐怀正,问建试验站的事。可齐怀正说:"林凡清同志,我一直在催促这件事。你着急,其实我比你还着急。但建试验站的事目前还办不成。我请示过总场的李国祥政委,他对我说,你的牧场尽快恢复生产才是第一位的,建良种培育试验站的事,过两年再说。"我的心里突然就像被一团东西堵住了,说:"什么? 还要等两年? 齐怀正,我上你当了!"他也有些恼了,说:"林凡清,你的意思是我在骗你? 我是个小狗? 可办事情的程序在那儿放着呢,我也没办法。你要建试验站,也不是你林凡清一个人的事业,而是我们大家的事业。你要等不了,你可以回上海去! 我放你走。"我说:"齐怀正,我告诉你,我今天走出这一步,就绝不会再回头。但这个试验站我也一定要办起来。要不,我就对不起我的老师!"我一拍桌子,走出齐怀正的办公室。

外面是一团团乱舞着的雪花,我站在雪幕中,冰冷的雪花落在我的脸上,脖子上。我稍稍冷静下来后,想到齐怀正在我来新疆时一路上对我的照顾,我对他发这么大的脾气似乎有点过分了,再说,这事他也做不了主呀。这时,有人拍了拍我的肩膀,回头一看,正是齐怀正。他捏着我的肩膀,说:"林凡清,别生我的气,我继续努力,行吗?"

这时，我很想哭。

柳家湖总场的李国祥政委来我们牧场，我估计是齐怀正有意把他请来的。他还特地带来了一个畜牧技术员，叫郑君。开始时我不大喜欢这个人。他有一米八的个头，人长得也非常英俊，可他那一脸玩世不恭的坏笑，总让人感到不舒服。还有，他又不是什么文工团员，却整天背着一把小提琴，黑色的琴箱也已破烂不堪。据说他是南京农学院畜牧系毕业的。这使我想起了许静芝，因为她是南京农学院兽医系的。一想到许静芝，我的心就隐隐作痛。李国祥介绍他的情况时说，王震将军到华东去招一批支援边疆的知识分子时，他是主动报名来的。但这家伙是个琴痴，走到什么地方，琴就拉到什么地方。在他们来新疆的路上，他竟离开车队跑到沙漠里去拉琴，结果遇到了沙尘暴，那沙尘暴刮得昏天黑地，但还能听到他的琴声。大的沙尘暴是会把人都活埋的，当时急得李国祥带了几个战士，迎着沙尘暴走了半里多地，沿着琴声才把他找了回来，气得李国祥差点把他的琴给砸了。李国祥对齐怀正说，知识分子嘛，都有些个性啊，现在郑君坚决要求来你们牧场工作，我就把他带来了。这样，你们牧场就有两个大学生了。这边正说着话，那个郑君已经在小河边上拉起琴来，拉的是那首王洛宾的《在那遥远的地方》，琴拉得倒真不错。

但这次，李国祥主要是来找我谈话的。我又谈到建畜种改良试验站的事。他对我说，建试验站的事只能慢慢来，目前牧场的主要任务是要发展生产，给国家上缴更多的皮毛和肉。我激动地说，李政委，这和建试验站并不矛盾，你看看现在牧场喂养的那些羊，原始放牧，自然繁殖，品质差，不但产肉量少，羊毛质量也差。我们只要及时把羊的品种改良好，就能上缴更多的肉，更好的皮毛。俗话说，磨刀不误砍柴工。但李国祥还是反复强调同齐怀正说过的话。他说，这需要经费，可我们总场没有这笔钱，我们需要向上面申报项目，等批复，这需要时间，起码得一两年吧。因为这类预算每年审批一次，所以我们只能等。谈话很不愉快，我只好苦笑一下，说："好吧，那我就等，可别让我等白了少年头。"李国祥也很不悦，说："我看你这个人啊，一根筋！"

秋天并没有走远,冬天也没有真正到来。第一场大雪过后,雪很快就化了,金色的草原在阳光下水光粼粼。我想,既然来到了牧场,老师的试验站又没找到,这一两年我也不能白等啊,我总得为牧场做点事吧。我就对齐怀正说:"齐场长,母羊的发情期快到了,我们不能再搞自然繁殖了。我们得想办法在全牧场选出几头好的公羊,临时建一个配种站,把全场的母羊都赶到配种站来配种。俗话说,母羊好,好一胎,公羊好,好一坡。这事用不着经费,现在就可以办。"齐怀正朝我笑笑说:"你这个金疙瘩蛋蛋啊,我把你抓来是抓对了! 就按你说的办。"他指指又在河边拉琴的郑君,说,"让郑技术员帮你一起干吧!"

第二天一早,我就和郑君分头到牧场的几个牧业队羊群中,去寻找好一点的种公羊。我们在场部门口分的手,郑君依然背着他的琴,他可是真正做到琴不离身了。后来他对我说,拉琴是他的第二生命,我只好无奈地笑笑。各人有各人的爱好,你也不好说他什么。

场部不远处就是那条小河。河水不深,清澈见底,水面也只没过马蹄。我策马过河时,看到河边的草地上有位姑娘正赶着她的羊群放牧,我突然发觉那美丽的牧羊姑娘就是救过我的那个姑娘。我想过去同她打个招呼。但这时我又看到她的那群羊,眼睛就唰地亮了。我立即跳下马,奔到她的羊群里,仔细地看着这些羊。这些羊显然是改良过的。我问牧羊姑娘:"姑娘,这群羊是你们家的?"姑娘看着我,似乎也认出了我,一笑说:"你骑马骑利索了吗?"我点头说:"你不是说来草原不把马骑利索了,是要搭上命的吗?"她又歪着头问:"你是大学生吗?"我没回答她,只是说:"这群羊是不是你们家的?"她固执地说:"你先回答我,你是不是大学生?"我说:"你问这个干吗?"她看着我,沉默了好大一阵子,像第一次见面时那样,她显然是有话要说。这次她终于说:"我一直在等一个人,等一个大学生,有好长好长时间了,我每碰到一个学生模样的人,我都要问,但他们的回答都让我失望。这种失望让我太痛苦了,可能这个大学生我永远都等不来了……"说着,她的眼里噙满了泪。我的心突然颤抖起来,问:"你等的那个大学生叫什么名字?"

"林凡清!"

我激动地挥动着双手,说:"我就是啊!"

她有些怀疑,说:"双木林,平凡的凡,清白的清? 浙江农学院毕业的?"

"对!"

姑娘又上下打量了我一番。我再次舞着双手说:"我就是林凡清! 你是谁? 你找我干吗?"姑娘突然冲上来,一下紧紧地抱住我。没有出声,只是泪水哗哗地往下流。

我轻轻推开她,说:"请告诉我,你是谁?"

她说:"我是邵俊美的女儿,叫邵红柳,这儿的人只叫我红柳。"

这当儿,我只是拉住她的手,想哭却哭不出,一股说不清的东西堵住了我的嗓子。

红柳大睁着有些微蓝色的大眼睛,说:"如果你是林凡清的话,能跟我走一趟吗?"

我骑上马跟着她走。明媚的阳光照着金色的草原,显得越发灿烂。天空像被水冲洗过一样,瓦蓝瓦蓝的。大约走了几里地,她领着我来到一座院落前。院落在一个山坡下,前面就是那条蜿蜒的连着我们场部的小河。走进院落,有东、西、中三栋土房子,虽然陈旧,但很整洁。院中间有两棵粗壮的榆树紧挨在一起,繁茂的树枝上还点缀着没融化的积雪。有一位五十多岁的老汉背着猎枪猛地从屋里奔出来,抬起枪,警惕地看着我。红柳兴奋地对那老汉说:"榆木大爷,他就是林凡清呀! 快让他进屋吧。"榆木大爷这才收起猎枪,看着我走进屋子,目光一直带着警惕的神色。这位榆木大爷身板很硬朗,但走起路来却有点瘸。

红柳把我领进中间那间大屋里,里面摆满了仪器。墙上挂着一帧镶着黑框的照片,那是邵教授的遗像。

红柳说:"你认识他吗?"

我在照片前跪下,含着泪说:"老师,我找你找得好苦啊……"我连磕了三个头。

红柳哭了,不住地抹着泪。

红柳打开东墙边的一只箱子,说:"凡清哥,这是我爸生前的试验资料,他说全部交给你。"然后环顾了一下四周的仪器,说,"还有这些仪器,也全交给你。"我说:"红柳,你爸爸为什么把通信地址写到迪化的畜牧厅,不写这儿呢?"红柳说:"我爸不想让太多的人知道他的试验站在什么地方,因为那几年兵荒马乱,土匪横行,什么事都可能会发生。"红柳接着告诉了我有关她爸的一些情况。原来,邵俊美教授应新疆畜牧厅之邀来到这儿时,邵教授的前妻已因病去世了。他在草原上工作的时候,认识了红柳的妈妈,一位俄罗斯族姑娘。他们相爱后,就有了红柳。在红柳十五岁的时候,红柳妈患上了一种慢性病,邵教授就毅然辞去了内地的教职,在草原上定居下来,继续从事他的畜牧改良工作。新中国成立前夕,也就是他给我写信的前一年,有一群土匪闯进了他们的试验站,是来抢羊的,那时红柳刚好赶着羊群上山放牧去了。土匪们没找到羊群,却看到院子里圈养着的四只种公羊。榆木老汉正在给种公羊喂食,他们就去抢种公羊。榆木老汉告诉他们,种公羊的肉膻味太重,不能吃。几个土匪不管三七二十一,拖着羊就走。榆木老汉奋不顾身地阻拦他们,土匪们用枪托砸断了榆木老汉的一条腿。邵教授也从屋里冲出来保护那些种羊,也被抢托砸昏在地。红柳的母亲趁榆木老汉同土匪们争执,拖着带病的身体,骑马上山找到了红柳,急急地说,快赶羊群进山,土匪在抢羊呢。红柳含着泪说:"等我娘赶回试验站,那里已是一片狼藉,种公羊被拖走了,父亲昏倒在地,榆木大爷拖着一条断腿还在叫,我娘看到这情景,就一头从马上栽了下来,不久就死了。我爸从此也一病不起,他一想到自己辛辛苦苦奋斗了二十几年的事业就这么断了档,怎么也不甘心啊。于是就想到了你,才决定给你写信。临咽气前,他对我说,那个林凡清肯定会来的,这个人是我看准了的……"我听着,鼻子一酸,说:"红柳姑娘,对不起。"

我离开红柳,骑马飞快地回到牧场场部,欣喜若狂地冲进齐怀正的办公室,双手捶着齐怀正的办公桌,大喊:"我找到了,找到了,我老师的试验站找到了啊!"

当天,齐怀正和郑君就要到试验站去看看。路上,我把我与红柳邂逅的经过讲了一遍,郑君就大叫着说:"太传奇了,也太应该庆贺了。来,我给你拉首曲子庆贺庆贺。"说完,郑君就在马背上拉起了琴,又是那首《在那遥远的地方》。郑君说,他来新疆就是因为他相信,在新疆这个遥远的地方,大概也有位美丽的姑娘在等着他呢。可遗憾的是,到新疆后,并没有什么美丽的姑娘在等着他。而你林凡清呢,倒真有位美丽的姑娘在等着你。我一笑,这个郑君可真有点儿罗曼蒂克。

红柳很热情地接待了我们。榆木大爷挺着腰板端着猎枪,站在院门口为我们站岗,几年前的那个遭遇使他警觉到现在。郑君则是兴奋得不得了,似乎不是我而是他一直在找试验站而终于找到了一样。他串遍了每一个房间,然后说:"我再拉一首曲子。"于是,他在那两棵大榆树下又激情地拉了一曲,还问我们,"你知道我拉的是什么曲子吗?"然后马上自己回答说,"是贝多芬的《欢乐颂》!"

红柳对我说:"这个郑技术员,真有趣。"

我们离开时,天都快黑了。红柳送我们到院门口,对我说:"凡清哥,根据我爸的意愿,这试验站,榆木大爷,还有我,都交给你了,你知道吗?"

我点头说:"知道!"

但齐怀正却没有我们那么兴奋,他只是一边看着一边若有所思,最后才点着头说:"不错,真的是很不错。"

月亮高悬在夜空中,我们骑着马踏着月光往回走。我对齐怀正说:"齐场长,我们找到了我老师的试验站,里面的设备和仪器都是现成的,又有那么好的一群基本母羊群,只要引进几只种公羊,再解决一点经费,我们的试验站就可以开始工作了,希望组织上能尽快解决这件事。"

齐怀正说:"你看看,又来了吧。刚才我就想你一定会给我提这事的,但我现在无法答应你,我还得去请示上级。你和郑君就按你的计划,做全场母羊的配种工作吧。"

然而没有想到的是,第二天一早,我和郑君正准备继续去各牧业队挑选公羊时,突然听到有人叫我,我回头一看,发现是榆木大爷赶着辆马车来了。我问榆木大爷有什么事。榆木大爷很认真地说,林教授,昨晚红柳姑娘把房间都收拾好了,她让我接你过去住。我一下愣了,赶忙说:"榆木大爷,这几天恐怕不行,牧场有件紧急的事要办。还有榆木大爷,以后你不要叫我林教授,我离教授还远着呢,就叫我林凡清吧,或者叫我林技术员也行。"榆木老汉说:"我想凡是在试验站工作的人都应该叫教授。那好吧,我就叫你林技术员。林技术员,红柳姑娘说,从昨天起,试验站,羊群,还有她和我,都按邵教授的意思全交给你了,所以红柳姑娘让我今天就把你接到试验站去住。"我说:"榆木大爷,试验站我肯定要去住的,但这几天还不行。"榆木大爷说:"那我回去怎么跟红柳姑娘交代?"我说:"你按我说的话说就行了,我现在马上要去工作,您老先回吧。"说着,我就同郑君一起骑马出了场部。我感觉到榆木大爷很生气,两眼在冒火,接着是一声像鞭炮一样的响鞭声。

由于我与郑君是分头活动的,这天傍晚的时候郑君先回到牧场场部。他刚走到宿舍门口,就看到红柳气呼呼地赶着辆马车在门口等着。她问郑君:"喂,拉琴的,林凡清住哪间屋?"郑君说:"跟我住一个屋呀。"红柳二话没说,跟着郑君进了屋,说:"哪个铺是林凡清的?"郑君指了一下。红柳立即上去收拾我的铺盖。郑君说:"红柳姑娘,你这是干吗,就是要搬也得林凡清回来再搬呀。"红柳不听,卷起我的铺盖就往外走,还说,试验站现在就是他的家,他就应该住到试验站去。要不,我就怀疑他不是我爸让我等的那个林凡清。她把我的行李装到马车上后,赶车走了。

我回来,郑君就把这事告诉了我,他摇着头说,这位红柳姑娘,性子好烈啊!她不该叫红柳,该叫红辣椒。我说:"一个样,你没见红柳开的花,不也是火辣辣红艳艳的一团吗?"

晚霞抹在草原上,一群鸟儿飞向了小树林。我策马追上红柳姑娘的马车,拦在她的马车前,说:"红柳姑娘,对不起,我现在不能马上到试验站去住。"红柳说:"你来这儿不就是继承我爸的事业吗?"我说:"不错,但你不知道我来新疆找你爸的试验站有多么不容易。在路上我病倒了,亏了齐场长一路照顾我。为了找你爸的试验站,齐场长还特地派了个战士同我一起走遍了科克兰木大草原。齐场长还邀请我在他的牧场工作,给了我公职。再说母羊的发情期眼看就要到了,这关系到整个牧场明年羔羊的质量和繁殖率。人活在世上得知恩报恩,我不能说走就走呀。"

红柳看看我,想了想,突然拨转马头,就往回走。我喊:"红柳姑娘!"她说:"你不是让我再把你的行李拉回牧场吗?我爸把我交给你了,那我就得听你的,你让我怎么着我就怎么着。还不行吗?"回到牧场场部,天已经黑了。红柳把我的行李从车上抱进我屋里,往我床上一扔。转身就出屋,赶着马车要回去。我立即骑上马。红柳说:"你要干吗?"我说:"天黑了,我得把你送回去。"红柳拉下脸说:"你就省下这颗心吧,别惹我不痛快!"

红柳赶着马车,很快就消失在黑暗中了。我心里顿时感到有点沉甸甸的。我把这事讲给齐怀正听,他想了想,说:"我看你和郑君都可以住到试验站去,我看了试验站的环境,邵教授真是选了个好地方,各方面条件都很好。我们不是要搞个配种站吗?我看,把配种站设在那儿就很合适。"我说:"可是齐场长,试验站的归属问题你考虑过没有?还有红柳姑娘与榆木大爷的工作怎么安排?还有那一群母羊,它们是红柳姑娘的私人财产,又该怎么处理?"齐怀正笑着说:"你们这些知识分子啊,脑子就比我们这些大老粗多了几根弦,明天我就去总场找李国祥政委去,这些事都由我来办,你就不用操心了。"

齐怀正到总场去了一次,带回了总场的决定,试验站归牧场管,红柳与榆木大爷继续在试验站工作,成为牧场的正式职工。至于试验站的房产和羊群折价给牧场的具体事宜,让我与红柳商量。

我和郑君已在全牧场选好了八只种公羊。第二天一早,我们赶着种羊,让马驮着行李,直接去了试验站。

红柳出去放羊了,只有榆木大爷一个人在。他看到我们赶着几只种羊来了,就笑着说:"哈,这下我可有活干了。不过这些公羊跟邵教授让我放的公羊可没法比,唉,可惜了那四只种公羊,他奶奶的这帮土匪……"

试验站院子的正面一排三间房是资料室和卧房,东西两边是厢房,东边两间厢房是红柳的住房和储藏室,西边两间厢房是榆木老汉的住房和厨房,院子的右边角上有一个马厩。正面那间房子有二十多平方米,里面有一张书桌,几把椅子,一张床,屋子已收拾得利利索索。榆木大爷说:"这屋子红柳姑娘早就给你收拾妥了。"

　　小河前面那一片辽阔的枯黄的草地,在夕阳下闪着金光。红柳赶着羊群回来了。我把我们的决定告诉她,她说:"欢迎你们来。"但那语气与眼光却是冷冷的,她还在生我的气。我又把有关试验站与羊群准备折价处理给公家的事告诉她,征询她的意见,她说:"这事由你做主。我爸讲了,你来后,这儿的一切都交给你。"我说:"我们想听听你的意见。"她说:"你的意见就是我的意见!你们来了两个人,那间卧室只有一张床,我再给你们搁一张床去。"

　　红柳在卧室又为我们架了一张床,架好床后立马就往外走,说:"我给你们做饭去。"语气依然是冷冷的,似乎她只是在例行公事。

　　我和郑君就这样在试验站安顿下来了。我在铺床,而郑君把行李往床上一搁,就在榆树下拉起琴来,开始曲依然是那首《在那遥远的地方》。红柳从厨房探出脑袋,说:"郑技术员,你拉得真好。我觉得你是个有感情的人,不像有些人,像个榆木疙瘩。我爸怎么选上了这么个人来继承他的事业!"

　　在试验站住下后,我们就忙碌起给牧场的羊群配种的事。我们扎上木桩,扎上红柳捆,围起了一个很大的羊圈,又在大羊圈边上围起了一个小羊圈,给母羊配种用。由于当时牧场的羊数量并不是很多,母羊的发情期一到,我们就起早贪黑地工作,所以半个月不到,就给所有的母羊都配上了种。我和郑君都瘦了一圈,尤其是郑君。我发觉郑君这个人,玩琴玩得痴心,做事也做得痴心,业务上又很懂行,我也就对他产生了一些好感。

　　接着的几天,又开始下雪了,天气骤然冷了下来。大地冰封,草原盖上了一片白皑皑的积雪。冬天真的来临了。有一天齐怀正急匆匆地来找我,对我说,林凡清,农垦局畜牧科的刘科长要你去一下,因为我们牧场良种培育试验站的项目要向上面报,只要项目批下来,每年就可以有专项经费了,试验站的工作也就可以正式启动了。但有些事,他要亲自同你谈一谈。

　　这正是我日夜盼望的!

　　红柳这姑娘,说生你气一连可以好几天,但消气也快。我把这事给她一讲,她脸上马上就有了笑容,说:"明天我送你!"第二天一早,雪花还在飘舞,红柳就把马车套好,停在了院子里。我背上挎包,说:"红柳,我还是自己去吧!"红柳说:"我送你,去车站的路很远,一天只有一班车,你要是赶不上车,就耽误事儿了。"我说:"你不还要放羊吗?"郑君手中握着琴,从屋里探出脑袋,说:"有我呢,昨天红柳就同我说好了。我可以一边放羊,一边拉琴啊。"

那是辆老式马车,这儿叫"六根棍",有四个木轱辘,外面圈着一圈鼓着一个个半圆形疙瘩的铁箍。车一走动起来,就吱吱嘎嘎乱叫。马车迎着风雪,在草原上一条若隐若现的崎岖小路上走着,在积雪上印下了深深的车辙。

红柳赶着车,一颠一颠地坐在车上。我们开始时一句话也没说,但她的情绪看上去很好。我清了清嗓子,说:"红柳姑娘,那天你来接我,我没有马上跟你来试验站是有原因的,你愿意听我说吗?"红柳点头。我说,"那天你没经过我的同意,就把我的行李拉走了,这是对我的不尊重。我就是要跟你走,那也得经过齐场长的批准,没批准就擅自行动,这样做合适吗?我不能做那样的人。再说,试验站的归属、你和榆木大爷的工作等等都还没定下来,我就到试验站去,这是对你和榆木大爷的不负责。你父亲是让我来继承他的事业的,不错,但不只是我住到试验站就了事的。现在的时代与你父亲的时代不一样了,今后试验站的工作,都要靠组织的支持和领导。我们只有把培育良种的工作开展起来,才算是真正把你父亲的事业继承下来了,不是吗?"

红柳一把紧紧地握住我的手不肯放,含着泪说:"凡清哥,对不起。"看来红柳的感情变化很快,似乎不需要过程,只要合情理,她会一想就通。

一路上,红柳那双眼睛总是深情地热辣辣地看着我。我不时地转过脸去,以避开她的目光。

我们来到路口,一辆沾满尘土与雪花的公共汽车正好驶来。红柳把我送上车,充满关切地说:"凡清哥,路上小心。"

到了农垦局所在地,天已黑透了。第二天一早,我在局机关大楼见到了畜牧科的刘科长。刘科长尖下巴,尖鼻子,模样却很儒雅。他热情地给我泡了杯茶,但他与我的谈话并不愉快。刘科长首先说:"林凡清同志,现在不光是你们沙门子牧场在申请试验站这个项目。我们局有五大牧场,南山牧场,北山牧场,前山牧场和苦树沟牧场,他们也都提出申请了。"我说:"我们沙门子牧场的试验站是现成的,我们还有一群品种较好的基本母羊群,我们还有邵俊美教授留下的他二十几年的试验资料,现在只需要几头种公羊和经费,马上就可以开展羊只品种改良的工作。"

可刘科长笑了笑,说:"林凡清同志,我告诉你,论条件,南山牧场比你们沙门子牧场好得多,一是离农垦局所在地近,交通方便,二呢,南山牧场的规模比你们大,经济实力也比你们强,所以我们的意见是,建良种培育试验站,放在南山牧场更合适。"我急了,说:"那你约我来干什么?"刘科长又一笑,说:"我想把你调到我们畜牧科来,我现在才知道,你是邵俊美教授的得意门生,这样可以更好地发挥你的专业特长和聪明才智嘛。怎么样,就来我们畜牧科吧,只要你点头,我们马上就可以下调令。"怪不得他非要我亲自来一次,我顿时有点上当受骗的感觉。我说:"刘科长,谢谢你的好意。但我绝不会到畜牧科来的,因为我是奔着继承我恩师的事业才来新疆的。现在我找到了恩师的试验站,就是杀了我,我也得死死地扎根在那里。"刘科长笑着说:"我们畜牧科是老虎口吗? 我只是想让你更好地发挥你的特长。"但我仍固执地说:"能更好地发挥我特长的地方,就是我老师的试验站! 要不,我就对不起老师在九泉之下的亡灵!"刘科长抬手指点着我,说:"你真是一根筋啊!"我问:"试验站的事怎么办?"刘科长一挥手,说:"等项目批下来再说吧。"他显然对我很不满。

窗外,雪花在狂乱地飞舞着。

第二天一早,我就带着失望,坐长途汽车回沙门子牧场了。

长途汽车在通往草原的路口停下来。大概是来了寒流,空气似乎也被寒冷凝固住了,整个大地像个大冰窖,流出的鼻涕都能很快冻成冰。我刚跳下车,就惊奇地发觉红柳已在路口站着,裹着皮大衣,笑吟吟地看着我,身后是那辆"六根棍"的马车。在马车的不远处,有两堆燃烧过的火堆。我大吃一惊:"红柳,你……"红柳一笑,说:"我就没回去。"我吃惊地说:"这么冷的天,你就在路口等了我两天?"红柳一挥手说:"大惊小怪什么呀? 上车吧。"我心中有一种说不出的滋味在翻滚着。见我跳上马车,她啪地甩了个响鞭,就像炸了一响鞭炮似的,马就跑了起来。我说:"红柳……"她好像知道我要说什么,马上说:"凡清哥,现在是冬天,荒原上有狼,你要是有个意外怎么办? 你掂量掂量,是你的生命分量重还是我在路口等你两天的分量重?"我说:"你不怕狼?"她大笑起来,说:"我从小在草原上长大,这里的狼都认识我,同我成了好朋友了。它们啊,只是对像你这样的陌生人下口。"我说:"红柳,你以后千万别这样,让我感到很不是滋味。"她说:"可我愿意!"接着她又甩了个响鞭,马车在飞雪中奔跑起来。红柳那双深情的眼睛又热辣辣地盯着我。车轱辘在吱吱嘎嘎地乱叫着,而奔驰中的这辆老式马车,似乎随时都会散架似的,然而它依然顽强地奔驰着,很带劲。

在风雪中,我们回到了试验站。我没有把刘科长想调我到他科里去但被我拒绝的事告诉红柳。红柳跳下马车,掸着身上的雪花,说:"凡清哥,你快回去休息吧。你肯定累了,脸色真难看。"她在严寒的野外等了我两天,但看上去依然精神抖擞。红柳说还要去换郑君放羊。

那天晚上,我一直没有睡好。一是想到刘科长讲的事,让我很心烦,如果试验站不放在我们沙门子牧场,那我该怎么办呢? 二是红柳那双热辣辣的眼睛也让我烦恼。她虽然没有直白地说出来,可我已经感觉到了,这合适吗? 她是我老师的女儿,她那双微蓝的大眼睛,眼睛上那长长的弯弯的睫毛,那是一双美丽的能勾魂摄魄的眼睛。我似乎有一种罪恶感。另外,我与许静芝肯定是彻底分手了,但我心里仍有那种藕断丝连的感觉……

三

春风一吹,积雪融化,鲜嫩的草一夜之间就从湿漉漉的土地里冒了出来,嫩黄嫩黄地盖满了整个草原。从各牧业队传来的消息是羊羔的成活率与双羔率,都大大高于以前搞自然繁殖的那些年,齐怀正高兴得嘴都合不拢了,整天乐呵呵的。他说:"科学的力量太伟大了! 咱们这个良种培育试验站一定要建,项目和经费的事我去跑!"

红柳是个毫不掩饰自己感情的人,她看我时的眼神与说话时的语气,已经让我们周围的人知道了她心底的秘密。郑君也在有意无意地撮合这件事,只是没说透。他晚上拉琴时,拉完那首《在那遥远的地方》,就用琴弓点着我说:"林凡清,你真幸福呀!我郑君肯定不会有这个艳福啊!"齐怀正虽然也在撮合这件事,但他却从不提自己的"个人问题",其实他这年龄早就该找个女人成家了。可我和郑君一给他提起这事,他总是一摆手,说:"把你们自己的事把握好就行了,我的事我现在还不考虑,现在是工作第一。"

可有一天,这事却意外地把齐怀正给扯上了。

那天,我和齐怀正从场部办公室出来,准备到牧业队去,迎面走来一个姑娘,身上背着一个粗蓝布的布包,尽管风尘仆仆一脸疲惫,不过人长得很漂亮,大大的眼睛,小巧的鼻子,红彤彤的脸蛋。她问我:"请问你们牧场有个叫齐怀正的人吗?"齐怀正说:"我就是呀。"那姑娘细看了一下齐怀正,惊喜地叫了一声:"怀正哥,是我呀,我是杨月亮呀!"齐怀正吃惊地说:"杨月亮?你怎么到这儿来了?"杨月亮说:"是我爹让我来找你的。"齐怀正说:"你家出事了?"杨月亮一跺脚,说:"怀正哥,你装什么糊涂呀!"齐怀正说:"我咋装糊涂啦?"杨月亮又一跺脚,说:"咱俩订娃娃亲的事你忘啦?是爹让我来找你跟你成婚的。"齐怀正傻愣愣地张大嘴,半天说不出话来,最后搓搓手,为难地说:"月亮,这事不成,绝对不成!我没法同你结婚。这样,你就在这儿住上几天,然后我给你盘缠,你回家去,另外找个男人吧。"杨月亮哇地哭了,说:"怀正哥,你咋能说这样的话呀!我吃尽千辛万苦,差点饿死在路上,还是遇到一个好心人救了我。你这些话,是在用针尖尖刺我的心呢。我不走,我死也不走!"

恰巧那些天,牧区发生了疫情,蔓延速度很快,大批大批染上病的羊被埋进深坑里。为了防止疫情进一步扩散,部队与地方都抽调一批畜牧技术人员,分头到各个疫情点去防疫。我们牧场的牧业三队也出现了疫情。齐怀正告诉我,农垦局畜牧科刘科长来电话,点名让我放下手头的工作,到牧业三队去防疫。

清晨,我急匆匆地把行李放上马背,郑君送我到院门口。我说:"郑君,这儿的事就全拜托你了。"郑君说:"你放心去吧。什么时候能回来?"我心事重重地说："说不上，有可能是半年，但疫情控制得不好，两三年都有可能。可我们试验站的工作怎么办呢？经费批不下来，这次控制疫情，刘科长又非要我去。我的心情好沉重啊！"郑君说："凡清，凡事要想开点，人只要活着就行。上马吧，要不我拉首曲子为你送行？"我说："别扯了。我已经够心烦的了。"

我急匆匆赶往牧业三队，红柳骑着马追了上来。我说："你怎么来了？"红柳说："我送送你呀。"我说："去牧业三队的路我认得。"红柳说："那我也得送送你，凡清哥，你不知道你这一走，我心里有多难受。"我说："我心里也不好受啊。试验站现在只是个空壳子，实质性的工作都无法开展，我太对不起你父亲了。"红柳说："我说的不是这个，我说的是我的感情我的心！"我说："红柳，能不提这事吗？"红柳说："不行，我现在就要对你说，凡清哥，我爸临终的时候，天天提到你，总是在我跟前夸你，说你怎么好，怎么有事业心，学习工作怎么刻苦。在我心里你就是一朵花，这些日子同你相处下来，我觉得你比我爸说的还要好。凡清哥，咱俩结婚吧！"我傻了，看着她那双美丽的火辣辣含满了深情的微蓝色大眼睛，我当然有些心动，但又觉得这也太离谱了。我说："红柳，我郑重地告诉你，我到这里来是继承你父亲事业的，不是来追求你的。"红柳说："你这话说得好怪，继承事业就不能追求爱情了？你干吗不能追求我，我配不上你？我告诉你，从我爸临走那天起，他就把我交给你了，我就是你的！你就是逃到天涯海角，我也不会放过你！"说完，红柳拨转马头，又回过头来喊："到牧业三队后，自己照顾好自己，我会去看你的！"

两个姑娘同时缠上了我和齐怀正，还说要结婚，天下的事咋就这么巧，这么怪呢？

我赶到牧业三队，发现刘科长也在那儿。刘科长一看到我，就说："林凡清，你来得正好！南山牧场与阿吾斯奇乡也都发生了疫情，现在情况很严重。"他摊开地图，说，"你们牧业三队刚好在南山牧场和阿吾斯奇乡的交界处。你就在这儿蹲下来，严格把关，防止疫情扩散，所有病畜一旦发现，立即就地埋掉。林凡清同志，这儿就由你全权把关，责任重大啊。"说完，刘科长又急匆匆地坐车赶往别的疫区去了。

为了设关卡，挖消毒坑，我几天几夜没合眼。把一切都安置得差不多后，我又赶到牧场场部去向齐怀正汇报工作。等我从牧场场部回来，看到牧业三队的办公室里挤满了人。牧工刘世棋正在跟四十多岁身子瘦弱的贾队长吵着，他说："贾队长，春天到了，我们得把羊群往春牧场赶哪。现在春牧场所有路口都让人设了卡子，不许羊群过。我和蒋有财放的这群羊可没有病啊！"贾队长说："这事我做不了主，场里派林技术员来，有关疫情的事得由他说了算。"我忙挤过人群来到刘世棋面前，说："刘世棋，你和蒋有财放的那群羊有好几只都染上病了，怎么说没有？"刘世棋说："我们这群羊有三百多只呢，才病了几只，你总不能为这几只羊，让其他几百只羊都饿死吧？"我发现挤满了办公室的牧工都在怒视着我，有的甚至紧握着拳头。我说："同志们，不要激动，凡是染上病的羊群，一只不留，全都得埋掉！这是上级的命令。"刘世棋问："我们的三百多只羊都得埋掉？"我斩钉截铁地说："对！"蒋有财挤过来，用那铁塔似的身体竖在我面前，说："林技术员，你脑子有毛病啊。染上病的羊埋掉，没病的羊为啥要埋掉？"我说："你怎么知道其他羊没有染上？有些羊没出现症状，但它身上已经带菌了，它会传染给其他羊群的。你们现在放的这群羊，每只羊都是传染源。"贾队长说："那咋处理？"我说："挖深坑，埋掉，一只都不能留！"蒋有财一把揪住我的衣领，说："姓林的，你知道咱们牧业队的羊是咋来的吗？"我说："我知道，是从每个战士的牙缝里省下来的。"刘世棋说："那你为啥还要这么干，你他妈就没安好心！"蒋有财说："要是在战场上，老子一枪崩了你。"我说："你杀了我事小，你要把疫情扩散开去，那整个牧区的羊群都会让你杀了，事儿就闹大了。"贾队长一拍桌子，说："一切都按林技术员说的办。"他又扭头对队上的畜牧卫生员小黄说，"小黄，你监督执行。"

我已经几天几夜没合过眼了，但也不敢睡，只是坐在椅子上想休息一会儿，但没想到脑袋一歪，就睡着了。小黄突然冲进屋来，把我喊醒："林技术员，不好了！我们正在挖坑时，刘世棋和蒋有财趁机赶着羊群逃跑了！"我睁开眼，问："跑哪儿去了？"小黄说："往阿吾斯奇乡的方向跑的。"我问："去阿吾斯奇乡有几个路口？"小黄说："只有一个，其他地方都过不去。""那快去追！"我说。

我和小黄骑马赶到通往阿吾斯奇乡的路口，只见刘世棋和蒋有财正骑着马赶着羊群，急急地朝路口奔来。他们看到我和小黄在路口等着，就慌忙拨转马头，想往另一个方向走，我和小黄骑马追上去，拦住了他们。我气愤地说："你们想干什么？"刘世棋说："我们要去春牧场。"我说："带着病羊去春牧场，那这几年的春牧场就没法再放羊了，你们眼里只盯着这几百只羊，你们就没想到整个牧区成千上万只羊吗？你们要想过去，就从我身上踩过去！"刘世棋说："林技术员，别拿这话吓唬我们，这些羊都是国家的财产，你不心疼，我们心疼。"猛然间，有一样东西狠狠地击打在我的脑袋上，我感到一阵眩晕，跌倒在地上，同时也感到热热的血从脸上流下来……原来蒋有财趁我不备，在我脑后狠狠地砸了一棍子。

正在这个时候，贾队长也赶来了，而我发现红柳竟也跟着贾队长一起来了。后来红柳对我说，这些天她一直放心不下我，所以特地赶来看我。她一看到我满头满脸的都是血，立即打开外衣襟，从内衣上撕下一块布给我包扎。她大喊："这是谁干的？"小黄一指蒋有财，说："他！"蒋有财手上还拿着棍子呢。红柳冲上去夺下蒋有财手中的棍子，大喊道："我跟你拼了！"我喊："红柳，别！"贾队长也忙拦住了红柳。红柳抱住我，哭了。

红柳扶起我，让我骑到她的马上，她也翻身上马，从后面紧紧地抱住我的腰，我感到她的体温熨帖着我的心。她牵上我的马，小黄他们赶着羊群，一起回到了牧业三队。红柳扶我走进宿舍，让我躺在床上，又从卫生员那里要来纱布，一边给我裹纱布一边说："这一棍子打得也太狠了，头皮裂了这么大一个口子！"我说："只要不流血就行了。"过了一阵子，小黄走进来，说："林技术员，贾队长让你去一下，公安人员都来了。"我问小黄："羊全深埋了吗？"小黄说："全深埋了，是刘世棋、蒋有财两人自己埋的，两个家伙一面埋一面哭。"我长叹一口气，说："其实也难为他们了，这群羊他们放了好几年了。他们人呢？"小黄说："绑在办公室里呢。"

红柳扶着我走进贾队长办公室，那里除贾队长外还有两个公安人员，刘世棋与蒋有财双手被反绑着蹲在墙角。贾队长说:"林技术员,你看咋处理好,他们可是犯法了。"一位公安人员说:"我们带回去处理吧。"刘世棋与蒋有财都看着我。我对公安人员与贾队长说:"放了他们吧。他们也是一时冲动。我理解他们,也原谅他们。羊都是从战士们的嘴里省下来的,人心都是肉长的,不容易啊。况且他们已经知道错了,亲手把那些羊埋了。"我说这些话时,鼻子也有点酸。刘世棋与蒋有财两个也是眼泪汪汪的。

那晚,我感到实在太累了,一倒在床上就昏睡了过去。红柳在我床边整整守了一夜。清晨,我把红柳送到牧业队的路口,说:"红柳,以后你别再来了,这儿是疫区。"红柳含着泪说:"可我放心不下你。"我说:"你回吧,你在这儿会影响我工作的。况且试验站还有那么多工作要做,你那群羊总不能一直让郑君放吧?"红柳那双深情的眼睛一直看着我,让我都感到有些不自在了,我说:"你回吧。"她突然冲上来要拥抱我,我轻轻地推开她,说:"红柳,别这样。"但她仍是紧紧地拥抱了我一下,然后骑上马依依不舍地走了,还不时地回头向我挥手。对红柳这种毫不掩饰情感的表达,我不知道该怎么办才好。当然,与自己老师的女儿结合,并不是不可以,但当时我真的没心思去想这些。红柳是位可爱而美丽的姑娘,我目送着她骑马消失在草原上……

日子过得飞快。严寒的冬天刚过去不久,一夜之间,草原上又开满了鲜花,一片红一片蓝一片黄,在风中像彩云一样摇曳着。在牧业三队办公室,贾队长对我说:"林技术员,自从你坚决地处理了刘世棋和蒋有财的羊群后,还有两群染上病的羊处理起来就比较容易了。牧民们说,谁也别想溜号,林技术员在这件事上都敢把命搭上,你还能怎么着?"我叹口气,说:"这也是迫不得已的事,每只羊身上都凝聚着牧工们的血汗啊。"我与贾队长说话时,陪我在牧区一起寻找试验站的小石猛地推开门,看到我就说:"林技术员,齐场长让你马上回试验站去,红柳放的那群羊里,也有几只羊染上病了。"我感到仿佛又当头一棒,眼睛直冒金星。

我和小石骑马直奔试验站的羊圈,远远就见红柳正趴在羊圈的围栏上哭。一大群羊在病痛的折磨下,在圈里咩咩地凄凉地叫着,它们那求救的哀伤眼神,让人看了心都会碎。

齐怀正、郑君和榆木大爷一脸沮丧地盯着那群羊发呆。我走到羊圈边上，大家什么话也不说，只是眼巴巴地看着我。红柳走到我身边，扯着我的袖子，说："凡清哥，这是我爸生前试验的最后成果啊，是我爸生前所有的希望。"我转身离开羊圈，背着手在草地上绕了很大一个圈，齐怀正走到我的身边，问："有救吗？"我咬着牙说："挖坑，埋吧。"话音刚落，我感到有两行咸咸的东西流进了嘴角。

红柳没有阻挠我们埋掉羊群，但当我们把羊群深埋后，红柳再也控制不住自己，扑向那深埋羊群的松土上，号哭起来。我去拉她，她突然站起来，雨点般的拳头捶在我的身上。她那绝望悲伤的眼神，可以让我为她献出一切，我猛地紧紧地抱住她，她气恼地用力推开我。但我把她抱得更紧了，我在她耳边说："红柳，我想同你结婚，我和你一起去争取新的希望。比你父亲想要得到的更好也更完美。"红柳听明白了我的话，也紧紧地抱住了我，把脸贴在我的胸前，说："凡清哥，你为了继承我爸的事业，把自己的一切都抛弃了，所以我一定要嫁给你，我会用我的全部生命来爱你，来支持你的事业。"她回头看看那堆松土，说，"过去的，就让它过去吧。"

红柳想通了，但又哭了。

郑君突然拉起了琴。齐怀正说："你这个时候拉什么琴啊！"郑君说："理由有两个，一个是为羊群送葬，另一个是为林凡清与红柳的结合而庆贺。红白喜事都有，所以我要拉琴，不对吗？"

郑君投入地拉着琴，又是那首《在那遥远的地方》。我想，他等待着的美丽姑娘会在哪儿呢？

四

试验站的院子里，铺满了两棵老榆树落下来的榆钱，白花花的一片，踩上去软软的。

齐怀正被杨月亮的事弄得烦透了。他到试验站来找我，告诉我两件事。一件是明天农垦局要研究，到底在哪个牧场成立良种培育站的有关事宜；另一件就是杨月亮姑娘的事,他让她赶快回老家去,他把盘缠给她准备好了,可她死活不干,非要同他完婚,说这是定了的事,老家的人都知道,她要是就这么回去,咋向她爹交代?杨月亮对齐怀正说:"你是嫌弃我,还是另外有人了?"还说,"要不,我就去死!"齐怀正搓着手,对我说:"你看看,她就死赖着我不肯走了。"我说:"那你就同她结婚呗,你这把年纪了,也该结婚了,何况月亮姑娘长得多漂亮啊,又这么年轻。"齐怀正一个劲儿地摇头抽烟,心烦地摆摆手说:"我没法同她结婚!"我说:"为啥?"他说:"不为啥! 就是不想同她结婚!"我说:"你心中另外有人了?"齐怀正说:"有个鬼啊!"

第二天,齐怀正和我一起去了农垦局。在局机关大楼里,我们看到刘科长夹着文件夹匆匆朝会议室走去,齐怀正拦住他说:"怎么样?"刘科长说:"关于在哪建良种培育试验站,我们畜牧科报了两个牧场让局党委来定,一个是南山牧场,另一个就是你们沙门子牧场。"说着,就匆匆地走进了会议室。我和齐怀正就在会议室门口等。我心急如焚,如坐针毡。万一试验站不定在我们牧场怎么办? 我径直朝会议室走去。齐怀正喊:"林凡清,私闯局党委会是犯纪律的!"我说:"犯纪律我也得进,我得向领导们说明一下,局党委真要选定在南山牧场,就很难再改了。"我话还没说完,就推门走了进去。我的闯入,让局党委的成员们都有些惊愕。我说:"首长们,我是沙门子牧场的畜牧技术员,叫林凡清,有件事我要说一下,只占你们两分钟时间。"一位领导看着我,很友善地笑着说:"说吧,但只给你两分钟时间。"我就把我怎么来的新疆、怎么碰到齐怀正、怎么找到我老师的试验站以及老师给我留下的那两大箱材料的事,讲了一遍。最后,我含着泪说:"我们已是万事俱备,只欠东风了,就请首长们把这股东风往我们沙门子牧场吹一吹吧!"说完,我朝他们鞠了一躬,走了出去。我心跳得好厉害……

我们离开农垦局前去同刘科长告别,刘科长告诉我们说:"林凡清,你的演讲很精彩啊,但在正式文件没下达前,我不能告诉你们什么,一个星期以后,你再来一次吧。"

草原的春天天气多变,五月份了,竟还会下一场大雪。接着就是阳光灿烂,很快融化的雪让草原闪着一片水光。我度日如年,焦急地等待着刘科长的信息。没几天,又有一股冷空气来了,天又变得阴沉沉的,风也寒寒的。自从红柳的那群羊被埋后,齐怀正为了安慰红柳,从全牧场挑选了三百多只最好的母羊划给我们试验站,让红柳放牧。那天,齐怀正带着杨月亮来到我们试验站。齐怀正把我拉到一间房子里,说:"林凡清,你帮我个忙吧。这个杨月亮我怎么劝她都不肯走,我真的没办法了。但让她待在我那儿也不是个事,就让她在你们试验站,跟着红柳一起放段时间羊,让她回家的事,以后再慢慢做工作吧。"

我说:"齐场长,你干吗不跟她结婚!杨月亮不是很好吗?你还想找啥样的女人?"

齐怀正说:"我不可能同她结婚。过几天别忘了再到刘科长那儿去一趟。要是试验站不设在咱们沙门子牧场,他奶奶的,我拼命也要把这事翻过来。"

杨月亮的到来,让我们试验站突然充满了生机。不到一天工夫,杨月亮就和红柳好得像亲姐妹似的。杨月亮漂亮而活泼,还唱得一口好花儿。第二天一早,她和红柳在山坡上一起放羊时,就亮开嗓子唱起了花儿:"哎哟喂来,姑娘她长到一十八来,辫子留得长么长哎,千里迢迢来寻夫啊,却让夫把魂儿丢来,伤心的泪花花直直地流哎……"谁也没想到,正在河边拉琴的郑君竟也能唱花儿,他收起琴也回了一首:"哎呀嗨来,河道行着船也,大道道走着车也,远走的姑娘啊,你总会找到落脚地也。"

两人竟你一首我一首,唱得很热烈。杨月亮说,想不到郑技术员的花儿也唱得那么地道。红柳笑着说:"我看你们倒像一对。"月亮恼了,说:"红柳姐,你要再这么说,我就不理你了。反正我活是怀正哥的人,死是怀正哥的鬼!"

红柳把这事告诉我,我就抱怨红柳说:"这种事可开不得玩笑。"红柳说:"可是齐场长干吗不肯要她呢?这么漂亮的姑娘他都不要,难道还想要天上的仙女啊?"我说:"我怎么知道!"

我病了,发着高烧,人也有些迷迷瞪瞪的。吃了点药,但两天来一直不退烧。到农垦局去见刘科长那天,烧还没退,我两腿发软,晃晃悠悠地朝马厕走去。红柳拦住我，说："你病成这样，怎么去农垦局？"我说："刘科长让我今天去听回音的，为争取试验站的项目和经费，我们努力了这么长的时间了，眼看就要有希望了，可不能功亏一篑啊！"红柳说："那我送你去，羊有月亮放着呢。"

红柳赶着马车，我们上路了。冷空气还在草原上游荡，大片大片的乌云在天空中翻滚一阵后，大颗大颗的雨点就倾泻下来。红柳从马车上抽出一块毡子让我裹上，但我还是冷得浑身发抖。红柳心疼地说："凡清哥，别去了吧。"我说："一定得去，我死不了！"红柳说："唉，我爸也是这脾性。为了事业，你们咋都这么傻呀。"我说："男人不就是为事业活着的吗？"红柳说："凡清哥，咱俩快点结婚吧，这样我就能更好地照顾你了。"我说："急什么，我又跑不了。"红柳说："我就怕你跑了，那我不也功亏一篑了吗？"我说："一诺千金，这才是男人。等试验站正式成立，我们就结婚。"

我们赶到路口，长途汽车已开走了。红柳赶着车想追上去，但马车怎么能追上汽车呢？我就说："赶着马车去农垦局，今天怎么也得赶到。"红柳看着我，笑着说："行。但到农垦局，天就黑了。"

我们是在傍晚时分赶到农垦局的。天已暗下来了，还好他们还没下班，我们进了局机关大楼。我赶忙走到畜牧科门口，刚推门进去，眼一黑，就昏倒在地上了，红柳急忙进来扶住我，说："凡清哥，你怎么啦？"刘科长为我倒了杯开水，我喝上两口水才清醒过来。刘科长听红柳讲了我的情况后，很感动，抱怨说："发那么高的烧你赶来干什么？局党委定了的事，迟两天就会改变了？"我说："试验站定在咱们沙门子牧场了？"刘科长说："板上钉钉了，还能跑了？"

我的病似乎一下子就好了许多，感到浑身上下一阵轻松。我含着泪，激动地对刘科长说："刘科长，谢谢你，谢谢你啊。"刘科长说："谢我什么？全归功于那天你那两分钟的演说，因为你那些话，打动了所有局党委成员。"

谁都没有想到深秋了，草原上还有这么好的天气。试验站建站揭牌那天，艳阳高照，苍翠的草原在露水的浸润下，在阳光里闪闪发光。那天，农垦局的张局长和刘科长也来了，刘科长对我说："上级决定拨六只阿尔泰种公羊给你们，过几天你们派人去接吧。"在会上，张局长还宣读了局党委的决定，任命齐怀正兼任试验站站长，我任副站长，负责日常工作，那天试验站宰了一头羊，大家围坐在大榆树下，吃起了手抓羊肉。吃饭时，我看到张局长拉着杨月亮与齐怀正走到一边，杨月亮在哭。我听到张局长训齐怀正说："人家找媳妇急得都烧焦了头，可这么个漂亮的媳妇找上门来，你居然不要，你想干吗？月亮不要要太阳？烧不死你！"

那天试验站里充满了喜庆。

傍晚时，齐怀正把我拉到小河边，红红的夕阳映在小河上，泛着鲜红的粼粼波光。齐怀正说："林副站长，咱俩现在是同事加兄弟了吧？"我说："早就是了。"齐怀正搓着手说："那我问你，两个人在一起生活，是不是比一个人打光棍要好？"我说："那还用说吗？少年夫妻老来伴嘛。"齐怀正说："要是结了婚不生孩子行不行？"我说："不想要孩子的夫妻无论中国外国，好像都有。你问这干吗？"齐怀正说："我要是不要孩子，是不是也可以结婚？"我说："当然可以。怎么，想结婚了？"齐怀正说："对。跟杨月亮结婚。张局长下的命令，我服从了。"

试验站正式成立了，齐怀正与杨月亮、我和红柳都要结婚了，婚礼安排在同一天举行。为置办一些结婚用品，红柳与杨月亮还走了几十里地，去了一趟县城。那几天，两位姑娘兴高采烈，一脸幸福。婚礼安排在牧场场部的大礼堂举行。礼堂并不很大，但也张灯结彩，一派喜气洋洋。来参加婚礼的人不少，总场的李国祥政委，局畜牧科的刘科长，甚至邻近的阿吾斯齐乡的赵乡长也带着几个人来了，齐怀正与杨月亮、我和红柳胸前戴着大红花，分站在李国祥政委的两边。而郑君一直在疯狂地拉琴，从礼堂的东头拉到西头，又从西头拉到东头。李国祥看了直笑，点着郑君对我和齐怀正说："你们看看这个琴痴！"郑君却拉得越来越投入，越来越疯癫。

婚礼正在举行时，突然人群被两个女人分开了，一个是汉族姑娘，一个是哈萨克族女人。那位汉族姑娘看到我，猛地傻了，而我也傻了。月亮冲上去喊："静芝姐，你来啦，我怕你不会来呢。"郑君也收起琴喊："许静芝！你怎么来了？"此时许静芝一个趔趄，差点摔倒在地上。她转身用力拨开人群，冲了出去……那位哈萨克女人见状,也跟着冲了出去。

郑君也冲出去,喊:"许静芝……"

天哪,许静芝!她怎么会在这儿出现?

她们骑马飞也似的跑,我和郑君骑马在后面死命地追。眼看就要追上了,许静芝突然拨转马头停在那儿,说:"林凡清,你给我站住!你要再走近一步,我就从这山坡上跳下去!"

我看着许静芝,脑子里一片空白,不知该说什么才好。总之,我木呆呆地骑在马上。

许静芝强忍住泪,说:"林凡清,你回吧,好好地结你的婚去吧。"然后又拨转马头说,"阿依霞古丽,咱们回!"

太阳从积雪的山顶上消失了,月亮却含着甜甜的微笑升了起来。辽阔的草原与深邃的山谷是那样的幽静,一只夜莺在哀伤而婉转地鸣叫着。

我现在就写下郑君给我讲的,以及后来许静芝给我讲的故事吧。

在那个瓢泼大雨的晚上,许静芝与我在上海分手后,回到了湖州老家的那个小镇,她把要跟我去新疆的事告诉了爷爷。她爷爷听了勃然大怒,说:"你阿爸阿妈死得早,是我把你抚养大的。我可怜你年幼就丧了父母,什么事都顺着你,其实一个女孩子家识几个字就行了,但你偏要上大学,又上的什么农学院,而且还是什么兽医系。一个大户人家的小姐,当什么兽医呀!那时我以为你是闹着玩的,就依了你,心想学点知识也没什么错,只要不当真就行。现在倒好,不但当了真,还要跟一个男人去新疆。新疆是什么地方?荒蛮之地,不是你一个姑娘家去的地方!"她爷爷一拍桌子,把她关进了三楼一个小房间里,说反省上十天,然后找一个好人家嫁过去。三天后的一个凌晨,许静芝把撕开的床单系起来,从三楼爬了下来,逃出镇子。然后她跪下,朝爷爷奶奶住的方向磕了三个头。在回上海的小火轮里,遇见了她在农学院的同年级畜牧系的校友郑君。郑君告诉她,王震将军在上海招一批知识分子去支援新疆建设,他报名参加了,过两天就走,他是回家来向亲人告别的。郑君说:"新疆,就是我所向往的那个遥远的地方,你听听这首曲子。"说着,郑君就取出他随身一直带着的琴,在突突突的小火轮上,拉起了那首《在那遥远的地方》。许静芝说："我也要去新疆。"郑君说："那咱俩一起走。"许静芝说："我要和另一个人一起走。"

那天许静芝赶到火车站，去西安的火车已经开走一个多小时了，于是许静芝又去找郑君，郑君就带她到支援新疆工作站去报名。但招收的人告诉他们，报名工作结束了，队伍后天一早就出发。郑君说："不要紧，后天一早你来火车站，跳上火车再说，我就不信他们不收你，我的位置让你坐。"

许静芝真的在那天早上毫不犹豫地同郑君一起挤上了火车，找到了带队的领导，就是现在柳家湖总场的李国祥政委。李国祥听了许静芝的情况后，笑笑说："许静芝同志，你很有个性啊！就冲着你建设边疆的坚定勇敢的决心，我也得收你，何况你又是个大学生，人也长得这么漂亮，我们部队可太需要了。"

李国祥说的全是实话。来到新疆迪化后，许静芝就被留在了军部。军政治部江副主任相中了她，让李国祥作为一项政治任务去说服许静芝。李国祥做了几天的工作，但许静芝总是说："这不可能，因为我已有对象了，而且我的对象就在新疆，我就是奔着他来的！"组织上让许静芝留在军部秘书科工作，但她说啥也不干，说："我学的是兽医专业，让我到牧区工作吧。"那位江副主任气得一拍桌子，说："那就让她去牧区，到最荒凉的牧区去。吃上两天苦，她就会跑回来的。"结果，许静芝被分配到科克兰木县阿吾斯齐乡去当兽医。许静芝去向江副主任告别时，江副主任眼里满含深情，说："你要是想通了，我随时都欢迎你回来。"

倔强的许静芝没有回去，硬是在阿吾斯齐乡住了下来。而阿吾斯齐乡的赵乡长与牧民们也把她当成了宝贝，给她盖房，送她羊和奶牛。尤其在阿吾斯齐乡发生疫情时，许静芝在乡里起的作用，人人都看到了，在整个发生疫情的牧区，阿吾斯齐乡的疫情是控制得最好的，损失也是最少的。县政府要把许静芝调到县畜牧科去，阿吾斯齐乡的牧民们在许静芝的小木屋前跪下，不让她走。许静芝当时感动得满眼是泪，说："乡亲们起来吧，我不走，我这辈子就跟你们在一起了！"许静芝不但给牲口治病，也给人看病，还给女人接生。她无论到哪个牧民家里，牧民们都感到无上的光荣，把她待为座上宾。

许静芝去阿吾斯奇乡时,上车站去接她的牧民叫哈里木,也就是阿依霞古丽的丈夫。许静芝在去阿吾斯齐乡的公共汽车上,驾驶员要赶一个姑娘下车,因为她没买票,那姑娘苦苦哀求售票员,售票员说大家都像你这样坐车不买票,我们运输公司的人不都要喝西北风了?许静芝看那姑娘可怜,就为她买了票,让她坐在自己边上。在问话中知道她叫杨月亮,是来新疆相亲的,路上盘缠用完了,已经两天没吃东西了。说着,杨月亮泪水流得满脸都是。车到站后,许静芝第一件事就是领她到车站附近的小饭店吃了两大盘拌面,并问来接站的哈里木沙门子牧场离车站有多远?哈里木说,阿吾斯齐乡与沙门子牧场紧挨着,不过要往沙门子牧场绕一下,也有二十几里地呢。许静芝说那就请哈里木兄弟帮个忙,往沙门子牧场绕一下吧。

傍晚时,他们才绕到沙门子牧场场部。哈里木说,不能再耽搁了,要不到阿吾斯齐乡天就黑透了。杨月亮跳下车来,朝许静芝和哈里木鞠了一躬,就往场部办公室走,刚好我和齐怀正从办公室走出来。这时哈里木与许静芝已赶着马车走远了。

许静芝后来问我,那年那月你是不是在军区招待所住过?我点头。她说,那天清晨,我还躺在床上,看到你从窗口走过。我赶忙穿上衣服去追你时,你已上车出发,小车腾起的灰尘像一团团浓雾,但我拼命地追着喊着……郑君也出来追我,边追还边喊:"许静芝,怎么啦——"但你们的小车突然加速,一下子就从我的眼前消失了。

那天,红柳与月亮为置办结婚用品到县城去赶巴扎,在集市上,杨月亮见到了许静芝。杨月亮抓住许静芝的手不肯放,邀请许静芝一定要参加她的婚礼。杨月亮还把红柳介绍给许静芝,并说:"我和红柳姐的婚礼一起办。"还自豪地说,"我找的是牧场的场长,她找了个大学生!"许静芝就一口答应了,她握着红柳的手,说:"你长得好漂亮啊,你不是汉族吧?"红柳说:"我爸是汉族,我妈是俄罗斯族。"

于是,就发生了我们婚礼上的那一幕。命运就是这么安排的,你又能怎样呢……

五

六月的草原啊,真是最最美丽的,那是花的海洋,清新而浓郁的花香在整个草原上弥漫。云雀飞起飞落,在草原上空欢叫。齐怀正匆匆地赶到试验站来告诉我们,刘科长来电话,让我们派个人到边境口岸去接从苏联购置来的六只阿尔泰种公羊。我们商量的时候,郑君坚持要去。我想了想,说:"还是我去吧,这六只种羊一到,我们试验站的工作就可以正式启动了,所以说这几只种公羊是我们试验站的命根子啊。"郑君一听恼了,说:"我去就不行吗? 我也是畜牧系的大学生,也是积极主动来新疆工作的,干吗要这么小看我?"齐怀正说:"那就让郑君去,就这么定了!"他是站长,当然他说了算。齐怀正把我拉到一边,说,"林副站长,让杨月亮还是回试验站来工作吧。"我感到奇怪,问:"怎么回事?"齐怀正说:"你什么也不要问,就让她继续跟红柳一起放羊吧。我这婚结得没名堂,跟结婚那个……那个目标一点也不合拍。"我隐隐感觉到有什么问题,就说:"齐场长,你这话我不明白。"

在炎炎的夏天里,整个草原就像个大蒸笼。河边有块很大的岩石,就像一匹卧着的骆驼,坐在大岩石的背阴处,却是凉风习习,非常舒服。脚下又是潺潺的清澈的河水,河面上浮动着一股湿润的水气。齐怀正把我拖到那块大岩石的背面坐下。他卷了根莫合烟,点燃后深吸了两口,说:"男女结婚,不就为了有个男欢女爱,生儿育女吗? 可我既不能同她男欢女爱,又不能同她生儿育女,你说这个婚我结它干吗? 我反而把人家姑娘给耽搁了。"我问:"怎么回事?"他说:"下面那东西残废了,不管用了!"齐怀正接着又卷了一支烟吸着。他告诉我,在解放兰州的一次战斗中,他领着一排人一直坚守着一个阵地,打退敌人几次进攻后,全排只剩下他一个人了,一颗炸弹在他身边爆炸,他短暂的眩晕后,又挣扎着爬起来,继续用机枪压住了敌人。等援军上来后,他又昏了过去。齐怀正猛吸一口烟,说他那个地方被炸烂了,裤裆里全是血,人们把他抬到战地医院,血是止住了,但伤老是好不了。新疆和平解放后,上级让他去西安治疗,伤是治好了,但那玩意儿却废了。

齐怀正说:"对一个男人来说,这事咋也说不出口啊。除了西安的那位医生知道外,我没告诉任何人,你是我告诉的第一个人。"

也就是在那场战斗中,齐怀正立了特等功,被评为特级战斗英雄。

齐怀正说:"我要同月亮离婚,但月亮死活不愿意,还是那句话,活是你的人,死是你的鬼,但晚上她却偷偷地抹眼泪。我不能再这么苦人家了,让她再到你们试验站同红柳一起放羊吧。我们这么住在一起,我难受,她也难受。你看呢?"

我叹了口气,说:"行呀,齐场长你这婚真是不该结。"

齐怀正说:"这话你早该告诉我!"

我说:"可你身上的事没告诉我呀,我的特级战斗英雄。"

齐怀正说:"唉,人生哪,有时真扯淡!"

知了在草丛中在树梢上,一声长一声短地叫着。郑君去边境接种公羊去了,我和齐怀正坐在那块大岩石的背面乘着凉,聊着天……我心中充满了憧憬。老师的事业,我总算能正式地继承下来发展起来了,那种感觉也是一种幸福。

太阳西斜时,一辆沾满尘土的撑着帐篷的大卡车停在了试验站的院门口。郑君背着琴从驾驶室里跳下来,兴奋地说:"齐场长,林站长,拉回来了,六只种公羊都挺棒的。"大家走到车后,把车厢的后挡板打开,一看,全都惊呆了:六只种公羊只有两只站着,喘着粗气,有一只已经死了,另外三只卧着,也奄奄一息。我顿时感到头都要炸了,冲着郑君喊:"怎么回事?"郑君也傻了眼,说:"上车的时候都好好的呀。"我说:"中午休息过没有?"郑君说:"天特别热的时候,我们在树荫下的河边休息了一会儿。"榆木老汉问:"喂水喂草了没有?"郑君摇摇头。我说:"又在小河边拉琴了是不是?"郑君知罪地垂下脑袋。我火冒三丈,大喊:"郑君,你自己把琴砸掉,要不,你就离开试验站!"郑君看着我,似乎也在生自己的气,他猛地从背上解下琴,打开琴箱盖,拿出琴就狠狠地往地上摔,把琴砸成了三截,齐怀正冲上去想挡都没挡住。榆木老汉说:"羊跟人一样,也会中暑的。"这时草原上却没有一点儿风,知了在一声长一声短地叫着。郑君突然站了起来,奔向马厩,骑上马就走。齐怀正说:"你要去哪儿?"郑君说:"我去找兽医!"我知道,他会去找谁,但她会来吗?

我们把那三只奄奄一息的种公羊抱下来,放到树荫下。我说:"榆木大爷,你放了二十多年的羊,羊中暑了有救吗?"榆木老汉说:"我去弄点草药试试吧。能不能救活,全看天意了。"

榆木老汉走后,天色渐渐暗了下来。红柳也放羊回来了。她在病羊边上坐下,看看我,什么话也不说。她体会到了我那时的心情,知道说什么安慰的话对我都没用,她只能同我一起担着这份焦虑。弯钩似的月亮斜挂在夜空中了,但榆木老汉和郑君都没有回来。齐怀正说:"不急,再等等。"不知过了多久,终于传来了马蹄声,郑君与许静芝骑马朝我们奔来。许静芝翻身下马,直奔病羊,我迎上去招呼道:"静芝……"许静芝打断我的话说:"请你不要同我说话。"我说:"我怕你不会来呢。"她说:"干吗不来,我是兽医,给牲口看病是我的职责!"我不再说话。

许静芝给病羊打针,灌药,郑君在一边当帮手,我想去搭把手,却被许静芝推开了,我感到一种不可言状的尴尬。红柳在一旁看在眼里,不吱声。

榆木老汉也赶到了。许静芝看了看草药,说:"先熬药,还不行的话,过上两个小时再灌。"

天边露出一丝霞光时,三只卧着的种公羊又都站了起来,接着就开始吃起草来。榆木老汉说:"啊,没事儿了。"我们全都松了口气。而许静芝则提上药箱,翻身上马,说:"那我就走了,你们都不要送。"说着头也没回,策马就走。红柳说:"不,我得去送她,她忙活了一夜,水没喝一口饭也没吃一口,连送一送都不让送,哪有这个理!"

齐怀正也站起来说:"唉,这一夜,比打一仗还让人揪心,我也要回场部去了。林凡清,你不该让郑技术员把琴砸掉,何必呢?你没听他说,那是他的第二生命吗?好了,明天我就让月亮回试验站来工作。多了这几只种羊,你们的人手就更不够了。"

不一会儿,红柳回来了,她对我说,她把许静芝送到了路口,许静芝怎么也不让送了。红柳就跳下马朝许静芝鞠了一躬,说:"静芝姐姐,对不起,是我抢走了你的男人,可我不是故意的。"许静芝眼含泪水,说:"红柳妹妹,你没错!"说完就走了,红柳目送着她消失在山坡后面。红柳长叹一口气,说:"好让人同情啊,林凡清,这全是你的错!"

我不想辩解什么,也没什么可辩解的。我想起齐怀正说的那句粗话:人生哪,有时真扯淡。

种公羊事件对郑君的打击是沉重的,再加上没琴拉了,这位一直很活跃的人变得沉默寡言了。他对我自然有怨气,看我的眼神也有些不一样,情绪很低落,话也很少说,有时想起什么,眼角就湿了。我想当时我太冲动了,不应该让他砸琴,很内疚。杨月亮又来到试验站,好像心情也很沉重。她跟红柳放羊,就在山坡上唱花儿,想以此来减轻心中的沉重。常到河边来洗试验器皿的郑君呢,也跟她对唱,以减轻他没琴拉的寂寞。月亮抛一首过来,他就抛一首过去。月亮唱:"河边长着青青的草哎,牛儿吃草是为的啥呀。哥哥过河出门口哎,妹妹眼睛把路望穿了哎,不见了哥哥的影子,妹妹心儿也在流泪花耶。"郑君唱:"撂下妹妹上了路也,跑穿了双鞋是为了啥? 等我攒上钱来再回转啊,给妹妹买上个金灿灿的项圈银晃晃的环。"有时傍晚月亮放羊回来,这两个都有心事的人就会去散步。我见了,很想提醒一下郑君,尽管我知道月亮与齐怀正的状况,但现在月亮毕竟还是齐怀正的女人。可我又想,郑君要是冲我一句,我们一起唱唱歌散散步又怎么啦? 这事毕竟与种公羊的事不一样,我不是白挨冲吗? 那是他俩的私事。

但这两个人,真的就出事了。

秋风带着潮湿的寒气,把草原涂抹得焦黄焦黄的,云雀抖着寒风在空中飞翔时的叫声,也显得有些凄凉。母羊的发情期又快到了,全场的母羊又会集中到我们试验站来。我和郑君正在做配种前的各项准备工作,齐怀正突然来势汹汹地冲进我们的试验室,冲着我说:"林凡清,你出去!"我说:"齐场长,怎么啦?"我的话音刚落,齐怀正冲到郑君跟前,一拳就把他撂倒在地上,大喊:"郑君,你干的好事,你这个流氓!"说着,又朝郑君的大腿上踹了一脚。郑君爬起来,抹去嘴角上渗出的血,说:"齐场长,能让我解释吗?"齐怀正说:"你还解释什么?月亮可能把我的那点儿事全都讲给你听了,但这咋也成不了你犯作风错误的理由!"

我知道发生什么事了,我晕了。但郑君却镇定地说:"齐场长,我不想为自己辩护,组织上怎么处分我都可以,但我想说的是,月亮爱我,我也爱月亮。"齐怀正一拍桌子,说:"你就不能等我同月亮离婚了再说吗?月亮不懂,你这个大学生还不懂吗?你这样做是要受处分的,值吗?"齐怀正走到门口,回头对我说:"让月亮明天还是回我那儿去吧。"

齐怀正气冲冲地走了。我问郑君事情的原委,他说:"月亮怀孕了,那孩子是我的! 处分就处分,为了爱付出任何代价,对我来说都值! 现在我知道,月亮就是我等待着的那个美丽的姑娘!"

对郑君的处分很快就下来了,而且直接由农垦局组织科的王科长来宣布的。据说张局长听了这件事的汇报后,愤怒地把写字台上的玻璃都砸碎了,说:"立即下放劳动,到水库上搬石头去。我们的特级战斗英雄的老婆他都敢搞,这还得了!"

我骑上马,踏着枯黄的草去找红柳,红柳和月亮正在山上放羊。我把红柳叫到一边,告诉她郑君与月亮的事,以及上面是怎么处分郑君的。红柳叹了口气,说:"要说呢,这全是月亮的错。她其实早就爱上了郑君,但她还非要逼着齐场长娶她。她说,她爹和他们全村的人都要她嫁给齐怀正,因为齐怀正是个特级战斗英雄。她嫁给他,那是全村的光荣。可前些日子她回到试验站,告诉我有关齐场长的情况后,就哭了,哭得还很委屈很伤心。"我说:"这事错的是郑君,他是男人。月亮是个有丈夫的人,不管她丈夫怎么样,他都不能做这样的事,要不组织上干吗要处分他? 但现在的问题是,他不能走啊! 这个人有点不拘小节,又感情用事,但他也有很可爱的地方,做人坦荡,为人热情,人又很聪明,学啥像啥,业务水平很强,工作又很认真卖力。试验站需要他,更何况母羊的配种工作马上就要开始了,我们要的种公羊有了,良种培育的试验工作已经走上康庄大道了,所以他绝不能走! 但有关处分郑君的事你现在不能告诉月亮,等我回来后再说。"红柳说:"你去哪儿?"我说:"去找齐场长,郑君绝不能走!"

把郑君下放到水库工地的事齐怀正还不知道,是局里越过他直接到试验站下的通知。齐怀正一听,气得满脸发紫,说:"他们咋能这样处理呢,无论从用人上还是从工作上考虑,都他娘的不该这么处理。林凡清,你让郑君不要走,我找张局长去!"

第二天下雪了,今年深秋的第一场雪,还下得特别大,雪花就像一团团绒毛在空中飘舞,搅得天混混沌沌的。

一清早,郑君把行李放在马背上,牵上马就准备走。我冲出屋子,抓住他的马缰绳,说:"郑君,你不要走,就是真要走,也要等到齐场长回来了再走。"郑君说:"有这个必要吗?我该受这样的惩罚,我不怕!但我对月亮的爱不会变!"我把他的行李从马背上拉了下来,但郑君又抢过行李,放上马背,说:"我得去水库,我不是赖皮鬼,软骨头,我郑君也是个敢作敢为的人!只可惜我的琴没了,不然我会拉着琴同你告别的,就拉《在那遥远的地方》。从现在起我就要为月亮活着,我走了!"说着,郑君翻身上马,两腿一夹,策马奔向草原。没有放稳的行李从马背上滚下来,他也不顾了。我捡起他的行李,骑上马追了上去。

出了试验站没几里地,齐怀正就骑着马迎头拦了过来,刚好与我相遇。我们一起策马追赶郑君。

后来齐怀正告诉我说,他连夜赶到农垦局,半夜三更敲开了张局长家的门。张局长很恼火,说:"出啥大事了,深更半夜地跑到我这里来,我吃了安眠药,刚睡着。"齐怀正说:"是你逼着我这么晚来打搅你的。"张局长说:"我逼你什么啦?"齐怀正说:"你把我的人弄走了,我不来找你找谁去?郑君不能走,他得留在试验站!"张局长大吼着说:"他搞了你老婆,你还帮他说话!"齐怀正从怀里掏出一本残疾军人证,说:"张局长,那是我的错!"张局长看了残疾人证,说:"这事你咋从没跟我说过?"齐怀正说:"我是个男人,这种残疾能到处去说吗?"张局长说:"可你这事跟郑君犯的作风错误有什么关系?"齐怀正说:"局长,我不是来为郑君开脱的。但话又说回来,民不告官不究,我是月亮的男人,我不计较了,再说你想想,一个年纪轻轻的女人守活寡是啥滋味?生活作风问题毕竟还是个个人问题,可跟试验站的工作比起来,哪个轻哪个重?试验站成立后的成效你不也看到了吗?连阿吾斯奇乡的牧民们都赶着羊到咱们试验站来配种了,它会让咱们整个牧区都受益! 你却要把我的技术员弄到水库上去干活,合适吗? 首先我这个牧场场长兼试验站的站长就不同意!"张局长说:"你这是姑息养奸!"齐怀正说:"像郑君这样的奸我养了,得一个大学生,得一个人才,容易吗?"

雪花如鹅毛般一样大,轻柔而密集地在空中飘舞。我们追上了郑君。齐怀正对郑君说:"张局长让你继续留在试验站工作。"郑君说:"齐场长,我犯了错,我该去受惩罚。"齐怀正说:"你犯的这个错是不是跟我齐怀正有关? 他娘的我齐怀正都不计较了,你还犟个屁! 回去!"我说:"齐场长,真的没事了?"齐怀正说:"我都原谅他了,他还能有个屁事! 但警告处分得记上一笔。"

我们回到试验站,看到一辆落满雪花的马车停在院子里。马车上装着几只木箱,是我父亲在上海给我买的仪器托运过来了。大家就一起高兴地搬箱子。郑君发现有一只木箱与众不同,是个扁扁的长方形箱子,他问我:"这箱子装的是什么?"我一笑说:"你打开看吧。"郑君打开木箱,惊喜地发现里面是一把崭新的小提琴。我说:"我赔你的,是我父亲让一位在音乐学院当教授的朋友挑选的,你拉拉看行不行?"

郑君抱着琴,奔向小河边。雪花仍在飞舞,郑君就像个饥饿极了的人疯狂地拉起琴来,他泪流满面。他拉的第一首曲子仍是那首《在那遥远的地方》。郑君拉完后就冲着天喊:"我等到了我的姑娘了,那就是月亮,我的月亮啊……"

齐怀正一耸肩,骂了一句:"林凡清,你们这些大学生,都是为了女人才活在这世上的吗?"

六

齐怀正决定同杨月亮离婚。他对我说:"我不能再耽搁月亮,还有他娘的那个郑君,况且月亮肚里还怀着郑君的孩子。唉! 我真不该结这个婚,不但把月亮给害了,还把郑君给搭了进去,让他受了个警告处分。"

齐怀正与月亮的婚没有离成。那天他和月亮到总场的行政科去办离婚手续,但行政科的办事员说:"怀上孩子的女人不准离婚,《婚姻法》上规定着呢。"

那天齐怀正特地到试验站来找我和郑君,告诉我们这件事,他对郑君说:"再熬熬行吗？等月亮把孩子生下来,我就同她办离婚,你就好好在试验站安心工作吧。"

那年春节前,红柳给我生了个儿子,我给儿子取名叫林新晨,是在新疆的早晨出生的意思。红柳对我起的这个名字很满意。不久,我们试验站的那群基本母羊群开始产羔了,忙得我和郑君整天守在产羔房里。深夜里,外面寒风呼啸大雪纷飞,羔羊的叫声在产羔房里此起彼伏。为了接羔,我和郑君几天几夜没合眼了,郑君两只眼睛红得像兔子眼似的,但他依然兴奋不已,喊:"凡清,你快过来看,这儿产的一对双羔真的好棒。真是公羊好,好一坡啊!"我疲惫不堪地走到郑君跟前,抱起那两只湿漉漉的羔羊,揣进怀里。我说:"郑君,你拉首曲子吧,欢快点的。"郑君拿起琴拉开了,但第一首依然是《在那遥远的地方》。我说:"不能拉首欢快的吗？"他说:"第一首一定得拉这个曲子,要不,后面的我就拉不成了。"我听着听着就睡着了,而郑君拉着拉着也顺着墙滑在草堆上睡着了。这时红柳给我们送来夜宵,先把我推醒,又去推郑君,还在郑君耳边说:"月亮生了。"郑君依然在睡梦中,说:"生了？单羔还是双羔？"红柳说:"什么单羔双羔,月亮生了个女儿!"郑君这才全醒过来,说:"什么？月亮生了个女儿？"说着,就抓起饭盒里的馍馍,大口大口地啃起来。我说:"郑君,你手不消毒,怎么就拿东西吃？这样会得病的!"郑君说:"我要去看我女儿,没事,不干不净吃了没病。"说着,披上大衣就往外跑。我上去拦住他,说:"郑君,你这样去看月亮,不合适吧？你仔细想想。"要按郑君以往的脾性,他才不管呢,这次他却在门口站了很长时间,末了长叹了口气,垂头丧气地转回来。红柳说:"郑技术员,凡清说得对,再过些日子吧,等齐场长和月亮把离婚手续办了,你再去看,那不更好吗？女儿总是你的女儿啊!"郑君说:"好吧。我这个人就爱冲动,这次听你们的。你们说得对,我这么去看月亮,会让齐场长也很尴尬的。"忽然又兴奋地说,"啊,我有女儿了,月亮很快就要回到我的身边了,一切都会更美好的。"说着,郑君又拿起琴来拉,开始曲还是那首《在那遥远的地方》。是呀,这个时候他该拉这首曲子,因为月亮这位好姑娘就要回到他的身边了。郑君激情地拉着,脸上充满了憧憬美好未来的幸福感。

天晴了,白皑皑的积雪在阳光的照耀下,放射着刺眼的光芒。产羔棚里空荡荡的没有几只羊了。给最后一只母羊接完羔,郑君抱着羔羊瘫倒在地上。我用力扶起他,发觉他有些发烧,就说:"你病了。"他说:"没事,有点累。凡清,你知道我现在最想做的是什么事?"我说:"你得回去好好休息!"他说:"不,现在我想骑着马拉着琴,去见我的女儿。"

这时,一辆小车来到了试验站的院门前,从车上跳下张局长、李国祥和齐怀正。齐怀正满脸喜气,指着羔羊对张局长与李国祥说:"张局长,李政委,你们看多好的羔羊啊!我还从来没看到过这么漂亮健壮的羔羊。"李国祥说:"林副站长,郑技术员,你们第一步走得很漂亮啊。"张局长说:"我们全农垦局畜牧业的发展,就拜托你们了。"郑君也感到很自豪,喜形于色地说:"请领导们放心,我们一定努力。要不,我拉首曲子给领导们欣赏欣赏?"李国祥一摆手,说:"你这个琴痴,我们看到这些活蹦乱跳的羔羊就十分满足了,可没时间再听你拉琴。"

郑君看看齐怀正,期望他能告诉他点什么。但齐怀正像没事人一样,压根就不提有关月亮和孩子的事。

我把齐怀正拉到一边,问:"齐场长,月亮生了?"齐怀正的脸立马绽放出一朵花来:"生了个女儿,而且特别像我,俗话说,女儿像爹,黄金成山。我跟月亮合计过了,我们一家三口今后好好过日子。因为我当爸爸了,我真没想到,这辈子我还能当爸爸。太带劲了,我当爸爸了。"我说:"那……"齐怀正说:"别提那事行不行?都过去了!"他用力挥了一下手,跟着张局长他们朝小车走去。

我呆愣了很长时间。郑君没戏了?他没机会拉着琴去看他的女儿了?我好郁闷,这事怎么跟郑君说呢?

他们的小车开走后,郑君问我:"凡清,齐场长同你说什么了?"我拍拍他的肩,又用力捏了捏,神色忧闷。特别敏感的郑君立马就猜想到了,身子一晃,就跌倒在雪地里。

从那以后,郑君又沉默了,每天除了工作就是拉琴,总是拉得满脸是泪。他内心的痛只有他自己知道。

草原上过寒流了,雪下得好大啊,已经下了两天两夜了。地上的雪也积得很厚很厚了,然而大片大片的雪花依然耐着性子,不屈不挠地下着。那些天,榆木老汉每天一早起来就出门看天空,脸上罩满了忧愁。红柳打开羊圈,想把羊群往外赶,但羊群怎么也前进不了,积雪已经埋过羊的膝盖,贴着羊肚皮了,小羊羔更是走不动了,羊的叫声乱成一片,红柳再怎么下力气也赶不动。突然母羊带着小羊转身返回羊圈,一群饿羊看着红柳哗哗地叫,很可怜,红柳只好再次把羊群往圈外赶。榆木老汉过来说:"红柳,别赶了,羊群上不了坡,就是上去了,这么厚的雪,羊也找不到草吃。我们遇到雪灾了,不好办哪。在你六岁那年,也遇到过这么一次雪灾,只有眼睁睁地看着羊群饿死。"郑君看看我,说:"凡清,只有动用备用草了。"榆木老汉说:"林站长,不能动啊,那点备用草只够羊群吃两天的,吃完了,种羊吃什么? 这雪还不知什么时候能停呢。去找齐场长吧,让他想想办法。"郑君一把拉住我,用乞求的口气对我说:"凡清,让我去吧,求你了。"我想了想,知道郑君还想去做点什么,就点点头。给他一个机会,让他释放一点痛苦吧。

郑君背上琴,牵着马就出了试验站的院子。我说:"这种时候还背着琴干什么? 把琴留下吧。"郑君说:"我今天一定要带琴。"我叹了口气,说:"郑君,我知道你的意思。这事本该由我去,但你要求去,那你就去吧,可你一定要记住,齐场长愿意让你见月亮和孩子,你就见。如果齐场长不愿意,你可不要强来。"郑君说:"你放心吧凡清,我不会乱来的。我也不想给你惹什么麻烦。"说完,他跳上马,迎着风雪而去。

后来我知道,郑君去找齐怀正时,齐怀正已经在给李国祥打电话了。齐怀正说:"李政委,其实上山只有几公里的路,拖拉机开上去有困难,但我可以组织劳力铲雪开路呀。"李国祥在电话那边说:"我给你组织车辆运饲料,你组织好劳力开路。"齐怀正转身对郑君说:"回去告诉林站长,组织人力开路,我这边呢把场机关的人也统统组织起来上,你快回吧。"郑君说:"齐场长,能不能让我去看看孩子和月亮,看一眼就行。"齐怀正虎起脸说:"郑君,现在是什么时候,你还提这种要求,我劝你一句,把这件事忘掉吧,这不是什么光彩的事! 我已经决定跟月亮和孩子一起好好过日子了,我和月亮是合法夫妻,孩子管我叫爹,知道吗? 你是为月亮和孩子的事来的?"郑君说:"我是为饲料的事来的。"齐怀正说:"那你就赶快回去,救羊群要紧!"

郑君说,他没想到齐怀正会如此绝情。他的心似乎也在过寒流,全冰冻住了。郑君沮丧而木然地骑马往回走,但他怎么也不甘心啊! 郑君就取下琴,在马上拉起来,琴声在雪原上飘荡。那曲子还没拉完,就见有一个女人抱着孩子朝他奔来……月亮! 是月亮抱着他们的孩子朝他奔来了。但齐怀正突然追上来,拦住了月亮,把抱着孩子的月亮拉了回去。齐怀正愤怒地朝郑君挥手,让他快走。郑君没走出几步,就听到月亮随着风雪传来的花儿:"星星围着月亮转哎,妹妹的心儿贴着哥哥哎,啥时候哥哥能见妹妹哎,妹妹愿为哥哥去摘那颗星星也……"郑君听了,他也想唱,但嗓子被噎住了,怎么也唱不出来,只能泪流满面地使劲地拉着琴,想让月亮明白他的心声。

我当然很同情郑君,但齐怀正想当爹想过那种美满生活的愿望,你也不能说他错。

饥饿的母羊为了自保,已开始拒哺小羊羔了,小羊羔开始一只接着一只地死亡。

我们整整铲了一天一夜的积雪。天放晴了,傍晚那鲜红的夕阳余晖抹在积雪上,我们去铲雪的人手上都打满了紫血泡,终于把路打通了,两辆拖拉机开到了试验站。榆木大爷奔来告诉我们说,羊羔已死了三十多只,我们虽然极其疲惫,但还是赶到了羊圈边,郑君首先看到那堆在一起的几十只死去的小羊羔,他一下跪在雪地上号啕大哭起来。尽管我也极其痛苦,却一把将郑君拉了起来,说:"郑君你这是干什么,鬼哭狼嚎的,这点打击你就趴下了。"郑君冲着我发狂地喊:"对! 我是受不了,我是趴下了!"我说:"是男人就该顶天立地,怎么才叫顶天立地? 在任何打击面前腰杆都能挺得直直的,那才叫顶天立地。"齐怀正走过来,说:"林副站长说得对。"郑君冲着齐怀正说:"你要处在我的位置,你来受受!"我听出郑君不光是指羔羊死的事,我就说:"那也得顶住。"齐怀正说:"打仗总会有牺牲的。"郑君不满地说:"你说得倒轻巧,如果你没白天没黑夜地接羔,你还会说这种话不?"齐怀正说:"我没黑夜没白天地行过军,出生入死地打过仗,也差点死过好几回,难不成每次都像你这样哭天抢地的? 不过接过几天羔,有什么好吹的!"这时李国祥坐着车子赶来了,他对齐怀正说:"灾情怎么样?"齐怀正指了指那堆成一堆的三十多只死羔羊。李国祥指着那堆死羔羊问:"这是怎么回事?"他气得脸都发青了,冲着我和郑君厉声说,"这是国家的财产,人民的财产,死了这么多羔羊,你们怎么向人民交代!"郑君不服地说:"这是天灾!"李国祥说:"不要强调客观! 你们得从主观上找原因! 天灾经常会发生,在天灾前你们有过思想准备没有? 为什么夏天时饲料储备得这么少? 林凡清你作为负责具体工作的副站长,必须做出深刻的书面检查!"齐怀正说:"李政委,站长我兼着呢,这份检查我来写!"郑君说:"这检查首先让老天爷做,等全做完了,我们才做。天灾就是天灾,哪有天灾该由人来负责的!"李国祥说:"天灾下面有人为,大江大河上为什么要筑堤坝? 就是为了防洪水。洪水是天灾,筑堤坝就是人为。现在我问你们,你们筑的堤坝在哪儿? 饲料为什么备得那么少?林凡清,你首先要做检查,当然你齐怀正和我李国祥也脱不了干系。"郑君大喊:"不行,这太冤枉人了!"李国祥说:"只强调天灾的人是孬种!"然后对齐怀正说,"齐怀正,你跟我走,我们还要去各个牧业队看看。"

李国祥拉着齐怀正坐车走了。郑君一脸的灰色,对我说:"凡清,我不干了!"我说:"你想当逃兵?"他说:"对,我就想当逃兵。我的精神都快崩溃了!此处不留爷,自有留爷处!"

我以为郑君只是在说气话,但没想到第二天天还没亮,郑君就敲开了我家的门,他牵着马,马上驮着行李。我说:"郑君,你真要走?"郑君说:"这次我是走定了。"我说:"郑君,你只有留下的义务,没有走的权利,你不是说过你是自愿到这儿来工作的吗? 你不能这样当孬种!"郑君说:"凡清,你不要再拖住我不放,你没有权利硬拽着我,叫我陪你在这儿受这份苦,遭这份罪!"郑君转身牵马走出了院门,我跟上去拽住他,说:"郑君,这儿需要你呀!

还有月亮,还有你的女儿。"郑君用力把我推倒在地上,说:"她们不会属于我!"

天还没有大亮,天上依然繁星闪烁,积雪把夜空衬得很亮。郑君骑马走向苍茫的雪原。我的心就像丢了魂似的,但我绝不能让他走。为什么?我自己也说不清,有人说我这个人是"一根筋",那我就是"一根筋",我绝不能让他走。我骑上马,直奔牧场场部。我的皮帽、眉毛和胡子上沾满了霜花,但我却满头大汗,冲进齐怀正的办公室。齐怀正吃惊地问:"林凡清,出什么事了?"我痛心疾首地说:"郑君走了!"齐怀正说:"他去哪儿了?"我说:"走了! 离开试验站了,你还不明白吗?"齐怀正说:"为啥? 为羔羊死掉的事?"我说:"齐场长,我跟你这样一个战斗英雄搭档干我们要干的事业,我感到很荣幸,但我现在想说几句我本不该说的话,或许会得罪你。你把你的情况告诉我后,我就觉得你不该跟月亮结婚,你这样让月亮守活寡是不道德的。后来郑君与月亮出了事,郑君受了处分。当时为了不让郑君去水利工地,你做得很让我钦佩,而且你还答应等孩子生下后……"齐怀正不让我再说了,他说:"我是离不开我女儿,我想在这世上也能当一回爹,要不就白活了。我是怕月亮走了,我女儿也会跟着走。"他接着拍了一下自己的额头,说,"他娘的,我自私,我太自私了。走! 咱俩去把郑君追回来,我们直接去车站。"

我们飞马快到车站的路口时,看到郑君骑的那匹马空着鞍朝试验站的方向走去,又看到远处一辆长途客车消失在路上。齐怀正狠狠地拍了一下自己的大腿,说:"我咋这么混啊!"他好像痛心地想哭,我也感到一种从未有过的失望。四下积雪茫茫,一片银白,风卷着雪花从我们脚下飘过。而在这时,我突然听到了琴声,我喊:"齐场长,琴声!"我们策马朝琴声奔去,看到路口的车站上,郑君脚下堆着行李,在疯狂地拉着琴。我和齐怀正跳下马,站在郑君面前。郑君收起琴,看着我们说:"我真怕你们不会来找我……"我们三个人紧紧地拥抱在了一起。齐怀正说:"咱们三个得立个规矩,不管咱仨今后怎么吵怎么骂,实在不行打一架也行,但绝对不允许散伙!"我们三双手紧紧地握在了一起。

齐怀正含着泪,满是歉疚地说:"郑君,月亮的事我齐怀正做得不仗义,答应的事怎么能说悔就悔呢?"

七

　　积雪融化了,那些耐寒的青草从石缝中顶出了嫩芽芽,在依然寒冷的风中抖动着。

　　齐怀正打电话给我,说他已和月亮把离婚手续办好了,让郑君把月亮接回试验站来。他让我一定要对郑君说,他齐怀正说话没算数,要了一次赖,不像个男人办的事,对不起他。他说,他并不是舍不得月亮,而是舍不得女儿,自己很想当个爹,却当不成了。然后长叹了口气,就把电话挂掉了。我真不知道该怎么安慰齐怀正好,一个出生入死的战斗英雄,一个丧失了生殖能力却又很像男人一样生活的男人,却也这般儿女情长。我把这事通知了郑君。第二天清早,郑君就激动地赶着那辆"六根棍"马车,吱吱嘎嘎地欢叫着出了院门。郑君回来后对我说,他流了一路的泪,拉了一路的琴。在路上,他就遇见了抱着孩子急急地往试验站赶的月亮。两人拥抱在一起,哭在了一起。他们上了车,郑君问:"月亮,孩子叫啥名字?"月亮说:"怀正哥给她起的名字,叫齐美兰。"郑君说:"让她永远叫齐美兰,让她永远叫齐怀正爹吧。等孩子大点儿后,就让她回到齐怀正身边去吧。齐场长没法找个老伴陪他,就让女儿陪他一辈子吧。"月亮说:"就这样,咱们还可以再生一个。"马车转了个头,月亮抱着孩子坐上马车,马车吱吱嘎嘎欢叫着回到了试验站。在车上,月亮含着泪说:"怀正哥虽然做不成男人的事,但他却是个真正的男人!"郑君肯定地点点头。

　　一个月后,草原已是一片春色。郑君和月亮去场部领结婚证时,抱着孩子去见齐怀正。月亮说:"怀正哥,郑君说了,这孩子永远姓齐,永远叫齐美兰,你永远是她爹,等孩子长大一些,就让她回到你身边。"想不到齐怀正感激得热泪盈眶,说:"月亮,既然郑君这么说了,我再自私一回吧,不瞒你说,女儿现在黏在我心上呢,我真太想当爹了。谢谢你和郑君这么体谅我。"

　　青翠欲滴的青草爬满了山坡,又到该剪羊毛的时候了。我们试验站人手不够,齐怀正就派刘世棋、蒋有财到试验站来帮着剪羊毛。有一天清早,我听到窗外一片哗哗的响声,以为下大雨了,但出门一看,一团黑压压的东西遮天蔽日而来。一团团蝗虫从我眼前闪过,它们的翅膀在我脸上划出了好几道血印。很快,草地上就爬满了蝗虫,发出一阵刺啦刺啦的咀嚼声。一瞬间工夫,蝗虫又轰的一声飞走了,草原成了光秃秃的一片,我和郑君看着光秃秃的草地发愁,让羊群吃什么呀? 我问榆木老汉:"过去遇到蝗灾后怎么做?"榆木老汉说:"提前转场,没有别的办法,要不羊都得饿死。"

下午,齐怀正陪李国祥坐车赶到了试验站。李国祥问我们准备怎么办时,齐怀正说:"只有立即转场。"李国祥说:"转场可以,但剪羊毛的事怎么办?"郑君说:"为了保住羊只,羊毛只能放弃。剪羊毛不是一天两天的事,现在我们有两群羊,六百多只,剪上十几天,羊不都饿死了? 况且这些羊是我们培育的第二代品种羊,羊要是都饿死了,这三年我们不就白干了? 世上很多事就是鱼与熊掌不可兼得嘛。"李国祥说:"你说得倒轻巧,几百只羊的羊毛就这么扔了? 我怎么向上级交代? 现在我要求你们,羊不许饿死一只,每只羊身上的毛一斤也不能少,都得给我剪回来。"齐怀正看着我,说:"凡清,你看怎么办? 李政委的指示我们得执行啊。"我说:"那我们只能一边转场,一边剪羊毛,把剪下的羊毛从山上运下来。"

蚁穴可以毁堤,而小小的蝗虫也能把大片大片的草地吞掉,方圆十几里都成了光秃秃的一片,那种风吹草低见牛羊的场景不见了。一辆马车驮着帐篷以及锅碗瓢盆,红柳和月亮抱着新晨与美兰坐在马车上,刘世棋与蒋有财骑马赶着羊群往前走,我和郑君骑马跟在马车后面。走了一天,羊群饿得咩咩乱叫,土地还是光秃秃的。榆木大爷赶着那几只种羊,说:"继续往前走!"果然,翻过了两个山头,在夕阳下,我们终于看到一片绿色,看到了茂密的草地。羊群涌向了草地……从那天起,我们一边剪羊毛,一边转场。而草原上瞬息万变的天气,也给我们带来了不少困难。

有一天,清早太阳升起后,天气就变得十分炎热,整个草原上升腾着一股湿潮的热气,整个大地就像是洗桑拿的大房间。我们正准备吃早餐,月亮抱着孩子对郑君说:"美兰在发烧。"红柳一摸美兰的额头,说:"月亮,你别着急,离这儿二十几里地有个牧业队,我抱着美兰去牧业队的卫生室去。"月亮说:"我自己去吧。"红柳说:"你找不到路,要是迷了路就更麻烦。我从小在这儿长大,对这儿的每座山头都熟,你只要把我的新晨看好就行。"

红柳抱着美兰骑着马走了。我们在离帐篷约有两百米的地方开始剪羊毛,月亮留在帐篷里照顾新晨。天气变得越来越炎热,太阳火辣辣地照着大地。那时剪羊毛全靠手工剪刀剪,我们每个人手上都磨出一朵一朵的紫血泡。即便是那样,在稍作休息时,郑君还要拉一会儿琴,拉那首澳大利亚的《剪羊毛》,一面拉一面还要哼上几句。月亮也跑来听郑君拉琴。说是新晨睡着了,剪羊毛的任务这么紧,她也来帮一把手。她一面剪一面不时地朝山口那儿看,她的心牵挂着红柳和美兰。草原上突然起了风,不一会儿就有一股很大的龙卷风黑压压地从山那边朝我们这儿旋转过来,一瞬间枯叶与枯枝腾空而起,在空中狂舞,天空顿时变成黑压压的一片混沌,昏暗得跟黑夜一样,我们眼前什么也看不见了,只好和羊群紧紧地拥在一起,月亮说了一句:"糟糕,新晨还在帐篷里呢。"刚想冲出去,风把她卷倒在地,我和郑君一把把她拉了回来。

龙卷风拖着尾巴旋转着走远了,月亮跳起来就往帐篷那儿跑。但我和郑君都看到原先扎在那儿的帐篷不见了,我们也朝扎帐篷的地方跑去,我还回过头来对蒋有财、刘世棋说:"你们继续剪羊毛吧。"我们奔到扎帐篷的地方,发现草地一片凌乱,帐篷和新晨无影无踪了,只有扎帐篷的四根铁杆还竖在那儿,有一角帐篷上的帆布挂在铁杆上,像一面绿旗子一样在风中飘曳着。月亮傻了,瘫坐在地上。

傍晚,红柳带着美兰回来,说是打了针烧退了,还说孩子是感冒,再慢慢吃上点药就会好的。但听到新晨被龙卷风刮跑了,她张大嘴愣了半天。红柳很着急,但表现得很坚强,她还劝慰泪水一直没干过的月亮,说:"美兰的病好了,你该高兴。新晨肯定能找到的,风还能把孩子吹到哪儿去?"但几天后,新晨不见任何踪影,她一下垮了下来,哭了。郑君与月亮的心也很沉重,尤其是月亮,似乎是犯下了什么滔天大罪似的,她对红柳说:"我把美兰赔给你吧。"红柳握着月亮的手,摇摇头,说:"我一定要找到我的儿子,就是他死了,我也要找到他!"那几天,草原上一直回荡着红柳嘶哑的喊声:"新晨……新晨……"但除了山的回响,再也听不到什么声音了。刘世棋把剪下的羊毛装满了一大车,回牧场去了。几天后的一个清早,蒋有财提醒我说:"林站长,这儿的草快吃光了,再不转场,羊就要掉膘了,你得做出决定。"中午时分,刘世棋把拉羊毛的车赶了回来,他对我说,齐场长听到有关孩子的事也很着急,他问是不是再派一些人来帮着找。我绝望地摇摇头,说:"不用了。"我心里清楚,就是找到了,孩子也肯定死了。我不愿看到死了的孩子,因为那会把所有的希望都割断了。我受不了,红柳也会受不了。我们还得转场,自进山转场以来,我们男同志都住在帐篷外,帐篷是让红柳、月亮与孩子们睡的。那晚郑君让月亮抱着美兰住在外面,把我推进帐篷说:"你跟红柳单独说说话吧。"我一进帐篷,红柳就抱住我低声痛哭起来。我说:"红柳,我没想到搞这么点事业会这么难,天灾人祸,想躲都躲不开。"红柳抹了把泪,反而宽慰我说:"明天继续转场吧。我们可以再生一个!"她想开了。这时,帐篷外传来了郑君那带着浓浓哀伤但似乎又祈盼着某种希望的琴声。

羊没饿死一只,羊毛也全都剪了回来。两个月后,当我们再次回到试验站,试验站的周围又是绿油油的一片了。

人也是这样,在我们失去新晨的第二年,红柳又生了个女儿,齐场长给起的名字,叫林丽兰,他说:"我的女儿叫美兰,你们的女儿叫丽兰,就像两棵美丽的兰花,她们也应该像亲姐妹一样。"在我们试验站成立配种站又有了阿尔泰种公羊以后,许静芝在母羊发情期,就让哈里木带着羊群来找我们,她还写了条子:"林凡清,请帮我这位哈萨克兄弟哈里木一把,也让他的羊的品种能得到改良。"那些年,在母羊发情期,哈里木就赶着他的羊群来我们配种站,由于他的示范,来我们试验站给羊群配种的牧民们越来越多,那几头阿尔泰种公羊淘汰后,上级又给我们分配了八只澳大利亚美利奴种羊。我们的事业发展得很好,不但我们牧场,周边的牧业乡,甚至整个科克兰木大牧区的羊的品种也都得到了改良,肉和毛的质地与产量也得到了很大的提高。

时光如梭,五年过去了。有一天,阿吾斯奇乡的赵乡长与哈里木一起,带着一个孩子来到我们试验站。赵乡长对我说,哈里木要给他的孩子行割礼,根据哈萨克族的风俗,孩子行割礼是一件大喜事,要摆酒庆祝,要邀请各方乡亲来参加。那孩子骑在一匹儿马上,身上已经别上了许多花花绿绿的布条。哈萨克族的孩子三岁就会骑马。当红柳给那孩子别布条时,却出神地看着孩子的脸。我也看了看孩子,发现孩子的脸很熟。红柳有些怅然若失,站在两棵大榆树下发呆。我送走哈里木,回到院子里,红柳一把抓住我说:"凡清,我觉得那孩子,好像就是我们的新晨!"郑君说:"我也觉得孩子有点像新晨。"红柳骑上马就要追,被我拉住了,说:"你这样莽莽撞撞地去问是不是太失礼了? 如果不是,那可是关系到民族团结的大问题。"郑君说:"今天我和凡清去参加割礼时,我从侧面打听打听,好吗?"我对红柳说:"由郑君出面打听更妥当些。"但红柳坚持也要跟着我们一起去。我说:"你去可以,但不可莽撞。"红柳说:"可以,但我一定要去,因为我越来越觉得这孩子就是我的新晨。"

哈里木中等个儿,很壮实,手背上都是黑茸茸的汗毛。他毡房前的草地上已拥满了人,有位老汉在帮着哈里木宰羊。我又见到了许静芝,她在帮哈里木的妻子阿依霞古丽烤馕。许静芝一身哈萨克妇女的打扮,反而显得更漂亮更有风韵。那位要受割礼的孩子一直挨着许静芝,跟许静芝非常亲近,那孩子叫茂草。红柳把一包礼物递到茂草手里,摸了摸茂草的脸,又细细地看了看。我的心跳到喉咙口了,怕红柳会做出什么突兀的举动,但还好没有。红柳回到我身边时,眼里含满了泪,在我耳边说:"肯定是我们的新晨。"

要施割礼了。哈里木把茂草领进毡房,一位操刀老汉也跟进去。许静芝也想跟进去,但被阿依霞古丽挡在了毡房外,笑着说:"静芝妹子,你可不能进去。行割礼,女人是不能进去的。"我和红柳也感到很紧张。不一会儿,茂草跟着操刀老汉走出毡房,哈里木就把一只剥好的白鸡蛋塞进他嘴里,说:"茂草,男子汉不能哭。"茂草含着泪说:"阿爸,我不会哭。"许静芝却抹了把泪。茂草说:"妈,我没哭!"许静芝抱住茂草亲了亲,说:"好孩子!"

我和红柳看了都感到很奇怪,红柳对我说:"凡清,那孩子不是哈里木的儿子吗,怎么叫许静芝妈?"我说:"等郑君打听完了再说吧,一切都会水落石出的。"

想不到为孩子行割礼，哈萨克人就像过节一样热闹，晚上草地上燃起了几堆熊熊的篝火，每堆篝火旁都围着一圈人，人们吃着手抓肉，喝着酒，弹着冬不拉，唱着歌。篝火映红了每个人的脸。我看到许静芝一直紧紧地搂着茂草。

郑君终于把我和红柳叫到离篝火较远的一个山坡上，一坐下，郑君就说："凡清，红柳，孩子肯定就是你们的新晨。"红柳急得站起来就要走，但郑君把她抓住了，说："红柳，能不能听我把话说完？其实我比你们更希望新晨能回到你们的身边，因为这些年来，这件事一直像块大石头一样，沉重地压在我和月亮的心上。"郑君说，哈里木告诉他，在发生蝗灾的那一年，他们也赶着羊群提前转场了。有一天，一场龙卷风过后，他们往前走时，听到了一个孩子的啼哭声，他们找到那孩子，那孩子被一片帐篷的破帆布包裹着。为了找到孩子的亲人，哈里木就在捡到孩子的地方搭起毡房，骑着马找了几天，还到过一个扎过帐篷的地方，那儿竖着四根绑帐篷的铁杆。郑君说，那肯定就是我们扎帐篷的地方，可惜我们已经走了。哈里木由于没有找到孩子的亲人，他们就收养了这孩子，因为这孩子像是汉族人的孩子，又是从草丛中捡的，就给他起名叫茂草。从那以后，哈里木夫妇俩每年转场的时候，都要在那个我们扎帐篷的地方住几天。他说，不管孩子在不在这世上，总有一天孩子的父母会到这地方看一看的。那年秋天他们转场回来，许静芝来哈里木家串门，知道他们捡了个孩子，就请求让她来抚养，因为她不想结婚了，她要独身一辈子，但也想有个孩子做伴，就让孩子做她的儿子吧。哈里木就同意了，但说他和阿依霞古丽仍是孩子的父母，因为孩子是他们捡的，是上天赐给他们的。还有，如果孩子的父母找到了，就一定得还给他们。许静芝点头同意了。郑君说到这里，我和红柳相互看看。红柳说："肯定是我们的新晨了，我现在就把他要回来！"郑君说："红柳，你别这么急嘛。因为哈里木现在是不会还给你们的。"红柳说："为什么？"郑君说："你怎么能证明孩子就是你的呢？哈里木说了，不是谁来要孩子他都能给的。他说，每年转场时，都要在我们扎过帐篷的地方住上几天，只有到那个地方去找孩子的人，他才会把孩子还给他。"红柳说："我怕我等不了那么久。"我说："红柳,就按哈里木说的办,哈里木这是对孩子负责。我们这么多年都熬过来了,再等上几个月吧,最主要的是我们知道我们的新晨还活着,这比什么都强!"

又到了初夏,那个草原上鲜花盛开的时节,也是牧民们转场的时候。我和红柳骑上马,匆匆朝草原深处走去。我看到我们曾经扎过帐篷的地方,有一群羊在草丛中蠕动着。我们看到了哈里木的毡房,他与阿依霞古丽又在那儿等着孩子的父母。我和红柳的心都快跳到嗓子眼儿了,因为我们看到哈里木也骑着马朝我们这边奔来。后来哈里木告诉我,阿依霞古丽有一年不想再等了,因为这太耽误转场了。但哈里木对她说,我们年年都要在这儿等,一直等到孩子的父母出现为止,只要孩子的父母没找到,那我们就要每年这样等下去……哈里木说,郑君技术员已经告诉我这孩子的父母是你们了,但我还是要等你们能亲自找到这个地方来。只有这样,我的心才会真正踏实地放下……他还说,林站长,我把孩子还给你们,我们得举行个仪式,父母找到了孩子,孩子回到了父母身边,这是件大事,我得举行个仪式来庆贺一下,所以你们还得等我们转场回来。另外,孩子现在还有个妈妈,就是许静芝,我们还得说服她。

草原的秋天一片金光灿灿,那天凉风习习,哈里木的毡房前又燃起了篝火,举行把孩子归还给我们的仪式。许多牧民来了,我和红柳带着丽兰、郑君和月亮带着美兰来了,齐场长也来了,但许静芝没来。据哈里木说,开始许静芝怎么也不肯,因为她和孩子这么几年下来感情已经很深了,孩子也不肯离开她了。但哈里木对她说："这事事先就讲好的,做人嘛,不能言而无信啊!"许静芝最后还是含着泪同意了,说："真是个冤家啊。"我知道,她这话是冲着我说的,红柳也是这么感觉的。那天,许静芝让茂草穿了一身新衣服,还把自己从上海带来的精致小皮箱给了茂草,里面塞满了茂草的衣服。我看了,心沉甸甸的。

篝火像颗跳动的心在风中摇摆,哈里木给大家斟满了酒,举起酒杯说："一场龙卷风,把林站长和他的儿子分开了。今天,一场金色的秋风,把林站长和他的儿子吹在了一起。所以我哈里木心里特别高兴,来,为了庆贺林站长和他的儿子团聚,我们大家一起干了这杯酒!"说着,就把满碗的酒一饮而尽,然后把茂草领到我和红柳跟前,说:"林站长,红柳嫂子,我把孩子还给你们,上苍是仁慈的,公正的。茂草终于回到了自己父母的身边。"我热泪滚滚,握着哈里木的手,说:"哈里木,谢谢你,你有着一颗金子般的心。"红柳流着泪,紧紧地抱住茂草。郑君这时也激动地在篝火旁拉起了琴,那动人心弦的琴声传遍了整个草原……

我和红柳商量后,决定孩子还是叫茂草,因为叫这个名字,我们就会想起哈里木和阿依霞古丽,还有许静芝。孩子回到了我们身边,但我和红柳的心并没有真正得到安宁,心上好像吊着一个沉重的铁锤,尤其是我。而茂草也天天吵着要回静芝妈妈那儿去。茂草长得很结实,个头要比同年龄的孩子高得多。他不像我和红柳的孩子,倒更像哈里木的孩子,身上透着一股哈萨克人的气韵。茂草比他的实际年龄也成熟得多,骑在马上,就像个哈萨克少年。茂草懂事地说因为他走了,他的静芝妈妈就只剩一个人了,她太孤单了。

月光是如此的皎洁,草原上闪着一片银光。我和红柳都睡不着,而闹了好几天要回到静芝妈妈身边的茂草,这时却睡得很香甜。红柳盯着我的眼睛,说:"凡清,我知道你为什么睡不着,因为你在想着许静芝。"我默认了。红柳说:"她是为追寻你来的,她说她是为了爱情舍弃一切而来的,没想到我找到了自己的幸福,却夺走了另一个女人的幸福。凡清,我想把儿子送回她的身边去,因为她太孤单了,而且儿子现在心中也只有她这个妈。"我只是紧紧地抱着红柳,什么话也没再说。

阳光灿烂,秋意浓浓,枯叶像一只只蝴蝶在风中飘舞。我抱着茂草,红柳抱着丽兰,在离许静芝的小木屋一两百米远的地方下了马。红柳说:"茂草,回到你静芝妈妈身边去吧。"茂草高兴地朝小木屋奔去,但突然停止脚步,又跑了回来,使劲地抱住红柳,在她的脸上亲了一下,然后转身向小木屋冲去,边跑边喊:"妈妈……"

小木屋的门打开了,许静芝先是愣了一下,接着就飞快地迎向茂草,紧紧地抱住茂草。之后,她看着站在不远处的我和抱着丽兰的红柳,站了很长时间。红柳指指她抱着的丽兰,对她挥手,意思是茂草就跟着你吧,我们有女儿呢。许静芝明白了我们的意思,我们上马时,她朝我们深深地鞠了一躬。

八

我们的试验站改为种羊场了。齐怀正辞去牧场场长的职务,专职担任种羊场的场长,我被任命为副场长,郑君为总畜牧师。牧场的两个牧业队也划归给了我们种羊场,显然这是上级重视这一块的工作。但也就在那一年,"文革"开始了。我感到在那段时间里,只要想给你罗织罪名,总是能找出理由,虽然那理由听上去很荒唐、很牵强、很怪诞,但他们就能凭这些来对你采取"革命行动"。有些人因此被打倒、被批斗、被关押、被折磨。那些所谓封、资、修的东西被烧,被砸,被处理。我们刚成立不久的种羊场很快又被撤销了,理由是我们这个种羊场是资本主义的黑窝窝,是资本主义反动路线的产物,是崇洋媚外的典型,因为用的种羊都是外国的种羊,不是资本主义国家的就是"苏修"的。有一天齐怀正被叫到总场,李国样通知他说,上级决定让我和郑君下放劳动,说像我们这样的资产阶级知识分子不能再用了。齐怀正听了很愤怒,用双拳捶着李国祥的桌子,说:"你还说天塌不下来,在我看来这比天塌下来还严重。不行,种羊场绝不能撤!"李国祥说:"我都顶不住,你顶得了吗?"齐怀正说:"顶不了也得顶,实在顶不住,那也得想办法保住现有的成果,还要保证把试验进行下去!要不,那就是我在战场上没守住阵地,他娘的吃了败仗!"齐怀正在总场还听说那些革命造反派要到我们种羊场来,对那几只澳大利亚美利奴种公羊采取"革命行动",宰了吃肉,从精神和肉体上彻底消灭复辟资本主义的根子。当齐怀正把这些事告诉我们时,红柳说:"你们撤销种羊场,那就还我父亲的试验站。"

那晚我很发愁,在河边抽着烟,整整想了一夜,最后决定,逃!第二天一早,我就对郑君、红柳和月亮说:"把这儿的仪器全部装箱。"郑君问:"干吗?"我恼怒地说:"先装箱再说。"齐怀正也来了,问:"你们这是干吗?"郑君挖苦道："不是要散摊子了吗？可这些仪器都是林凡清用自己的钱买的！齐场长，你知道现在心里最难受最痛苦的是谁吗？是林副场长，他为什么要到这里来？他为种羊场付出的最多！我郑君现在就听林凡清的，我可以同他一起赴汤蹈火！"齐怀正说："林凡清，你说话，该怎么着？"我说："齐场长，郑君说对了，我不会散摊子的。我老师为这个事业献出了自己的一生，我是继承他的事业来的，所以，当我一踏上这片土地，走进这片草原，我已经决定要献出自己的一生了。对我来说，头可断血可流，但我们的事业不能就此停止。"齐怀正说："林凡清，我齐怀正就是想同你一起来坚守这个阵地的！你说该怎么办？"我说："三十六计走为上策，带着种羊和羊群进山，在深山中把我们的试验进行下去。不然，我们以前的辛苦与成果，会全部付诸东流。"齐怀正一挥手，说："他奶奶的，就这么办！"

我去找哈里木，希望他能做我们进入深山的向导。哈里木一听，不但很干脆地答应了，而且说："我也带着羊群跟你们一起进山吧，你们把种公羊带走了，我改良过的羊群要配种咋办？"我们还想让刘世棋和蒋有财跟我们一起走。蒋有财满口答应，但刘世棋不干，说："种羊场都解散了，你们这样做是在违抗上级的命令。我当过兵，不能跟着你们犯纪律。"第二天一早，我们发现刘世棋不见人影了。齐怀正说："你们赶快上路吧，刘世棋这小子说不定去通风报信了，这家伙骨子里就是这么个货！"

事不宜迟，得立即采取行动。我和齐怀正商量的结果是，他和红柳留下，他给我们当后勤部长，让红柳带孩子，给我们送给养。我想让郑君也留下，因为他的身体状况一直不好，我让他到医院去检查过，但每次检查回来都说一切正常。可他经常会出现低烧，每次一发烧，他就从口袋里掏出两片"四环素"往嘴里一扔，说："没事了。"我不想让他跟我们一起进山。但郑君一听就火了，说："我已经当过一次逃兵了，在这关键时刻，我要再当逃兵，那就是无耻了，我得帮你一起挑担子！"郑君坚持要去，我和齐怀正商量，齐怀正说："既然他坚持要去，那就让月亮也跟着一起去。美兰也大了，孩子留下来让红柳一起带吧。"本来我们想让榆木大爷也留下，但榆木大爷说："种羊在哪儿，我就在哪儿。从跟着邵教授起，我这辈子就是为伺候种羊活着的。"

榆木大爷除了腿有点瘸外,身板依然很硬朗。齐怀正说:"就这么定了,你们赶快上路吧。"

在约定的时间里,哈里木和阿依霞古丽赶着羊群来了。而我惊奇地发现,许静芝也带着茂草来了。许静芝告诉我,造反派说她是资产阶级知识分子,所以不让她当兽医了,让她下放到牧业队去劳动。她说:"哈里木把你们的事告诉我后,我决定也跟你们一起进山。茂草九岁了,让他跟着他亲妈妈留下吧。我知道,你这个人的那根筋就挂在事业上了,所以我也想助你们一臂之力。进了深山,总还要有个医务人员。我起码也算半个医生吧?"

我们上路了。草坡上开满了鲜花,浓郁的花香扑鼻面来。齐怀正一直把我们送到一个山谷口才回去。在这中间,出现了一个小插曲,就是红柳听到许静芝也跟我们一起进山了,她骑马追上我,说:"凡清,我也得跟你进山,因为我是你妻子。"我理解她的心情,但我说:"红柳,我没时间跟你磨嘴皮子,我只告诉你一句话,我不会因为个人感情而损害或者放弃你父亲开创的事业的。"红柳一听,拨转马头就往回走,说:"那你们多保重。"

齐怀正在回来的路上,迎头碰上来追我们的李国祥和刘世棋。李国祥气急败坏地说:"齐怀正,你这样做是把我往死里逼啊!为什么让林凡清他们赶着羊群进山?"齐怀正说:"羊群转场啊,这很正常呀。"李国祥说:"你们种羊场的羊群什么时候转过场?"齐怀正说:"几年前因为蝗灾不是转过场吗?"李国祥说:"今年有蝗灾吗?"齐怀正说:"今年虽没有蝗灾,但草长得不好,今年又产了那么多羔羊,这儿的草不够吃,不转场怎么行?"李国祥说:"林凡清和郑君不是下放劳动了吗?"齐怀正说:"对,没错,所以才让他们进山放羊呀。"

齐怀正后来把这事告诉我,我觉得齐怀正这个人真的是"太棒了"。

重峦叠嶂,层林尽染,积雪的山顶上悬着一轮鲜红鲜红的太阳。几百只羊与十几匹马,还有两头骆驼,浩浩荡荡地进了山谷,山谷间河水冲击着花花绿绿的卵石,河两岸鲜花怒放。月亮突然亮起嗓子唱起了花儿,郑君也激动地解下背上的琴,在马背上拉起来,歌声和琴声在山谷间回荡……人间有些事虽说不清楚是好是坏,是苦是乐,是福是祸,但山中那清新的空气,似乎将体内所有的脏器都洗刷了一遍,干干净净的,让人觉得有一种说不出的心旷神怡。

我们在一条小溪边歇脚,哈里木让阿依霞古丽做饭给大家吃。哈里木和阿依霞古丽捡了几块干牛粪,点着后,阿依霞古丽从溪中舀上水,和好面,拍成饼子,就直接搁进燃着的牛粪里,不一会儿,哈里木用木棍拨拉出了几个烤得金黄的饼子。郑君毫不在乎,抓起一个就吃,还大喊:"好香啊!"我们喝着清澈的溪水,吃着从牛粪堆里烤出的饼子,不知不觉中,太阳下山了。我们吃得很香,可许静芝怎么也不吃,说:"我嫌脏。"我知道她有洁癖,说:"到新疆这么些年了,你的洁癖还没改啊?"许静芝说:"干吗要改?我是兽医,有洁癖可以保护自己。"阿依霞古丽已很了解许静芝了,已经单独在火堆上吊了个铁锅,为许静芝做了锅汤面片。

我们在野外住了一夜。第二天,翻过了两个冰坂,在夕阳西下时,我们下了山。山下是一大片平坦的草场,一条两三米宽的小河从草场中间穿过,河边上有一栋废弃了多年的小土屋。哈里木说:"十几年前,我们乡遭了蝗灾,蝗灾过后接着又是瘟疫,我老爹就赶着羊群,带着我们全家老小进了深山,在这儿住了一年,那时我才十岁。"我听后很感慨,无限惆怅地说:"我们也是避灾来了,但不知要避到哪年哪月啊!"哈里木说:"不管避到哪年哪月,我哈里木都会同你林场长在一起"。

我们花了几天时间,修建好了那间小土屋。哈里木和蒋有财干泥水匠的活儿也很出色,修缮好的土屋看上去很漂亮。我们在土屋边上又扎了两座毡房,做好了长期在这儿居住做事的准备。

我们在小土屋周围种上了好几排白杨树,用红柳捆围起了几个大羊圈。羊圈边上,我们又用红柳梢和茅草盖起一栋很大的产羔房。产羔房的后面,又堆起了十几垛很大的草垛子,为冬天储备了充足的饲料。远远看去,羊圈、草垛、毡房、木屋、白杨树,在塔松的包围中,似乎是一个童话的世界。

又一个春天到了,山坡上鲜花盛开,蜂蝶飞舞。新的一批羔羊又出生了,跟着母羊一起爬满了山坡,涌动着的羊群就像一朵朵飘动着的白云。

躲开了干扰,我们的工作开展得反而很顺利。心情是愉快的,但生活却是艰苦的。每天晚上,郑君用他的琴声为我们消除单调与忧伤。我们的给养都是齐怀正千方百计弄来后,由红柳骑着马,牵着骆驼,驮着粮食、清油,有时还有些蔬菜,给我们送来。那时的粮食与清油都十分紧张,也不知道齐怀正是怎么弄到手的。齐怀正后来告诉我说,吃空饷呀,我是向国民党学的呀,弄几个假户口报上去,粮食、清油的定额不就来了? 我说:"你就不怕犯错误受处分?"他说:"把你们放进山里去,已经犯下大错了,这点错还怕啥? 反正处分就处分我一个,不关你们啥事!"但即使是这样,我们还是经常面临断粮的威胁。红柳基本上是每三个月来给我们送一次给养,来后,也只能在这儿住一夜,第二天一早就要返回,因为她不放心孩子们。三个月里只有一夜,可让我俩体尝浓浓的甜蜜与幸福。我特别盼望下一次她的到来。

有一天,月亮走进我们做试验室的小屋,对我说:"林场长,今晚断粮了怎么办?"我说:"红柳估计这两天就会来的。你们想办法坚持一下。"月亮说:"咋坚持呀? 巧妇难为无米之炊。"郑君说:"想办法嘛,林子里蘑菇那么多,那可是山珍啊!"

中午我们只喝了点野菜汤。深山里的艰苦生活已经让郑君瘦得皮包骨头了,月亮看着郑君那焦黄的脸,什么话也没说,就挎着篮子走进了森林。傍晚,太阳落在地平线上的时候,红柳终于骑着马牵着骆驼来了。我们都松了口气。但阿依霞古丽在做饭时,过来对我说:"林场长,月亮进森林去采蘑菇,到现在还没回来,要是迷了路是很危险的,虽然这儿的森林没有狮子和老虎,但却有狗熊。"哈里木训阿依霞古丽说:"月亮去森林捡蘑菇,你为什么不跟着去!"阿依霞占丽说:"月亮不让我跟着去,说红柳要是来了,我就可以给大家做饭。"郑君也急了,对我说:"那我们趁天黑前,快进林子里去找一找吧。"红柳也要去,我看着红柳一脸的倦态,心疼地说:"你赶了两天两夜的路,太累了,就歇着吧,等我们找到了月亮就回来,你等着我,啊!"红柳点点头,脸上还闪出一丝羞涩。

我、郑君、许静芝、哈里木、蒋有财,还有榆木大爷,一起走进了森林。森林外面还有许多的光亮,可森林里却已是漆黑一片了。我们晃着手电筒,大声叫喊着,但找到快半夜了,依然没有月亮的影子。我们焦急地找着喊着,嗓子都喊哑了。而我的心呢？还惦挂着红柳，因为红柳肯定在盼着我早点回去。我也知道，红柳要是等不到我，第二天一早，她就会骑上马牵上骆驼回去了，家里还有一大摊子事和三个孩子等着她呢。

"月亮……"郑君在我身边嘶哑地喊着，他那叫声让我心里阵阵发颤，那时我才感受到他爱月亮爱得有多深。我宽慰郑君说："月亮不会有事的。"但深秋正是黑瞎子出没的季节，因为它们需要尽快地采食更多的食物，积累脂肪以便冬眠。郑君突然想起什么，奔出森林，当他返回时，我们听到琴声在漆黑的森林里回荡……就在这时，一阵阵凄厉的喊声从森林深处传来，我们隐隐约约地听到月亮在喊："我在这儿——"她一定听到了琴声，我们向那传出喊声的方向奔去。月亮失魂落魄地在我们不远处闪过。我喊："月亮，我们在这儿！"话音刚落，一头黑熊向我扑来，我被黑熊一掌击倒，滚下山坡。我从许静芝身边滚过，眼看就要滚下一处险坡，许静芝扑上来一把抓住我。我半个身体悬在山崖上，被我带起来的细碎石块扑簌簌直往陡崖下跌落。而这时，哈里木沉着地飞出一刀，将黑熊扎伤。黑熊看到其他的人，听到郑君拼命拉的琴声，惊慌地钻进了森林深处。大概与人类接触多了，它也知道人类的厉害，更何况郑君拉着那琴，它搞不清是不是什么可怕的东西，所以逃跑时还不时恐慌地回过头来朝郑君看，许静芝死死地拉住我，哈里木赶来，一把将我从悬崖上拽了上来。我被熊掌击过的肩膀上已流满了血，一阵钻心的疼痛袭来，我昏厥了过去。

许静芝后来告诉我，郑君扔下琴一把紧紧地抱住了月亮，但又猛一下推开她，指着我朝她吼："你看你闯下的祸！"月亮这才吓得哇的一声，哭了出来。

阳光从森林密密的树叶间透进来，天早已大亮了。等哈里木背着我回来，红柳已经回去了。许静芝为我的伤口消了毒，缝了针，郑君在一边帮她的忙。阿依霞古丽后来对我说，红柳在屋里一夜都没睡，不时地走出来朝森林的方向看。她一直在等着我，但天刚露出一丝晨曦，她就整好马鞍，牵上骆驼，对阿依霞古丽说："我要回去了。"阿依霞古丽就对她说："等林场长回来再走吧。"但红柳摇摇头，说："我不能等了，回去还有两天的路程呢。"她喝了碗奶茶,包了两个馕,骑上马,临行前,还回过头来对阿依霞古丽说:"告诉凡清,我不能再等他了,就说我对不起他……"当阿依霞古丽告诉我这些时,我仿佛看到红柳骑着马牵着骆驼,走向那群山深谷之间……我的心就像被一根线扯住一样,扯得生疼。

由于没有什么政治因素干扰我们,因此工作进展得很顺利。然而在种羊场,齐怀正却一直在为我们顶风。后来齐怀正告诉我,有一天李国祥来到种羊场,恼怒地对他说:"你不是说林凡清他们转场去了吗?怎么到现在还没回来,都过去快两年了。"齐怀正说:"是我不让他们回来的,你瞧瞧现在这形势,让他们回来遭家伙吗?他们的试验工作是一天都不能停的!"李国祥哭丧着脸说:"可现在这形势,我就要遭家伙了!"齐怀正说:"那你就推到我身上,我是种羊场场长,羊群去哪儿,我说了算!"李国祥说:"上面的政策比你硬,他们是要拿我是问的。"齐怀正说:"该硬顶的时候就得硬顶,只有硬顶才能守住阵地。只要阵地不丢,胜利就有希望,要不就会全军覆没。我齐怀正死都不怕,还怕什么?"李国祥一拍桌子,说:"齐怀正,你是在自毁前程!"齐怀正没有听李国祥的,死也不肯告诉他我们在什么地方。

一场雪后,枯黄的草叶沾着残败的积雪,山上的塔松上也积满了雪花,绿中配白,别有一番意韵。我的伤好得很快,这都要感谢许静芝的精心护理。红柳又该给我们送给养来了,我多么盼着能马上见到她呀。那晚,她空等了我一夜,一想到这,我就感到一阵揪心。我想这次她来,我要整个晚上都把她紧紧地搂在怀里,一直到太阳再次升起。

晚霞染红了天空,月亮和阿依霞古丽在毡房前做饭,炊烟袅袅,飘向天空。她俩突然同时看到山坳里出现了红柳的马和骆驼,月亮大叫:"林场长,红柳来啦……"我和郑君飞也似的奔出小屋,但我却没看到红柳骑在马上,再仔细一看,发现她趴在马背上。马看到我们,竟一路小跑朝我们而来,还仰起脖子长长地嘶鸣了几声。我有了一种不祥的预感,红柳出事了!

我和郑君把已昏厥了的红柳抬进小屋。她的右裤腿上渗满了血,而且还在往下滴。这时许静芝也奔进小屋,她对郑君说:"郑君,你先出去一下。"郑君出去了,许静芝对我说:"赶快把她的裤子脱下来。"我们脱下红柳的裤子,发现她的大腿还在冒血,许静芝迅速把红柳大腿的血止住了,说:"她大概是从悬崖上摔下来,你瞧,脸上、脖子上、手背上,都是伤,又把大腿的血管划破了,血流得太多了,得马上输血。"我说:"可输谁的血,红柳的血型我也不知道。"许静芝说:"你这丈夫是怎么当的,连自己妻子的血型都不知道。就输我的吧,我的血型可以给任何人输。"我说:"可没有输血设备怎么办?"许静芝就问哈里木离这儿最近的牧业队有多远,哈里木说:"二十几里地。"许静芝说:"那咱们赶快走,你给我带路。"

红柳躺在床上,我半跪着紧握住她的手,郑君、月亮和阿依霞古丽都围在床边。红柳的脸像纸一样苍白,她突然微微睁开眼睛,看着我,凄凉地一笑,说:"我又来晚了……因为……有……有人……跟踪我……"她语音很轻,我把耳朵贴在她的嘴唇边,好像只有我听见了这句话。接着她又闭上了眼睛,空气像凝固住了一样,我的心在似乎已不再流动的时间里煎熬着。我们终于听到了马蹄声,许静芝和哈里木领着背着卫生箱的牧业队卫生员进了小屋。许静芝在红柳的身边躺下,说:"快,输血!"医生拿出输血针管,摸摸红柳的脉,沉默了好一阵,才摇摇头说:"输不进去了。"许静芝翻身下床,拨开红柳的眼睛,瞳孔已经放大了。许静芝喊:"红柳……"我两腿一软,顿时感到天旋地转,一下跌倒在地上。

深蓝色的夜空中繁星闪烁,郑君的脸都被泪水泡亮了,他疯狂地在小屋外拉着小提琴……我走出土屋,郑君冲着我大喊:"林凡清,我们这是在干什么啊,受气不说,干吗还要搭上命啊……"

塔松一棵棵地耸立在山坡上,没有风,整个山谷和枯黄的沾着残雪的草原是那样宁静。我想,人活在这世上不就是要干自己想干的事吗?哪怕是牺牲自己的生命,但干吗还要搭上别人的生命呢?这话我该问红柳,但红柳已经无法回答我了。

那天早晨,我们默默地在埋葬红柳的土堆上垒石头,一块一块地往上垒,我把最后一块大石头垒到坟冢的顶上。望着那垒好的坟冢,一种痛不欲生的情绪袭上心头,我冲向坟冢,用头去撞上面的石头,喊道:"红柳,我不能没有你啊……"郑君和许静芝一把抱住了我。许静芝对我喊:"林凡清,你不能这样！"榆木老汉摇着头，抹着泪，说："林场长，你要去死，我也去死，可我们死了，那些种公羊谁来喂呢？邵教授的事业谁来继承呢？你想想红柳是为啥死的？你要去死，你就太对不起红柳，对不起她爹了！"

哈里木看看坟冢，又看看巍峨的山脉，说："唉，她干吗要走那条小路呢？那条小路太艰险了呀！"我想起红柳临死前说的有人跟踪她的那句话，这正是她要走那条艰险小路的原因吧？但我不想再说什么，我的心在滴血……痛苦、委屈、疑虑，都让我一个人来承受吧。我和榆木大爷在坟边整整守了一夜，我俩谁都没说一句话。天亮后，我俩默默无语地走回营地。当我看到我们那间试验室的小土屋时，我说："榆木大爷，你说得对，我不能对不起红柳，还有她的父亲我的恩师。"

红柳去世后，月亮回到种羊场去带孩子，蒋有财定时回去拉给养。草又绿了，花又开了，鸟又在花丛中飞翔歌唱了，一只鹰悠悠地在高空盘旋着，空气中弥漫着浓浓的花香。而有一天，蒋有财带着齐怀正和李国祥突然出现在我们眼前。我们感到很吃惊，甚至有些恐慌，但他们带来的却是好消息。原来，全国又要抓革命促生产了，上级决定要重新恢复种羊场。李国祥现在是柳家河农场抓革命促生产指挥部的总指挥。齐怀正见到我的第一句话就是："红柳在哪儿？我要去见她！"

我把齐怀正和李国祥领到红柳的坟冢前。他俩对着坟冢深深地鞠了三个躬，齐怀正这个从不流泪的汉子也流泪了。

天上是一片火红的晚霞，郑君拉起了琴，琴声传向山谷，接着就响起了一声哨声。成万只羊从山坡上出来，像是白云一样泻下山坡，羊的欢叫声响彻了整个山谷。李国祥、齐怀正看到这情景，简直傻眼了。齐怀正笑得像个孩子一样灿烂，说："只要我们把阵地坚守住了，迎来的就一定是胜利。"而李国祥却有些惭愧地说："林凡清同志，真是对不住你们，那时候我迫于压力，派刘世棋到处找你们的踪迹。可你们藏得太好了，不然的话，哪有现在的辉煌啊。"听了他的话，我的心却一下子变得很沉重，因为我想起了红柳临死前说的话。我想说什么，却说不出口，只是把眼泪往肚里咽。

我们赶着"辉煌"的羊群回种羊场，在三岔路口，哈里木、阿依霞古丽和许静芝要赶着羊群回阿吾斯奇乡。哈里木同我握手告别，而许静芝则说了一句："林凡清，你多保重。"我说："那茂草呢?"许静芝说："你想让他留在你身边，就留在你身边吧。"说完，就同哈里木与阿依霞古丽策马而去，他们很快消失在辽阔而开满鲜花的草原上。

我们终于看到了久违的种羊场。郑君在马背上拉起了琴，我们凯旋了。

茂草很懂事。我问他："你是回到静芝妈妈那儿去，还是留在我这儿?"茂草说："爸爸，这事你定吧。"我毫不犹豫地说："回静芝妈妈那儿去吧，我这儿有你妹妹呢。"茂草没有让我送，骑着马自己回去了。

不知为什么，很多年里，我与许静芝都没有再见面，唯一联系着我与她的就是茂草了。我隐隐地感到，那时我让茂草回到她那儿去，也许就是想让茂草来维系我们之间的联系吧。从那以后，茂草每年暑假都要回种羊场，跟我过上几十天，他还跟着郑君学拉琴。郑君让他拉的最多的曲子，就是那首《在那遥远的地方》。每次茂草拉完这首曲子，郑君就沉思一阵子，说："不错，茂草，你进步得很快，等你长大成小伙子后，再拉这首曲子，你的体会就会更深，那时你会拉得更好更有味! 人哪，就为两样事情活着，事业和爱情。"

大约是因为茂草身上有他母亲的俄罗斯血统，又在哈里木他们哈萨克族的氛围中长大，所以等到他长成真正的小伙子后，不但身材高大魁梧，满脸络腮胡子，手背上也有长长的汗毛，而且会讲一口流利的哈萨克语。这十几年来，他常问我，爸，你什么时候把静芝妈妈娶回家。我不答，为此事他对我很不满。

清澈的河水泛着红色的浪花，红红的太阳被地平线割成半个，我和已大学毕业的茂草坐在河边。我抽出一支烟，说："茂草，抽不抽烟?"茂草摇头说："不会。"我笑着说："不像个男人。"茂草说："静芝妈妈严禁我抽烟。"我说："她让你到我这儿来的?"茂草说："是她让我考农学院畜牧系的，毕业后，她又让我到你们种羊场来工作。她说，你爸是继承你外祖父的事业才从上海到这儿来的，他是个把事业看得高于一切的人。"这时我回忆起来新疆时的那一幕幕，仿佛这一切都还在眼前似的，但岁月已经把这一切变成了过去,消失在时光的烟雾中了。茂草说:"爸,我亲妈妈已经走了十几年了,静芝妈妈又一直这么苦等着你,你为什么还……"我长叹一口气,说:"当时我没想到你静芝妈妈会追我到新疆来,当知道时我已经同你亲妈结婚了,我也没想到你亲妈会爱我爱得这么纯这么深这么无私。她走的那一天,她把我的心也彻底地带走了。至今,我还是觉得你的亲妈就活在我身边。我知道,让你静芝妈妈再这么等下去是一件很残酷的事,但我不能因为歉意和愧疚,就随随便便地把她弄到我的身边,我不能亵渎你静芝妈妈对我这么神圣、真诚、纯洁无瑕的情感……"茂草一摇头,说:"爸,你是生活在理想中,还是生活在现实中?"茂草这孩子,性格刚烈,脾气火爆,一不顺自己的意,说蹦就蹦。他不满意我的回答,于是又问我,"那好吧,我来了,你准备分配我干什么工作?"我说:"那就先放羊吧。我刚来这儿时,也是先放羊。"茂草猛地站起身来,拍拍屁股,说:"爸,我觉得你这个人真的是太狗屁了,让我这么个大学生放羊? 我还是回到静芝妈妈那儿去吧。"

茂草行李也没卸,骑上马就要回阿吾斯奇乡去。我只好苦笑了一下,冲着他说:"茂草,我不会强留你的,但你要在这儿工作,就得先把羊给我放好!"

郑君知道这事后,抱怨我说:"你也太那个了,干吗非要他先放羊呢。两年前齐美兰农校毕业,想要在种羊场工作,你就立马让她在试验室整理收集资料。"我说:"那不一样。齐美兰是齐怀正和你的女儿,可茂草是我儿子。"郑君说:"干吗不一视同仁?"我说:"有些事就得区别对待,只有每个人都不一样,这个社会才合理,如果都一样了,这个社会就不合理了。"郑君听了,耸耸肩。他不理解,但我心里清楚,儿子就是儿子!

我的感觉是对的。十几天后,茂草回来了。让我没想到的是,儿子的后面还跟着许静芝,这使我感到有些吃惊。我问:"你怎么来了?"许静芝说:"我让茂草到你这儿来工作,他说,只有我也来种羊场工作,他才来,哪怕是让他放一辈子羊。"我看看茂草,心里很感动,儿子就是儿子啊。茂草在我耳边说:"爸,静芝妈妈是通过赵乡长,赵乡长又跑县委、地委,又去找李国祥政委,才终于调到种羊场来的。爸。你别再让静芝妈妈失望了,当儿子的求你了,妈妈等了你三十年,你要再让妈妈等,那你就是个浑蛋爸爸,我就不认你这个爸爸了!"我拍着茂草说:"儿子放心,这次我会主动的。"我把许静芝领到齐怀正的办公室,她把一个大信封递给齐怀正,说:"齐场长,我调到你们种羊场来了,这是我的调令和行政介绍信。"齐怀正高兴地握着许静芝的手,说:"为凡清来的吧?早就该这样了。"他指着我说,"你这个林凡清啊,明摆着的事,干吗要拖到现在?酸!我现在就想扇你一巴掌!"我笑了笑,因为我也很想扇自己一巴掌。

那时母羊正在产羔,产羔房里,夜深人静,不时有待产的母羊微微地叫两声。许静芝也来到产羔房。郑君朝茂草、齐美兰眨眨眼,领着他们走出去。许静芝看着我,沉默了一会儿,眼里就涌上了泪。我们都不知道该怎么开口才好,过了好久,倒是许静芝先开口说:"郑君怎么越来越瘦了?"我说:"我逼他去医院检查过几次,但除了十几年前染上了布氏杆菌外,也没查出什么别的病来。这种病吃药只能缓解一下病情,除不了根。再说,这家伙干起活来也是不要命的。"许静芝说:"郑君是我大学同学,虽说不是一个系的,却是同一个年级的。他原来大大咧咧,不拘小节,把拉琴看成自己的第二生命,是个活得很自在很潇洒的人。但我没想到,他会这么死心塌地跟着你干。"我说:"他跟我一样,是个做什么事都很认真的人。我们也吵架,有时吵得也很厉害,但他绝对是我最理想最贴心最得力的合作伙伴。"许静芝说:"那咱俩的事咋办?"我说:"结婚呀,只要你愿意,要不茂草又要骂我是个狗屁爸爸了。"我俩紧紧地拥抱在一起。这时候,产羔房外响起了郑君的琴声。这家伙准在外面偷听了。

事业是曲曲折折的,爱情也是曲曲折折的。只有这样,事业的成功才会让人兴奋,爱情最后的结局才会让人倍感幸福。

结婚那天晚上,客人们都走了。许静芝问我:"凡清,你有红柳的照片吗?"我点点头。她说:"给我。"许静芝从箱子里拿出一个小木盒,把我从旧相框里取出的一张红柳年轻时的照片,贴在小盒子上。许静芝说:"小盒子里有红柳的一绺头发,埋葬她时我偷偷剪下来的,我想这是我俩对红柳最好的纪念。"

我轻轻地把许静芝拉入怀里，说："静芝，对不起，让你等了这么久。"许静芝说："不要说谁对不起谁，老天是很会捉弄人的，只要最后的结果幸福，那才是幸福。"

九

事情总是在不断发生变化的。那几年，我们种羊场也开始进行改革，羊群由牧民们个人承包了，草场也承包了。因此牧民们养什么羊，怎么放养，都由他们自己决定。

有一天，我和郑君在刘世棋承包的羊群中，发现他承包的羊群品种开始退化，而且还发现他的羊群中有几只阿尔泰大尾公羊，他又搞起了自然繁殖。用刘世棋的话来说："现在羊肉价天天涨，羊毛价却一个劲地往下跌。像这种大尾羊，市场上特别看好。现在草场羊群我们都承包了，咋养羊，养啥羊，全由我们自己做主，合同上写得清清楚楚的！"我和郑君都感到事情有些严重。郑君说："牧民们饲养什么羊，我们管不着。但他们赶着羊，也会经常出现在我们种羊场的牧场，而且还混养着公羊。羊一到发情期，它们可什么都不管，要是那些公羊染指到我们的母羊群，那就糟糕了，将来产出的羔各种品质数据就不可靠了，那我们二十多年的试验成果就保不住了。要培育出羊的新品种，有时得几十年甚至上百年的时间，但要毁掉一个品种，只要一两年就行了。所以凡清，咱们怎么也得干预这件事。"我想了想，说："政策不可能再改变了，何况整个牧区，都走上了个人承包的路。"郑君说："但我们得采取措施呀，出了问题怎么办？"我们同齐怀正商量，决定自己保留两群品种羊的基本母羊群。那时齐美兰刚好从农校毕业回来，齐怀正就建议其中一群羊由齐美兰放牧，另一群羊由月亮放牧。为了确保安全和提高放牧质量，那两群羊都是在围栏周围草场放牧。

有天晚上下了一场雨，第二天清晨，空气特别新鲜，湿漉漉的草叶在晨光下像撒满了珍珠。中午的时候，刘世棋脸色苍白地来找许静芝，带着哭腔说："许兽医，快去看看我的羊群吧，我那群羊都趴在地上不动了。"许静芝背上药箱,跟着刘世棋去了。吃中午饭时,许静芝回来了。我问她怎么回事,许静芝一笑,说:"早上羊吃了带露水的苜蓿,胀腹了。我让他赶着羊群漫山遍野地跑。现在没事了,羊全保下来了。"

晚上。我俩睡在被窝里。许静芝:"凡清,你知道红柳为什么要走那条小路吗? 今天,刘世棋因为我救了他的那群羊,才告诉了我一件事。他说,是李国祥派他跟踪红柳的,想找到我们。刘世棋说,红柳发觉有人跟踪,她就从小路拐进了森林,等刘世棋追上去,红柳已经消失在森林里不见了。"

我说:"我也已经猜到了。那个年月,总会有人被迫去做一些违心的事。再说,红柳走那条小路,起因是由于刘世棋的跟踪,但跟红柳不小心摔下山崖没太直接的关系,不能把红柳的死全推到他们身上。再说,红柳已经走了,不可能再回来了。这事就是追究起来,又能有什么意义呢? 只会揭开旧的伤疤,让大家痛苦。"说完,我长叹了口气。许静芝想了想,说:"睡吧。"但她突然又转过身来,说,"凡清,你知道吗? 刘世棋又不想放大尾羊了。"我说:"为啥?"她一笑说:"羊肉价又下降了呗。而我们种羊场的羊毛质量好,价格又上去了。"我也笑了,市场是无情的。

羔羊又长大了,撒满了试验站四周的草地。有一天,齐怀正从农垦局回来,他告诉我说,经农垦局领导批准,种羊场要盖新的办公楼了,他建议就在试验站的地方盖,但必须把那两棵大榆树保留下来。我知道他的心思,因为这两棵大榆树同我的老师与红柳是联系在一起的。齐怀正还告诉我,他要调走了,上级调了他几次,他都不肯走,但现在再不服从调动就说不过去了。他说,等把种羊场的办公楼盖起来后,他就要到垦区农科所去当党委书记了。我听后心里感到特别沉重,说:"不是说好的嘛,你,我,还有郑君,谁都不能走吗?"齐怀正说:"但我是个党员,得服从组织分配,不能再顶下去了。不过凡清,在我走之前,你帮我一个忙。"我说:"什么事?"齐怀正说:"帮我把齐美兰还给郑君。"他说,前几天他问过月亮:"你和郑君为啥不再生孩子了?"月亮含着泪说:"郑君得了那种病后,就丧失生育能力了。"齐怀正抱怨说:"那你干吗不早跟我说呀,我可以把齐美兰还给你们呀。"月亮说:"怀正哥,郑君说了,美兰永远是你的女儿。我有郑君,郑君有我,我俩相依为命就够了!"齐怀正长叹一口气,说:"凡清,我又为我的自私后悔不已啊,当时,我不该留下这孩子。"

那天,齐美兰来找我。二十岁的齐美兰集中了郑君和月亮的优点,长得非常漂亮。她问我:"林叔,郑君是我的亲爸爸吗?"我说:"谁告诉你的?"她说:"我老爹。"我说:"他为什么要告诉你这个?"她说:"因为我老爹要调走了,所以他一定要让我回到我的亲爸爸身边,他说我亲爸爸的身体越来越差,他看着都心痛,让我回到我亲爸的身边。"

我把齐怀正要调走,又把他想让齐美兰留在种羊场跟她的亲生父母在一起的想法,告诉了郑君。郑君说:"这不行,得让美兰跟着齐怀正走。我还有月亮,可他身边一个亲人也没有。凡清,跟齐场长说,让他留下吧,我们需要他。"我摇摇头,意思是不可能了。郑君突然哎哟一声,然后泪如泉涌。我说:"郑君,你怎么啦?"郑君说:"没什么,我只觉得胸口堵得慌!"然后走出试验室,说,"让我去拉一会儿琴吧,他干吗一定要走啊!"

小河边上传来了琴声,那琴声让我心酸得也想哭。

齐怀正整天泡在工地上,他想让办公楼在入冬前能够竣工。但母羊的发情期眼看又快要到了,变得越来越干瘦的郑君又忙着准备母羊配种的事。我让茂草去当郑君的帮手。

那天早上,郑君要去羊圈察看一下母羊的发情情况,他刚一迈出办公室,就摔倒在地上,我忙去扶他。扶他时,我感到他轻得像一张纸。他却说:"没事,刚才我不小心绊了一下,才摔倒的。"

我说:"郑君,你的身体太让我担心了。要不,明天让月亮陪着你回内地的大医院去检查一下吧。"郑君说:"现在是什么时候?马上就要给羊配种了,几十年来,配种的事都是我负责的。虽然现在有茂草当帮手,但他毕竟是新手。你别皱眉头,我保证,等给羊配完种,我就带上月亮去上海,去我老家一趟。来到新疆后,我还没回过上海呢。这总行了吧?"我说:"你说话算数?"郑君说:"我以人格担保!"

办公大楼盖好后,齐怀正真的要走了。我们把他送到车前,齐怀正在郑君的耳边轻声说:"郑君老弟,我已经后悔我的自私了,你不能让我再这样自私下去。美兰应该留在你们身边。"郑君说:"我说过,齐美兰永远是你齐怀正的女儿!"齐怀正说:"可你是他的亲生父亲啊。"郑君说:"你嫌弃美兰了?"齐怀正说:"疼都疼不过来,哪能嫌弃呀。"郑君说:"那你就继续好好疼她吧。"齐怀正说:"郑君,想想你和月亮的事,我真的是对不住你,你不该受那个处分。本来我们很可能是一对仇人,但事业让我们走在了一起。而我和你都是美兰的父亲,这辈子我也当上爹了,我满足了,还是让美兰留在你身边吧,等我退休后,我还要回到咱们种羊场来,放放羊,我不是又可以继续当美兰的老爹了? 就这样吧!"郑君一把抱住齐怀正,哭了。

上车时,齐怀正紧握着我们的手,什么话也没有说,但我看到他的眼里也含着泪。他一挥手,上了车,小车从我们身边开走了。

郑君动情地拉了一首送别的曲子。

齐怀正到新单位走马上任去了,但郑君却没去成上海。在齐怀正走后的第三天,郑君带着茂草去查看母羊的发情情况。那天风雪交加,他俩快要走到齐美兰放的那群基本母羊的围栏前时,齐美兰正把母羊往围栏里赶,而刘世棋也赶着羊群出现在山坡上。羊群中混杂的几只大尾公羊闻到了不远处发情母羊的气味,情绪激动地朝母羊群冲了过来。郑君想去拦公羊,却被一头公羊撞倒在地上,后面的一只公羊又从他身上踩了过去。茂草要去扶他,他却喊道:"茂草,快点,把那只公羊挡住。"说着,一口血喷在了洁白的雪地上。茂草冲过去把那只公羊拦腰抱住,跌倒在地,被那公羊拖着前行了很长一段路,地上也拖出了一条长长的雪印。齐美兰已经把羊群赶进了围栏,把围栏门关上了。刘世棋赶过来,用力地抽着鞭子,把公羊赶走了。远远的,刘世棋回过头来喊:"郑君,茂草,对不起! 我一定会改正我的错误。我还要重新养咱们种羊场的品种羊,你们就看我老刘的行动吧。"

郑君满嘴吐血,已经昏死在雪地上了,茂草背起郑君就往回跑。茂草跑得满头大汗,一进办公楼,他喘着粗气,一屁股坐在地上。

我们把郑君送到垦区医院,紧张地抢救了两天。但病情越来越危重,医生摇摇头说:"他的身体太虚弱了,恐怕……"郑君已奄奄一息了,我和茂草分头打电话。齐怀正赶来了,下午李国祥也匆匆赶来了。李国祥一见到我,就热情地握着我的手,久久不放,说:"林凡清同志,我首先要祝贺你,你们的成果,获得了国家科技进步一等奖,上级准备隆重召开表彰大会来表彰你们。你们培育的细毛羊,不但已经推广到全新疆,而且还推广到别的省市自治区了。"李国祥一边说,一边摇我的手。这时,我突然想到了红柳,但我又能说什么呢? 生活上有些事是没法太较真的,再说,这个李国祥当时也是迫于压力,让刘世棋跟踪红柳想找到我们,那也是可以理解的。再说,这个人也并不坏,所以对人也不能太苛求了。我此时的心思全在郑君身上,但我还是说:"谢谢李政委给我们带来这么好的消息。快去看看郑君吧,你把这个好消息也告诉他吧。"

郑君已处在弥留之际了,我冲进病房,握着郑君的手说:"郑君,我们的科研成果获得了国家科技进步一等奖。"郑君笑了笑,说:"凡清,祝贺你,几十年的努力终于看到了成果,你也可以告慰你的恩师你的岳父邵教授了。"我说:"成果是我们大家的。你付出的心血,我心里最清楚。"郑君把目光扫到齐怀正身上,说:"齐场长,你是我心中的英雄。"齐怀正上前握住郑君的手,说:"郑君,我们三个一路走来,最让我对不住的一个人,就是你呀。我告诉你,你不能走! 我们三个退休了也要在一起,不能散伙,这是咱仨定的规矩!"

郑君笑着点点头,说:"月亮,把琴拿来。"郑君接过琴,对茂草说,"茂草,我拉不动了,你来拉,拉那首《在那遥远的地方》,因为在那遥远的地方有我们美好的追求,也有我们美好的爱情啊……"茂草接过琴,拉了起来。郑君又是一笑,说:"拉出味儿来了。"然后,慢慢地闭上了眼睛。茂草的手停了,郑君突然睁开眼,说:"接着拉呀!"茂草继续拉,但大家都感觉到郑君已停止了呼吸,脸上却透着满意的微笑,大家都流泪了。

郑君在琴声中告别了大家。我想起郑君昨天晚上对守在他病床前的我说过的话,他说:"凡清,我不是在说套话,我们这一代知识分子真的是把国家、把事业放在第一位的。但我们不是苦行僧,我们把感情和爱情同样看得很神圣。生活对谁都不容易,但生活却是件严肃的事。不要随便作践生活,作践生活也是在作践自己。这一点我是跟着你林凡清慢慢懂得的。我要死了,就把我的骨灰伴着鲜花,撒向草原吧……"

在撒骨灰的那一天,草原上已是鲜花盛开了。我、许静芝、月亮、榆木大爷、茂草、哈里木、阿依霞古丽、刘世棋、蒋有财,大家都来了,甚至阿吾斯奇乡的赵乡长也带着一些人赶来了。

茂草和齐美兰骑上马,奔驰在草原上,他俩一把一把地把骨灰与花瓣撒向草原……我在想,每个人都有自己的人生,每个人都会在选择中定位自己。我、郑君、齐怀正、许静芝、红柳,还有月亮,都在生活中选择了自己的位置。然而我想,只有奉献,才是体现人生自我价值的最佳途径,但那些孩子们会怎么定位自己的人生呢?

茂草与齐美兰一把一把地把骨灰与花瓣撒向草原,我似乎听到齐美兰在喊:"爸,你放心,我和茂草哥都会像你一样,同我爹我娘、林叔叔、许阿姨一起坚守阵地的!"

他俩奔远了,奔远了,快奔到山脚下了。他们还在撒,想把郑君的骨灰撒遍整个草原。他俩变成两个小黑点了……而这时我看到,整个白雪皑皑的山顶上,飘着一朵朵的白云,而那些白云仿佛一群群的羊儿,在高高的蓝蓝的天上奔跑着……

电影剧本

鹰笛声声

——一个马背电影放映队的故事

（1）

南疆某县城。

早晨。

城南可以看到苍凉的积雪的群山连绵起伏。坐落在县城边的电影放映队的两间简陋的土坯房子前,江森认真地往马背上绑扎着电影放映的设备。

江森,二十四岁,中等身材,长得十分的壮实,英俊的脸上布满了青青的络腮胡子,一双眼睛闪着真诚与深情。他那坚定的脸上这时却露着一丝忧伤。他把发电机绑稳在马背上后,看到米娜朝他走来。

米娜,二十二岁,大眼睛,高鼻梁,身材修长,长得很漂亮。她朝江森走去时,神色显得很庄重。江森正在往另一匹马上绑扎着电影放映机。米娜也走上去帮忙。

米娜含着泪:"江森,你不该失去我!把我丢给于浩。"

江森凝视着,长叹了口气:"于浩是个好青年,比我强。你不是很喜欢他吗?"

米娜:"喜欢和爱不是一回事!"

江森:"米娜,我既然干上了这份工作,就不可能天天陪着你,可你总想让我能天天陪着……"

米娜:"爱情就希望能永远在一起!"

江森:"所以米娜,我们合不到一块。"

米娜深情地看着江森,突然泪如雨下:"江森……"

江森:"怎么啦?"

米娜:"我想和你永远在一起。"

江森:"我说了,我做不到。"

江森:"对你来说,我可能是自私的,但对我的观众来说,我是无私的。"

米娜感到自己再也无法说服江森,便抹去眼泪:"江森,好吧,不过明天一早我就要跟着于浩去塔拉草原了,那儿有个放牧点,我要和他长期住在那儿了,今天你能不能不走? 和我们一起再聚一聚,也算你给我送行?"

江森摇头:"米娜,不行! 今天我要去博克乡。这个乡的人还从来没有看过电影呢。他们日日夜夜都在盼着我呢。"

米娜绝望地叹口气:"江森,我现在彻底地明白了。我和你是无法生活在一起的。"

江森:"米娜,看明白就好!"

(2)

山峦起伏,崎岖的小路。

江森迎着早晨的阳光,牵着驮着电影放映设备的三匹马,迈着坚定的步伐朝山谷走去。

米娜目送着江森,眼里涌动着她心中复杂的情感。

她突然挥着手朝他喊："江森,今天要变天,路上当心!"

江森听到了米娜的喊声,回过头来朝米娜笑笑,这时他的心里感到很凄凉。他毕竟是爱米娜的,为了电影放映工作,他不得不放弃对米娜的爱。

(3)

山路。

两匹马用缰绳连在一起。

江森牵着头马上坡,在坡上,他看到远处有两个人骑着马朝草原的方向走去。江森感觉到,那就是米娜和于浩。

江森伤感地叹了口气,然后毫不犹豫地牵着马,继续赶路。

(4)

群山。

乌云从山顶上涌来,不一会儿便弥漫了整个天空。江森牵着马在山峡间走着。不时地抬头看着天。

(5)

山路。

乌云,狂风,大雨夹着冰雹从天上倾泻下来。江森牵着马躲进一个山洞。冰雹在洞外四溅。

江森坐在洞内,卷着莫合烟在耐心地等着。洞外是一片迷茫的冰雹与雨幕。

他的眼前出现了米娜看他时的那双美丽而深情的眼睛。

江森点燃烟,然后深深地吸了一口。他坐乘的那匹枣红马伸过头来嗅嗅他喷出的那口浓浓的烟气。打了两个响鼻,看来这匹马跟他时间长了,闻惯了这种烟气,似乎也有了烟瘾。

江森伸出手,亲热地摸摸马的脸颊,感慨地:"朋友,这一年多来你这么跟着我,风里来,雨里去,风中走,雪中行,也不容易啊。但这也是没有办法的事情啊,谁让咱们摊上了放电影这份工作了呢? 今天,米娜真的离开我跟别的男人走了,我是多么地爱她呀,可这也是没办法的事情。这是因为每天都有这么多人在盼着我等我的啊……"

洞外,依然是白茫茫的雨幕。

江森在回忆。

(6)

闪回。

某乡。露天场上黑压压地坐满了人。

江森正在聚精会神地放着电影。

闪电、雷鸣,乌云涌满了天空。看电影的人依然专注地凝视着银幕。

大雨瓢泼而下,人们把衣服盖住头,继续关注着银幕,江森撑起帆布继续放。大雨越下越大,人人都成了落汤鸡。

江森关掉机子喊:"同志们,小朋友们,雨太大了,放不成了,明天我还在这儿,明晚我继续再给大家放。"

小孩包括一些大人的声音在喊:"不! 江森,请你继续放。"

小孩们的喊声,显然是有人组织的:"江森叔叔求求你,请你放——江森叔叔求求你,请你放——"

江森的眼睛湿润了。

江森:"好! 今晚我一定放,但大家先避避雨,等雨停了,我再放,雨这么大,我的放映机会淋坏的……"

众人:"雨停了,你一定放!"

江森:"我保证,雨一停,我就放!"

(7)

夜深了。

江森坐在一间土坯子屋里,身边是架好了的电影放映机,雨还在下。由于旅途的劳累。他在雨声中睡着了。

(8)

雨停了,乌云破开的天空点缀着闪烁着的星星。

有人把江森摇醒:"江森叔叔,雨停了。"

江森揉着眼睛走出屋外。

放电影的场地上已黑压压地坐满了人,江森的心被震撼了。

(9)

江森架好电影放映机朝大家喊:"对不起,我耽误大家了! 我向大家鞠躬!"说着眼泪流了下来。

(10)

洞外的雨慢慢地小了下来,两边的天空又划出了一道阳光。

江森牵着马走出山洞,继续上路。

(11)

太阳西下。

从高高的山坡上,往下可以看到一大片灰色的房屋。

博克乡就在这个山窝窝里。

江森牵着马往山坡下走去。

(12)

黄昏,博克乡。

一片空旷的土场地上新竖起了两根用来挂银幕的树干。树干前已摆满了小凳子、木疙瘩、树根墩子,甚至是烂土坯放上块木板。一大群孩子已经坐在那儿等了。

亚东也在靠中间的地方放上了一个木墩子和一块土疙瘩。

亚东，十五岁，一脸的机灵气，他是个孤儿，和牧羊人巴根住在一起。木墩子他是给巴根叔叔的，土疙瘩那是他自己坐的。

正在架树干的乡支书许英泽笑着冲着亚东喊："亚东，你一个人咋占两个位子啊！"

亚东指着木墩子："这位置是巴根叔叔的。"

许英泽："你真是他的好儿子啊！"

亚东发急地："我不是他的儿子，他是我的巴根叔叔！"

许英泽笑着："知道！ 你两岁时就没爹没娘了，要不是巴根收容你，你活不到今天！"

亚东："所以我要给巴根叔叔占个位置，他也从来没看过电影。"

许英泽赞赏地笑着点头。

（13）

夕阳如血。

牧羊人巴根赶着羊群来到一个山坡上，从山坡朝下望去，是一条弯弯曲曲的小路，这是进博克乡的唯一通道。

巴根，38岁，下巴上留着一撮胡子，人长得很壮实，但眼角上也已有了鱼尾纹。他眼巴巴地望着那条小道，似乎在等待与期盼着什么。他坐下，从怀里抽出支鹰笛吹奏了起来，曲调矫健空旷而苍凉。

夕阳正在慢慢西下。

（14）

露天场。夕阳在山间只露着半个脸了。

许英泽正兴奋而好奇地帮着江森在挂银幕。场地上已经黑压压地坐满了人。每个人的心里都透着兴奋与好奇。这电影到底是怎么回事？

亚东不时地站起来,焦急地朝一个方向看,但仍见不到巴根的影子。

亚东同身边的一位老大爷说:"哈里爷爷,你帮我看着位置,我去找巴根叔叔!"

哈里大爷一笑:"去吧!"

(15)

山坡上。

巴根依然呆呆地站在那儿望着路口,望着那条弯弯曲曲的小路。

亚东朝他奔来:"巴根叔叔,巴根叔叔!"

巴根回头,看到亚东急急地朝他奔来,于是想起了什么,一笑,赶着羊群往回走。

(16)

巴根和亚东从山坡上往回走。

亚东气呼呼地:"巴根叔叔,你天天都在那儿等,等什么呀! 都等了十几年了。"

巴根:"我在等个人。"

亚东:"等什么人呀? 要你这么等!"

巴根:"你还小,跟你说你也不懂。"

亚东:"我都十五岁了!"

巴根:"等你长到十九岁时,我再告诉你。"

亚东:"为啥?"

巴根:"因为我遇见那个人时,我也是19岁。"

亚东:"那个人是谁呀?"

巴根沉默了很长时间,血红的夕阳已慢慢地沉入山峰间。

巴根:"一个我爱上的姑娘!"

（17）

夜。

发电机在隆隆地响,放映机在咯咯咯地推卷着片子。银幕上放映着《五朵金花》。

所有的人眼睛都直射着银幕。

这时银幕上展示的是白族三月三热闹物景。

巴根凝视着银幕,他回忆起了他十九岁那年的那达慕集会,也是那样的热闹。

（18）

银幕上。阿鹏正在为金花修车。

巴根回忆:在赴往那达慕的路上。巴根让杜兰花坐在他赶的那辆马车。

杜兰花,十八岁,鹅蛋脸,大眼睛,那嘴角就是不笑时也似乎在笑。

巴根与她两眼相遇时,两人的眼中都闪出了火花。似乎就一见钟情了。巴根甩了个响鞭,马车一路小跑在土路上,扬起一团团尘雾,巴根的脸上绽放着幸福。

（19）

银幕上,阿鹏在赛马会上,骑着马弯着身子捡旗帜,金花紧张而兴奋地看着阿鹏取得了最后的胜利。

巴根回忆:在那达慕的赛马上。巴根骑着马,追上了一匹匹飞奔在他前面的马。杜兰花也紧张而兴奋地看着,叫着,挥着双手,看到巴根第一个冲向终点。杜兰花的眼里释放着满腔的敬佩与爱慕。

（20）

银幕上,金花在蝴蝶泉边唱着歌:"大理三月好风光……"

巴根回忆:那达慕之夜,草原上熊熊地燃着篝火。人们在篝火旁弹琴、唱歌、跳舞。

巴根在跳舞,跳得热烈而奔放。舞姿矫健而优美。

杜兰花那深情的眼睛在篝火中闪光。杜兰花忍不住了,走上去与巴根对舞起来,两人用眼神与舞姿在传着情。两人越跳越近越跳越近,终于肩膀碰在了一起。

巴根的眼睛在说:"我多爱你呀!"

杜兰花的眼神:"我也是!"

（21）

银幕上,阿鹏唱着把钢刀交给金花,金花收下钢刀后唱:"山盟海誓先莫讲哟,约会待明年……"

巴根回忆:三天的那达慕大会结束了,巴根送杜兰花走出草原来到路口。

杜兰花:"巴根,你等着我,明年,或者后年,我一定会去找你!"

巴根:"明年我去找你吧?"

杜兰花:"不! 我去找。"

巴根:"到博克乡去找我?"

杜兰花:"对! 我认得去博克乡的路,你会等我吗?"

巴根:"会! 只要草原上的鲜花年年都开,我就年年等你,一直到永远……"

（22）

银幕上阿鹏在寻找着金花,观众发出阵阵笑声,但巴根眼里却含满了泪。

（23）

银幕上,阿鹏与金花终于又在蝴蝶泉边相见了,一对对的金花与情人仍唱着"哥有意来妹有情······"

巴根突然捂着脸大声痛哭起来,而且不能自已了。

亚东吃惊地:"巴根叔叔,你怎么啦?"

巴根流着泪,穿过人群,走向荒野。

(24)

巴根在荒坡上坐着。亚东追了上来。

亚东:"巴根叔叔,你怎么啦?"

巴根放声尽兴地大哭起来。

亚东:"巴根叔叔,你在想那个姑娘啦?"

巴根伤心地抹去泪:"你去看你的电影! 我想一个人待着!"

(25)

露天场。

刚才那一幕被正在放电影的江森全看在眼里。

银幕上已在放第二场电影《东进序曲》了。

亚东急匆匆地奔回电影场。

江森叫他:"嘿,小孩,过来。"

亚东来到放映机旁。

亚东:"大哥,啥事?"

江森:"刚才那个哭着走掉的是你什么人?"

亚东:"是我的巴根叔叔。"

江森:"他怎么啦? 没人看《五朵金花》这电影会这么哭的呀?"

亚乐:"他想一个姑娘,想了快二十年了。"

江森:"啊?"

银幕上正放映着大炮在不断地开炮。

露天场的人突然拿起凳子,哗地一下往四下逃散。

江森喊:"大家不用跑,电影里的大炮打不着人。"

江森继续放映,大炮响了一阵后,有些胆大的先坐回来,大家看着确实没什么事,于是纷纷坐了回来。

江森笑笑。

亚东就站在江森身边,兴趣十足地看着江森操作着机器。

江森:"小孩,你叫啥名字?"

亚东:"亚东。"

江森:"今年多大?"

亚东:"十五岁了,大哥咋啦?"

江森:"没啥,随便问问,亚东,把这盘给我拿过来,对,搁在最上面的那个盘。"

亚东弯腰拿起一盘拷贝:"这个?"

江森:"对,就拿这盘。你那个巴根叔叔真没出息。"

亚东:"为啥?"

江森:"为个姑娘会哭成这样?"

亚东:"才不呢!这事你没挨上,你要挨上了,说不定还不如我巴根叔叔呢?"

江森一笑:"是吗……"

他想起在米娜同他告别时的情景,心里也感到一阵酸痛。

江森改口:"是呀,我可能不如你的巴根叔叔吧。但说不定,我比他还强呢。"然后自慰地一笑。

(26)

电影刚放完,亚东和一些孩子立即奔到银幕下,拨着草丛在急切地寻找着什么。江森收拾着放映设备,看到孩子们的行为他会心地笑着。

江森:"亚东,你们在寻找什么呀?"

亚东:"子弹壳呀,江森大哥,打了一夜的仗,咋连一个子弹壳都没有?"

江森:"我全收回来了。"

亚东:"江森大哥,那你给我几个吧。"

江森举着胶片:"不行啊,我全收在这里面了,要不,下次放的时候,枪就不响了。"

亚东:"你骗人!"

江森笑:"你们这是第一次看电影,多看上几次电影,你们就知道电影是咋回事了。"

(27)

东方吐白。

亚东帮江森一起收拾好放映设备。江森疲惫地走进乡政府的一间小屋,倒头睡下了。亚东坐在一边,看着电影放映机发呆。

许英泽进来看到亚东:"亚东,快回去,让江森大哥好好休息,下午他还要赶到铁克里村去放电影呢!"

亚东站起来,走到门口,想了想:"我也要放电影!"

许英泽不以为然地一笑。

(28)

博克乡。

黎明,巴根住的小土屋。

巴根还没有睡,在卷着莫合烟抽。

亚东回来。

巴根:"电影放完啦?"

亚东:"放完了,巴根叔叔,后面两个都是打仗的电影,你咋不看了?那么好看!"

巴根:"亚东,你帮叔叔放几天羊吧!"

亚东:"咋啦?"

巴根："我还想去看《五朵金花》。"

亚东："你看了不是哭了吗?"

巴根："哭了才对,哭了才想要再去看。"

亚东："我不! 我已下决心了,我今天就要跟着江森大哥走。要跟他学着放电影。"

巴根："他答应啦?"

亚东："他答应不答应,我都要跟着他。"

巴根呼了一口烟："好,你有志气,巴根叔叔支持你。可亚东,巴根叔叔还想看两遍《五朵金花》,你说咋办? 羊总不能没有人放呀?"

亚东想了想,看着巴根那双真诚的眼睛,想到自己是巴根养大的,抽了抽鼻子："好吧,那我就给你放两天羊,你回来后,就告诉我江森大哥在什么地方,让我跟他学放电影!"

巴根："亚东,巴根叔叔谢谢你了,鹰翅经霜打后,会飞得更高。我巴根要从电影里,去找希望和决心!"

巴根从怀里抽出鹰笛："来,我把这根鹰笛送给你。"

（29）

博克乡,山坡上。

三天后,夕阳西下。

亚东坐在山坡上吹着鹰笛。下面就是那条弯弯曲曲的进乡的小路。亚东看到路上出现了巴根的身影。

（30）

亚东赶着羊群冲下山坡,巴根奔着迎了上来。

巴根抱住亚东,激动地："亚东,我要告诉你,我要永远等下去。她总有一天会来找我的! 阿鹏和金花都能这么曲曲折折地成了,我为什么不能成? 只要心诚就能成! 明天,你就去找江森吧,一定要跟着他学着放电影。电影这东西好啊!粮食吃了,长身体,电影看了长心灵!"

(31)

群山间某村。

傍晚,江森在村的场地上挂着银幕,风很大,银幕不太好挂。亚东风尘仆仆地突然出现在他的眼前为他拉紧银幕。

江森有些吃惊地:"嗨,亚东,你和你巴根叔叔怎么啦?你巴根叔叔跟着我看了三个晚上的电影,昨天刚回去,你今天又跟着来了,还想在银幕下捡子弹壳啊?"

亚东:"不,巴根叔叔要我跟着你学放电影!"

江森:"为啥?"

亚东:"巴根叔叔说,粮食吃了长身体,电影看了长心灵!"

江森:"这话说得好,那你自己呢?"

亚东:"是我自己想来,巴根叔叔支持我来的。"

江森:"昨天你巴根叔叔临回去的时候对我说了一句话,说他现在全明白,人为啥要看电影了"。

亚东:"他回家时,人可精神了,他说他要永远等着那个姑娘,那姑娘一定会来找他的。"

江森:"看到大家能从电影中得到那么多精神上的东西,我江森就感到自己也挺伟大。"然后伤感地叹了口气:"亚东,其实我比你巴根叔叔还要惨,你巴根叔叔还在等着希望,可我江森的心上人,都跟着别人跑了。"

亚东:"是吗?"

江森:"是!你不信?"

亚东眼中流出了同情与敬重。

江森:"放电影,那可是件掏力吃苦得牺牲自己一切的活儿啊!听懂了没有?"

亚东点点头:"但我不怕。"

(32)
夜,露天场。
江森放着电影。
放电影时,亚东站在江森边上,目不转睛地看着江森如何操作。他多么想亲手去试试啊!

(33)
深夜。
电影已经散场。
亚东在帮着江森收拾。
江森:"亚东,你真想跟我学着放电影?"
亚东:"我不是说了吗?"
江森:"行,那三年以后你再来吧!"
亚东:"为啥?"
江森:"你现在才十五岁,还太小,等你长到十八岁时,你就来找我,我让你当我的助手。"
亚东:"那不行,从今天起,我就跟着你。"
江森:"这事是你说了算还是我说了算?"
亚东想了想:"当然是你说了算。"
江森:"那好,三年后你再来找我吧。"
亚东:"可让不让我放电影是你说了算,可跟不跟随着你,是我说了算。"
江森:"那你就跟着吧,我挡不住你,我看你能跟到哪一天?"
江森说完一笑。他认为这是孩子一时的感情冲动,跟上几天跟腻了就会回家去的。因为以前也有过这种情况。

（34）

山谷里。

烈日当空,在光秃秃的山间小道上,亚东为江森牵着马,艰辛地走在山道上。

（35）

群山间。

大风呼啸,飞沙走石。

亚东与江森跟马依偎在一起避风。

亚东用衣服为江森挡风,让江森卷了支莫合烟抽。

（36）

山坡下的戈壁滩。

戈壁被烈日晒得在冒烟。

亚东和江森的嘴唇都干得卷起了白皮。

亚东牵着马,步子坚定地往前走着,江森不忍地看着亚东,但又为亚东的毅力与决心所感动。

（37）

草原。

太阳西斜。

江森与亚东在一条小溪边坐下,江森从挎包里拿出两块干馕递一块给亚东。

江森:"亚东,今天晚上在科索村放完电影后,明天你就回家吧,科索村离博克乡只有十几里路。"

亚东惊讶地:"为啥,江森大哥,我做错啥事了吗?"

江森:"你啥事都没有做错,就是我不忍心看着你这么小就跟着我吃苦。"

亚东："我不怕。"

江森："可我怕,因为你才十五岁啊!"

亚东："志高不在年少。"

江森："这话是谁告诉你的?"

亚东："巴根叔叔。"

江森："明天你怎么也得回,不回也得回,你要再不听我的话,三年后我也不要你了。"

亚东："江森大哥,你赶不走我。"

江森想了想："亚东,不争了。吃了休息一会吧。去科索村只有两三里地了,天黑前可以赶到。"

亚东："反正你赶不走我!"

(38)

草原,太阳西斜。

马在小溪边吃草。

江森躺在溪边的草丛中,用帽子遮住脸,呼呼地睡着了。

(39)

草原在风中起伏。

亚东情绪低落,他离开江森,走到离马队有五十米远的一块大石头上。坐下,从怀里抽出巴根给他的鹰笛吹起来。那是巴根经常吹的曲子,亚东也学会了。他吹得凄婉而深情。

有一位三十六岁的中年妇女,带着十八岁的女儿甘草,骑着马在草原的小路上走,她听到笛声后突然勒马停住了。那笛声使妇女的心里涌起一阵阵情感的波浪,她用力拨转马头朝亚东走来。

亚东把曲子吹完了。

中年妇女仔细地端详着亚东。

中年妇女跳下马,走到亚东跟前,看着亚东手上的鹰笛。

中年妇女:"小伙子,你是干啥的?"

亚东自豪地一指马队:"我是马背电影队的。"

甘草:"那你们啥时候再到我们乡去放电影?"

亚东:"你们是哪个乡的?"

甘草:"前车子乡。半年前,你们去过,可我没见过你,说呀,啥时再去?"

亚东:"那要问我的领导,喏!"亚东指指躺在远处睡熟的江森。

中年妇女:"甘草,咱们走吧,是他的笛声把娘吸引过来的,他吹的曲子,娘熟。"

母女俩翻身上马,又走回到小路上,那中年妇女就是杜兰花。

甘草:"娘,那个吹鹰笛的不像电影放映队的。"

亚东听到了,不服气地朝他们喊:"我就是马背电影队的人!"

喊声把江森吵醒了。

(40)

夜,某乡露天场。

江森在认真地放电影,亚东在一边帮忙。配合得很默契。亚东认为已相安无事了。

(41)

深夜。

乡政府的一间小屋里。由于劳累,亚东睡得死死的。

江森悄悄地起来,走到外面,悄无声息地把设备都绑在了马背上。

江森走回小屋,亚东依然睡得很沉。

江森凝视着亚东:"亚东老弟,江森大哥要对不起你了。你不要怪江森大哥,实在是我江森大哥不忍看你这么个小小年纪就跟着我吃苦啊! 三年后,你要是还愿意的话,我一定收下你。"

江森的眼睛含着不忍的泪。

（42）

月色朦胧的草原。

江森牵着马,走在草原的小路。

晨曦已从东方吐了出来,慢慢地划亮了整个天空。

江森回头看看,小路上空无一人,江森很复杂地叹了口气。

（43）

群山间。

江森牵着马在群山的峡谷中走着。

天又下起雨来。江森用帆布把电影放映设备盖好,继续赶路。

（44）

峡谷。

江森突然听到山那边发出轰轰的声响,凭他的经验,知道山洪下来了。江森立即骑上马,往高坡上赶。黄色的山洪滚滚而下。

溅起的小浪花拍打着江森的脸。

洪水没到了马背。马匹惊慌地长声嘶叫。

眼看就要上到高坡了,江森骑着的马突然跪了下去,江森被摔倒在水里。

脱缰的马匹乱蹦乱跳,机器丢进了洪水里。

江森从洪水中站起来,他突然看到了一个人猛地跳进了水里。

二十几米远的地方,亚东露出了身子,他吃力地把机器拖到了岸上。江森朝亚东奔去。

江森看到设备完好无损,激动地一把抱住了亚东。

亚东生气地用力挣脱开江森。

亚东哭着喊:"江森大哥,你不是人!"

江森愧疚地:"亚东兄弟,原谅我。我是不忍心看着你吃苦啊!"

亚东:"那你就忍心叫我这么哭着喊着追了你大半天。你就忍心让机器被洪水冲了?"

江森又一次地抱住亚东含着泪:"亚东,我认下你这个老弟了!你就是想走,我都不让你走了!"两人紧紧地拥抱在一起,泪水滚滚,亚东这时是一脸幸福!

(45)

深秋,草原上一片金黄。

江森、亚东牵着马朝某牧场走去。

亚东吹响了鹰笛,牧民们纷纷涌到路上来迎接他们。

(46)

雪花飞扬。

亚东吹响了鹰笛,他们走进某村。村民们夹道欢迎他们。

(47)

初春,树枝泛绿。

江森、亚东来到前车子乡。

乡民们迎着鹰笛声朝他们涌来,江森,亚东的脸上满溢着春色。他们感到自己的工作有多么的重要。

亚东:"江森大哥,我懂了为啥你宁肯让心爱的姑娘跟别人走了,你也不肯放下这份工作。"

江森想了想,微笑着:"这份工作不用放下,心爱的姑娘也别跟别人走,那就更好。"亚东点着头,昂扬的鹰笛声在山间回响。

（48）

前车子乡的人群中，他们看到了甘草姑娘，又长了一岁的甘草姑娘已发育得更丰满漂亮了。

亚东看到她，他冲着她得意地把鹰笛吹得更响。他在告诉她：你看我是不是马背电影队的？甘草点着头朝他笑，在向他表示歉意：对，没错，你就是电影放映队的，对不起，是我弄错了。

（49）

甘草拉着亚东："走，上我们家吃饭去。"

亚东："乡里安排饭了。"

甘草："乡里的饭是乡里的，我们家的饭是我们家的，不一样。"

（50）

杜兰花家。

杜兰花在做饭。

杜兰花："小兄弟，你叫什么名字？"

亚东："亚东。"

杜兰花："爸爸叫什么？"

亚东："我两岁时爸爸妈妈就死了。"

杜兰花："那是谁把你养大的？"

亚东："巴根叔叔。"

杜兰花："巴根？"

亚东："阿姨，你认识？"

杜兰花摇摇头："不，你的巴根叔叔没孩子吗？"

亚东："他连女人都没有，哪来的孩子？"

杜兰花："他到现在都没有结婚？"

亚东:"他一直在等一个女人。每天他都要赶着羊群在山坡上等啊等到天黑。"

杜兰花:"那女人叫什么?"

亚东:"她没告诉我。"

杜兰花眼里涌动着说不出的复杂的情感。

杜兰花含着泪:"亚东,你把那天你在小溪边吹的曲子再吹一遍,我喜欢听。"

亚东从怀里抽出鹰笛开始吹奏。

杜兰花眼睛涌满了泪。

(51)

夜,露天场。

银幕上在放着《苦菜花》。

杜兰花与甘草坐在一起看。当杜兰花看到一个场景后,顿时泪如雨下,她看不下去了,拿起小凳子,走出了电影场。

甘草:"娘,你咋啦?"

杜兰花:"你看吧! 娘不想看了……"

(52)

露天场。

正在放电影的江森、亚东看到杜兰花拿着小凳走出露天场。站在放映机边上的乡文书长长地叹了口气。

乡文书:"唉,可怜的女人哪。"

江森:"怎么啦?"

乡文书:"她叫杜兰花,年轻时不知有多漂亮。有一年从那达慕大会上回来,在路上叫人给糟蹋了,生下了这么个女儿。从此母女俩就这么过日子,再也不肯嫁人,虽说乡里大多数人都很同情她们,但总也有嫌弃她们的人。所以日子也过得挺心酸人。"

江森愤怒地:"那是个什么样的人?"

乡文书:"不知道,她也不肯告诉任何人,肯定是个陌生人。人跑了,她到哪儿去找?她也只好把孩子生了下来。"

亚东:"这样的男人,就该杀!"

江森:"亚东。"

亚东:"啊!"

江森:"我看甘草她娘待你很好,我觉得他看你的眼神很亲切。"

亚东:"她喜欢听我吹鹰笛。"

江森:"她让你到她家去吃饭,不会是只让你去吹鹰笛吧?"

亚东:"那为啥?"

江森:"我也说不上,反正比吹鹰笛更重要。"

亚东想了想:"我还小呢,不会是那种事吧,甘草要比我大几岁呢!"

江森:"当然不是那事,但我感到,她喜欢你,肯定不只是想听你吹鹰笛……亚东,以后我们到前车子乡来放电影,争取早一点到。我们好去她们家看看,帮帮忙,像她们这样,最怕被别人冷落了。"

亚东:"是"。突然想起什么:"江森大哥,你不会是看上甘草姐了吧?我觉得甘草姐配你倒刚好。"

江森:"亚东,不许往歪里想!同情帮助需要帮助的人,这是每个人应尽的义务!"

电影里正在唱:"苦菜花儿开……"

(53)

早晨。

江森和亚东把设备绑扎在马背上。

亚东:"江森大哥,我们到甘草家去告别一下吧?"

江森:"好吧!"

（54）

杜兰花家。

江森、亚东来到杜兰花家门前。

亚东："兰花阿姨、甘草,我们要走了,谢谢你们昨天的饭。"

杜兰花："下次来,还上我们家来吃晚饭。江森,你也一起过来。"

江森："兰花阿姨,以后要我们帮什么忙,只管吭声,尤其是想从县城捎什么东西。我们电影放映队就在县城。"

杜兰花："我知道你们电影队走乡串村的,有什么事要你们做,我会吭声的。"

江森："那就好,亚东,我们上路吧。"

杜兰花："甘草,送送你江森哥哥和亚东弟弟。"

亚东："阿姨,你爱听我吹鹰笛,我再给你吹一个吧!"

杜兰花："不用了,昨晚我心痛了一夜,要再听你吹鹰笛,我这心就更痛了。"

亚东同情地朝杜兰花鞠了一躬："阿姨,那我们走了。"

（55）

甘草和江森、亚东走在路上。

江森："甘草,你娘的事我们知道了。"

甘草："知道了也别说。"

亚东："我要找到那个坏蛋,我就杀了他。"

甘草："那坏蛋就是我爹,不是吗?"

亚东吃惊地看着甘草,这叫他们不知道说什么好。

甘草："江森哥哥、亚东弟弟,你们别嫌弃我,下次来放电影,还上我们家来吃饭。"说着,伤心地哭了。

江森："甘草,我们不会嫌弃你。那个男的是个什么样的男人,我们不想说,但你娘是个好人！你也是个好姑娘。"

甘草激动地看着江森和亚东,感谢他们能这样看待她娘和她。亚东也同情地含着泪点点头。

(56)

弯弯曲曲的小路。

甘草一直把江森、亚东送到山路口,目送着他们上路。江森、亚东一次次地回过头来,朝甘草挥手。甘草也一直在挥手,到他们看不见。

(57)

半年后。

鹰笛声又飘进了前车子乡。

甘草在路口高兴地迎接江森和亚东。

(58)

杜兰花家。

甘草领着江森和亚东来到家里。杜兰花在做饭。

江森提着个里面装满东西的提兜递给甘草:"兰花阿姨、甘草,这是我们从县城给你们捎的东西。"

杜兰花激动地:"江森,亚东你们真的是想着我们的?"

亚东:"咋不是? 这次我们要来前车子乡放电影,江森大哥特地拉着我到县城里,给你们买的东西。"甘草高兴地从提兜里拿出色彩鲜艳的披肩、毛衣,不住地往身上比试着,也往杜兰花的身上比试。

杜兰花满含着泪:"江森,这些东西要不少钱吧?"

江森:"兰花阿姨,不讲钱的事。"

杜兰花:"江森兄弟,你们能把东西从县城里给我们捎来,我就很感激了。"

江森:"兰花阿姨,钱可以算,可我和亚东的这份心意你咋算?"

亚东:"兰花阿姨,你收下吧! 收下江森大哥和我的这份心意吧。"

江森:"兰花阿姨,我要架放映机去了。亚东,你陪她们说说话。"

甘草:"江森大哥,我跟你去!"

(59)

杜兰花家。

江森和甘草走了。

亚东帮着杜兰花往灶里加柴火。

杜兰花:"你那个巴根叔叔还好吗?"

亚东:"好着呢!"

杜兰花:"每天还是要到那路口去等那个女人?"

亚东:"是。"

杜兰花长长地叹了口气,眼里又涌上了泪。

杜兰花:"亚东,给阿姨再吹个鹰笛听,好吗?"

亚东吹着鹰笛。

在鹰笛声中,杜兰花眼前闪出了篝火。

巴根在篝火旁跳舞,他那舞姿矫健而优美。

篝火渐渐熄灭了,天空是满天的星斗。

杜兰花依偎在巴根的身边坐着,巴根吹奏着鹰笛。正是亚东在吹奏着的这首曲子。

亚东吹着鹰笛,杜兰花蹲下身又往炉灶前添着柴火,她突然控制不住自己,顿时泪如雨下。杜兰花心里独白:"巴根还在这么死死地等着我,我该怎么办啊?"

(60)

黄昏。

江森和甘草走在去露天场的路上。

江森:"甘草,我给你买的东西你喜欢吗?"

甘草:"喜欢,江森大哥,你真的不嫌弃我们,是吗?"

江森:"我和亚东给你们捎东西来,想表达的就是这份心意。"

甘草摸摸江森的袖子:"江森大哥,我明白了。"

(61)

夜,露天场。

银幕下人群黑压压的一片。

杜兰花和甘草也在人群中。

银幕上正在播放着《芦笙恋歌》。

杜兰花凝视着银幕。

电影里的男女正在对唱着:"阿哥阿妹情意深……"

杜兰花在回忆。

(62)

闪回。

二十年前杜兰花骑着马去参加那达慕大会,年轻而十分健壮的小伙子阿岱,策马追了上来。

阿岱:"杜兰花,我陪着你吧,去那达慕要有一天路程呢。"

杜兰花:"我自己能去,前面阿米娜她们在等着我呢。"

阿岱:"杜兰花,你干吗这么绝情? 我这么苦苦地追了你两年了,你对我还是这么冷冰冰的。"

杜兰花:"咱俩不合适。"

阿岱:"为啥? 我哪点不好?"

杜兰花策马去追赶她的小姐妹。

阿岱紧紧地跟在后面。

杜兰花突然勒住马,阿岱追了上来。

阿岱:"杜兰花你怎么啦?"

杜兰花:"阿岱,你要不再提这件事,咱们可以做朋友,一般性的朋友。"

阿岱想了想:"好吧,追不上的猎物,山鹰就会放弃,我阿岱也不是那种不要脸面的人。"

杜兰花:"那咱们就一起走。"

（63）

那达慕大会闭幕了。

人群已渐渐散尽。

巴根和杜兰花在松林间依依惜别。

当杜兰花骑马走出松林,草原上已不见人影,只有远处有个人在等着她,那是阿岱。

（64）

杜兰花和阿岱骑马走在山谷间的小路上。四下里已空无一人。两人都没有话,空气有些紧张。阿岱侧着脸,不时地看着杜兰花。他越看越觉得杜兰花美丽无比。

阿岱:"杜兰花,那个男青年叫什么?"

杜兰花:"你指谁?"

阿岱:"那个这两天你一直同他在一起的。"

杜兰花:"巴根。"

阿岱:"你爱上他了?"

杜兰花:"是。"

阿岱:"这两天时间就爱上了?"

杜兰花:"时间的长短不是催开爱情鲜花的条件。鲜花只有在它想开放时才会开放,我爱上他,也就在一瞬间,因为他就是我想要爱的人……"

阿岱突然朝杜兰花扑去。

（65）

事后，阿岱突然悔恨地跪在了杜兰花的跟前，他自己也吓坏了，他丧魂落魄地甩打自己的脸："我不是人，我不……"

杜兰花也狠狠地给了他一巴掌。

（66）

山谷间，大雨倾注。

阿岱拿来了一块大石头，把大石头放在杜兰花的跟前。

阿岱跪下，低下了头泪流满面："杜兰花，来，砸死我这个不要脸的人。"

杜兰花端起石头，狠狠地砸在了阿岱的大腿上，阿岱没有喊，只是咬着牙皱了一下眉。阿岱又把石头给杜兰花："来，往头上砸，把你对我的恨全砸我头上"。

杜兰花拿起石头，阿岱把头伸到她手下。杜兰花垂下双臂，让石头滚落在地上咬牙切齿地："滚！滚到我再也见不到你的地方！我永远不想再见到你。"

阿岱依然跪着。

杜兰花翻身骑上马，雨越下越大。

杜兰花回头看看，阿岱依然垂着脑袋跪在大雨中，杜兰花一抹泪，策马拐进了山间，天色也已变得很昏暗……

（67）

夜，露天场。

银幕放的《芦笙恋歌》已快近尾声。

杜兰花面对银幕，但眼光却不在银幕上，她眼泪汪汪的依然在回忆。

（68）

闪回。

博克乡,月色朦胧。

杜兰花,骑着马来到博克乡。她的肚子已经微微往外鼓。

她敲开一户人家门,一位老乡为她指了指巴根住的房子,杜兰花在离巴根的住房二十米的地方跳下马。杜兰花走到巴根家门前,她抬起手想敲门,但手悬在了半空,她犹豫着。

杜兰花独白:"不行,现在我这样来找人家算什么,我不能这么连累人家,"她收回手,眼望着门,眼里涌出了泪。

杜兰花坐在巴根家门前。

杜兰花:"不,我还是把这事告诉他,看他是个啥态度?"杜兰花站起来又要敲门,但她又犹豫了。

杜兰花:"不行,我现在成了这个样子,一定会伤他心的,我干吗要把痛苦也带给他呢?"杜兰花又坐下。

东方已吐出一条青紫色的光带。

杜兰花坚定地站起来:"这事还是我自己扛着吧,我干吗要去给他添烦恼呢? 几年以后,他会找到一个好对象的,我不能把这种痛苦加到他身上去。"

杜兰花心酸而痛苦地跪下,在门前磕了三个头。

杜兰花:"巴根,我对不住你了,我真的很对不住你! 但这不能怪我呀,请你原谅我。"杜兰花骑上马,朝那条崎岖的山路走去。

（69）

杜兰花继续面对着银幕。

杜兰花:"唉,没想到巴根他还在等着我,当初我该敲开他的门,把这事告诉他,让他有个态度,就是他嫌弃我,那也是个结果,他就不会那么苦苦地等我到现在。是我害苦他了……"

杜兰花的泪哗哗地流了下来。

而银幕上闪出"剧终"两字。

（70）

六月,塔拉高山牧场。

江森、亚东牵着马队走在波浪翻滚的草原上。

草原上鲜花盛开,一片灿烂。

（71）

下午,牧场兽医站。

牧场兽医站是一栋木房子,坐落在山脚下。

山坡上拥挤着巍巍的塔松。

山脚下有一栋木房子,那是牧场的兽医站。

米娜正在药房里整理药品。

于浩急匆匆地来到房前,跳下马,推开药房喊:"米娜,快呀!"

米娜:"啥事?"

于浩:"今晚场部有电影,再晚就赶不上看电影了。"

米娜:"我不去,你去吧。"

于浩:"你这是干吗? 整天闷闷地躲在屋里,好不容易等来了一场电影,干吗还不去?"

米娜:"因为我不想见到江森。"

于浩:"这为什么? 我和你结婚都快两年了。"

米娜:"这两年来,你没感觉到吗?"

于浩:"感觉到什么呀,我每天早出晚归,忙着给牲畜看病治病,我咋感觉? 江森他怎么啦?"

米娜伤心地叹口气:"于浩,我告诉你,江森在我心里永远就没有离开过。我不想去见江森,是因我还在深深地爱着他!"

于浩用马鞭狠狠地抽了一下门框:"米娜,你怎么能这样！你太让我失望了,是你说爱我,才跟我到这儿来的。"

米娜:"我什么时候说过我爱你了?"

于浩:"那你干吗要跟我结婚?"

米娜:"是你一直追求我,后来你问我,愿不愿意跟你结婚,愿不愿意跟随你一起去牧场的兽医站工作。我只是说愿意。在我们结婚的那天晚上,你逼问我爱不爱你,我只说,我愿意同你结婚。"

于浩:"那就是爱我！"

米娜:"那不一样！"

于浩:"那我们就离婚,你就再去找江森。"

米娜:"只要你不坚决提出跟我离婚,我不会跟你离婚,我会永远守着你,忠诚于你。这点我可以向你保证。因为是我自己作了这样的选择。于浩,你去看你的电影吧,我不去！"

于浩气恼地转身跨上马。马蹄踩倒了一路的鲜花。

(72)

黄昏,草原被夕阳染成一片金色。

亚东把鹰笛吹进了牧场。牧民们涌向场部露天场。

(73)

夜幕降临,于浩骑马赶到牧场场部。江森看到了于浩,主动迎了上去。

江森:"于浩,米娜怎么没有跟着来?"

于浩感到有些尴尬:"她身体有些不太舒服。"

江森:"那明天我们去你那儿,单独给她放一场电影。"

于浩:"单独为她一个人放?"

江森:"这有什么。有些同志一年四季在深山老林工作的,几年都看不上一场电影。我们知道后,就要想方设法去他们那儿,就是只有一两个人,我们也要去。电影是精神食粮啊。今晚你回去告诉米娜,明天我们一定去。"

于浩:"江森,你们不用去了。"

江森:"为什么?"

于浩:"我老实告诉你吧,她是不想见你。"

江森:"这是为什么?"

于浩犹豫了好一会,长叹了一口气:"她说,她还爱着你……"

江森想了想叹了叹:"既然她不想见我,我就不去。那就让亚东去吧,这总行了吧。电影我们一定要去给她放!"

于浩感动地:"江森,你真是条汉子啊! 怪不得米娜的心里放不下你啊!"

(74)

早上,牧场。

阳光明媚,青草上的露珠闪着刺眼的光亮。

江森、亚东牵着马队在草原上走着。

江森:"亚东,我问你个问题。"

江森:"你说咱们这么夜餐露宿,千辛万苦,每出来放一次电影要走上几十公里甚至上百里的山路,每年一大半的时间都在这么走着,到底图个啥?"

亚东:"你不是说了嘛,是为了给千家万户送去精神食粮,给大家带去欢乐。"

江森:"那我们自己能得到什么?"

亚东想了半天:"除了吃苦外,好像啥也得不到。"

江森:"对。表面上是这样。其实呢,我们得到的比谁都多。"

亚东:"得到的比谁都多?"

江森:"你没往深里想吧。人活在世上不能只为自己是吧?"

亚东点点头。

江森："只要你把生命给予别人的越多,它的价值就越大、越重。我们每天都在增大增重我们生命的价值,这不比别人得到的更多吗?"

亚东点着头："江森大哥……"

江森："只要往这上头想,我就越干越有劲,越干越舍不得放下这份工作。"

阳光照耀下鲜花盛开,草原是一片灿烂。

(75)

长满塔松的山坡下。

江森牵上一匹驮帐篷的马,把另两匹马让亚东牵上。

江森："亚东,你见到没有,那个山坡下面的木房子,那就是牧场的兽医站。你去。"

亚东："你不去吗?"

江森："我不是跟你说过了嘛。米娜不想见我,我干吗硬要去见她呢?尊重别人就是尊重自己。去吧,我在这儿搭着帐篷等着你。"

(76)

夜,兽医站。

亚东在为米娜和于浩放电影《战火中的青春》。

米娜眼里含满了泪,自语着:"我是个孬种!"

于浩："怎么啦?"

米娜："你看看人家,女扮男装,敢去冲锋陷阵,我算什么?"

于浩感到了什么,不再说话,脸色有些难看。站起来说:"我为亚东烧壶水去。这电影我昨晚看过了。"说着走进屋里。

米娜回过头:"亚东,你多大?"

亚东："十六岁。"

米娜："你为啥要跟着江森放电影,长年累月地在外面奔波?"

亚东:"我们不奔波,你们哪能看上电影啊!"

米娜:"亚东,你是好样的!"

亚东:"我算啥,我是跟着江森大哥学的。江森大哥说,把自己的生命献给别人越多,自己的生命价值也就越重!"

米娜:"这是他说的?"

亚东:"我们来这儿时他对我说的。"

米娜:"他也来这儿了?"

亚东:"没。"

米娜:"你不是说来这儿的路上说的吗?"

亚东:"米娜大姐,你看电影吧。"

米娜明白了,泪不时地从眼里涌出。

(77)

米娜看着电影,心已不在电影上了。

闪回。

盛夏的草原鲜花盛开。

米娜和江森在草原上骑马在相互追逐。

米娜一下冲到江森的马上,抱着江森,两人翻下马滚在草丛中。两人面对面坐在鲜花拥簇的草丛中。

米娜:"江森,我在想,我们两人应该永远永远地在一起。"

江森:"为什么?"

米娜:"因为爱情是实实在在的东西。空想的爱情是虚无缥缈的东西,我不喜欢。"

江森:"能永远在一起的爱情当然好,但人生中,这样的爱情恐怕很难做到。"

米娜:"做得到的。只要双方努力去做,能做得到的。"

江森:"好吧,我们努力去争取吧,但在思想上还得有做不到的准备。"

米娜："如果做不到，这样的爱情我就不会要！江森，你要记住我说的这句话！"

米娜看着银幕，脸上充满了懊悔。

（78）

夜，兽医站门前的草坪。

电影放完了，米娜、于浩帮着亚东重新把电影放映设备绑在马背上。

于浩："亚东，就在这儿住下吧。"

亚东："不，江森大哥还在等着我呢。"

米娜："我送送亚东。"

（79）

夜，山坡下。

江森架着篝火，坐在帐篷前。

亚东牵着马，米娜也牵着自己的坐骑朝他走来。

江森吃惊地站起来迎了上去。

江森："米娜，你不是不想见我吗？"

米娜一把抱住江森，吻了他一下。

米娜："我来见你，是想来告诉你，不能在一起的爱情是存在的，虽然我们快有两年不见了，但我至今还爱着你。我要告诉你，既然我最后选择了于浩，只要他还爱着我，我就不会离开他。我更想告诉你的是，江森，你是个值得我爱的人！……"

米娜说完，骑上马。

江森眼里含着复杂的情感看米娜，然后翻身上马，追了上去。

（80）

江森追上米娜，两人并骑着马朝门前走。

夜,月色皎洁,草原在月光下的风中泛着波浪。

米娜:"江森,你每天都奔波在放电影的路途中,你就不觉得辛苦吗?"

江森:"辛苦,怎么会不辛苦呢?"

米娜:"你这样做,到底在追求着什么?"

江森:"追求着我的幸福。"

米娜:"你这也是在追求幸福?"

江森:"是,每个人追求的幸福是不一样的。有的人把自己的幸福建筑在别人的痛苦上,但我的幸福是建筑在别人的欢乐上的,别人欢乐就是我的幸福,因为我每天都在给别人带来欢乐,充实和丰富他们的文化生活。建筑在别人痛苦上的幸福是可耻的,而建筑在别人欢乐上的幸福是崇高的。"

米娜无语,但在她眼里可以看出他被江森的话所感动了。

（81）

夜,草原。

于浩骑着马,突然出现在江森与米娜的眼前。

江森和米娜开始时有些吃惊,但江森很快镇定下来。

于浩愤怒地:"深更半夜的,你们怎么向我解释你们的这种行为。尤其是你米娜,你还爱着江森。可现在,我和你是夫妻!"

米娜:"是的,我不讳言,我至今仍爱着江森,是我主动来找江森的,因为我想见他,因为我现在越来越爱他。"

于浩扬起马鞭朝米娜甩去,江森一把挡开了于浩甩向米娜的鞭子,由于挡的过猛,于浩差点从马上摔下来。

于浩气急败坏地:"怎么,江森,你还准备跟我动武了,我现在才看到你原来是个道德败坏的伪君子!"

江森平静地:"于浩,很对不起,我刚才的动作有点粗野了。但我可要告诉你,我和米娜之间只是说了一些话,没有任何越轨的行为,她已是你的妻子了,虽说她说她还爱着我,但我江森决不会对已结婚的女人有什么非分的想法和行为,我可以告诉你,我们这个家族,祖祖辈辈来,没有出现过一个道德败坏的人。我们的先辈们一代代都传有着这样的家训,决不允许在我们家族中出现一个有辱家族的道德败类。我江森不会做出任何一点有辱我们家族的事来!米娜,你跟着于浩回去吧,尽一个做妻子的责任。"

江森拨转马头往回走,消失在月色中,于浩流出了满眼的愧疚。

(82)

深夜,山坡下。

江森和亚东钻进帐篷,准备睡觉。

亚东:"江森大哥,你和我那巴根叔叔都是怪人。巴根叔叔等一个姑娘等到现在。你呢? 人家爱着你,你却让人家去跟别人结婚。"

江森:"爱情是两个人的事情。勉强别人不会幸福。你还年轻,不懂。"

(83)

又一年的春天,前车子乡。

江森牵着马队,亚东吹着鹰笛走进乡里。

甘草高兴地迎了上去,她看江森时眼中溢满了思念与深情。

甘草:"江森大哥,亚东兄弟,快回家吧,娘已做好饭了。"

江森:"你们知道我们要来?"

甘草:"前几天我就从乡支书那儿打听好了。"

江森看着甘草,甜甜地一笑。

甘草:"亚东,你先回我们家去吃饭。我去帮江森哥架银幕和放映机。然后我们再回家去吃饭。"

亚东马上心领神会,会意地一笑:"行,我先去看兰花阿姨去,你们慢慢收拾,等吃好饭,我再来换你们。"

江森:"你这个鬼机灵,去吧!"

甘草悄悄地看了江森一眼,江森眼中闪着幸福。

（84）

傍晚,杜兰花家。

杜兰花为亚东端上一碗面条,上面搁着两个黄澄澄的煎包蛋。

杜兰花:"亚东,你那巴根叔叔每天还在那老地方等那姑娘。"

亚东:"还是那样,一放完羊,他就到半山坡上,往下盯着来进乡的那条路。"

杜兰花:"这样的男人是个好男人,心那么诚,可这样的男人也是个蠢男人! 那姑娘一定是有别的原因,才没再去见他。他,等个三年五年也就尽心了,应该再找个女人成个家。……"

亚东:"可巴根叔说,那女人肯定会去找他的,因为他相信那女人爱他爱得那么纯,就像《五朵金花》里的金花爱阿鹏,所以,那姑娘终有一天会走到他的身边的。"

杜兰花:"那他为什么不去找她?"

亚东:"巴根叔叔说,那次他们分手时,姑娘不肯告诉她住在什么地方,只要他能耐心地等待,她一定会来找他。那姑娘对天起誓保证了的,巴根叔叔坚信那姑娘的话!"

杜兰花装着去盛饭,背着亚东,眼泪哗哗地流了下来。

（85）

夜,露天场。

江森在放电影,甘草在一边当他的助手,两人双目传情,都沉浸在幸福中。

亚东陪着杜兰花看电影。

杜兰花心中独白:"我,要去见巴根,我要把一切都告诉他,我不能再让他这么再苦等下去!"

(86)

第二天早晨。

江森,亚东牵着马队,杜兰花和甘草把他们送到路口,挥手告别。

江森与亚东都有些依依不舍。

(87)

前车子乡,杜兰花家。

杜兰花和甘草回到家,杜兰花牵出两匹马。

杜兰花:"甘草,随娘到博克乡去走一趟。"

甘草:"娘,咱们去博克乡干吗?"

杜兰花:"去找那个巴根叔叔。"

甘草:"去找巴根叔叔?"

杜兰花:"那个巴根等了二十年的姑娘,就是我。"

甘草:"啊?"

(88)

博克乡。

晚霞染红了积雪的山顶。

巴根赶着羊群来到山坡上。他看到了两个女人骑马朝他走来,他似乎感到,是杜兰花朝他走来。二十年来,他看到过多少次这样的幻觉啊,他揉了揉眼睛,看到的是两个女人,但其中有一个女人又变成了杜兰花,他听到杜兰花在说"巴根,我来了。"

他看错了,也听错了,因为那两个女人离他还有几百米远。

两个女人慢慢走来了,一个是19岁的姑娘,另一个是快有四十岁的中年妇女,这位中年妇女他感到既陌生又眼熟。

两个女人终于走到他眼前,中年妇女先跳下马来,姑娘跟着跳下了马。

杜兰花:"你是巴根吗?"

巴根:"是。"

杜兰花:"你看我是谁?"

巴根认出来了:"你是……杜兰花?"

杜兰花点点头:"你一直在这儿等,等了二十年吗?"

巴根两腿发软,浑身开始哆嗦:"你……你真是杜兰花?"

杜兰花:"你认不出我了?"

巴根:"你是……你是,你是杜兰花。"巴根一把抱住杜兰花,"我,我等到你了? ……我真的等到你了吗?"泪水潸然而下。

杜兰花再也控制不住的心,一把抱住了巴根:"巴根,我害苦你了,当初,我不该对你发誓的!"……两人抱在一起,泪湿透了两人的肩头。

（89）

山坡上。

两个人安静下来后。

杜兰花抹干眼泪,把甘草拉到她身边:"巴根,这是我女儿,叫甘草。甘草,叫叔叔。"

甘草:"叔叔。"

巴根:"你早就结婚了?"

杜兰花:"甘草十九岁了。"

巴根突然用力甩了一个晴天霹雳的鞭响,对着羊群喊:"哟——"

羊群朝回家的路上冲去。

巴根把杜兰花和甘草留在了身后,他看不起杜兰花这样的女人了,因为她染污了他心中纯洁的爱情。巴根绝望、痛苦而愤怒地走远了。夕阳正在西下,天空是血红的一片。

（90）

山坡上。

甘草跺着脚朝她娘喊:"娘,你不该这么伤害巴根叔叔的心?"

杜兰花:"没办法呀,我不能再这么让他无休止地等下去。他已等了二十年,他一定会再等二十年……"

杜兰花骑上马:"甘草,走,咱们回家吧。"

甘草:"这就回去?"

杜兰花:"对,这事总算可以过去了。"

甘草:"娘,你来就是为了给巴根叔叔这么一个回音?"

杜兰花含着愧疚的泪:"走吧,无情其实是为了更有情……"

(91)

夏过秋到,天高云淡。

鹰笛吹进了博克乡。

随着江森,亚东一起来的还有甘草。

(92)

路口,山坡。

亚东拉着甘草一起来到山坡上,山坡上已不见了巴根和羊群。

亚东:"巴根叔叔怎么不在这儿等了?"

甘草摇摇头:"他不会再在这儿等了。"

亚东:"为什么?"

甘草:"亚东,你想不到吧,巴根叔叔在这儿等的那个女人就是我娘,他等的就是我娘杜兰花?"

亚东惊愕地:"啊?"

甘草:"亚东,这次我跟着你们来,就是要来见巴根叔叔,因为我要跟他说我娘的事。"

（93）

暮色苍苍。

巴根把羊群赶进羊圈，亚东和甘草朝他走来。

亚东："巴根叔叔！"

巴根："亚东，有出息了！我听说你已经学会放电影了？"

亚东："早就学会了。"

巴根："这姑娘是谁？我好像见过？"

甘草："巴根叔叔你忘啦？我是杜兰花的女儿。"

巴根吃惊地："你来干什么？"

甘草："巴根叔叔，我来找你，是因为我娘伤了你的心了？"

巴根："你娘那一把火，把我原本很滋润的心烧得干干的了。"

甘草："巴根叔叔，我娘没有跟你说实话，她没结婚。"

巴根："她没结婚？你不是她女儿？"

甘草："我是她亲生女儿，但我没爹。亚东，这事我说不出口，你替我说吧"甘草说到这里眼泪汪汪的。

（94）

亚东很乖巧地把巴根拉到一边，他认为他不能当着甘草的面说杜兰花的那件事。

（95）

巴根听完亚东的话后，激动地朝甘草走来。

巴根："甘草，谢谢你来告诉我这件事。我的心又滋润起来了。"

亚东："甘草，巴根叔叔要去找你娘，这两天你帮江森大哥放电影，我要替巴根叔叔放两天羊。"

甘草点头。

（96）
巴根骑着马,连夜赶往前车子乡。

（97）
深夜。

巴根敲开杜兰花家的门。

杜兰花惊讶地看着巴根:"你咋来了,进屋坐吧!"

巴根:"这么深更半夜我进你家算什么?"

杜兰花:"进家坐吧,你只要不嫌我的名声臭。"

巴根:"我要嫌你,我就不来了。杜兰花,十九年前,你来找我是吗?"

杜兰花:"是,我在你家房门前坐了一夜,第二天天快亮时我跪下给你磕了三个头,希望你能原谅我。"

巴根含着泪,回忆。

（98）
闪回。

博克乡。

清晨,巴根打开羊圈,羊群涌了出来。

姜富老汉:"巴根。"

巴根:"姜富大爷,啥事?"

姜富:"你的艳福不浅哪。"

巴根:"艳福? 啥艳福?"

姜富:"你还给我装迷糊,昨晚那么漂亮的一位姑娘在你家住,那是谁呀?"

巴根吃惊:"漂亮姑娘? 哪来的漂亮姑娘?"

姜富:"昨天晚上那个漂亮姑娘敲开我家的门,问巴根住在哪儿,我指了指你的房子,她就朝你的房子走去了。今天天刚有点亮,她又从你房子出来,骑上马走了。"

巴根:"杜兰花呢?……"

(99)

巴根冲上山坡狂奔着:"杜兰花!……"

(100)

巴根又奔上一个山坡,看到前面的山坡上,有一个骑马的黑点消失了。

巴根哭喊:"杜兰花!——"

巴根跌坐在山坡上,抽出鹰笛使劲地吹奏起来。他希望杜兰花能听到他的笛声。

巴根吹着鹰笛。一只雄鹰孤独地在苍凉的蓝天上盘旋着……

(101)

杜兰花家。

巴根:"十九年前,真是你来找过我,那天早上我追你追得都要吐血了,但还是没追上你。昨天甘草和亚东来把你的事告诉我了,你没错,那事发生后,你就该把这事告诉我,我巴根是个明事理的人,今天,我也来告诉你一句话。从明天起,我还在那个山坡上等着你,你什么时候想通了,想明白了,就来找我。我那二十年的情意,到今天已经浓得化不开了。"

杜兰花:"巴根,我……"

巴根:"我不会强求你,但我会一直等下去。我要谢谢江森、亚东的电影队,要不,我永远不会知道你的消息。那年,我看《五朵金花》看了三遍,我想世上这么美好的爱情我们也该有,但首先你自己的心要有这么纯,这么诚。我俩开始的爱情,不也是这样吗?"

杜兰花泪如雨下。

杜兰花:"巴根,你再考虑……"

巴根:"我是考虑了再来的,我要回去了,明天一早我还得去放羊,你别忘了每天我都在那山坡上等着你!"

巴根骑上马,一甩鞭,马蹄声消失在黑夜之中。

杜兰花:"巴根……"

圆圆的月亮在薄云下穿行。

(102)

秋色已染黄了草原。

于浩骑马来到兽医站,他的眼一黑,从马背上摔了下来。

米娜冲出房子,她把他扶起来:"于浩,你怎么啦?"

(103)

深秋。

鹰笛吹进塔拉高山牧场。

米娜已经在牧场部等着江森。

江森:"米娜,于浩怎么没有来?"

米娜:"病倒了,有一个星期了,现在连床都起不来了。"

江森:"那快去县城医院呀,亚东,今晚电影你放,我和米娜送于浩去。"

(104)

县城医院。

江森、米娜把于浩抬上马车。

江森赶着马车:"米娜,走,再到地区医院去看看。"

(105)

地区医院。

医生对江森和米娜说:"你们县城医院的诊断是正确的,这种病目前没有更好的治疗方法……"

江森同情地看看米娜。

米娜咬了咬嘴唇:"江森,我会尽我一个做妻子的责任的。"

(106)

初冬,米娜背着药箱来到一个蒙古包前,为牧民的牛看病,打针,牧民夫妻在一边帮忙。

牧民女:"米娜大夫,于浩大夫怎么啦?"

米娜:"病了,瘫倒在床上,去过几家医院,但医生们告诉我们,他得的那种病,目前还没有办法治。"

牧民男:"米娜大夫,那你就太苦了。"

米娜只是一笑。

(107)

兽医站。

秋风萧瑟,傍晚。

米娜疲惫地从牧场回来,忙着烤馕烧奶茶。

(108)

木屋内。

于浩躺在床上,疾病,尤其是精神上的压力使他感到痛苦不堪。

米娜把小桌搁在床上,端上奶茶和馕,然后把于浩扶着坐起来,亲切地说:"吃吧!"

于浩眼泪汪汪地看着米娜,突然用力把小桌掀翻在地上,绝望地吼着:"我不吃! 米娜,我不能这样拖累你!"

米娜:"于浩,像你这样做,才是在拖累我呢! 我知道你很痛苦,但你这样做,我就更痛苦,你就没想到吗?"

（109）

木屋内。

米娜在忙着收拾地上的东西。

米娜:"你看,你这不是又在加重我的负担吗?"

于浩一脸的愧疚,他脸上布满了更多的痛苦。

米娜把小桌重新搁在床上,重新又端来奶茶和馕,放到桌上。

米娜:"于浩,你要不想加重我的负担,你就好好地吃饭,好好地养病。"

于浩沉沉地叹了口气,喝着奶茶,吃着馕,但眼睛却绝望而木讷地看着前面的那堵木墙。

（110）

鹰笛声吹进博克乡,夕阳西下。

江森和亚东又看到巴根站在山坡上,羊群围着他,他凝视着大路和路口,他神态自若,这二十年的等待,已成了他的一种习惯。但他眼神却在说"杜兰花,你真的再也不肯来了吗?"当他听到了鹰笛声,看到路上出现了江森,亚东和他们的马队。

巴根朝他们迎了上去。

（111）

路口。

江森握住巴根的手:"巴根大叔,你不要再在这儿傻等了,你应该再去找她一次。"

亚东:"是呀,巴根叔叔,你再去找她吧?"

巴根坚决地摇摇头:"我对她说了,我不会再去找她。我要在这儿等她,一直等到她死。但她会来的,她一定会来的,我对她说了,她的那件事,不是她的错,我不计较。如果她这辈子不再来找我,说明她不再爱我了。"

江森："巴根大叔……"

（112）

鹰笛声又吹进前车子乡。

甘草骑着马高兴地飞奔着来迎接他们。

江森："你娘呢?"

甘草："在。"

江森把缰绳扔给亚东："甘草,走,领我去你们家。"

甘草："干吗?"

江森："去了就知道了。"

（113）

江森与甘草走在路上。

甘草："江森大哥,你去找我娘到底干啥?"

江森："巴根大叔每天仍在山坡上等着你娘呢。"

甘草："江森大哥,我准备离开我娘。"

江森："为啥?"

甘草："不是说好了嘛,跟你一起放电影,然后再跟你结婚。"

江森："甘草,这可是件严肃的事!"

甘草："我是认真的,这你清楚。"

江森："你真想好了?"

甘草："在这些日子里,我一直在考虑这件事,我是真心的。"

江森："是吗?"

甘草："你亲亲我,就知道真心不真心了。"

江森一把拉过甘草,拥吻着她。两人眼里都含满了幸福与激动的泪水。

（114）

夕阳如血。

江森拉着甘草的手,奔下山坡。

（115）

杜兰花家。

江森:"杜阿姨。我要告诉你,巴根大叔仍在山坡上天天等着你,他说,他一直要等到他死。你真的要让他等到死吗?"

甘草:"娘,从今晚开始,我就要跟着江森大哥一起去放电影了,我要嫁给他了。我会离开你的,你该去找巴根叔叔。"

杜兰花挂着泪:"他真的还在天天等着我?"

江森:"对。"

杜兰花:"甘草,你嫁给江森,娘愿意,但明天一早你陪娘去趟博克乡,我要看看巴根是不是正在那儿等着我!"

江森:"兰花阿姨,还是我陪你去吧,让甘草去帮亚东当个下手吧。"

（116）

博克乡。

夕阳西下,巴根赶着羊群来到山坡上,凝视着路口。

（117）

山谷里的一块大石头后,江森和杜兰花等在那儿。杜兰花看到巴根果真又出现在山坡上望着路口时,她顿时泪如雨下。

江森:"兰花阿姨,你过去吧!"

（118）

杜兰花翻身上马,朝山坡上奔去。

（119）

山坡上。

巴根看到路上出现一个骑马的女人，并不在意，但越看越像杜兰花。他突然明白了，他用力甩了个响鞭后，朝山坡下的路口冲去。

（120）

山坡上。

巴根和杜兰花紧紧拥抱在一起……

（121）

岩石后。

江森看着山坡上拥抱在一起的巴根与杜兰花，脸上露出了灿烂的笑容。

（122）

初春，塔拉高山牧场。

亚东吹着鹰笛，江森和甘草牵着马匹走进牧场，欢迎他们的牧民们蜂拥而来，兴高采烈地围着他们。

（123）

亚东架着电影放映机。

江森和甘草在挂幕布，两人一脸的幸福。

米娜骑马疾驰而来，马奔到江森眼前，米娜急急地翻身下马。

江森吃惊地："米娜？你怎么啦？"

米娜："江森，于浩不见了。"

江森："他不是瘫在床上了吗？"

米娜："是呀。所以我才来找你，这些天来他的情绪一直不对。不说话，饭也吃得很少,吃饭时眼睛只盯着一个地方看。"

江森:"亚东、甘草你们按时给大家放电影。我跟米娜去!"

（124）

鲜红的夕阳挂在山腰间。

于浩在草丛中艰难爬着,他的衣服已被汗水浸透。

他爬不动了,喘着粗气,离他几十米处,是陡峭的悬崖。他歇了一会,一咬牙,又艰难地往前爬。

（125）

兽医站。

江森和米娜来到木屋前。

江森在兽医站的木房四周查看着,米娜跟在他的身后。江森发现草丛中有一处人工爬过的痕迹。江森急急地沿着这条痕迹往前走。

（126）

于浩已爬到悬崖边上,他已筋疲力尽了。夕阳在群山间只露着它的半个脸了。

（127）

江森看到悬崖边的于浩。

于浩用尽最后一点力气,翻身想要往山崖下滚去。

江森飞快地冲上去,扑向于浩,抓住于浩的手臂,把已有半个身子坠在悬崖上的于浩拖了上来。

江森什么话也不说,背起于浩就往回走。

江森在思考。

（128）

兽医站木屋。

江森："米娜,你看着他,我会回来的。"

米娜："你去哪儿?"

江森："今晚是我们给你们俩放电影的日子!"

（129）

牧场场部。

亚东正在放电影《青春之歌》,甘草在为亚东当下手。

江森匆匆地走到亚东身边："亚东、甘草,我要回电影队去一下。"

亚东："回电影队? 干吗?"

甘草："是呀,这有几十里路呢,天又这么黑。"

江森："没关系,我会尽快地赶回来的。"

（130）

江森骑着马在草原上急驰。

（131）

月色朦胧。

江森骑着马过河,在山间的路上奔跑。

（132）

夜。电影队驻地。

江森浑身是汗地翻身下马奔进电影队,在拷贝库里寻找着。

（133）

夜。

江森带上几盘电影拷贝翻身上马。

（134）

夜，牧场。

亚东、甘草已放完电影，收拾着放映机。江森汗津津地赶到。

江森："亚东，甘草咱们再辛苦一下，去新兽医站！"

牧民甲："江森兄弟，你又带来新电影了？那再给我们放吧？"

江森："那是为于浩，米娜放的电影。"

牧民乙："那我们也跟着去看。"

牧民丙："弟兄们，咱们一起去！"

（135）

夜深了，草原上在起风。

但牧民们依然浩浩荡荡地跟在江森、亚东、甘草的后面上山，场面十分感人。

（136）

兽医站，木屋前。

银幕上正在放苏联电影《保尔·柯察金》。

牧民们都拥坐在米娜与于浩的周围。

于浩背靠在临时搭的木板椅上。他凝视着银幕。银幕上闪过电影的一幕幕镜头，于浩脸上的表情随着故事的进展在变化。

影片即将结束，于浩的脸上既显出激动又深感悔恨。

（137）

影片结束。

江森走到于浩跟前。

江森："于浩,有时人活着,比去死更需要勇气。人只有活着,才能够去体现人生的价值!"于浩含泪点头。

米娜："江森,我现在才真正知道你为什么坚持要放你的电影。我,是个愚蠢的女人!"米娜拉着甘草的手："甘草,你是个幸福的女人。"

于浩扑向江森："江森,你不但救了我的命,你也拯救了我的灵魂!"说着眼泪便滚了下来。

这时黎明的曙光已从东方吐出。

（138）

太阳初升。

亚东吹起鹰笛,江森和甘草牵着马走下山坡,山坡上,坐在木椅上的于浩以及米娜和牧民们向他们挥手告别。于浩和米娜含满了感激的泪水。

鹰笛声在山谷间回响。

江森、亚东、甘草向大家招手。

在招手中,银幕上推出"剧终"字样。

2005 年 6 月 17 日改毕

附 录

《回忆随录》节选

韩铁夫

暴风雨又要来了

(一)阃(kun)闱专政

我从总务科调到产销课以后,我的人事工作由科员蒋伯耕接替,我到产销课后助理课长张定工作。当时张定为了到萧山游击区去迎接母亲,请了假,课务由我暂代,工作更是忙碌了。

这期间场长姜崎调职他往,新调来的场长叫赵可森,到任以后,场属人员并无更动。这位场长很爱赌博,经常泡在麻将桌上。有位姓徐的,家中设有牌局,他的老婆喜爱装扮,竟日浓妆艳抹,迎接赌友。赵场长是他家的常客,赵的夫人闻讯之余,从外地赶到乐清,由于她知道赵某性喜渔色,来时就醋气冲天。赵去徐家,她就跟班儿,以防不虞。她

_____

《回忆随录》作者韩铁夫是韩天航之父

是经营能手,进些洋油、洋烛、洋药,善价而沽,用那时的话来说,叫囤积居奇,老百姓称为奸商。

赵外表斯文一脉,可是十分惧内,言听计从。不料过了一段时间,她督促丈夫把盐工福利委员雇用的女职员,除留下一人以外,其余的全部辞退。计有姜崎带来的两位,还有林瑛,张定的妹妹张汗桢等四人。留下的一人叫张曼丽,是蒋伯耕的妻子。为什么留下呢?原来张曼丽是耶稣教徒,她与赵可森夫人都是上帝的女儿,这是卖了上帝的面子。再则蒋伯耕夫妇都善于拍马奉迎,还深得主子欢心,别人灰心丧气,而他们却趾高气扬。赵可森的这一举动威信大损,有的人还视为笑柄,丑名远扬。

城门失火,殃及池鱼,这对我来说打击未免太大,因为林瑛又已怀孕,孩子生下来开支将倍增,因为在月子里还得雇人帮忙,收入锐减,使我增添了不少负担。想不到赵可森的老婆阃闱专政,专到机关里来了,真是妇女卖权,天下大乱。

一天,合该有事,赵可森在上班时吩咐大家,今天省党部书记长倪某到乐清来视察,全县公务人员都要去听训。所谓"听训"即听报告也,地点在乐成中学,要求场属人员全部参加。赵的威信本来不高,场属有三人不去,一个叫沈东初,一个叫孙家钰,一个便是我。国民党召开会议,我所逢到的就是这一次,我想党老爷莅临讲话,与我们盐务人员根本不搭界,也没有什么听头。况且我正在整理"食盐公卖店"的材料,摊了一桌子,所以没有去。散会以后,赵克森回来面有愠色,他叫勤杂通知我到场长办公室去,我进去时腋下夹了一叠文件。他见到我劈头就问你为什么不去。我说我工作很忙,而且科长又不在,没有时间去。他说:"你不要以为'等因''奉此'就算了,外面也要交际。"我说:"外面交际是场长的事,与我们小职员无关。"他一听马上脸孔绯红,头颈里青筋暴绽。我以为他要发作了,他说话变得口吃。突然他转了一个谈话的方向:"你字怎么写得这样大?"我回答道:"我只有这点本领!"我继续对抗。正像我在浙西收运办事处对付陆晓峰股长一样,豁出去了毫不退让。反正你又不能定我什么罪名,顶多把我调走。他气得眼睛突了出来，看来是怒不可遏了，可是他口吃反而缓和了。他说："姑念初犯，下次不可！"结果自下台阶。我却是年轻气盛，冲犯了上司，但我也并不害怕。我退出以后，沈、孙两位也先后被叫了进去，我不知道他们是怎样应付的。

我想《三国志》里祢衡敢于击鼓骂曹，你赵可森怎比得曹孟德？何况母亲说过：别人怀宝剑，我有笔与刀。而且盐务的人事制度可以越级上告，初生牛犊不怕虎，一个人要求生存、发展和繁衍，你给我制造障碍，不管你"三坟五典"，通通地要力争排除。当时确是天真无邪，在历史中我求答案吧。在人生道路上，不免要走钢丝。

张定从萧山接他母亲回来了，卸去了我代理课长的肩仔，轻松了不少。张定从家乡带来了埋在地下的"女儿酒"，他邀请了总务课长张白和我。这天刚好是星期，还买到了乐清有名的田蟹，形似双林的螃蜞，但很扁平，蟹膏绯红坚硬，其味甚美，酒质醇厚，像菜油一样浓厚。我们从下午一时开始，一直吃到下午四五点钟。谈起了赵氏夫妇的作为，张定的妹妹也在辞退之列，但他涵养功夫很好，只在鼻中哼了一声，表示了他的不满与愤激。张白却不插白，这是老公事的态度。

（二）天航出生

嗣后，长林场在虹桥设立麻袋厂，派了原盐盘场务所主任彭鄂当筹办主任，由我担任总务股长，另外又派了庶务张翰青搞业务。赵可森是按制度办事掩盖了他的报复手段，他把我"流放"到麻袋厂去，他的权力极限也到了极大限度了。

当我去场属人事组蒋伯耕那里去办手续时，蒋因其妻子与场长夫人因教友关系很红，见了我眼睛已在眉毛上了。虽然表面还是客客气气，但冷气却十分明显，已不是当他来场向我报到办手续时那样点头哈腰，真是小人得志！运销课长张定说，你先报到，可先与彭鄂打个招呼，向他说明，待林瑛分娩后再正式上班。

虹桥麻袋厂离虹桥镇约三四华里，条件不及乐清好，而且张定夫人是产科医师，由她接生保安系数就高。天航是在1944年农历三月十七日降生，是张夫人接的生，母子平安，张夫人不要报酬，心甚感激。在家靠父母，出外靠朋友，当时的人际关系好极了。

天航为什么叫天航？为了这个名字，我也久经仔细推祥：

我们的抗战缺乏空军，我记得抗日初期，我在南京见到过空战，不襟眉飞色舞，可后来只见日机肆虐，未见中国飞机迎击，我们吃了不少苦头。特别在福建柳家墩敌机轰炸，我亲眼所见一位老太太被炸惨死，我也险做了弹下之魂。空军呀空军，何时才能保卫我们的领空？记得豫剧名演员常香玉个人捐献过飞机，美国友人陈纳德将军组织了飞虎队协助我们空战，这当然会载入我国的空战史册。我渴望"雨过天青"，必须让"铁鹰凌空"。所以把孩子取名"天航"寄托了我的热望。

天航降生后，我们在乐清住了五天，农历三月，天气温和晴朗。温州地区属于亚热带，天气暖和，我们在此过了三个冬天，仅下过一次小雪。床上均垫席子过冬，不用垫被。到虹桥麻袋厂是小船直达。那里村民十分好客，租用的民房十分宽敞。并临时雇用了一位保姆管带天青。徐慎章的爱人也从乐清来帮助家务，对门的邻居是大户，这天他们宰了一头鹿，送来了鹿肉。

对门的邻居，鉴于当时香烟很少，与他人合资开办了一家纸烟厂，工人都是从苏州请来的女工，技工是男的。生产的有中华牌（不是现在的中华牌）十支装，仅用白板纸印有一个地球，在当时土制烟中，算是正规的，并在烟草专卖局备案。烟丝中拌有鸦片水，更受瘾君子的喜爱，价格比其他的土制品为贵，但吸了也不上瘾。我也经常去参观。专卖局经常来"督查"，来者厂方招待颇周。当时市上还有其他土烟卷生产，什么"大龙湫""一帆风"等都以雁荡山景点为名。至于走私进入市场的如50支纸盒装的大前门、红锡包等，其价昂贵，而且不是公开出售。后来，甚至有日本军烟"旭光"牌香烟，是日本部队散发给军士官兵，他们偷偷地由贩子走私进来。据说这烟是原上海英美烟草公司被日寇军管理，改名为颐昌烟草公司，"旭光"是军烟，散放给各部队后,士兵用来向市场上出售或调换食品。由小见大,鬼子在经济力量上,"皇军"威力上渐见衰微了。

麻袋厂开办以后,大量收购了原料,张翰青虽是山东人,又是大老粗,但脑子灵活,与一位麻商打得火热,搞了不少名堂,那位麻商还将女儿嫁给了他。后来温属分局把麻袋厂接了过去,直接由分局管理,办公室设在虹桥镇,但也未见生产麻袋,却把原料发下去,由乡民承制。

过了三个月的时间,分局指令我与彭鄂都归回长林盐场,而张翰青却仍留在虹桥,其中当然有些奥妙,我也从不去思考这个问题。在这年秋天,长林场直接叫我到东山阜东泗场务所报到。临别时,李厂长还吩咐厨房加了几样好菜(我中午饭是寄膳在虹桥的),一位姓姜的股长买来一瓶乐清产的名酒,叫"酒汗",大家对饮,这大概是送"灶君老爷"了。

从虹桥到东山阜约三四里,雇了挑夫,一担挑两个孩子,上面箩筐,下面行李,箱子里放着三样视为宝货的:有在龙泉时陈秀堂送我的龙泉宝剑,长50公分,木鞘、木柄;孙沐风在龙泉送我的一把刻字刀;虹桥房东送我的一本鲁迅小说集《呐喊》。据鲁迅说,这是他亲自盖章,毛边本,共发行了300册。除刻字刀已经失落外,其他两样还珍藏到今天。

东泗场务所在东山阜。有一条长街约一华里,按当时规模来衡量,不算小镇,四周附近都以制盐和捕鱼为生。街上也有茶店、酒肆、鱼档、杂货铺,还算热闹。这个东山阜现今我在地图上却找不到,也许已经更了名。

场务所里有十来人,这是长林盐场较大的场务所,所址在南塘附近。所长陈森也是己丁级。人很矮小,说话带笑脸,人说他是笑里藏刀。他分配我担任总务组长,搞文牍,专门拟写文稿。据同事告诉我,他是赵可森带来的人。这时我才想起了《三国演义》中,祢衡骂曹以后,曹操把他介绍到黄祖那里"借刀杀人"的故事,原来赵可森想通过陈森来给我穿小鞋。可是陈森在所里不过是孤家寡人,不得人心,十分孤独。

所里的同事都知道我是从场公署里"流放"人员,对我十分钦敬。我一到职,同事们便为我找到民房,离南塘镇和场务所很近。南塘镇很像双林的一条小街,有二三十家店面,买东西很方便,鱼鲜常常有,但不如乐清的多。

有位同事叫程鹏,是安徽人,他管理的一个盐滩,在一个小岛上,有一天,他邀我去参观。盐民们和他很亲近,他的伙食在岛上搭伙,他爱饮食和抽烟,一喝酒,话就很多。他为我不平,认为都是己等丁级,赵可森叫陈森当主任,却让我当文牍。他还告诉我,陈森平时与赵可森的老婆用英文写信,一来一去的不知搞什么名堂,还说:"陈森仗势欺人,大家心怀不满,过去有两个人已经投'三五支队'打游击去了。今后我也想去,可是我已经有老婆孩子,行动不便。那边是共产党领导的,眼下很欢迎你这样的人。"这次,我听到了一个新名词:"三五支队",共产党领导的。后来还有两三位同事也提到过,都说忍不住陈森的压迫,到了忍无可忍的地步,只有去打游击了。

我想反正你有千方百计,我有一定之规,他对我也无可奈何,最大的迫害就是内部流放,何况我与赵可森的矛盾温署分局也有所闻,何况虹桥麻袋厂的厂长李荫鸾回局述职也会提到的,都认为赵可森听老婆的指挥辞退了四名女职员,荒唐透顶。正义和真理在我们这一边,再者姜崎、张定等也决不会沉默不语,在场里赵可森也只有蒋伯耕和他的妻子张曼丽与宗教势力朋比为奸,对上帝也不光彩。以罗马拉丁文拼汉字秘密通信也是见不得太阳光的,还有他们囤积的三洋(洋油、洋烛、洋药),也是当时老百姓所反对的,我料想赵可森也是色厉内荏,也不会有更大的作为。

(三)抗日盐运"游击战"

我从一九四四年秋初,到初冬,在东泗场务所工作了约有三个月。走时,我国进入抗战已是第七个年头了,国际大气候已在变化,中国战局对日寇也不利,但他还是困兽犹斗。这时又大举入侵,温州、乐清、虹桥、东山阜等相继陷敌。我们退到乐清县大荆镇,沿途都是雁当山的风景绣。

抗战时期,是普称为"非常时期",食盐的抢运和偷渡工作,是一项非常艰险的工作。可是我们由于旷日持久,把非常时期当成了平常时期来对付,知道怎样对付日寇的入侵。老百姓，包括盐民、运工、盐贩、农民都是我们的好帮手。往往日本兵，后来包括了伪军，人未到消息却已不胫而走。当然我们还有电台，讯息也更为灵通。一九四四年底和一九四五年初，我们已经经验丰富，从容不迫，再者日寇已是强弩之末，"你来我退，你去我回""你直线，我迂回""你设据点，我找缺口"，你控制盐场，流散盐还在我们手上。日本兵一出动，光身汉都轻骑上路，家眷们捆带行李，也是迅速及时。尤其是人际关系都是休戚相关，患难与共。

温州、乐清、虹桥、东山阜虽然相继沦陷。我们到了大荆镇，居停都有电台。根据形势，敌人不会马上撤退，于是重新安排工作。我被派往青田支局白溪转运站，原长林盐场产销课长张定派芙蓉转运站站长。他与我说，你携带家属还有两个小孩子，最好调到永嘉古庙口转运站，较为稳妥。那里更需要干员，我给你写一封信给该站站长王甲魁，你可顺道去见他，让他申请上级温署分局把你留下。

我认为他的话很对，于是我拿了他的介绍信，直到古庙口广化寺找到王甲魁。他很高兴，他知道我因被赵可森迫害"流放"，很是同情，派我为收运股长，那么为什么他有能力把我中途截留呢？原来他的叔父王玉诺是分局局长，他的申请当然很灵验，何况转运站成立伊始，需要人手，于是我就留下来了。

一九四五年因盐运需要，王甲魁派我带了俞鹏程、刘强绪等五人到金溪口开辟金溪口分站，这时上级来文，补实己等加薪。创办盐站，必须组织运盐队伍，找运输承包人，租赁盐仓。金溪口是一个很小的山村，但也山清水秀，我们的承包人是一位村长，家里盖了楼房，我们办公地点就在他家里，曲径通幽，却是一个极好的住所。站里的人都由村长介绍住了民房，俞鹏程、刘强绪都带有家属。运盐工人大多是附近乡民，这里民风强悍，勤劳勇敢，运盐均是用肩挑运。每挑约有一百五十斤到二百斤，挑夫除扁担之外，还有一根坚实的松木棍。两头包铁，上端是一个凹型铁叉，下端是一个锥形的铁块儿。行走时把棍支插肩上，改轻压力。停立时棍子支在地上，挑担支于凹型铁叉上，以便息肩。成队鱼贯而行，共同行动，纪律很好。山路很熟，据悉，在抗日战争以前，不少人还是私盐贩子。他们农忙时务农，农闲时在盐场偷贩私盐。他们也很熟悉敌伪据点动态，我们在闲谈时，一位挑夫告诉我一件趣事：日本鬼子新到一个地区总是抢掠财物，有一次他被拉了做挑夫，一个日本兵要油煮菜，命他去抢油。他走进一家店里，弄来了一筒桐油，据说鬼子吃了一个个上吐下泻，他却悄悄地溜走了。讲过以后，他却笑了起来。

　　这年二月，当农历过年时，村长家里宰了猪，磨了豆腐，准备过节，我们也都在附近小店买了年货。年夜里，村长亲自来我家，告诉我日本兵已过枫林镇向金溪口进发，我立即分头通知站上人员，做好藏盐及撤退准备。回来时，黑咕隆咚走在一条弄堂里，但在眼前却有一条光亮，很快地摸回自己家里。林瑛早已打好行李，安排好天青、天航，反正这是轻车熟路，挑夫早已雇好，大家聚在一起，静候转移到后山，为了等候派出去的"斥候"（即探情况的人）回来汇报，年三十的夜里点上白蜡烛过除夕。这只白蜡烛却在上海时，插进了我发表在《文汇报》上的《上灯夜》中。直到年初一"斥候"回来回报说，这次日本兵从驻地出来共有五人，目的是来抢掠物资，回去过节，并未过度，共抢了两只猪和一些家禽，在溪口那边枪杀了一个人，因为那人与敌人争夺物资不让抢走。另外追逐一个女人，向山上开了两枪，没有伤到人，女人逃走了。在天黑以前日本兵撤去了，于是我就解除了警急应变的步骤。人员家属各自回家，交回了承包人村长的疏运、保管盐斤的领条。确保人员及仓盐的安全。根据驻地形势及敌人动态，必须要有一套紧急的应付计划，除人员的安全之外，如应变不当而使仓盐遭受损失，负责人应完全负责。

　　紧急情况解除以后，为什么要交还承包人的领条呢？这是承包人向盐运单位关于盐仓隐藏或者疏散的"切结"（即担保书）。在这非常时期，为了转运和存储食盐的安全，避免造成损失，我们在实践过程中创造了一套规则：第一，食盐承运人必须有实力，并且要有殷实的铺保。盐运在途，由承包人全部负责；进仓后由单位负责。第二，但在发生变故时，运盐机关与承包人协议成文,盐运单位撤走后,承包人或代理人有代为保藏或者疏散的义务,将仓存盐斤实数由保藏人具结,交由食盐运输单位保存。若因人力不可抗衡而遭受损失者,凭此向上级呈报处理。当时的存盐都用麻袋包装,进仓时,每袋均磅足104斤为一袋,除皮后以净重100斤计算,但出仓转运给下一站时,仍需过磅补足104斤,不足部分则作为仓耗报销。所以这张领条是一道重要的环节。

我记述金溪口白蜡烛过年,这种白蜡烛不是香蜡烛,而是外面没有包上红色蜡油的土蜡烛,双林蔡永源蜡烛坊所称为原坯,都是用丧事或者素事方面用的。而当时山村并没有红烛,只有这种土制的白坯,过年用未免有点儿凄然。何况在敌寇侵扰之时,颇有触目惊心之感,对我印象很深。所以我在上海写的《上灯夜》(发表在《文汇报》副刊文学界)把它用上了。想不到这次的白蜡烛却是划时代的信号,日本帝国主义侵略战争已到了尽头。金溪口之警,惊心动魄的避难生涯从此就要结束了。不过这是事后的想法。

谈到夜间照明,当时根本不用电灯。抗日战争时期,中小城镇一般都是香蜡烛。所以赵可森的囤积居奇,得售其奸,而老百姓家家户户都用古老的旧盏灯,用一小碟子倒上一点儿桐油取亮。若用美孚油灯算是十分考究的了。灯光如豆,也居然借此读书、干活。现在如果每逢停电,用不上电灯,未免怨声载道,可见时代在进步,如果你要写小说,把当时照明工具用错了,便会显得虚假。

得知日寇骚扰金溪口一带的消息,王甲魁亲自带了一名勤杂人员从古庙口前来看望,听取了我们的应变情况,很是嘉许。他一家一户地进行了慰问,查看盐仓,与承包运输的村长交谈,并希望他对盐运工作多加努力。我为了进一步摸清日本鬼子的进扰情况,去了枫林镇。这个镇虽离日寇占据点不远,但市面很好,与临浦相同,也是一个货物集散地,走私商品较多,尤其日用品,街上居然还有印刷厂、书店和文化用品商店。

我在街上兜了一圈,好像走进了童年,这街景与我故乡每每相似,古老而陈旧。我随便在小吃店吃些点心,由于没有什么特色,不过是果腹,吃些什么早已忘了。我买了一些日用品肥皂、火柴、香烛、纸张之类。我是爱抽烟的,平时吸些土制烟,但在这条街上却能买到从沦陷区里"进口"来的香烟,如老刀牌、仙女牌,尤其能买到日本的军用烟,二十支装的旭光牌香烟,但价格较高,只能尝个新。据烟贩告知,这是日本军士兵私下出卖的派烟。从这里可以看出,日军已是日暮途穷,这是他们士气衰败的征兆。"大日本皇军"的旭光牌已成夕阳。

盐运工作的处境十分复杂,我们所能遇到带枪的人,有国军、保安团、地主武装、"三五支队",还有突然窜出来扰乱的日本兵和不公开的土匪。"三五支队",我在乐清东泗场务所听场务员程鹏说起过,东皋却经常能见到。国民党称之为"奸匪",当地老百姓却引以为好朋友,他们纪律严明,连地主们也加以称颂。对于"三五支队"的武装力量,我一直没有见过他们的风采。有一次,我们转运站的房东告诉我,你快来,"三五支队"来了,我站在店堂里(站是设在他们店里的)向外望去,只见有十来个人、七八条枪,从街道下面走过,全是农民打扮,衣服破旧,但精神很好,这就是共产党领导下的农民抗日武装。我们的存在,他们也不来过问。站长王甲魁知道,这里的老百姓很拥护"三五支队",有的人也与他们暗中有接触,所以经常宣传盐运的任务和盐务人员的立场:我们是为了抗战时期的军糈民食,不带任何政治色彩,平时也相安无事。我的心里更为踏实,因为在东泗场务所陈鹏所说的,早已在我的心中起了作用,今天见到他们不走大街,走小道,更证明这支部队的纪律与众不同。

长林场署台就设在场署后面,我经常去涉足,探听各地盐场讯息。一天消息传来,说是日寇已经宣布无条件投降,真是喜从天降,大家奔走相告,整个县城欢腾起来。我回到家里,把好消息告诉了妻子,我抱起了大儿子天青,妻子拥着二儿子天航,快乐得眼泪也出来了。国土重光,我想,我的家乡国旗迎风飘扬,我的誓言已经实现了,我要到杭州去,到宁波看望深受八年灾难的亲人。